Amrûn

ARRION

TANJA RAST

© 2015 Amrûn Verlag
Jürgen Eglseer, Traunstein

Covergestaltung: Christian Günther
Lektorat: Carmen Weinand
Korrektorat: Jürgen Eglseer

Alle Rechte vorbehalten

ISBN – 978-3-95869-211-4

Besuchen Sie unsere Webseite:
http://amrun-verlag.de

Bibliografische Information der Deutschen Nationalbibliothek:
Die Deutsche Nationalbibliothek verzeichnet diese Publikation
in der Deutschen Nationalbibliografie; detaillierte bibliografische
Daten sind im Internet unter http://dnb.d-nb.de abrufbar.

ARRION

Der Geist der alten Frau war ein formloser, weißer Klecks.
Neve stand neben ihrer Mutter Balan in der Mitte des Kreidekreises und sah den Schemen mitleidsvoll an. Sie spürte Schmerz und Trauer, Verzweiflung und Sehnsucht nach Frieden.

»Ich wollte ihn retten«, raunte der Geist, »ich wollte ihn nur retten. Er war mein Enkel, und ich habe ihn so geliebt. Er war seiner Kinderfrau weggelaufen und in den Fluss gefallen. Ich hörte seine Rufe. Ich bin gerannt und wollte ihn aus dem Wasser holen. Er ging vor meinen Augen unter.«

»Du bist ihm nachgesprungen«, sagte Neves Mutter. Ihre tiefe, sanfte Stimme war voll Mitgefühl.

»Ich wollte ihn retten«, flüsterte der Geist.

»Natürlich wolltest du das.«

»Er war untergegangen. Und ich ging auch unter. Meine Kleider sogen sich mit Wasser voll und zogen mich hinab. Das Letzte, was ich hörte, waren die Schreie seiner Eltern. Meine Tochter, meine arme Tochter.« Ein körperloses Schluchzen erklang.

Die beiden Frauen standen auf einem Steinplateau am Rande des Flusses, in dem das Enkelkind und die alte Frau ertrunken waren.

Der Schmerz des Geistes hatte die beiden Sängerinnen hierher geführt. Meilen entfernt hatten Balan und Neve das Leid gespürt und waren davon gerufen worden.

Balan nickte ihrer jungen Tochter zu, und das Mädchen begann zu singen. Eine Melodie, so alt wie die Menschheit, stieg aus der Seele und dem Herzen auf. Neve sang, bis der Geist immer blasser wurde, bis das gestaltlose Weinen kaum noch zu vernehmen war.

»Gehe hinüber«, sagte die Mutter freundlich, »niemand ist dir böse. Sie warten schon auf dich. Lass sie nicht länger alleine. Geh.«

Der weiße Fleck löste sich auf, verschwand, und irgendwo sang ein Vogel. Balan atmete kaum hörbar auf. Mit dem Geist war auch sein Schmerz von dieser Welt gegangen.

Neve wischte sich eine Träne von der Wange und holte tief Luft. »Tut es immer so weh, Mutter?«

»Manchmal mehr, manchmal weniger. Du nimmst einen Teil des Schmerzes in dir auf, bis der Geist den Weg in die andere Welt gefunden hat.« Balan setzte sich im Schneidersitz in die Mitte des Kreises und lächelte zu ihrer Tochter herauf. »Du bist gut, Neve. Du bist besser, als ich es jemals war. Du bist besser als jede andere Sängerin, die ich jemals getroffen habe. Und das ist der Grund, warum sich hier und heute unsere Wege trennen.«

Neve ballte die Fäuste, sagte aber nichts. Sie hatte immer gewusst, dass dieser Tag kommen würde. Sängerinnen waren selten, und sie waren immer einsam. Es gab nur eine Zeit der Ausnahme: wenn eine Sängerin ihre Tochter ausbildete und gemeinsam mit ihr durch die Reiche zog, bis die Tochter die Aufgabe alleine bewältigen konnte.

Dann gingen sie auseinander. Gemeinsam waren sie zwar nicht einsam, aber getrennt konnten sie mehr Leid lindern, mehr Geister zur Ruhe in die andere Welt schicken.

Neve wusste all das, aber sie wollte die Mutter nicht verlassen. Sie wusste, dass sie selbst so lange alleine und einsam bleiben musste, bis sie einer Tochter das Leben schenkte.

Irgendwann hatten die Götter beschlossen, dass es Sängerinnen geben musste. Der Gesang für die verlorenen Seelen war eine Gabe, ein göttliches Geschenk, und so richteten sich die Sängerinnen nach dem Diktat der Notwendigkeit.

Balan strich sich müde die langen Haare aus dem Gesicht. »Ich weiß, was du denkst, Neve. Ich habe das Gleiche gedacht, als deine Großmutter sich von mir trennte. Ich hatte jüngere Schwestern, die noch einige Jahre in Gesellschaft mit meiner Mutter leben konnten. Ich habe nur dich. Ich habe dich so gut ausgebildet, wie ich nur konnte. Und jetzt ist der richtige Zeitpunkt, vertraue mir.«

»Ich vertraue dir, Mutter. Es wird anfangs schwer werden ohne dich.«

»Glaub mir, das weiß ich, und ich werde dich vermissen. Aber eines Tages werde ich sterben. Und falls ich dann zwischen den Welten wandere, will ich, dass die fähigste Geistersängerin der Welt da draußen ist, meinen Schmerz spürt und mich erlöst. Du bist die beste Sängerin, Neve, die diese Welt jemals gesehen hat. Ich liebe dich.«

Balan stand auf, streckte sich und wies auf einen Wald in der Ferne. »Das ist mein Weg.« Sie wies auf eine breite Straße, die in grünes

Weideland hinabführte. »Das ist deiner. Ich will nicht weinen, deswegen machen wir den Abschied kurz.«

Sie küsste ihre Tochter auf die Stirn, wirbelte in einem Rauschen von langen Röcken und weiten Umhängen herum und rannte auf den Wald zu.

Neve blieb wie erstarrt stehen und sah Balan nach, bis die Nachmittagsschatten die sich eilig entfernende Gestalt verschluckten.

Einen Moment lang weinte Neve leise. Dann wischte sie sich die Tränen von den Wangen, bevor sie sich bückte, ihr Bündel und ihren Wanderstab aufnahm und sich entschlossen auf den Weg zur Straße machte.

Nicht jeder Sterbende fand sofort den Weg in die andere Welt, in der jene Verwandte und Freunde auf ihn warteten, die vor ihm gestorben waren.

Manchmal blieb eine Seele in dem Raum zwischen den Welten, weil sie den Weg nicht fand oder nicht finden wollte. Gründe dafür waren Legion. Jeder Seele war etwas anderes wichtig, wie ja auch die Lebenden sich unterscheiden.

Was auch der Grund war: Zurück blieb eine verlorene Seele, die einsam auf der Erde wandelte. Manche Menschen nahmen diesen als Geist wandelnden unruhigen Toten wahr. Manche spürten nur eine unangenehme Kühle, wenn sie sich in der Nähe einer verlorenen Seele befanden.

Neve und andere Sängerinnen konnten den Geist sehen und mit ihm sprechen. Ein Kreidekreis, der durch den Gesang zu einer Barriere wurde, schützte sie. Manche Sängerin war von einer verwirrten Seele schon in den Wahnsinn gezogen worden. Hass auf die Lebenden, Schuldgefühle und Trauer konnten eine tödliche Mischung ergeben, die Unschuldige mit sich riss. Der hilflose Rest Dasein verstand nicht, dass die Sängerin helfen wollte, fasste alles als Angriff auf. Dann gingen die Geister zur Offensive über, und nur der Kreis stand zwischen der Sängerin und dem Irrsinn.

Balan hatte Neve beigebracht, das Schutzsymbol zu zeichnen. Neve wollte niemals nachlässig sein, sich niemals aus Mitleid verleiten lassen,

9

den Kreis nur flüchtig zu zeichnen. Nur diese Linien standen zwischen ihr und dem möglichen Angriff einer vor Verzweiflung irrsinnigen Seele.

Was war der Lohn?

Ein wenig Schmerz und Leid von dieser Welt zu tilgen, eine verzweifelte Seele befreit zu haben – und immer einsam zu sein, es sei denn, sie bildete eine Tochter aus.

Neve wanderte durch die Acht Reiche, vernahm Geschichten und Sagen und folgte dem Schmerz, der sie immer und immer wieder rief, um eine Seele zu befreien.

Nach zehn Jahren des Wanderns, des Singens und der Suche nach dem Mann, der ihr die lang ersehnte Tochter schenken konnte, hörte sie zum ersten Mal vom Ritter der Festung über der Fördestadt Kyelle.

Es war keine Festung, sondern nur noch eine Ruine.

Neve blieb überrascht stehen, sah von der Höhe auf eine reiche, blühende Stadt hinab, die sich rund um die Förde an das Meereswasser schmiegte. Der Ansiedlung vorgelagert hatte einst eine trutzige Festung gestanden, deren gewaltige Rundtürme nur noch als bröckelnde, rußgeschwärzte Trümmerlandschaften unter der Sonne lagen.

Das hatte Neve nicht erwartet. Sie stützte sich schwer auf ihren Wanderstab und sah hinab, nahm die Einzelheiten in sich auf. Immer wieder schweifte ihr Blick zur Festungsruine.

Eine Stadt wie Kyelle musste einfach Seeräuber anlocken. Sie war reich, und diesen Reichtum sah man ihr schon von Weitem an.

Warum war die Festung nach ihrem Fall vor über sechzig Jahren nicht erneut aufgebaut oder ersetzt worden? Warum lagerte hier keine Garnison, um die reiche Handelsstadt zu schützen?

Solche Nachlässigkeit sah dem Herrscher nicht ähnlich und verwunderte Neve.

In diesem Moment fühlte sie den Schmerz, der sie wie eine Mereswelle überrollte.

Neve atmete keuchend tief ein und brach in die Knie. Die Welt verschwamm vor ihren Augen. Sie rang nach Atem und konzentrierte sich verzweifelt auf den Ursprung dieses Schmerzes.

Die Festung. Eine Seele in der Festung.

Neve hatte es gewusst. Schon seit Tagen spürte sie das Leiden einer Seele, die zwischen den Welten gefangen war. Aber noch nie zuvor hatte die Sängerin solche Sendungen empfangen. Es war wie ein Hilfeschrei aus tiefster Qual.

Neve biss die Zähne zusammen, atmete ein letztes Mal tief durch und bohrte dann den Wanderstab in die Erde, um sich an ihm wieder auf die Beine zu ziehen.

Die Welle, die über sie hinweggegangen war, rollte aus, wurde wieder schwächer, bis sie nur noch wie ein entzündeter Zahn pochte. *Schmerzhaft, aber auszuhalten,* dachte Neve und machte sich auf den Weg die breite Straße hinab auf die Stadt zu.

Neve hatte keinen direkten Weg zur Festung gesehen. Also musste sie durch Kyelle bis zum zweiten Tor gehen, durch das sie zur Ruinenlandschaft hinaufsteigen konnte.

Vielleicht fand sich ein mitleidiger Mensch, der ihr Essen und ein Nachtquartier schenkte. Geistersängerinnen taten Gutes für die Gemeinschaft, und meistens dankten die Menschen in der Umgebung einer gefangenen Seele dies mit Almosen. Wie Priester und Heiler galten Sängerinnen als unberührbar. Als solche brauchten sie kaum etwas zu fürchten. Ein Vorteil der Einsamkeit.

Je näher Neve dem hoch aufragenden Wall kam, desto beeindruckter war sie von dem Reichtum, der ihr von fahnengeschmückten Wehranlagen entgegenprunkte. Es musste einfach eine Garnison innerhalb der Stadtmauern geben. Die Mauern alleine konnten niemals ausreichend Schutz bei einem Angriff bieten, wenn keine Soldaten auf den Wehranlagen standen, um die Seeräuber zurückzuschlagen.

Reichtum, dachte Neve sich, während sie mit langen Schritten die Straße entlang ging, lockte doch immer Neider auf den Plan. Neve war froh, dass sie nichts besaß, was das Stehlen wert war. Sogar Räuber akzeptierten eine Sängerin als etwas Unantastbares und ließen sie unbehelligt passieren. Aber eine solche Stadt mit ihren Warenhäusern und Speichern würde kein Seeräuber, der aus Hunger und Armut auf Raubzug ging, verschmähen. Wer sich das erhoffte, konnte nur ein Träumer sein.

Kyelle war ein Handelsposten. Tagtäglich kamen hier Waren von hohem Wert an, um entweder auf dem Landweg oder über das Meer weitertransportiert zu werden.

Wie konnte man eine solche Perle unbewacht lassen? Solcher Leichtsinn, der geradezu fahrlässig war, wirkte untypisch für den Herrscher und seine straffe Verwaltung.

Aber das war nicht Neves Problem. Ihre Aufgabe bestand alleine in der Erlösung der Seele, deren Leid sie spürte. Deswegen strebte sie auf die Festung zu, und nur an diesem Schmerz konnte sie etwas ändern.

Es standen Wachen am Tor, aber sie trugen nicht die Uniformen des Herrschers. Die Männer sahen die Geistersängerin nur beiläufig an und ließen sie eintreten, ohne nach ihrem Ziel oder ihren Geschäften zu fragen.

Neve hatte beinahe das Gefühl, sich in einem Traum zu bewegen. Noch nie war sie an Wachen vorbeigegangen, ohne dass diese ihr zumindest einen Guten Tag gewünscht und wenigstens eine Frage gestellt hatten. Wozu hatte man Wächter vor der Tür, wenn diese nichts taten, sich nicht für diejenigen interessierten, die an ihnen vorbei gingen?

Die Straßen waren gepflastert, überall gab es Geschäfte, die auf Auslagen auf der Straße Waren zur Betrachtung boten.

Neve wanderte wie in einer fremden Welt durch die Stadt, auf deren Straßen mehr Menschen unterwegs waren, als sie jemals auf einmal gesehen hatte. Niemand beachtete Neve. Sie wurde nicht angerempelt. Niemand bot ihr seine Waren an.

Sie kam sich ein wenig schäbig und schmutzig vor inmitten dieser bunt gekleideten, lauten Menschen, die geschäftig an ihr vorbei hasteten.

Öffentliche Brunnen, Grünanlagen und immer wieder Händler und Werkstätten boten sich ihrem erstaunten Auge dar. Sie sah Sänften, die von Männern oder Pferden getragen wurden. Sie erblickte ganze Gruppen von Sklaven, die Straßen und Bürgersteige fegten.

Aber sie sah nicht einen einzigen Soldaten des Herrschers.

Sie bog nach links ab und erkannte verwirrt, dass sie in einer Seitengasse gelandet war. Sie wollte umkehren und zurück auf die Hauptstraße gehen, dort notfalls nach dem Weg zum zweiten Tor fragen, als sie den Schmerz erneut spürte.

Dieses Mal war es nicht ganz so schlimm, aber auch nur, weil sie darauf vorbereitet gewesen war.

Für einen Moment glaubte sie sogar, eine Stimme zu hören. Es trieb ihr die Tränen in die Augen. Was musste ein Mensch zu Lebzeiten durchgemacht haben, um mit solchem Schmerz zwischen den Welten zu wandern?

Dann spürte Neve seinen sengenden Hass.

Sie stützte sich an einer Mauer ab und wartete, bis Schmerz und Hass abebbten. Es dauerte seine Zeit, bis sie wieder normal atmen konnte.

Die Intensität schockierte sie. Er war wie ein Leuchtfeuer über stürmischer See – auf Meilen zu sehen. Sie spürte die Hitze seines Zornes. Jede Zelle ihres Körpers vibrierte mit seinem Schmerz.

Wie lange war er schon tot? Sechzig, siebzig Jahre? Erstaunlich, dass er sich über eine so lange Zeit so viel Wut erhalten hatte und nicht schon verblasst war.

Die meisten Hilferufe erklangen schwach und unartikuliert. Meistens war es nur Trauer. Hier schwang sehr viel mehr mit. Es war entsetzlich, wie viel mehr als Sendung bei Neve ankam. Warum war der Ritter noch nicht erlöst worden?

Neve hatte die Grenze zum Reich überquert, weil sie seine Sendungen gefühlt hatte, und da war sie noch Wochen Fußmarsch von ihm entfernt gewesen! Ja, er machte ihr Angst mit seiner Mischung aus Wut und Verzweiflung. Aber das war kein Grund, seinen Hilfeschreien nicht zu folgen.

Die Sängerin kehrte auf die Hauptstraße zurück und ließ sich im Menschenstrom mitziehen, bis sie die hohen Zinnen des Torbaus sah. Karren voller Obst und Gemüse zogen an ihr vorbei, und sie spürte beinahe schmerzhaften Hunger. Ihr Magen knurrte. Aber das musste nun warten. Diese Seele, die in tiefster Qual um Hilfe schrie, nach jemandem, der nur für einen Moment zuhörte, hatte Vorrang vor allem anderen.

Neve schob sich an einem Marktstand an zwei schwatzenden Frauen vorbei und sah nun das Tor vor sich.

Sie atmete erleichtert auf. Die Stadt war so riesig, dass es nur zu leicht war, sich in ihr zu verlaufen, wenn man sich nicht auskannte.

Dieses Tor, erkannte Neve verblüfft, war überhaupt nicht bewacht. Die großen Flügel waren geschlossen, nur die kleine Fußgängerpforte stand sperrangelweit auf. Neve schlüpfte hindurch und sah den breiten Weg zur Festungsruine hinauf.

Ein Mann blickte für den Moment zu ihr herüber, runzelte die Stirn und sah wieder weg.

Neve fühlte sich seltsam erleichtert, dass sie die Stadt hinter sich gelassen hatte. Kein Windhauch hatte sich zwischen den hohen Mauern gerührt. Kein Mensch hatte der Sängerin ein Lächeln oder überhaupt nur einen Blick geschenkt. Es war unheimlich gewesen, und Neve kannte sich mit diesem Begriff wirklich gut aus.

Grasbüschel und Unkraut wuchsen zwischen den schweren Steinblöcken, aus denen die Straße gefertigt worden war. Es sah nicht aus, als wäre in den letzten Jahrzehnten jemand zur Festung hinaufgegangen. Bäume hatten mit ihren Wurzeln ganze Steinquader angehoben.

Die Natur eroberte sich ihr Reich zurück, und eine Straße, die nicht benutzt wurde, konnte innerhalb weniger Jahrzehnte vollkommen überwuchert werden, als wäre sie niemals da gewesen.

Neve blieb einen Moment stehen und sah zur Festungsruine hinauf. Das war einst ein mächtiges Bollwerk gegen Angreifer gewesen. Neve konnte sich die letzte, alles zerstörende Schlacht, die vor so vielen Jahrzehnten hier getobt haben musste, nicht einmal vorstellen.

Aber es war keinesfalls Nachlässigkeit gewesen, die zum Fall der Festung geführt hatte. Soviel hatte sie den Erzählungen in Gaststätten und an Lagerfeuern auf ihrem Weg nach Kyelle entnehmen können. Vom Ritter wurde mit beinahe ehrfürchtigem Respekt gesprochen. Er hatte die Festung jahrelang gehalten und die Stadt im Schatten dieser Wehranlage gegen jeden Angriff verteidigt.

Die Legenden berichteten von der Übermacht der Seeräuber, die an jenem verhängnisvollen Tag gelandet waren und die Festung überrannt hatten. Einen Teil der Garnison hatte der Ritter in die Stadt geschickt. Dort war der Angriff schlussendlich abgewehrt worden, aber auch die Stadtbevölkerung hatte einen hohen Blutzoll für diesen Sieg entrichtet. Es hieß, die Seeräuber hätten gezielt Jagd auf Kinder gemacht. Eine entsetzliche Vorstellung.

Als der Ritter inmitten seiner brennenden Festung starb, fiel auch der letzte Eindringling. Die Stadt war gerettet worden.

Aber warum war dann nichts von einer neuen Garnison zu sehen? Warum ließ der Herrscher nach jenem schweren Angriff die Stadt ohne Beschützer offen für die seefahrenden Plünderer?

Seeräuber wuchsen nach wie Korn auf den Feldern. Eine vernichtende Schlacht, die ihre Flotten geschlagen hatte, bedeutete nicht, dass es niemals wieder einen Angriff gab.

Neve schüttelte den Kopf, um diese Gedanken zu vertreiben. Es war nicht ihre Aufgabe, für den Herrscher zu denken. Ihre Aufgabe erwartete sie dort oben in der Ruinenlandschaft.

Es war gar nicht mehr weit. Neve raffte ihre langen Röcke, schulterte das Bündel und machte sich auf den Weg zu einer verlorenen Seele. So hatte ihre Mutter es ihr beigebracht, so tat sie es, seitdem Balan sich von ihr getrennt hatte.

Rußgeschwärzte Mauern ragten weit über Neve auf. Wo früher das doppelte Tor gewesen war, gähnte ein schwarzes Loch in der Wehranlage. Neve musste über Trümmer klettern, die den Graben, der die Festung einst umgeben hatte, beinahe aufgefüllt hatten. Unkraut, Bäume und Büsche wuchsen auch hier. Rankpflanzen hatten das Mauerwerk zum Teil überwuchert.

Neve durchschritt den Torbau und fand sich auf einem großen Platz wieder, der an drei Seiten von Gebäuden gesäumt wurde.

Rundum ragten die Ruinen der Türme auf. An jeder der fünf Ecken der Festung hatte ein solches Bollwerk gestanden.

Der Legende nach war der Ritter auf der Plattform einer dieser Türme gefallen, als seine Festung rund um ihn herum bereits in Flammen stand.

Neve überquerte den Platz langsam, wobei sie sich immer wieder nach allen Seiten umsah und vor allem mit ihren geschärften Sinnen um sich spürte. Nach so vielen Jahren konnte der Geist nicht mehr als ein blasses Flackern sein. Aber dann ermahnte sie sich, dass ihre bisherigen Erfahrungen ihr hier vielleicht nicht wirklich nützten, denn noch nie zuvor hatte sie so starke Sendungen empfangen. Deren Intensität warnte sie, dass der Ritter vielleicht stärker war als nur ein glimmendes Licht im Wind.

Neve blieb stehen, schloss die Augen und hielt mit ihrem Gespür für Geister Ausschau nach dem Ritter.

Seit Jahrzehnten hatte kein lebender Mensch einen Fuß in die Festung gesetzt, davon war Neve überzeugt.

Sie war gespannt auf den Geist, das konnte sie zugeben. Er war ein Held dieses Reiches gewesen und lebte in den Erzählungen weiter. Die Legenden über ihn wurden stets im Tonfall der Ehrfurcht und Verehrung erzählt. Er war nur ein Mensch gewesen, aber im Sterben, als er seine Festung verteidigte, hatte er einen Status erreicht, der weit über das Übliche hinausging. Die Festung war nur noch eine brennende Trümmerlandschaft gewesen, aber Kapitulation hatte der Ritter nicht gekannt, und dafür hatte das Volk ihn zum Helden verklärt. Wie viel davon war Legende, wie viel Wahrheit? Neve würde es herausfinden, sobald sie den Geist aufgespürt hatte.

Die Welle überrollte sie wieder, aber sie konnte spüren, von wo die Sendung gekommen war. Neve stützte sich schwer auf ihren Wanderstab und wartete, bis auch diese Gefühlswoge sanft ausrollte und Neve schwitzend und atemlos auf dem großen Kasernenhof alleine ließ.

Sie wischte sich Schweiß von der Stirn und Tränen von den Wangen. Dann ging sie direkt auf einen der Türme zu. Dieses Bollwerk war dem Meer zugewandt, der erste Teil der Festung, der die volle Wucht des Angriffs zu spüren bekommen hatte.

Wie viele Soldaten mochten hier gefallen sein? Wie viele Todesopfer hatte der Angriff der Seeräuber in der Stadt gefordert? Aber hier herrschte nur Leere: kein Soldat, kein Seeräuber, kein Knecht, keine Frauen und Kinder. Was blieb, war eine Einsamkeit, die Neve trauern ließ um die Gefallenen und den Ritter, der seit Jahrzehnten alleine in den verbrannten Mauern herumirrte.

Sie hielt weiter auf den Turm zu, passierte die Trümmer, die einst Pferdeställe gewesen sein mochten, kletterte über umgestürzte Säulen hinweg, die früher das Dach eines großen Gebäudes getragen hatten. Eine Gemeinschaftshalle, ein Festsaal, Neve wusste es nicht.

Ein wenig außer Atem erreichte sie den Turm. Diesem fehlten das Dach, eine vollständige Seite und jegliche Innenmauer. Er war nur noch ein Schlot, ragte auf wie ein Schornstein. Und genau das war er vor vielen Jahren gewesen, als die Festung niederbrannte.

Neve legte den Kopf in den Nacken und sah hinauf, wo sich früher die Plattform befunden haben musste, auf der der Ritter gefallen war. Dort oben hatte er gekämpft und seine Gegner erschlagen, während rund um ihn herum alles gebrannt hatte. In der Hitze musste das Blut der Erschlagenen verdampft sein. Niemand hatte inmitten der Flammenhölle noch atmen können.

Wie vollbrachte ein Mensch so etwas? Er als Ritter und Stratege musste gewusst haben, dass er sterben würde, dass er inmitten brennender Trümmer nur noch darum kämpfte, die Liste der Toten immer länger zu schreiben. So viele Seeräuber, so viele Soldaten, ein Ritter. Er hatte nicht mehr gewinnen können. Jeder ausgeteilte Schlag hatte das unvermeidliche Ende nur um Augenblicke hinausgezögert.

Wie konnte man da noch den Mut für einen Hieb und noch einen weiteren finden? Die Hitze des brennenden Turmes um sich herum. Jeden Augenblick konnte der Boden nachgeben. Aber der Ritter hatte dort oben bis zuletzt seine Feinde niedergemacht – obwohl es sinnlos gewesen war.

Wieder spürte Neve den Geist, aber dieses Mal war die Sendung beinahe sanft und ließ sie nicht nach Atem ringen wie die Male zuvor.

Hatte der Ritter sie bemerkt und hielt sich deswegen zurück? Befürchtete er, das einzige Wesen zu vertreiben, das ihm helfen konnte und wollte?

Sie drehte sich langsam im Kreis, um den Ausgangspunkt zu finden. Nicht der Turm. Von dort hatte sie den Ritter das erste Mal gespürt. Aber er bewegte sich frei in der Ruine, strich ruhelos durch das, was früher sein Reich, sein Kommando gewesen war.

Das Gebäude mit den umgestürzten Säulen! Neve fuhr herum, kletterte mühsam zurück und lief auf die Halle zu. Auch dieser fehlte das Dach, und der Boden war bedeckt mit verkohlten Überresten vom Dachgebälk, zerschlagenen Dachpfannen und Mauertrümmern.

Ja, jetzt war sie ihm nahe. Sie konnte seine Präsenz ganz deutlich spüren. Neve zerrte ihr Bündel herab, zog die stabilen Schnüre auf und holte den kleinen Beutel mit der gemahlenen Kreide hervor.

Selbst wenn der Geist jetzt noch weiter wandelte, sie erwartete fest, dass er wieder hierher kommen würde. Er würde neugierig sein, und er würde spüren, dass sie seine Chance auf Frieden war. Geister kamen zu ihr, wenn sie ihnen nur nahe genug war. Auch sie erkannten eine Sängerin und wurden wie Motten vom Licht von ihr angezogen.

Neve nahm sich Zeit, ihren Kreis auf den Boden zu zeichnen. Sie vertrieb jeden Gedanken an den Ritter aus ihrem Kopf. Erst wenn das schützende Rund gezeichnet war und sie sich in ihm befand, konnte sie den Ritter ansprechen. Vorher war sie leichte Beute für einen verwirrten Geist, und an die Wut, die wie Feuer brannte und ihr im Herzen wehtat, erinnerte sie sich nur ungern.

Diese Seele konnte Neve schaden, wenn sie wollte. Und so wie ihr Hass loderte, war alles möglich.

Der Kreis war vollendet, und sie trat über die bunten Linien in die Mitte des schützenden Zeichens. Neve stellte ihr Bündel vor ihre Füße und ließ sich im Schneidersitz in der Mitte des Rundes nieder, legte den Wanderstab über ihre Oberschenkel und flüsterte die Worte, die die Kreide in mehr als bunten Staub verwandelten, den Beistand der Götter erflehten und den Ritter spätestens jetzt auf sie aufmerksam machten.

Sie wartete in Ruhe. Notfalls würde sie den Rest des Tages und auch die kommende Nacht hier sitzen. Drängen und Eile waren falsch. Ihre Mutter und vor allem ihre Erfahrungen der letzten Jahre hatten Neve das gelehrt. Ihr Mitleid war grenzenlos, ihre Fähigkeit zum Verständnis für die Qual ungebrochen. Der Ritter würde zu ihr kommen, wenn er die Zeit für reif hielt.

Aber er ließ sie nicht lange warten.

Die Worte lockten ihn an, seine Neugier und vor allem seine Sehnsucht und Einsamkeit trieben ihn auf Neve zu.

Umgeben von den Glassplittern der vom Feuer geborstenen Fenster, von Asche, Ruß und Trümmern erschien vor Neve ein blasses Schimmern.

Sie atmete tief durch, öffnete ihr Herz für sein Leid und wartete noch einen Augenblick ab, bevor sie ihn ansprechen wollte.

Doch dann geschah etwas Unerwartetes, das sie noch nie zuvor gesehen hatte, wovon ihre Mutter niemals ein Wort erwähnt hatte.

Das fahle Schimmern verdichtete sich, wurde zu einem grauen Nebel, faserte in alle Richtungen, wandelte sich zu einer aschefarbenen Rauchwolke, die von innen heraus rot und flackernd beleuchtet wurde. Die Rauchschwaden teilten sich, und vor Neve stand ein Ritter in voller Rüstung, eine gewaltige Streitaxt am langen Arm, ein Augenhelm ohne die geringsten Verzierungen auf dem Kopf, einen Schild an der Seite.

Neve roch Rauch und Feuer, Blut und Männerschweiß. Unbewusst richtete sie sich ein wenig auf, als der große Ritter einen Schritt nach vorne auf sie zu machte, aus dem Rauch wie von Kämpfen und Schlachten heraustrat und dann etliche Schritte vom Kreidekreis entfernt stehen blieb.

Aus den schmalen Sehschlitzen des Helmes funkelten unglaublich blaue Augen, deren Blick zu erwidern fast wehtat.

Ein langer Pelzmantel hing von den breiten Schultern Hinab, die Rüstung schimmerte wie frisch poliert.

»Guten Abend«, brachte Neve nach einem Moment des fassungslosen Starrens hervor. Noch nie hatte sie einen Geist gesehen, der so lebendig, so greifbar und echt aussah. Sie kannte nur blasse Kleckse, formlose Gestalten, die der leiseste Windhauch zur Seite wehen konnte. Und so war dieser hünenhafte Ritter ihr zuerst auch erschienen. Was war geschehen, woher hatte er die Kraft genommen, sich ihr so zu zeigen?

Das war der erste Eindruck, die erste Verwirrung.

Das zweite Gefühl, dass sie nie einen Mann wie ihn gesehen hatte, wirkte stärker in Neve. War dies eine Projektion, wie er sich selbst gerne gesehen hätte? Dann sah sie eine helle Narbe wie von einem Messerschnitt auf seinem rechten Unterarm die Reinheit der sonnengebräunten Haut unterbrechen. Die hatte er gewiss bereits zu Lebzeiten getragen. Dies war keine Vortäuschung falscher Tatsachen. Dies war die Gestalt des Ritters, wie er vor mehr als sechzig Jahren ausgesehen haben musste, als er auf dem Turm hinter ihr gekämpft hatte.

»Guten Abend, Mädchen«, antwortete er so deutlich und klar, als wäre er tatsächlich noch am Leben.

Seine Stimme war tief, und beinahe meinte Neve, sie als Vibration in ihrer eigenen Kehle zu spüren. Trotz ihrer Fassungslosigkeit über diesen Geist kannte Neve die Aufgabe. Er war ein Held des Volkes, und ihm gebührte Respekt.

»Du bist Arrion, der Ritter dieser Festung.«

Er nickte, dann sah er sich um, als hätte er seit Jahrzehnten den Verfall nicht bemerkt, nicht verstanden, dass die Ruinen um ihn herum immer mehr in sich zusammenfielen.

Sein Arm sank herab, der doppelte Kopf der großen Kriegsaxt berührte leicht den Boden.

»Wer hat dich geschickt?«, fragte der Ritter schließlich.

»Niemand hat mich geschickt, Arrion. Ich folgte den Legenden, die man sich über dich erzählt. Ich folgte deinem Schmerz, deiner Trauer.« Sie unterschlug den Hass, den sie so deutlich gespürt und der ihr fast Angst gemacht hatte.

»Dies ist meine Festung, Mädchen. Niemand wird mich von hier vertreiben.« Er klang trotzig und verletzt.

»Niemand will dich vertreiben, Arrion. Ich möchte nur helfen. Ich spürte dein Leid so deutlich, dass es mich hierher rief. Schau dich um, was aus deiner Festung geworden ist. Es ist lange her, dass hier Soldaten an deiner Seite kämpften. Du hast hier keine Aufgabe mehr – schon seit Jahrzehnten. Arrion, du kannst frei sein. Dies ist nicht mehr deine Welt.«

Er sah noch einen Moment lang auf sie herab, dann löste er die Riemen des schweren Schildes und legte diesen zu Boden und ließ sich vor ihr ebenfalls im Schneidersitz nieder. Arrion legte die Kriegsaxt über die muskulösen Oberschenkel und nahm den Helm ab, den er neben sich auf dem Boden abstellte. Dann sah er Neve direkt an.

Seine Augen waren kobaltblau.

Neves Gedanken rasten: Er sah zu echt aus, zu lebendig! Sie hatte das Leder seiner Kleidung knarren gehört, als er sich hingesetzt hatte. Das Kettenhemd unter dem Brustpanzer klirrte leise. Der Wind fuhr in seine langen, schwarzen Haare, die Arrion sich mit einer knappen Handbewegung aus dem Gesicht strich. Geister sahen nicht so aus – und sie hatte es wirklich schon mit vielen zu tun gehabt.

Selbst Seelen, die erst ein oder zwei Jahre zwischen den Welten umherirrten, waren nur noch fahle Schemen. Sie verloren stündlich an Energie, bis nur noch der Schmerz und ein Weinen im Wind übrig blieben. Diese Seele jedoch war seit fast sieben Jahrzehnten an diesem Ort gefangen, und Arrion sah aus, wie er zu Lebzeiten ausgesehen haben musste.

Neve erkannte Spuren von Blut an seiner Rüstung, verwischt zu Streifen, einzelne Tropfen. Sie sah, wie der Wind mit seinem Haar spielte, hörte das Leder erneut knirschen, als der Ritter sich leicht nach vorne beugte.

»Es ist so lange meine Welt, wie ich es will, Mädchen.«

»Ich spüre deinen Schmerz und deine Trauer, Arrion. Das ist es, was dich hier festhält – nicht dein Wille oder diese Welt, an der du festhältst, obwohl sie dir keinen Platz mehr bietet. Ich kann dir den Weg in die andere Welt zeigen. Ich bin sicher, dass jemand auf der anderen Seite auf dich wartet.«

Er wandte den Kopf mit einem Ruck ab. Seine Kiefermuskeln spannten sich kurz an. Für einen Moment packte seine Hand den Stiel der Kriegsaxt fester. Seine Fingerknöchel traten weiß hervor.

Sie wusste, dass sie ihn berührt hatte. Es gab immer jemanden, der wartete: Kinder, Eltern, die Ehefrau, der beste Kamerad, eine Geliebte. Es war gut, die verlorene Seele auf diesen Umstand hinzuweisen, wenn sie sich an dieser Welt festklammerte, die nicht mehr die ihre war.

Viele vergaßen in ihrer Trauer, dass es jemanden gab, der um sie weinte.

Allzu leicht konnte ein Ritter, der so viel Verantwortung getragen hatte, es vergessen.

Er sah sie wieder an, und sie fühlte sich von diesem unglaublich dunklen, blauen Blick nahezu durchbohrt, als könnte er ebenso leicht in die Abgründe ihrer Seele blicken, wie ihr das bei ihm gelang. »Was weißt du von meinem Schmerz, Mädchen?«

Sie kannte diese Frage. Jede Seele glaubte, ihr Leid wäre einzigartig. Jeder dachte, seine Geschichte, sein Leben wäre besonders grausam und hart gewesen. Niemand bedachte, dass es Tausende gab, die ihre Kinder sterben sahen und sich schuldig fühlten.

Neve tastete mit allen Sinnen umher, um seinen Schmerz genau richtig beschreiben zu können. Er musste ihr glauben, dass sie ihn verstand.

»Dies war deine Festung. Hier waren deine Männer stationiert. Du warst ihr Kommandant und sowohl für sie als auch für die Stadt verantwortlich. Du denkst, dass du versagt hast.«

»Ich *denke,* dass ich versagt habe? Schau dich um, Mädchen! Ist das hier die Festung eines siegreichen Ritters? Hast du die Brandspuren gesehen? Den Zerfall? Die geborstenen Mauern? Wo habe ich deiner Meinung nach *nicht* versagt?«

Er klang schroff, und es war wie eine Anklage. Aber die richtete sich nicht gegen Neve, wie sie sehr wohl wusste. Der Ritter klagte sich selbst an.

»Wie lautete der Auftrag des Herrschers, Arrion? Er befahl dir, die Stadt zu schützen – um jeden Preis. Du hast deine Truppen geteilt. Du hast das tun müssen, um die Stadt zu halten. Du hast die Seeräuber zurückgeschlagen und die Stadt gerettet. Das nenne ich nicht Versagen.«

»Ich habe die Festung nicht gehalten«, sagte er ruhiger.

»Ja, stimmt. Hätte auch dumm ausgesehen, wenn du dich mit all deinen Soldaten in der Stadt verschanzt hättest. Dann wären die meisten deiner Männer am Leben geblieben. Und du auch – zumindest so lange, bis der Herrscher davon erfahren hätte. Die Seeräuber hätten die Festung eingenommen und die Stadt von dieser sicheren Position aus angegriffen. Du weißt, dass die Vierteilung auf Befehl des Herrschers die Strafe gewesen wäre, Arrion. Du hast versucht, Festung *und* Stadt zu retten, weil du wusstest, was der Herrscher erwartete, wenngleich er es nicht befohlen hat. Er hat Unmögliches verlangt, und du hast dein Bestes gegeben.«

Sie war es gewohnt, dass verlorene Seelen sich für ihr eingebildetes Scheitern rechtfertigten, ohne selbst auch nur ein Wort davon zu glauben. Sie flüsterten Worte, die sie besser darstellen sollten, obwohl sie sich jenseits des Vergebens fühlten. Sie bettelten mit ihren Entschuldigungen um Mitleid. Sie wollten hören, dass sie nicht schuld waren.

Aber hier kam nicht eine einzige Entschuldigung. Arrion glaubte wirklich an sein angebliches Versagen, und er nahm die Schuld auf sich, weil sein Scheitern für ihn eine Tatsache war.

Und unter all diesen Schuldgefühlen und seiner unübersehbaren Trauer spürte Neve den Hass brodeln, an seiner Kette ziehen wie ein wildes Tier, das nur töten wollte. Gegen wen richtete sich dieser Hass? Diese Wut machte ihr Angst, denn der Zorn stand in totalem Gegensatz zu Arrions Selbstvorwürfen und Schmerz.

War dies der Grund, warum er so lebendig und echt wirkte? Weil in ihm mehr als nur Verzweiflung war?

Mit einem Mal sah er auf, unterbrach den intensiven Blickkontakt. Sie bedauerte es kurz, denn in seinen Augen konnte eine Frau sich verlieren.

Dann hörte auch sie Schritte und leises Stimmengemurmel. Sie verharrte, wo sie war. Es blieb ihr auch nichts anderes übrig, denn sie konnte und durfte den Kreidekreis in Gegenwart des Geistes auf gar keinen Fall verlassen.

Arrion stand auf, den Helm unter dem Arm, die Axt in der freien Hand. Noch ruhte der gewaltige Waffenkopf auf dem Boden, aber jeder Zoll des Geistes sprach von seiner Bereitschaft zum Angriff.

Neve fühlte sich versucht, ihn darauf hinzuweisen, dass niemand außer einer Sängerin ihn sehen oder hören konnte. Aber interessierte es ihn? Seine Haltung und seine Einsatzbereitschaft sprachen Bände, dass er ihre Berufung akzeptierte und sie notfalls verteidigen würde. Aber vor wem?

Sie lauschte auf das Stimmengemurmel und konnte nach kurzer Zeit mehrere Sprecher unterscheiden, die offenkundig über irgendetwas aufgebracht waren. Sie lehnte sich ein wenig zurück, sorgsam darauf achtend, dass sie keine der feinen Kreidelinien berührte.

Jetzt konnte sie die Männer sehen, die in einem dichten Pulk über den großen Platz vor der Halle herankamen, vor den Trümmern der Säulen kurz stehen blieben und dann nacheinander über dieses Hindernis hinwegkletterten. Soldaten der Stadt, nicht des Herrschers. Neve war verwirrt, was die Männer hier wollten.

Arrion bewegte sich nicht.

Sie beobachtete, wie seine Brust sich unter der Rüstung wie bei einem Einatmen hob. Neve sah seine Wimpern sich bei jedem Lidschlag senken.

Ihre Mutter hatte ihr gesagt, dass sie die beste Geistersängerin dieser Welt war. An Arrion musste sie dies beweisen. Seine Seelenqual tat ihr weh. Auch jetzt, da er mit allem Anschein von Gelassenheit den Soldaten entgegensah, spürte sie seine Schmerzen. Für den Augenblick war die kochend heiße Wut in den Hintergrund gedrängt, aber seine Schuldgefühle waren für Neve nahezu greifbar. Sie wollte sie ihm entreißen und ihm den Frieden geben, den er sich als Ritter des Herrschers auch durch die Hingabe seines Lebens verdient hatte. Sie musste es schaffen.

Die Fremden traten in die Ruinen der Halle. Neve erkannte ihre Wächteruniformen und ein Gehabe von Selbstgerechtigkeit, das sie überraschte.

Nicht ein Blick ging zu Arrion, obwohl er hochaufgerichtet und einsatzbereit dastand. Es war kaum zu glauben, dass ihn niemand außer ihr sah, so greifbar und lebendig wirkte er. Aber so war es mit Geistern, und wenigstens das stimmte auch in Bezug auf ihn – wenn schon alles andere von Neves Erfahrungsschatz abwich.

»Weib, verschwinde von hier und lass dich nie wieder blicken!«, brüllte der Anführer des kleinen Trupps Neve an, nachdem er sie einen Moment lang nur gemustert hatte.

Dieser Angriff kam unerwartet und vor allem von der falschen, menschlichen Seite.

»Was?«, fragte Neve verwirrt nach.

Der Hauptmann stürmte zu ihr, verhielt kurz vor dem Kreidekreis, in dessen Mitte sie immer noch im Schneidersitz saß. »Du sollst verschwinden! Ich weiß, was für eine du bist. Du wirst den Ritter nicht erlösen. Der bleibt hier und tut das, was seine Aufgabe ist. Verschwinde, oder du kannst im Kerker verrotten, du Miststück!«

Arrion drehte sich ganz langsam zu ihr um. Die blauen Augen waren geweitet vor Überraschung. Keiner der Männer sah ihn, das war offensichtlich. Vielleicht hätte der Soldat, der Neve so anbrüllte, dann den Mund gehalten. Die Eröffnung, dass die Stadtbewohner sich seiner so sicher waren, stellte ganz offenkundig eine Neuigkeit für den geisterhaften Ritter dar.

Aber Neve verstand nicht, was die Stadt davon hatte, wenn eine verlorene Seele in den Festungsruinen umging. Welchen Nutzen zogen sie aus ihm? Ihr schwirrte der Kopf von diesen ganzen Widersprüchen.

»Ich bin eine Geistersängerin«, sagte Neve ganz ruhig, obwohl sie Angst bekam. Noch nie war sie so behandelt worden. Sie war noch niemals angeschrien worden – außer von dem einen oder anderen verwirrten Geist. »Ich bin hier, um dem Ritter Arrion Frieden zu schenken. Ich spüre seinen Schmerz. Niemand muss unter solchen Qualen zwischen den Welten wandern ...«

Der Mann sprang unter den empörten und anfeuernden Rufen seiner Kumpane in den Kreis und packte Neve am Oberarm, zerrte sie mit sich, bevor sie noch begriff, was da geschah.

Als sie es verstand, wehrte sie sich erbittert. Der Kreis war ihr einziger Schutz!

Dieser Idiot trat auf die Linien, verwischte die Kreide, trat sie in den Dreck – und erstarrte zur Salzsäule, als Arrions Hand sich wie eine Stahlklammer um sein Handgelenk schloss.

Neve vernahm das synchrone Aufkeuchen der übrigen Soldaten, und sie wusste mit absoluter Sicherheit, dass die Kerle den Ritter jetzt sahen – wie auch immer das möglich war.

Was ist er? Was ist hier los?

Sie glotzen ihn direkt an, und der Hauptmann sank in die Knie, während er sich stinkend in seine Uniform erleichterte. Der dunkle Fleck breitete sich aus, und Neve schlug sich die freie Hand vor den Mund, um nicht laut aufzulachen.

Für einen kleinen Moment, nur so lang wie ein Wimpernschlag, blickte Arrion ihr in die Augen. Sie sah ihr Gelächter in seinen leuchtend blauen Iriden gespiegelt.

Dann war jede Heiterkeit verschwunden, als er den knienden Mann und auch das Pack hinter diesem mit täuschend ruhiger Stimme mit einigen unangenehmen Fakten vertraut machte. »Sie ist eine Geistersängerin, du Idiot. Hat dich das Mädchen, das dich zwischen ihren Schenkeln hervordrückte, nicht vernünftig erzogen? Weißt du nicht, dass man einer Geistersängerin mit Respekt begegnet?«

Der Mann blubberte etwas, das unverständlich blieb. Arrions Fingerknöchel waren weiß, so fest hielt er den Mann. Dieser war in seiner Todesangst noch nicht auf die Idee gekommen, Neve loszulassen, nachdem er sie durch den halben Kreis gezerrt hatte.

Neve konnte für den Augenblick nur starren und mit dem Lachen kämpfen. Sie hatte schon vieles gesehen, aber noch niemals erlebt, dass ein Geist sie vor den Lebenden schützte und obendrein von diesen als tatsächliche Bedrohung wahrgenommen wurde.

Ihre Welt wurde gerade gründlich auf den Kopf gestellt.

»Sie ist im göttlichen Auftrag hier. Wenn du meine Wut nicht fürchtest, wirst du dann vor den Göttern Angst haben? Oder soll ich dich hier und jetzt zu deinen Ahnen schicken?«

Das leise Kratzen, als Arrion die Kriegsaxt zwei Fingerbreit über den Boden zog, bevor der gewaltige Klingenkopf in der Luft war, erschien selbst Neve ohrenbetäubend laut. Die Soldaten hörten das Geräusch ebenfalls. Sie sahen die Axt, ihre Blicke klebten wie gebannt an der schimmernden Klinge, die unglaublich groß, gebogen und rasiermesserscharf aussah.

Endlich lösten sich die Finger um Neves Arm, nachdem der Druck für einen Moment schmerzhaft geworden war.

Als hätte er nur auf diese Hand geachtet, schleuderte Arrion den Mann von Neve weg. Die bunte Uniform war staubbedeckt und voller Unrat, als der Mann vor den Füßen seiner Kameraden hart auf dem Boden aufprallte.

Arrion war ein hünenhafter Ritter, und der erheblich kleinere Anführer der Stadtwache hatte gegen diese Naturgewalt nicht den Hauch einer Chance.

Keuchend und schwitzend versuchte der Mann, sich aufzurappeln. Zwei seiner Kumpane flohen in wilder Panik über die Trümmer der Säulen hinweg aus der Festung. Noch ein Mann nässte sich ein, als der Ritter mit langen, kraftvollen Schritten auf die kleine Gruppe zukam. Der beinahe schwarze Pelzumhang zeichnete seine Bewegungen nach.

Wie lächerlich die Stadtwächter neben dem Hünen aussahen, fand Neve. Bei Ritter Arrion machte jede Bewegung, jedes Wort klar, dass man ihn besser nicht verärgern sollte. Kriegshandwerk war sein Beruf und seine Berufung. Jeder einzelne der Wächter sah dagegen aus wie jemand, der ein Amt gesucht hatte, in dem man nicht viel tun musste. Krasser konnte ein Gegensatz nicht sein.

Neve saß in den Resten ihres Kreidekreises, massierte ihren schmerzenden Oberarm und starrte offenen Mundes auf diesen Geist. Der alles war, aber niemals das, was sie erwartet hatte, was ihre Mutter ihr zu besänftigen und in die andere Welt zu singen gelehrt hatte.

Was war er? Woher nahm er diese Kraft? Warum konnten normale Menschen ihn mit einem Mal sehen? Und wie bei allen Göttern *besänftigte* man etwas wie ihn?

Das konnte alles gar nicht sein! Solche Wirklichkeit besaßen Geister nicht, und so benahmen sie sich auch nicht.

»Geht, und lasst euch hier nicht mehr blicken. Wenn jemand berechtigt ist, die Geistersängerin fortzuschicken, bin alleine ich es. Du siehst in mir eine Waffe, und bei den Göttern, das bin ich. Aber ich gehöre dir nicht. Ich gehöre niemandem. Und jetzt verschwinde, bevor ich die Geduld verliere und dich einen Kopf kürzer mache!« Damit wandte er sich schwungvoll um und kehrte zum Kreidekreis zurück, nickte Neve zu und meinte mit vollkommen veränderter, nahezu zivilisierter Stimme: »Wo waren wir stehengeblieben, Mädchen, bevor wir unterbrochen wurden?«

Er würdigte die Stadtsoldaten keines weiteren Blickes mehr. Und sie krochen wirklich in die heranziehende Dämmerung davon – wie Hunde mit eingeklemmtem Schwanz.

Neve sah ihnen für einen Moment nach. Wieder drängte sich ihr die Frage auf, warum noch nie eine Geistersängerin bis zu Arrion vorgedrungen war. War sie die Erste, der es gelungen war, an den Stadtwächtern vorbeizukommen? Sie schüttelte diese beklemmenden Gedanken ab, sah hoch in die leuchtend kobaltblauen Augen und lachte laut auf. »Du bist der ungewöhnlichste Geist, dem ich jemals begegnet bin, Ritter Arrion.«

»Viele Mädchen sagten mir, ich wäre der ungewöhnlichste Mann, dem sie jemals begegnet wären.«

Neve starrte ihn einen Augenblick lang an, bis sie verstand, dass er gerade mit ihr tändelte.

»Bevor wir unterbrochen wurden«, sagte sie möglichst würdevoll, als sie sicher war, dass ihre Stimme nicht mehr vor Lachen beben würde, »sagte ich dir, dass du dein Bestes gegeben hast. Du hast eine Katastrophe verhindert, und du bist dafür gestorben, weil der Herrscher Unmögliches von dir verlangte. Sterbliche vollbringen keine Wunder, Arrion.«

Er ließ sich vor ihr im Schneidersitz nieder, und das Funkeln in seinen Augen war eindeutig unartig. »Andere Mädchen teilen diese Ansicht durchaus nicht.« Er schien tief einzuatmen. Zumindest bewegte sein Brustkorb sich entsprechend, und Neve meinte sogar, die Luft wieder ausströmen zu hören. Das Glitzern verschwand aus seinem Blick. »Kannst du mich in die andere Welt bringen?«

»Ich werde mein Möglichstes tun«, sagte Neve sanft.

»Auch wenn ich es nicht will?«

»Arrion, ich spüre deinen Schmerz und deine Verzweiflung. Ich habe viele Seelen befreit, die wie du von Zweifeln zerrissen waren. Aber ich zwinge mich niemandem auf, und ich werde dich keinesfalls gegen deinen Willen von diesem Ort befreien. Ich biete Hilfe – mehr nicht.«

»Sing für mich, kleine Geistersängerin. Und dann nimm den Weg entlang der Klippen, um von hier wegzukommen. Zwischen den beiden großen Türmen ist eine Bresche in der Wehranlage. Wenn du mich erlöst, kann ich dich nicht vor den Idioten aus der Stadt beschützen.«

»Sie haben dich ausgenutzt«, sagte Neve leise und zum ersten Mal an diesem merkwürdigen Abend mit einem leichten Beiklang von Zorn.

»Wie gut, dass dieser fette kleine Kerl mir die Augen geöffnet hat, nicht wahr? Sing, Mädchen. Auf mich warten Heerscharen von liebevollen Frauen, das weiß ich. Ich will sie nicht enttäuschen.«

Sie sah rasch auf, aber das aufreizende Lächeln lag nicht mehr in Arrions Augen. Für einen Moment meinte Neve, Angst in den kobaltblauen Tiefen zu sehen. Aber sein Gesicht war ernst und ruhig.

Wenn sie ehrlich war, dann konnte sie sich nur zu gut vorstellen, dass er Mädchenherzen gleich reihenweise gebrochen hatte. Schwarzes Haar und blaue Augen waren exotisch in diesen Ländern. Er war groß, stattlich und – wenn er lächelte und lachte – durchaus charmant.

Neve ballte die Fäuste, schloss die Augen und begann zu singen.

Die ersten Silben klangen nicht so rein und süß, wie sie es sonst taten, aber nach einem Atemzug kam Neves Stimme von ganz alleine zur vollen Kraft und Reichweite.

Neve sang, und von ihm hörte sie nur ruhige Atemzüge.

Sie öffnete die Augen. Arrion saß ganz still da und sah sie einfach nur an, schien jede Silbe durch die halb geöffneten Lippen zu trinken. Sie bemerkte, dass seine eindrucksvolle Gestalt leicht durchscheinend wurde.

Sie konnte durch ihn hindurch die Trümmer seiner Halle sehen. Er war stark für einen Geist, dem Hier und Jetzt verhaftet, aber er reagierte auf ihren Gesang, wehrte sich nicht, wollte hinüber in die andere Welt.

Neve verließ die Festungsruine noch in der Nacht. Arrion war fort, dessen war sie sich gewiss. Sie packte ihr Bündel und suchte sich den Weg an der Außenmauer entlang, bis sie die Bresche erreichte, durch die sie die Festung verlassen konnte.

Weit unten donnerte das Meer an die Klippen, und mit einem flauen Gefühl in der Magengrube nahm Neve diesen Weg. Es war dunkel, nur die Gischt der Wellen leuchtete und zeigte ihr deutlich, wo sie besser nicht gehen sollte.

Sie kletterte vorsichtig über Felsbrocken und Geröll, bis sie bemerkte, dass der Wind vom Meer an Stärke gewann und ihr das verschwitzte Haar aus dem Gesicht wehte. Sie hatte den oberen Saum der Klippen erreicht.

Warum sie Arrions Richtungsanweisung folgte, wusste sie auch nicht ganz genau. Sie stand unter dem Schutz der Götter, hieß es. Ihre Person galt als unberührbar durch die Aufgabe, die sie erfüllte.

Die Männer hatten Angst vor dem Geist gehabt, der so plötzlich vor ihnen aufgetaucht war und Dinge getan hatte, die ein Geist nicht tun können sollte.

Wie oft, wenn sie im Winter frierend unter ihrem Umhang im Windschatten eines Felsens gekauert und sich gesorgt hatte, ob ihr in dieser Nacht Zehen oder die Nase abfrieren könnten, hatte sie göttlichen Schutz genossen? Die Götter waren verdammt nachlässig, fand Neve.

Es war ein bitteres Gefühl, an dem sie sich nachts wärmte.

Vor einem Jahr wäre Neve fast an einer entzündeten Wunde gestorben, und nur ihr eigenes Kräuterwissen hatte sie gerettet. In fieberfreien Momenten war sie aus ihrem Zelt gekrochen und hatte die richtigen Pflanzen gesammelt, um ihre Wunde zu verbinden.

Oh, ein gläubiger Mensch würde ihr nun sagen, dass sie ihr Wissen um die Heilkunde den Göttern verdankte. Aber das stimmte nicht. Sie verdankte es ihrer Mutter. Das Gegenargument wäre dann wohl, dass die Götter die Pflanzen gemacht hätten. Ja, vielen Dank, den spitzen Fels,

an dem sie sich die Wade aufgerissen hatte, hatten die Götter nach dieser Logik auch gemacht. Wo war der Sinn?
Und es gab noch mehr, das ihr unsinnig erschien.
Wie ein Ertrinkender sich an alles klammert, was ihn vielleicht tragen kann, klammerte Neve sich an das, was ihr zustand, was die Belohnung der Götter war: ihre Tochter, der sie ihre Gabe vererben und ihr Wissen weiterreichen sollte. Es gab da nur ein Problem: Sie hatte keine Tochter!
Sie hatte mit zahlreichen Männern geschlafen, zufällige Begegnungen, die willens gewesen waren, mit einer Geistersängerin zu schlafen. *Wohl der Reiz des Ungewohnten.*
Für keinen von ihnen hatte sie ein wärmeres Gefühl empfunden, einzig die Zeugung ihrer Tochter im Sinn gehabt. Sie hatte einen Namen, eine Gabe und einen Berg an Wissen und Erfahrung, aber sie wurde nicht schwanger.
Sie hatte sich allzu oft wie eine Hure gefühlt, wenn sie einen Fremden in sich aufgenommen hatte. Es ging nicht um den Mann, um einen flüchtigen Höhepunkt – der allzu oft ausblieb. Es ging um ihre Tochter, auf die sie seit einem Jahrzehnt wartete und hoffte.
Einige der Kerle hatten ihr wirklich gefallen. Es hatte Spaß gemacht, mit ihnen zu schlafen. Unter anderen hatte sie stillgelegen und gehofft, dass sie es endlich schaffen würden. Bei wieder anderen hatte es wehgetan. Aber alles war vergebens gewesen. Danke, ihr Götter!
Ein Mann war in ihr Leben getreten, dem sie sich mit Leben, Leib und Seele hingegeben hätte. Einer. Und was hatte sie getan? Sie hatte ihn in die andere Welt gesungen.
Neve warf ihren Wanderstab zornig zu Boden.
Schwachsinn! Unsinnige, dumme Gedanken. Er war kein Mann, er war ein Geist gewesen, und sie hatte genau das Richtige getan.
Wenn seine Augen nur nicht so blau gewesen wären, dass sie sich in ihnen hätte verlieren können. Wenn er nur nicht gemerkt hätte, dass sie lachen musste, als der Mann aus der Stadt sich einpisste. Wenn er nur nicht ihr Lächeln erwidert hätte. Wenn er nur nicht gebaut gewesen wäre wie noch kein Mann, den sie zuvor gesehen hatte.
Was hatte er gesagt? Zahllose Mädchen warteten nur auf ihn! Ja, das glaubte sie beinahe unbesehen.

Neve hob den Wanderstab wieder auf und suchte sich weiter ihren Weg entlang der Klippen, ohne in die Tiefe zu stürzen, als sie eine allzu vertraute Stimme hinter sich vernahm. Ihre Nackenhaare stellten sich auf. Ihr Herzschlag beschleunigte sich rasant.

»Dir folgen Reiter. Komm hier entlang.«

Neve unterdrückte einen entsetzten Schrei, wirbelte herum, und da stand er: in voller Rüstung, der Schild an seiner Seite eine vom Mondlicht beleuchtete, milchige Scheibe, das Funkeln der Axtklinge tödlich und kalt.

»Ich habe dich in die andere Welt gesungen«, schnappte Neve atemlos.

»Ich erinnere mich. Ich war anwesend. Komm jetzt, wenn du leben willst. Hier entlang.«

Er fegte an ihr vorbei. Der lange Fellumhang streifte sie, und sie packte zu, hielt sich an dem dichten Pelz fest und ließ sich so von einem Geist durch die Dunkelheit ziehen.

Sie hatte Mühe, mit ihm Schritt zu halten, denn er war so viel größer als sie. Der Pelz fühlte sich kalt und fettig in ihrer Hand an, aber sie ließ sich von Arrion führen, während sie in die Dunkelheit lauschte und ihre Gedanken rasten.

Wie hatte der Geist sie gefunden? Und warum war er nicht in der anderen Welt? Warum war er nicht mehr an die Festungsruine gefesselt? Warum vertraute sie gerade ihr Leben einer verlorenen Seele an, von der sie ebenso gut in die Tiefe geschleudert werden konnte?

Ihre Gedanken wirbelten durcheinander. Nichts hatte mehr Sinn. Aber das war fast gleichgültig, da sie von der Klippenkante fortgeführt wurde und atemlos hinter dem Ritter herstolperte.

Dann hörte sie tatsächlich Hufschlag hinter sich und verdoppelte ihre Anstrengungen, mit Arrion Schritt zu halten, der sie an eine zweite Klippenreihe geführt hatte.

»Klettere da hinauf, Mädchen. Mach schnell, sie sind gleich da. Ich will dich da oben in Sicherheit wissen, wenn sie angreifen. Außerdem wirst du da nicht schmutzig.«

»Ich habe keine Angst vor ein bisschen Schmutz!«, gab sie hitzig zurück, während sie nur im blassen Schein eines halben Mondes versuchte, den Felsvorsprung zu erklimmen.

»Es könnte ein wenig mehr als ein bisschen werden«, sagte er beinahe entschuldigend, warf den schweren Fellumhang ab, kontrollierte den Sitz von Helm und Schild und bezog zu Füßen der Klippe Position. Er drehte sich noch einmal zu Neve um, und sie konnte sein Lächeln und die kobaltblauen Augen erkennen. »Sie scheinen mich mehr als die Götter zu fürchten, Mädchen.«

»So scheint es«, gab sie zurück, packte ihren Wanderstab fester und nahm sich vor, mit ihren weichen Knien später abzurechnen. Sie benahm sich wie ein Backfisch vor dem ersten Mal. Seine Selbstsicherheit machte sie nervös. Seine reine Anwesenheit verstieß gegen jede Lehre, die sie je empfangen hatte. Sie wusste doch, was sie getan hatte! Und trotzdem war er ihr nachgekommen, um sie vor den Menschen aus der Stadt zu warnen. *Die Welt steht Kopf,* fluchte Neve in Gedanken.

Sie stieß sich die Knie, zerrte den Wanderstab mit sich. Das Donnern der Hufe kam immer näher und trieb sie zur Eile an. Sie verstand nicht, was die Stadt Kyelle so ungewöhnlich machte, aber es machte ihr Angst.

Dann sah sie eine Reitergruppe um eine Biegung fliegen, und Neves Herz sank. Es war eine kleine Abteilung, ein gutes Dutzend Männer. Mehr brauchte es ja auch nicht, um eine einsame Frau zu fangen, dachte sie bitter.

Das waren nicht die Uniformen des Herrschers. Es waren die gleichen Abzeichen und Farben, wie die beiden Wächter am Stadttor sie getragen hatten. Das konnte sie im Mondlicht ebenso erkennen wie die Speere, die die Männer mit sich führten.

Hatten die Kerle den Befehl, sie zu fangen oder zu ermorden? Wer hatte ihnen diesen Befehl gegeben? Warum? Weil sie ihre Aufgabe erfüllt und einen Geist zu befreien versucht hatte? Wie viele Truppen wie diese waren aus der Stadt geströmt, um die Verfolgung einer Geistersängerin aufzunehmen?

Was hatte Arrion die Jahrzehnte seit seinem Tod getan, um eine solche Reaktion zu rechtfertigen?

Sie sah zu ihm hinab, wie er mit allen Anzeichen der Gelassenheit auf die Reiter wartete. Der Kopf der Kriegsaxt ruhte auf dem Boden. Selbst der Ritter konnte unmöglich mit der Horde da fertig werden! Das waren zu viele – selbst für einen hünenhaften Ritter, der besser ausgebildet worden war als das ganze Pack zusammen. Sie hatten den Vorteil, vom Pferderücken aus kämpfen zu können.

Neves Atem stockte, als einer der Reiter etwas rief: Sie waren entdeckt worden! Warum war Arrion nicht zusammen mit ihr in Deckung gegangen? So wie er jetzt dastand, hatten die Soldaten ihn gar nicht übersehen können.

Die Pferde wurden in eine Kurve gezwungen, und der Trupp donnerte auf Arrion zu, als wäre er gar nicht da.

»Da oben ist sie!«

»Komm runter, Weib. Du hast ausgespielt!«

»Mach schon!«

Neve richtete sich halb auf und legte verwundert den Kopf schräg.

Die Pferdehufe stampften keine drei Schritte von Arrion entfernt auf dem steinigen Boden. Die Tiere waren unruhig. Die Reiter nicht. Nicht einer von ihnen sah den Ritter an, alle starrten nur zu ihr herauf.

»Komm schon, Weib! Komm, oder wir holen dich!«

»Los, du Miststück. Du hast genug Schaden für eine Nacht angerichtet.«

»Arrion«, sagte sie leise, »sie sehen dich nicht.«

»Ich weiß«, erklang seine ruhige Stimme, und eines der Pferde scheute wiehernd, »aber das ändert sich gleich. Sag ihnen, dass sie weggehen sollen. Die Chance will ich ihnen geben.«

»Du kannst unmöglich mit ihnen fertig werden! Das sind Männer aus Kyelle. Du hast diese Stadt beschützt.«

»Ich schütze die Stadt nicht länger. Sag ihnen das.«

»Weib, lass das. Das hilft dir auch nichts mehr. Komm herunter«, unterbrach einer der Soldaten diesen verwirrenden Dialog, von dem die Reiter nur Neves Anteil gehört hatten.

Neve wischte sich schweißfeuchte Haare aus der Stirn. Sie verstand nichts mehr.

Sie stand auf und sah auf die Soldaten hinab. Was hatten die Männer mit ihr vor? Warum sahen sie Arrion nicht? Konnte er das wirklich beeinflussen, wann ihn jemand sah?

»Geht weg. Lasst mich ziehen. Ich stehe unter dem Schutz der Götter, ich bin eine Sängerin. Ritter Arrion beschützt die Stadt nicht länger.«

»Ja, du verdammte Hure, das wissen wir. Und du wirst dafür bezahlen! Ich sage es ein letztes Mal: Komm herunter! Oder ich hole dich und schleife dich hinter meinem Pferd in die Stadt!«

Weitere Schimpfworte wehten zu ihr herauf. Zornesröte kroch in ihre Wangen. Ihr Herzschlag beschleunigte sich vor Wut.

Der Anführer der Soldaten stieg von seinem Pferd, reichte die Zügel an den Mann neben sich. »Du hast es so gewollt!«

»Du auch«, sagte Arrion.

Bis zu diesem Moment hatte er direkt vor den Soldaten gestanden, sich nicht gerührt. Sie hatten ihn weder gesehen noch gehört. Jetzt scheuten fast alle Pferde, und die Männer schrien sich gegenseitig Warnungen zu: »Der Ritter!«

Die große Kriegsaxt beschrieb einen milchig schimmernden Bogen im blassen Mondlicht, und der gewaltige Kopf der Waffe grub sich scheinbar mühelos bis zur Hälfte in die Brust des ersten Soldaten.

Er sollte so etwas nicht können, dachte Neve benommen. *Und warum sehen sie ihn jetzt? Eben gerade haben sie nichts von ihm mitbekommen. Und er weiß es.*

Die anderen Soldaten sprangen von ihren scheuenden Pferden, warfen die Speere beiseite, zogen ihre Waffen.

Neve stand auf ihrem Felsvorsprung und sah fassungslos zu, wie Arrion seine Axt aus der Brust des Toten befreite und dann den nächsten Mann niedermachte.

Große Männer waren ihr bislang immer schwerfällig, langsam, grobschlächtig erschienen. Er ragte höher auf als jeder andere Mann, den Neve je gesehen hatte. Er war schneller und wendiger, als seine Masse es zuließ. Es war erschreckend, wie er herumwirbelte, wie leichtfüßig er sich bewegte.

»Arrion!«, schrie sie, als sie sah, dass zwei der Soldaten ihn zu umrunden versuchten. Nichts hielt Neve mehr auf ihrem Felsen. Sie sprang hinab und verstauchte sich fast einen Knöchel. Ihr Rock war im Weg, sie trat auf den Saum und holte sich blaue Flecken und Schürfwunden. Energisch warf sie das Bündel von sich und wirbelte den Wanderstab als ihre einzige Waffe herum.

Vergessen war in diesem Augenblick, dass der Ritter tot, dies nur seine ruhelose Seele war. Neve hatte in seine lachenden Augen gesehen, hatte seine Stimme erkannt und war nur zu gerne bereit, mit ihm zu scherzen. Sein Humor war boshaft, unanständig und vollkommen ungebändigt.

Sie stieß einen Warnruf aus und stürmte auf jenen Soldaten zu, der Arrion hinterrücks niederstechen wollte. Es pfiff, als sie den Wanderstab im Kreis wirbeln ließ. Für eine einsame Wanderin war dies die effektivste Waffe, und Neve hatte gelernt, sich zu verteidigen. Jetzt verteidigte sie Arrion, und sie war tief befriedigt, als das obere Ende ihres Stabes den Soldaten genau zwischen die Augen traf.

Der Mann schielte für einen Moment, dann ging er langsam zu Boden.

»Merk dir das!«, rief Neve zornig – zu zornig, um noch klar zu denken.

Etwas Warmes traf ihren Rücken, wie ein Schwall warmes Wasser, aber sie roch, was es war – Blut von der breiten Klinge der Axt im Schwungholen davongeschleudert.

Ein wenig Schmutz? Er hatte recht gehabt, erkannte Neve, an der das Blut von mindestens einem erschlagenen Soldaten hinabrann. Das war mehr als ein wenig.

Ein weiterer Schwall Rot traf ihr Gesicht, als Arrions Axt direkt neben ihr in den zweiten Soldaten einschlug, der versucht hatte, dem Ritter in den Rücken zu fallen.

Sie sah, wie Arrion einer wuchtigen Kriegsmaschine gleich arbeitete, als er die Klinge aus der Leiche befreite. Schweiß glitzerte auf seinen nackten Unterarmen.

Er war zu echt!

Der letzte Feind sank auf den blutigen Fels, und Arrion drehte sich zu Neve um. »Mädchen, sagte ich nicht, dass du zurückbleiben sollst, wenn du nicht schmutzig werden willst? Ich wusste schon, warum ich dich da oben in Sicherheit wissen wollte. Du hättest getötet werden können.«

»Wie machst du das, Arrion? Ich habe noch nie einen Geist wie dich kennengelernt.«

»Ich bin in vielen Aspekten außergewöhnlich, wie ich dir nur zu gerne beweisen werde, Mädchen.«

Arrion beugte sich zu ihr herab. Sie roch Leder, Männerschweiß und das Blut der Erschlagenen, als er seine raue Hand in ihren Nacken legte und Neve an sich zog.

Nicht für einen Augenblick kam es ihr in den Sinn, sich gegen ihn zu wehren. Wie kein anderer Mann faszinierte er sie.

Seine Lippen waren eiskalt, fühlten sich an wie verwesende Quallen und schmeckten nach vergammeltem Fisch.

Sie fuhren auseinander, als hätten sie sich verbrannt.

Neve würgte, die Hand an der Kehle. Scheinbar alles in ihr war mit diesem ekelhaften Geschmack erfüllt. Sie roch toten Fisch mit jedem Atemzug, hatte vergammelten Froschlaich in der Lunge, das Gefühl, dass schmierige Fischschuppen auf ihrer Zunge und ihren Lippen lagen.

Sie beugte sich über einen Felsen und erbrach sich, bis andere, ebenfalls ekelhafte Gerüche und widerliche Aromen den elenden Geschmack von lange totem Meeresgetier übertünchten.

»Götter! Mädchen, was hast du gegessen?«, keuchte Arrion hinter ihr.

»Das war ich nicht!«, gab sie den Vorwurf zurück, wischte sich den Mund mit einem Zipfel ihres Mantels ab und spuckte übel schmeckenden Speichel – bitter und immer noch ein wenig fischig – aus. »Das warst du. Das war widerlich! Es muss daran liegen, dass du ein Geist bist. Menschen und Geister küssen sich nicht.«

»Das kann ich nicht glauben«, verkündete Arrion, der offensichtlich so viel Kontrolle über seine geisterhaften Eingeweide hatte, dass er sich nicht hatte erbrechen müssen. Aber auch er wischte sich über den Mund. Ob er ebenfalls das Gefühl hatte, dass schimmelige Fischschuppen an seinen Lippen hafteten?

Alleine dieser Gedanke ließ Neve erneut würgen. Sie schaffte es, sich kein zweites Mal zu erbrechen, hastete zu ihrem Bündel und zog die Schnüre auf. Sie suchte die kleine Flasche mit Kräuterlikör, den sie normalerweise nur während ihres monatlichen Unwohlseins trank. Jetzt nahm sie einen großen Schluck. Der Geruch und Geschmack von scharfem Alkohol, Honig und vielen Kräutern erfüllte sie, und endlich war da nichts Fischiges mehr an und in ihr.

Wortlos hielt sie Arrion die Flasche hin, aber der schüttelte den Kopf. »Das Zeug ist vielleicht die Erklärung. Nein, danke, Mädchen. Komm her. Ich werde dich nicht wieder zu küssen versuchen, bevor ich nicht gesehen habe, was du so isst und trinkst.«

Als sie sich nicht rührte, ergriff er erneut die Initiative. Mit zwei langen Schritten war er bei ihr und zog sie mit einem Ruck an seine breite Brust. Neve gab ein halbersticktes Quieken von sich. Es fühlte sich an, als ob er sie gegen einen von Fäulnisgasen aufgeblähten Walkadaver ziehen würde.

Arrion taumelte zurück, blankes Entsetzen – das so komisch war, dass Neve kichern musste – in den Augen.

»Das ist nicht wahr!«, stieß er aus, dann streckte er versuchsweise die Hand aus und legte sie auf Neves vom Lachen bebende Brust.

Sie schnappte empört nach Luft und wollte seine aufdringliche Hand wegschlagen, aber er zog sie selbst rasch mit allen Anzeichen des Abscheus zurück. »So lange war ich nicht tot, dass sich alles so verändert haben könnte!«

»Wie fühlte es sich an?«, fragte Neve neugierig. Immerhin war ihr Busen der Gesprächsgegenstand, und bislang hatte sie noch keinen Mann getroffen, der diesen nicht gerne angefasst hatte.

»Matschig«, antwortete Arrion prompt, und dann lachte er sie an. Die blauen Augen funkelten vor echter Erheiterung. Winzige Lachfältchen gruben sich in seinen Augenwinkeln ein. »Was auch immer es ist. Ich bin sicher, dass wir es überwinden können.«

Neve strich sich über die weiblichen Rundungen. Da war nichts Matschiges. Aber durch die Kleidung hindurch hatte sie gespürt, wie Arrions Hand sich angefühlt hatte: kalt und schleimig. Ein Wunder, dass er eine Axt damit halten konnte!

»Wir sollten hier verschwinden«, sagte Arrion schließlich, nachdem er ihr bei dieser kurzen Untersuchung kritisch und anerkennend zugleich zugesehen hatte. »Wenn diese Idioten nicht in die Stadt zurückkehren, wird man Verstärkung schicken. Ich habe diese Schwachköpfe jahrelang vor den Seeräubern beschützt. Es ist eine Frechheit, mir eine solche Truppe von Versagern zu schicken.«

»Mit dir hat niemand mehr gerechnet.« Neve verstaute die Flasche in ihrem Bündel, schnürte dieses zu und warf sich den Trageriemen über die Schulter. »Sie haben gedacht, dass du in der anderen Welt bist. Davon war ich übrigens auch überzeugt!«

»Du wirst lachen: ich auch. Zumindest für kurze Zeit. Aber alles war anders, und da dachte ich mir, laufe ich dir nach. Du verstehst mehr von diesen Dingen als ich.«

Er wies den Weg, den sie zu gehen hatte, und sie ging dicht neben ihm – jede Berührung vermeidend, weil sie keineswegs darauf aus war, wieder mit verwesendem Fisch in Kontakt zu kommen.

Er hatte für sie getötet.

Sie hatte das sichere Gefühl, dass ihr von seiner Seite keine Gefahr drohte. Es war jetzt kein Kreidekreis mehr zwischen ihnen, der sie schützen konnte. Aber mit einer Selbstverständlichkeit, die sie selbst erschütterte, schloss sie sich einem Geist an, überließ diesem die Führung und legte ihr Leben und ihren Verstand vertrauensvoll in seine Hände – die sich wie kalter Froschlaich anfühlten.

Sie musste den Kopf über sich schütteln. Innerhalb weniger Stunden war alles, was sie wusste und gelernt hatte, vollkommen auf den Kopf gestellt. Sie warf einen Blick auf den Hünen an ihrer Seite und fragte sich beklommen, ob sie sich einfach nur dumm verliebt hatte und auf ein angenehmes Äußeres in Gestalt einer wahren Kampfmaschine hereinfiel. Folgten Frauen nicht allzu gerne dem, der sie einmal beschützt hatte?

Aber er war schuld an ihrer Lage, und da war es nur richtig, dass er sich um sie kümmerte, dachte sie nicht ganz logisch und ziemlich hitzig.

Jetzt passte er seine langen Schritte ihren an, und sie musste nicht mehr rennen, um ihm folgen zu können.

»Ich denke, du bist halb befreit«, sagte sie nach einer Weile, in der sie das Problem von allen Seiten betrachtet hatte.

»Warum?«

»Ich habe gesehen, wie du durchscheinend wurdest. Ich denke, es liegt daran, dass dieser eine Kerl den Kreidekreis beschädigt hat.«

»Oder es liegt daran, dass du den Kreis mit deinem niedlichen Hintern verwischt hast, als der Mann dich packte.«

Sie blieb wie angenagelt stehen und sah zu ihm auf. »Wie bitte?«

»Der Kreis wurde beschädigt.«

»Das meinte ich nicht!«

»Du hast einen niedlichen Hintern, Mädchen, wirklich.«

Er sah in ihren Ausschnitt, und bevor er noch etwas zu den weiblichen Vorzügen ihrer Anatomie äußern konnte, zog sie den Umhang fester um sich und funkelte den Ritter erbost an. »Woher, denkst du, hast du die Autorität, das beurteilen zu können?«

Sie wusste, dass diese wütend hervorgebrachte Frage ein Fehler war, noch bevor sie ganz ausgesprochen war.

Arrions Lächeln war nur als frech zu bezeichnen. »Sagte ich nicht, dass ich sehr viel Übung und Erfahrung hatte? In der Stadt war nicht ein Mädchen, das sich mir nicht gerne hingab.«

»Und was haben die Ehemänner dazu gesagt? Und die Väter?«, schnappte sie, bevor sie diese Worte unterdrücken konnte. Es war dumm, mit Arrion über solche Dinge zu diskutieren.

»Wenn ein Gatte nicht Mann genug war, seine Frau glücklich zu machen, welches Recht der Welt hatte er dann, sich darüber zu beschweren, wenn es ein anderer tat, der etwas davon versteht? Keines, richtig. Ich habe niemals einem Mädchen etwas aufgezwungen. Aber sie haben Schlange gestanden, sei dir sicher.«

Er tätschelte Neve den Hintern, und ihre Wut wurde nur dadurch gemildert, dass er seine Hand mit allen Anzeichen des Abscheus zurückzog.

»Dann lass dir gesagt sein, Ritter Arrion, dass ich *nicht* Schlange stehe. Behalte deine fischigen Finger gefälligst bei dir.«

»Ich verstehe das überhaupt nicht«, beschwerte er sich.

»Das ist mir egal.«

»Sehr herzlos«, sagte er anklagend.

»Das ist mir auch egal!«

Arrion führte sie über die Klippenwege, die wohl sonst nur von Ziegen und deren Hirten genutzt wurden.

Neve verlor bald jedes Orientierungsgefühl. Sie wusste nur, dass Kyelle immer weiter hinter ihnen in Dunkelheit versank. Welchen Weg sie zurücklegten, wie viele Meilen sie zwischen sich und die Stadt brachten, konnte sie nicht sagen.

Sie marschierten die ganze Nacht. Nur hin und wieder bestimmte Arrion eine Pause, und Neve befand sicher, dass er diese nicht brauchte. Aber er war ein Ritter, der Truppen unerfahrener Rekruten ausgebildet hatte. Er wusste, wann er Rücksicht nehmen musste, wann er zu viel verlangte. Er passte sein Tempo ihrem an und sorgte für Pausen, damit sie die Nacht überhaupt überstand. Er musste ein hervorragender Lehrer und Kommandant gewesen sein.

Bei einer dieser Unterbrechungen streckte Neve ihre schmerzenden Beine. Sie war Fußmärsche gewohnt. Nur selten konnte sie auf einem Wagen mitfahren. Sie hatte die Acht Reiche zu Fuß durchquert, immer auf der Suche nach der jeweiligen Quelle von Schmerz und Leid. Aber dieser Gewaltmarsch oberhalb der Klippen verlangte ihr alles ab.

Sie musste sich ihren Weg in der Dunkelheit mühsam suchen und hatte beständig das Gefühl, zu langsam zu sein. Dies war *ihre* Flucht vor den Verrückten aus der Stadt, die Neve übel nahmen, dass sie den Ritter von seinem Dasein in der Festungsruine befreit hatte. Aber er nahm Neve die Verantwortung für sich selbst ab, bestimmte und war die ganze Zeit wachsam und bereit, erneut für sie zu töten. Warum?

Ihre Absichten waren rein und selbstlos wie immer gewesen. Sie hatte nicht ahnen können, dass Arrion sich an ihre Fersen heftete, für sie Kyelles Soldaten erschlug und sie nun immer weiter von der Stadt wegführte. Sie hatte auch nicht ahnen können, dass jemand etwas dagegen hatte, dass eine verlorene Seele erlöst wurde. Keiner Sängerin war zuvor etwas Vergleichbares widerfahren. Menschen waren froh und dankbar, wenn ein Geist in die andere Welt geschickt wurde. Deswegen hatten die Götter Gabe und Aufgabe an die Frauen gegeben, die die Reiche durchwanderten. Alles andere war Unsinn, Wahnsinn und höhlte Neves gesamtes Weltbild aus. Sie konnte es nicht verstehen, weil es allem widersprach, was ihre Mutter sie gelehrt hatte.

Sie war verwirrt und müde. Ihre Gedanken rasten.

Was war wirklich passiert? Sie hatte keine Ahnung, aber einige Indizien hatte sie inzwischen gesammelt und während des nächtlichen Marschs eingehend überdacht.

Fakt war, dass der Kreidekreis beschädigt worden war, bevor Arrion vollständig in die andere Welt gehen konnte. Ob das nur der blöde Kerl gewesen war, oder ob es nun wichtig war, dass ihr eigener Hintern die Linien verwischt hatte, erschien ihr nicht klar. Der Kreis wurde vor Beendigung des Gesangs beschädigt, das zählte und war wahrscheinlich der Grund für alles Folgende.

Dann war Arrion selbst ein Problem, das sie halbwegs wahnsinnig machte. Er glich keinem anderen Geist, dem sie jemals begegnet war. Er war kein mitleiderregender, weißer Klecks. Aber im ersten Augenblick war er genau so erschienen, sah Neve von den Sendungen von Hass und Wut ab, die vermischt mit Trauer und Schmerz bei ihr angekommen waren. Er *war* ein mitleiderregender, weißer Schemen gewesen, nicht mehr! Und dann war er zu einer Rauchwolke geworden wie jener, die er in seinen letzten Augenblicken als Lebender geatmet haben musste. Daraus war der Ritter getreten – nahezu menschlich, lebendig und echt.

Waffenklirrend, selbstbewusst und größer als das Leben selbst. So beeindruckend, dass selbst die erfahrene Neve ihm hilflos gegenüberstand. *Was ist da geschehen?* Sie wusste es nicht.

Vielleicht konnte ein Gespräch mit einer anderen Sängerin ihr weiterhelfen – wenn sie in den Acht Reichen bald eine fand, denn Geistersängerinnen waren selten.

Was folgte? Dann waren die Kerle aus der Stadt erschienen. Wie die Soldaten, deren Leichen nun oben auf den Klippen lagen, hatten sie Arrion weder gesehen noch gehört. Bis, ja, bis was geschehen war? Plötzlich war er für sie ebenso greifbar gewesen wie für Neve. Sie hatten ihn gesehen, gehört und waren von ihm niedergemacht worden. Der Anführer, der Neve beschimpft hatte, war erstarrt, als Arrions Hand sich um seinen Arm geschlossen hatte. Arrion hatte den Obertölpel gepackt und durch die halbe Halle geschleudert. Das konnten Geister nicht – aber Arrion. Warum auch immer.

Die Stadtleute waren dagegen gewesen, dass sie ihn befreite. Weshalb? Das war Unsinn.

Die meisten Menschen spürten die Nähe einer ruhelosen Seele auf eher unangenehme Art. Tiere wurden nervös und konnten sogar zu fliehen versuchen. Das hatten die Pferde bewiesen, die gescheut hatten, noch bevor die Soldaten den Ritter sehen konnten. Manche Leute nahmen unheimliche Kälte in der Nähe eines Geistes wahr. Orte, an die die Verlorenen gebunden waren, wurden oft als verflucht und unbewohnbar angesehen.

Warum also waren die Idioten aus der Stadt so dagegen gewesen, dass Neve Arrion befreite? Weshalb waren sie so weit gegangen, ihr rachsüchtige Soldaten nachzuschicken, die sie gefangen nehmen oder gar töten sollten?

Warum?

Würden die Städter ihr weitere Soldaten auf den Hals hetzen? Oder verstanden sie, dass der Ritter bei ihr war und sie schützte?

»Wir müssen weiter.«

Neve stand seufzend auf und hob ihr Bündel vom Boden hoch. »Wohin willst du mich bringen?«

»In irgendeine zivilisierte Gegend, wo man nicht auf Geistersängerinnen losgeht. Ich bin immer noch fassungslos, wie sie das wagen konnten. So etwas tut man einfach nicht. Das weiß jedes Kind.«

»Warum waren sie so zornig? Arrion, was hast du die letzten Jahrzehnte getrieben?«

»Nichts mit Mädchen«, antwortete er erwartungsgemäß.

Sie stemmte die Fäuste in die Hüften und sah ihn streng an.

In der kobaltblauen Tiefe glitzerte es herausfordernd, aber Arrion antwortete: »Ich habe das getan, wofür der Herrscher mich hierher geschickt hat. Ich habe die Stadt verteidigt.«

»Gegen die Seeräuber?«

»Und andere finstere Gesellen, ja. Ich bin an meinen Eid gegenüber dem Herrscher gebunden.«

»Du alleine?«

»Hast du letzte Nacht nicht zugesehen, wie ich die Soldaten dem Erdboden gleichgemacht habe? Natürlich ich alleine. Ich bin der Beste. Und diesen Beschützer wollten die Idioten sich offenbar nicht wegnehmen lassen.«

Das gab Neve neue Nahrung zum Nachdenken.

Arrion wartete noch einen Moment ab, ob sie etwas zu seinen Heldentaten sagen wollte, zuckte dann die breiten Schultern und übernahm erneut die Führung.

Der Morgen dämmerte bereits. Neve hatte Hunger und wurde immer müder. Die kurzen Pausen, die Arrion ihr bislang gegönnt hatte, reichten einfach nicht aus, um eine ganze verlorene Nacht auszugleichen.

Sie sah zurück über die Klippenlandschaft. Wie weit waren sie wirklich von der Stadt entfernt? Wann schickte man von dort aus die nächste Truppe los?

»Komm, wir haben keine Zeit.«

»Wie weit sind wir wohl schon gegangen?«

»Noch nicht weit genug. Zu meinen Lebzeiten haben Wachrunden bis hierhin und noch weiter gereicht. Wir befinden uns noch im Machtbereich der Stadt. Kannst du weiter? Du siehst erschöpft aus.«

»Ich bin müde. Wirst du das nicht?«

»Bislang nicht. Ich war noch nie so lange so … echt. Ich weiß noch nicht, ob es mich anstrengen kann.«

»Kannst du verwundet werden?«

»Bislang ist mir niemand nahe genug gekommen, um das auszuprobieren. Nach meinem Tod bin ich eindeutig noch viel besser geworden. Du kannst mir glauben, dass ich vorher schon fantastisch gewesen bin, Mädchen.«

Neve rollte beinahe mit den Augen, beschloss aber, auf diese Einladung zu neuerlichem Geplänkel nicht einzugehen. »Und die Angreifer haben Angst vor dir. Kein Wunder, wenn du aus dem Nichts auftauchst und angreifst. Es gibt so viele Legenden über dich, das ist kaum zu fassen.«

»Legenden? Wirklich? Erzähl, Mädchen, was man über mich sagt.«

»Ich denke, du bist schon ausreichend von dir selbst überzeugt.«

Sie stolperte, und er fing ihren Sturz ab. Kaum dass sie sicher stand, zog er die Hand wieder zurück. Jede Berührung war ekelhaft – für sie beide.

»Ganz eindeutig musst du alleine gehen. Ich weigere mich, dich zu tragen.«

»Ich will gar nicht, dass du mich trägst! Warum bleibst du bei mir, Arrion?«

Er blieb abrupt stehen. »Wäre es dir lieber, wenn ich nicht bei dir wäre, Mädchen?«

»Ich weiß es nicht. Ich bin dankbar für den Schutz, den du bietest, auch wenn es mir missfällt, dass du dafür deine ehemaligen Schutzbefohlenen erschlägst. Womöglich werden die auch zu ruhelosen Seelen, und ich muss hierher zurück, um sie in die andere Welt zu singen. Ich mache mir Sorgen, Arrion.«

Er drehte sich zu ihr um. »Um mich?«

»Auch – aber nicht so, wie du schon wieder zu denken scheinst. Danke, der Kuss reichte mir! Ich frage mich, was den Unterschied zwischen dir und anderen Geistern ausmacht. Nein, es ist nicht Sex, bevor du das vorschlägst. Alle anderen Geister, denen ich begegnet bin, waren formlose, weiße Kleckse.«

»Formlose, weiße Kleckse«, echote er fassungslos.

»Ja. Du bist anders. Vollkommen anders. Und ich frage mich, warum das so ist. Du hast nach deinem Tod jahrzehntelang gegen die Seeräuber gekämpft. So etwas können Geister normalerweise nicht. Ich vermute, dass das so ähnlich war wie mit den Soldaten gestern Nacht. In einem

Moment sehen sie dich nicht, und plötzlich bist du sichtbar für sie und kannst sie niedermachen. Woran liegt das, Arrion?«

»Ich habe keine Ahnung.«

»Was ist, wenn es mit der Festungsruine zusammenhing, mit der Aufgabe, die du über deinen Tod hinaus ausgeführt hast?«

»Dann werde ich bald zu einem formlosen Klecks, und du kannst mich vielleicht doch noch in die andere Welt singen. Mädchen, was haben du und ich im Augenblick zu verlieren? Du denkst zu viel.«

»Ich denke mit meinem Kopf«, sagte sie spitz und bedeutungsvoll.

Arrion warf den Kopf in den Nacken und lachte laut auf. Der Wind zerzauste die langen schwarzen Haare. Er sah so lebendig aus, dass Neve wieder an ihre Tochter dachte, die noch ungezeugt auf ihr Erbe wartete. Neve hatte mit so vielen Männern geschlafen. Aber wenn einer diese Tochter zeugen könnte, dann Arrion – wenn er kein Geist wäre. Die Vorstellung, von toten Fischen erfüllt zu sein, war einfach zu ekelhaft.

»Hattest du Kinder?«, fragte sie abrupt.

»Das kannst du laut sagen.« Sein Lächeln wirkte äußerst ansteckend, aber sie widerstand der Versuchung tapfer.

»Warst du verheiratet?« Sie fiel wieder in Schritt neben ihn, als er sie weiter von der Küstenlinie fortführte.

»Nein. Das wäre doch Vergeudung gewesen, wenn ich mich an nur ein Mädchen gebunden hätte.« Das freche Lächeln tauchte auf. In den Augen tanzten kleine Geister aus der Unterwelt.

Sie sah ihn einen Moment lang streng an, verwarf alle weiteren Fragen, die vor ihrem Hirn Schlange standen, und ging weiter.

Sein Ego reichte für deutlich mehr als einen Mann aus. Wahrscheinlich reichte es für eine ganze Garnison.

Als Anführer seiner Soldaten hatte er charismatisch und von sich überzeugt sein müssen, um wirklich erfolgreich zu sein, um seine Männer todesverachtend und begeistert in eine Schlacht zu schicken.

Er hatte sich ganz offensichtlich allzu viel von dem erhalten, was ihn als Mensch ausgemacht hatte. Er sah einfach zu echt und lebendig aus, und sie wusste, dass fortgesetzte Nähe zu diesem großen Ritter keine gute Idee war.

Es war beinahe Mittag, als sie einen Wald erreichten. Arrion folgte schon seit einigen Stunden einem Bachverlauf, und Neve stolperte nur noch erschöpft hinter ihm her.

Sie konnte nicht mehr. Sie argwöhnte, dass Geister nicht müde wurden. Er sah noch genauso frisch aus wie in dem Moment, in dem er aus seiner Rauchwolke getreten war.

Auf einer Lichtung hielt er endlich an. »Hier wirst du in Ruhe schlafen können. Wenn etwas ist, werde ich dich wecken.« Er sah ihren kritischen Gesichtsausdruck und fügte hochmütig hinzu: »Ich werde dich mit deinem dummen Wanderstab anstoßen, bis du aufwachst, keine Sorge. Dir mögen meine Aufmerksamkeiten zuwider sein – frag mal, wie es mir geht! Du fühlst dich komisch an. Etwas dergleichen ist mir einfach nicht geläufig.«

Sie ließ sich auf eine dicke Matte vorjährigen Laubs sinken und zog als Erstes die Schuhe aus. Blasen hatte sie sich keine gelaufen, dafür war sie das Marschieren zu sehr gewohnt. Aber ihre Füße taten weh und fühlten sich wie kleine, harte Holzstücke an. Sie massierte sie und tat so, als hätte sie Arrions letzte unfreundliche Bemerkung gar nicht gehört.

Er blieb noch einen Moment neben ihr stehen, bevor er Helm und Schild auf den Waldboden fallen ließ, sich den Brustpanzer vom Oberkörper schnallte und diesen neben den anderen Rüstungsgegenständen ablegte. Dann verließ er sie, und sie hoffte, dass er sich nützlich machte und Feuerholz sammelte. Da er seine Kriegsaxt mitschleppte, konnte er womöglich übereifrig den ganzen Wald roden. Zuzutrauen war es ihm.

Neves Blick fiel auf seine Rüstung. Die Sängerin lächelte. Der Kerl war unmöglich. Aber sie mochte ihn. Sie fühlte sich in seiner Gegenwart sicher. Dieses unbestimmbare Gefühl stammte lange nicht nur daher, dass es ihn anwiderte, sie zu berühren. Auch sie ekelte sich vor jedem Kontakt. Aber das war nicht ihr einziger Schutz vor seiner allzu selbstbewussten Aufdringlichkeit. Arrion mochte ein Windhund sein, aber sie glaubte ihm, dass er sich niemals einer Frau aufgedrängt hatte. Wozu auch, wenn nur die Hälfte seiner Prahlereien stimmte?

Sie stützte das Kinn auf die Faust, den Ellenbogen auf das Knie und dachte über Arrions Wut und Hass nach. Sie hatte diese beiden übermächtigen Emotionen bislang nicht angesprochen. Aber sie wusste, dass sie das bald tun musste. Vielleicht war sein brodelnder Zorn die Antwort auf viele Fragen, die Arrions Existenz aufwarf.

Neve musste schlafen, sie brauchte etwas zu essen. Die Fragen und möglichen Antworten konnten und mussten warten. Sie rieb sich die brennenden Augen, holte ihre Matte aus ihrem Bündel, entrollte sie und legte sich hin. Arrion passte ja auf, und der Kerl brauchte offenbar keine Ruhe.

Binnen weniger Augenblicke war Neve erschöpft eingeschlafen.

Neve erwachte in Dunkelheit, zog instinktiv die Beine an und sah suchend um sich.

Das in die Lichtung hineinragende Blätterdach und die Baumkronen ringsum schirmten Mondschein und Sternenlicht ab. Es war vollkommen dunkel.

Sie tastete nach ihrem Bündel und ihrem Wanderstab, als sie endlich Arrions Stimme vernahm.

»Ausgeschlafen? Vor dir liegt ein ganzer Berg Feuerholz. Du kannst Feuer machen. Ich wollte keines neben dir brennen haben, während du schläfst und ich unterwegs bin. Ich habe dir ein Kaninchen mitgebracht. Du siehst schon ganz hohläugig aus vor Hunger.«

Sie setzte sich auf und zog das Bündel auf ihren Schoß. Irgendwo in dessen Tiefen war die Holzschatulle mit Feuerstein und Zunder. »Ich habe noch etwas Brot, falls du etwas möchtest.«

»Deine Fürsorglichkeit in Ehren, Mädchen, aber ich brauche nichts zu essen. Es geht alleine um dein Abendessen.«

»Wie sieht es mit Schlafen aus?«

»Ich bin immer noch nicht müde. Wir müssen trotzdem bis zum Morgen warten, bevor es weitergeht. Ich kann im Dunkeln ebenso schlecht sehen wie du. Außerdem könnten wir nachts ohne die Sternenbilder die Orientierung verlieren, und ich will dich nicht zurück zur Stadt führen.«

Der Zunder fing Feuer, und Neve schob ihn unter einen kleinen Stapel dünner Zweige. Die Flammen fraßen sich gierig in das Holz, und Arrion legte weitere Zweige in das rote Züngeln.

»Das wäre unklug. Willst du zurück?«

»Auf gar keinen Fall. Warum sollte ich alleine in meiner Festung hocken und nur dann lebendig werden, sobald die Seeräuber kommen, wenn ich stattdessen dir auf die Nerven gehen kann?«

Sie sah rasch auf, konnte im flackernden Flammenschein sein Gesicht aber nur undeutlich erkennen. »Hast du das Gefühl, dass du mir sehr auf die Nerven gehst? Einsicht ist der erste Weg zur Besserung, Arrion.«

Er lachte leise auf, schüttelte den Kopf und legte weiteres Holz nach, bis das Feuer groß genug war.

Arrion rammte zwei Stecken in den Erdboden und legte darauf einen langen Ast, auf den er das tote, abgehäutete Kaninchen gespießt hatte. Dann legte er sich neben das prasselnde Feuer und sah Neve über die Flammen hinweg mit einem unergründlichen Ausdruck in den leuchtenden Augen an.

»Was kommt nun?«, fragte sie und drehte den improvisierten Bratenspieß ein wenig.

Die Flammen schlugen noch viel zu hoch. Ihr Abendessen würde außen schwarz und innen roh sein, wenn sie nicht aufpasste. Kochen konnte der Ritter also auch nicht.

»Ich mache mir meine Gedanken – über dich, über mich, über die Stadt. Und ich komme zu keinem befriedigenden Ergebnis.«

»Was erscheint dir unlösbar?«

»Du.« Sein Lächeln blitzte auf, als sie ihn erbost ansah. »Nein, keine Bange, ich umgarne dich gerade nicht. Du hast gesagt, dass meine Sendungen weithin fühlbar waren. Richtig?«

»Das stimmt.«

»Geistersängerinnen sind selten. Es ist eine göttliche Gabe, die von der Mutter an ihre Töchter vererbt wird, wenn ich mich nicht irre.«

Sie nickte nur und drehte verzweifelt an dem Spieß. Sie hatte Hunger, aber Arrion hätte wirklich noch ein paar Minuten warten sollen, bis sich etwas Glut gebildet hatte. Der Duft des angebrannten Fleisches ließ den Speichel in Neves Mund zusammenströmen.

»Ich bin vor siebenundsechzig Jahren auf der Plattform meines eigenen Turmes gestorben – in Erfüllung meiner Pflicht als letzter Kämpfer der Festung. Ich gehe davon aus, dass Geister und somit auch ihre Sendungen im Laufe der Jahre blasser werden. Du hast von formlosen Klecksen gesprochen.«

»Das ist die übliche Erscheinungsform von Geistern. Du bist vollkommen anders. Ich habe dich gespürt, als ich die Grenze zu diesem Reich überschritt.«

»Im ersten Jahr muss ich rein theoretisch durch alle Acht Reiche zu spüren gewesen sein, wenn ich dich so stark erreichen konnte. Ich weiß, dass Sängerinnen selten sind. Aber ich weiß auch, dass ihr beständig auf der Suche seid. Warum bist du dann die erste Sängerin, die zu mir kam?«

»Wie meinst du das?«

»Die Städter wollten dich notfalls mit Gewalt davon abhalten, mich zu befreien. Wie viele vor dir sind gescheitert? Haben die Stadtbewohner Geistersängerinnen getötet oder vertrieben, damit ich als Wächter erhalten bleibe? Das ist ein Verbrechen gegen die Götter, aber ich gehe trotzdem davon aus. Wenn das wirklich stimmt: Warum bist du so weit gekommen? Hast du eine noch bedeutendere Gabe? Bist du anders als andere Sängerinnen, Mädchen?«

Einen Moment lang dachte Neve an ihre eigene Verwunderung, vollkommen unbehelligt durch Kyelle zu gehen, ohne dass irgendjemand sie wirklich bemerkt zu haben schien. Sie war wie in einem Traum gegangen, als wäre sie ein unsichtbarer Geist gewesen. Jetzt sprach er es aus, und es fühlte sich noch fremdartiger an.

»Sag nicht immer *Mädchen* zu mir, Arrion! So hast du deine Liebschaften doch stets genannt. Zu denen gehöre ich nicht.«

Die dunklen Augenbrauen hoben sich spöttisch, als Arrion liebenswürdig sagte: »Ich bezeichne jede Frau im fortpflanzungsfähigen Alter so. Da ich keine Ahnung habe, wie du heißt, nenne ich dich auch so.«

Sie errötete – aus Zorn auf sich selbst, dass sie ihm eine solche Möglichkeit geboten hatte, Frauen zu verallgemeinern. »Ich heiße Neve.«

»Das ist ein schöner Name. Hat er eine Bedeutung?«

»Nicht dass ich wüsste.«

»Schade«, sagte er und meinte: *Frag mich nach der Bedeutung meines Namens.*

»Wenn ich dich jetzt frage, was hinter deinem Namen steckt, werde ich es dann bereuen, Arrion?«

Er setzte sich auf. Die Miene zuckersüßer Unschuld, die er dabei präsentierte, konnte nicht echt sein. »Möglicherweise.«

»Ich muss dumm sein, aber jetzt will ich es wissen. Was bedeutet dein Name?«

Die blauen Augen wurden ernst. »In der Sprache meines Volkes ist ein Arrion ein Wächter und Beschützer.«

»Dann ist es nicht so schlimm, wie ich befürchtet hatte.«

»Du hast etwas Unanständiges gedacht, Neve. Schäm dich. Ich hätte nie gedacht, dass eine Sängerin so verdorben sein kann.«

Seine Augen lachten sie aus. Sie wusste es, und sie konnte nicht verhindern, dass es ihr gefiel.

Im flackernden Feuerschein sah er lebendiger aus denn je zuvor. Täuschte sie sich, oder wurde er immer echter, je länger er bei ihr war? Nein, das musste eine Täuschung sein, weil sie es sich in gewisser Weise erhoffte.

Sie drehte den Spieß über dem Feuer und hoffte, dass das Essen bald fertig war, weil sie dann etwas anderes zu tun hatte, als Arrion verliebt in die Augen zu starren oder sich mit ihm zu unterhalten und dabei viel zu viel von sich selbst zu offenbaren.

»Du bist bei mir sicher«, sagte er plötzlich.

Sie fand diese Aussage sehr besitzergreifend. Außerdem wollte sie mehr über Arrion erfahren. »Wie lange warst du der Ritter der Festung?«

»Zehn Jahre. Ich wollte dort eingesetzt werden, und der Herrscher hielt mich für gut genug.«

»Wie alt warst du, als du gestorben bist?«

»Zweiunddreißig. Fang jetzt bitte nicht an zu rechnen, wie alt ich insgesamt wäre. Dieses Alter hätte ich niemals erreicht, auch wenn die Seeräuber die Festung nicht überrannt hätten. Soldaten und Ritter sterben jung. Ich war der älteste Mann in der Festung, umgeben von Rekruten und Soldaten, die beinahe meine Söhne hätten sein können.«

»Du hast nach deinem Tod genau da weitergemacht, wo du aufgehört hast?«

»So in etwa.«

»Inwiefern *so in etwa*?«

»Ich habe ein wenig Zeit gebraucht, um mich an die neuen Umstände zu gewöhnen.«

»Ich wüsste gerne, was da geschehen ist.«

Einen Moment lang sah er sie nur ruhig an.

»Ich bin Geistersängerin, Arrion. Meine Fähigkeiten sind auch deswegen so gut, weil ich zuhöre und lernen will. Ich lausche auf Schmerz und Trauer, und ich würde gerne deine Geschichte kennenlernen.«

»Ich weiß nicht, ob ich sie erzählen kann.«

»Das brauchst du nicht. Öffne dich mir, dann kann ich es heute Nacht träumen.«

»Ist das wie Gedankenlesen?«

»Ein wenig, glaube ich. Es waren deine Gefühle, die mich zu dir führten. Ich weiß, dass du dir die Schuld am Tod deiner Soldaten gibst. Sind in der Stadt viele Menschen gestorben?«

»Jeder tote Städter war einer zu viel.« Er klang bitter – und zornig.

»Du hast mir erzählt, dass du viele Kinder in der Stadt hattest. Fielen auch sie den Seeräubern zum Opfer? Weißt du das?«

Sie konnte sich vorstellen, dass seine Bastarde aus der Masse der Stadtbewohner hervorgestochen waren. Neve selbst hatte rotblondes Haar, zahllose Sommersprossen, die sogar bräunlich auf ihrem Busen, ihren Armen und Händen blühten. So wie sie sahen die meisten Bewohner dieses Reiches und seiner Nachbarn aus: hellhäutig, hellhaarig, der Sonne hilflos ausgeliefert. Arrion war schwarzhaarig, seine Augen so blau, wie sie es nie zuvor gesehen hatte. Er war viel zu groß und massig. Wenn seine Bastarde ihm nur ein wenig ähnlich gesehen hatten, waren sie aufgefallen.

Er zuckte eine Schulter und sah ins Feuer. »Begegnete ich in der Stadt einem schwarzhaarigen Kind, wusste ich, dass es meines war. Ich brauchte die Mutter gar nicht zu sehen. Die Kinder wurden ebenso Opfer wie Soldaten auf der Wehr oder Frauen in den Straßen. Ich weiß nicht, ob ich trauere. Ich hatte keine Beziehung zu den Kindern, kannte ihre Namen nicht – und meistens auch nicht die Namen ihrer Mütter. Aber ihr Tod machte mich zornig. Sie waren ein Teil von mir. Ich sah sie auch als Beweis meiner Fähigkeiten im Umgang mit Mädchen.«

»Als Beweis deiner Männlichkeit?«, fragte sie mit mildem Spott, und er sah auf und nickte.

Das war vielleicht die Erklärung für seinen Hass und seine Wut. Reichte diese mögliche Erklärung für seinen hell lodernden Zorn aus, für seine an Besessenheit grenzende Pflichterfüllung für den Herrscher? Hatte das eine überhaupt mit dem anderen zu tun? Vielleicht gab es noch mehr, was Neve nicht wusste, doch hoffentlich bald in Erfahrung bringen konnte. Sie musste mehr über das Leben Arrions erfahren, um dessen Geist zu verstehen. Nur dann konnte sie ihm vielleicht helfen.

Über all diesen Gedanken hatte sie beinahe das verbrennende Kaninchen vergessen und drehte nun hastig den Bratenspieß.

Sie wurde sich bewusst, dass Arrion sie über das Feuer hinweg mit intensiver Aufmerksamkeit betrachtete.

»Gut, wie öffne ich mich dir?«

Manchmal überraschte seine Ernsthaftigkeit sie. In einem Moment schäkerte er hemmungslos mit ihr, machte eindeutig unanständige Bemerkungen, und doch hatte sie stets das Gefühl, dass er sie ernst nahm und mit dem Respekt behandelte, der ihr als Geistersängerin zustand.

»Schließe mich nicht aus. Wünsche dir, mir mitzuteilen, was dir geschehen ist. Ich werde dann sehen, was ich auffangen kann.«

»Kannst du das auch mit Lebenden?«

»Nein. Und es ist mir bislang auch nicht mit jedem Geist gelungen. Vielleicht bist du zu echt, als dass es klappen kann. Aber vielleicht sind deine Kraft und vor allem die Macht deiner Gefühle uns dabei behilflich. Ich möchte es einfach versuchen.«

Er nickte wortlos und sah ihr dann zu, wie sie das Kaninchen aß.

Neve hatte ihm verschwiegen, warum sie seine Erfahrungen kennen wollte: Er faszinierte sie – nicht als Geist oder Ritter. Sie suchte den Schlüssel zu seiner Seele – auch um ihretwillen.

Sie waren weiter durch den Wald gegangen. Neve hatte Beeren und Pilze gesammelt. Arrion hatte ein weiteres Kaninchen erbeutet und sich um Feuerholz gekümmert.

Nach einem reichhaltigen Abendessen rollte Neve sich auf ihrer Matte zusammen, zog ihren Umhang über sich und zwinkerte dem Geist des Ritters vertraulich zu. »Verschließe dich nicht vor mir. Vielleicht bin ich morgen früh ein wenig schlauer.«

Sein Lächeln blitzte auf. »Das will ich hoffen.«

»Schlag dir das aus dem Kopf, Arrion.«

»Du bist hart und streng, Neve. Ich weiß nicht, warum ich dir nachlaufe.«

Sie kicherte, zog den Umhang höher und schlief ein – gewärmt vom Feuer und der warmen Mahlzeit, sicher bewacht von einem hünenhaften Ritter, der sie mit glitzernden kobaltblauen Augen von der anderen Seite des Lagerfeuers garantiert abschätzend und abwartend betrachtete.

Sie träumte.

Rauch erfüllte die Luft. Es stank nach schwelendem Holz, nach brennendem Fleisch. Schwarzer Qualm verdunkelte den Himmel. Kein Laut außer dem Prasseln der Flammen war zu hören. Kein Schrei, kein Klagen, kein Geräusch von Tieren. Der Kampf war hier und jetzt zu Ende.

Wer hatte gewonnen? Er wusste es nicht.

Er lag in den Trümmern seines Turmes. Brennende Balken waren über ihm, mannsgroße Steinquader umgaben ihn. Asche und Staub bedeckten alles, machten das Atmen schwer. Die Last von Bruchstücken der Mauern und Wehranlagen behinderte ihn, erdrückte ihn nahezu.

Er musste unter den Trümmern hervorkriechen, sich seinen Weg nach draußen suchen. Alles schmerzte, das Atmen tat weh und verursachte eine Anstrengung, die schwarze Flecken vor seinen Augen tanzen ließ. Er verbrannte sich an Glutstücken, an schwelendem Holz. Mehr als einmal berührte er einen Leichnam, der mit ihm von der Höhe des Turmes herabgestürzt war.

Keiner der Männer hatte noch gelebt, als der Turm eingestürzt war. Er musste es wissen. Er hatte sie erschlagen.

Er zog seine große Kriegsaxt mit sich aus den Trümmern. Die Rüstung war zu schwer und viel zu warm. Er hatte zu nahe am Feuer gelegen, während er bewusstlos gewesen war. Er hätte in den Flammen umkommen können, wenn er nicht rechtzeitig erwacht wäre. Er wusste das.

Es stank nach verbrennendem Fleisch, aber es war nicht das seine, das auf den Knochen verkohlte.

Endlich kam er aus den Trümmern hervor, kroch auf Händen und Knien durch eine Bresche der Außenmauer des Turmes auf den großen Platz vor der Halle.

Schwarze Rauchschwaden und unerträgliche Hitze hüllten ihn ein. Seine Augen tränten. Er hustete krampfhaft, bis er das Gefühl hatte, sich erbrechen zu müssen. Keuchend kam er zu Atem, obwohl er nur den Rauch in seine Lungen ziehen konnte.

Die Halle stand nicht mehr.

Die Mauern ragten etliche Ellen hoch auf, aber das Dach war vom Feuer niedergerissen worden. Die großen Säulen, die den Giebel getragen hatten, lagen wie das Spielzeug eines müden Riesenkindes auf den breiten Treppen, die zum einst prächtigen Portal hinaufgeführt hatten. Wo das Tor vor der Schlacht die Festung beschützt hatte, gähnte ein schwarzes Loch, in dessen Innerem immer noch Flammen hoch in den schwarzen Himmel loderten.

Kein Waffenklirren, keine Schreie, keine anfeuernden Rufe waren zu hören. Auch die Schlachtrufe der Seeräuber waren verstummt. Stille – abgesehen vom gierigen Fressen der Flammen.

Taumelnd kam er auf die Beine, stützte sich schwer auf seine Waffe und versuchte dann, sich langsam im Kreise zu drehen, zu erfassen und zu verstehen, wie schwere Schäden zu beklagen waren, wo sich seine Männer im Augenblick befanden.

Die Stadt!

Wenn die Seeräuber hier gescheitert waren, dann zog es sie zur Stadt. Dort befand sich sein Stellvertreter Ravon, dort war die Hälfte seiner Garnison stationiert. Das klang nach ausreichendem Schutz, und so war es ihm auch erschienen, als er seine Streitmacht geteilt und Ravon zu dessen Kommando gesandt hatte.

Aber mit seiner Hälfte der Truppen hatte er offenkundig die Festung nicht halten können, auch wenn die Seeräuber für den Moment zurückgeschlagen schienen. Die Festung war gefallen. Eine kaum zu begreifende Tatsache.

Hatten die Schweine sich neu gesammelt und aufgestellt, um die Stadt mit einer zweiten Angriffswelle zu überrennen? Konnte Arrions Stellvertreter die Stadt verteidigen?

Er mochte sich die Konsequenzen nicht vorstellen, wenn Ravon das nicht schaffte! Sie würden beide geviertelt werden – falls sie diesen Kampf überlebten. Nichts, woran er jetzt etwas ändern konnte.

Was war hier geschehen?

Er drehte sich langsam um, taumelnd und erbärmlich schwach. Blut und Schweiß hatten seine Kleidung unter der Rüstung durchtränkt. Das Leder der Unterrüstung fühlte sich schwer und kalt an. Seine Hand, die den Axtstiel hielt, zitterte, die Finger waren kalt und wollten nicht gehorchen.

Endlich sah er seinen Turm, auf dem er gekämpft und die Seeräuber erschlagen hatte.

Diesem fehlten das Dach, eine vollständige Seite und jegliche Innenmauer. Er war nur noch ein Schlot, ragte auf wie ein Schornstein. Und genau das war er vor wenigen Augenblicken auch gewesen. Ganz oben auf der Plattform hatte der Ritter gekämpft. Sie war verschwunden, in die Tiefe gestürzt, als die Tragbalken verbrannt waren. Alles hatte gebrannt. Die Luft war zu heiß zum Atmen gewesen. Schweiß und Blut waren verdampft in der Hitze. Leichen hatten gebrannt, Blut gekocht, während die Körper garten.

Er rang nach Atem angesichts dieser Zerstörung. Lebte hier noch jemand außer ihm? Wo steckten seine Soldaten? Sie konnten nicht alle tot sein. Waren sie schon zur Stadt unterwegs und hatten ihn selbst für gefallen gehalten? Eine Leiche, die man später bergen musste? Wo waren sie? Keiner von ihnen hätte es gewagt, die Festung als verloren aufzugeben. Sie mussten irgendwo sein. Irgendwo.

Er musste seine Männer sammeln, falls die Seeräuber einen zweiten Angriff auf die scheinbar schutzlose und unbemannte Festung führten. Sie lag in Trümmern, aber sie war immer noch ein Bollwerk zum Schutz der Stadt.

Er lief los, suchte nach Überlebenden, nach seinen Soldaten, die bei ihm in der Festung geblieben waren, nachdem sein Stellvertreter mit der halben Mannschaft ausgerückt war.

Wie war die Lage in der Stadt? Waren Seeräuber an der Festung vorbeigekommen? Tobte der Kampf jetzt dort? Konnte Ravon die Stadt verteidigen?

Gleichgültig und nutzlos, darüber nachzudenken. Er brauchte jede Unze Kraft, um der Erschöpfung standzuhalten und seine Aufgabe hier zu erfüllen.

Alleine und ohne bewaffnete Truppen an seiner Seite konnte er nicht viel ausrichten. Bevor er nach der Stadt sah, musste er seine Soldaten finden.

Er fand Tote beider Fronten. Seeräuber neben Soldaten des Herrschers. Übel zugerichtete Leichen kannte er aus vielen Gefechten, aus denen er bislang stets siegreich hervorgegangen war. Er hatte Verluste hinnehmen müssen, aber er hatte die Seeräuber jedes Mal zurückgeschlagen und die Stadt beschützen können.

Kyelle war ein wichtiger Handelsposten des Reiches, ein Hafen für Händler, Forscher und Eroberer. Der Herrscher des Reiches war deutlich in seinen Befehlen gewesen: Wie viel es auch an Menschenleben kostete, die Stadt war immer zu verteidigen, der Hafen stets zu sichern.

Jeder, der dem Herrscher diente, wusste, wie die Strafe für Versagen aussah. Es war besser, das eigene Versagen nicht zu überleben – und keine Familie zu hinterlassen.

Ein Grund mehr für den Ritter, die Erfüllung seiner Leidenschaften bei mehr als einer Frau zu suchen, von denen keine fest zu ihm gehörte.

Dem Herrscher war es egal, wie seine Befehle befolgt wurden. Junge, wehrfähige Männer wuchsen wie Getreide auf den Feldern nach, und der Ritter war berühmt dafür, dass er aus rohen Rekruten starke Soldaten schmieden konnte.

Nun taumelte der Ritter auf schmerzenden Beinen durch die brennende Festung, vernahm über dem Donnern des Feuers, dem Tosen der Flammen hin und wieder die Geräusche von umstürzendem Mauerwerk. Aber nichts weiter drang an sein Ohr, während er an geschundenen, erschlagenen Körpern vorbeikam.

Hin und wieder kniete er nieder, suchte nach einem Puls, nach Atemzügen, die eine Brust hoben. Wenn er ein vertrautes Gesicht sah, untersuchte er den Körper, hoffte auf ein Lebenszeichen. Er fand nichts außer Toten, und seine Unruhe steigerte sich, während sein eigener Herzschlag sich einmal mehr beschleunigte.

Konnte das sein? Konnte es sein, dass er als Einziger diesen Angriff überlebt hatte?

Oder hatten die Überlebenden sich seinen deutlichen Befehlen und damit dem Wunsch des Herrschers widersetzt und waren zur Stadt geflohen? Nein, dafür lagen hier zu viele tote Soldaten. Die Festung war übersät mit Helden, die im Dienst des Herrschers und des Ritters gefallen waren. Gepflastert mit den Körpern der Seeräuber, die von eben diesen Helden erschlagen worden waren. Ein Schlachtfest für die Götter und den Herrscher, und der Kommandant der Festung, der zwischen seinen Soldaten liegen sollte, stolperte über das Schlachtfeld.

Er stieg über abgetrennte Gliedmaßen, sah einen abgeschlagenen Kopf, blutige Rümpfe, in denen Waffen steckten. Daneben ein Junge, der beinahe unversehrt aussah, bis der Ritter ihn berührte. Da rollte der Kopf beiseite.

Der Ritter atmete schaudernd aus, fuhr sich mit einer blutbeschmierten Hand über das Gesicht, strich lange, rot getränkte Haarsträhnen nach hinten und blieb inmitten dieses Schlachthauses schwer atmend stehen. Der Geruch nach brennendem Fleisch und frischem Blut vermengte sich mit dem Gestank des Rauches und ließ ihn beinahe würgen.

Dies war nicht sein erstes Schlachtfeld, aber die Tatsache, dass er niemanden fand, der dies alles überlebt hatte, versetzte ihn in einen Zustand, den normale Menschen als Panik bezeichnet hätten. Ein Ritter, der Anführer der Garnison, konnte und durfte nicht in Panik verfallen. Natürlich nicht. Aber er bebte am ganzen Körper, als er sich nach einer Runde durch die zerstörte Festung zwang, wieder zum Turm zurückzukehren.

Etwas zog ihn dorthin, und er wusste nicht, was es war.

Auf dem Weg zurück kletterte er mühsam über Leichen und Trümmer, an Glutnestern und offen lodernden Flammen vorbei auf die Wehranlage, um von dort zu Kyelle zu sehen.

Ihm stockte der Atem: Es brannte in der Stadt, die Mauern waren vom Schein der Flammen beleuchtet.

Aber er sah auch die Berge an erschlagenen Feinden, die die Mauern säumten. Es konnten nicht viele in die Stadt gekommen sein. Bitte. Die Hälfte seiner Garnison war dort.

Ravon war dort, und er war ein guter Mann.

Der Ritter hielt Ausschau nach einer Bresche. Er musste zur Stadt. Er war alleine, aber eine gute Axt in fähigen Händen konnte das Zünglein an der Waage bedeuten.

Dann sah er Dampfwolken aufsteigen: In der Stadt wurden die Brände gelöscht. Seeräuberschiffe trieben brennend auf der Förde.

War die Schlacht auch in der Stadt schon geschlagen? Hatte sein Vertrauen in Ravon und seine Männer sich doch nicht als trügerisch erwiesen?

Er lauschte und meinte, Trompeten zu hören.

Sieg? Hatten sie gesiegt?

Um welchen Preis? Er wandte sich schaudernd ab. Er war zu schwach und zu müde. Er war am Ende. Sollte der Herrscher mit ihm doch machen, was ihm beliebte. Es war gleichgültig.

Nach seinen Vorstellungen von Ehre wäre sein Platz in den Reihen der erschlagenen Soldaten gewesen. Ein weiterer Kadaver unter vielen. Ein Ritter überlebte nicht, wenn seine Garnison bis auf den letzten Mann niedergemacht wurde. Tat er es doch, warteten Zorn und Strafe des Herrschers auf ihn. Es war egal. Alles schien gleichgültig. Nur der Turm nicht. Der Ritter wusste nicht, warum, aber er musste dorthin, wo er erwacht war.

Er sah wieder zur Ruine, atmete tief durch, spürte Rauch in seiner Lunge brennen und stieg mühsam den Geröllhang zum Platz hinab. Er strauchelte auf dem Weg hinunter, hielt sich an irgendetwas fest und verhinderte seinen Absturz. Dann sah er zur Seite, woran er sich festgehalten hatte: Die Leiche eines Seeräubers, von Pfeilen gespickt wie ein Rehbraten.

Verdient. Schwein.

Er überquerte den Platz, über dem Totenstille lag. Das Fauchen der Flammen war fast der einzige Laut; leise wehte von der Stadt die Trompete herüber. Sie hatten gesiegt. Der Preis war zu hoch gewesen, aber sie hatten gewonnen. Was zählte jetzt noch?

Er war zu Tode erschöpft, hatte keine Kraft mehr für Trauer um seine gefallenen Soldaten, für Zorn und Hass, welche er auf die Leichen der Seeräuber schleudern konnte. Sie waren tot, und das war gut so. Sogar der Herrscher, sein eigener Eid, die Strafe – alles egal. Was zählte, waren die erschlagenen Seeräuber. Jeder Einzelne von ihnen war eine kleine Belohnung angesichts der gefallenen Festung.

Nur wenige Momente, bevor der Boden der Turmplattform unter seinen Füßen nachgegeben hatte, hatte er die Seeräuber dort oben wie räudige Hunde erschlagen. Im Kampf hatte er seinen Hass nutzen können. Niemals würden sie ihn lebendig in ihre Hände bekommen.

Jetzt war nichts mehr da, nur das nagende Gefühl, dass etwas nicht stimmte. Warum lebte er noch, wenn alle seine Männer gefallen waren? Warum hatte das Schicksal ihn als Einzigen am Leben gelassen? Wofür?

Für die Rache des Herrschers, weil die Festung in Trümmern lag? War das eine Laune der Götter?

Er erreichte den Turm und blieb für einen Augenblick schwankend vor dessen Bruchstücken stehen.

Dann sah er einen Arm aus den Trümmern ragen. Die im Tode, im Fallen gelockerte Faust hielt noch den Stiel einer gewaltigen Kriegsaxt.

Arrion atmete tief ein. Seine Augen weiteten sich, sein Puls setzte einen Moment aus, um dann schmerzhaft und zu schnell wieder zu schlagen. Ein Schauder überlief ihn. Er sah auf seine Hand herab, die den Stiel seiner Axt umspannte. Er atmete aus und ließ die Waffe auf den mit Asche bedeckten Boden fallen.

Mit beiden Händen bedeckte er das Gesicht, rang nach Atem, ließ die Hände sinken und starrte den Arm erneut an.

Götter, könnt ihr so grausam sein?

Er ging zögerlich auf den Schuttberg zu, kletterte über verkohlte Balken und Trümmerstücke, bis er seine Hand auf die kalten Finger um den Stiel der fremden Axt legen konnte. Das Fleisch war kalt und fühlte sich entsetzlich an.

Oh Götter! Er sah zum rauchverhangenen Himmel, sandte ein Gebet in die stummen, tauben Wolken über sich, dass er sich irrte. Er wusste, dass er das nicht tat, aber er hoffte es von ganzem Herzen.

Er begann, die Steine beiseite zu räumen. Anfangs vorsichtig und ängstlich, dann in rasender Eile: Balken, Dachpfannen, Mauerwerk.

Ein Körper lag unter all diesen Trümmern.

Der Brustpanzer war blutbeschmiert, verbeult und zerkratzt. Ein Dolch steckte in der Kehle des Leichnams, und Arrion zog die Klinge mit zitternden Händen aus dem weißen Fleisch, starrte sie einen Moment lang an und schleuderte sie dann mit einem heiseren Wutschrei von sich.

Mit bloßen, blutenden Fingern räumte er die Überreste des Turmes von dem Toten, bis er den Helm sah. Ein schlichter Augenhelm ohne Verzierungen. Durch die schmalen Sehschlitze sah er ein helles Schimmern.

Er sank auf die Knie, rang nach Atem und wusste doch, dass er Gewissheit haben musste. Er konnte hier nicht weggehen, bevor er dem Toten nicht ins Gesicht, in die starren Augen gesehen hatte.

Er wollte es nicht, aber er musste. Ein Laut, der nach einem halben Schluchzen klang, blieb in seiner Kehle stecken, als er all seinen Mut zusammennahm.

Seine Hände zitterten, während er den Riemen löste, dann zog er behutsam den Helm vom Kopf der Leiche.

Eine Flut schwarzer Locken fiel auf den mit Schutt bedeckten Untergrund, und Arrion sah in seine eigenen, gebrochenen Augen, die leer in den Himmel starrten.

Er schrie auf, ließ den Helm fallen, als ob dieser rot glühend wäre, taumelte zurück, stolperte und stürzte zu Boden, biss sich auf die Zunge und rang keuchend und schmerzhaft nach Atem.

Götter!

Götter!

Er schrie noch einmal. Der Schrei war der einzige Laut in der untergegangenen Festung, in der ein Ritter als krönendes Opfer inmitten der Körper seiner gefallenen Soldaten lag.

Er rang nach Atem, sog Luft in die Lungen, um erneut zu schreien, die Götter zu verfluchen, die ihm diesen grausamen Streich gespielt hatten. Er verschluckte den Schrei mit aller Gewalt. Nur noch ein Schrei, und er war des Wahnsinns hilflose Beute.

Hier war er, hörte sein eigenes Herz schlagen, spürte Schmerzen bei jedem Atemzug in seiner vom Rauch verätzten Kehle, während dort ein Kadaver auskühlte, dessen Augen milchig und grau aussahen, wie sie in den Himmel starrten, ohne jemals wieder etwas sehen zu können.

Er kauerte neben seiner eigenen Leiche, als der Himmel seine Pforten öffnete und Regen sich wie ein silbriger Schleier auf die schwelende Festungsruine ergoss.

Zuerst blickte er weg, als die ersten Tropfen auf die Leiche trafen. Aber dann sah er doch hin, und ein Schauder überlief ihn, als er beobachtete, wie sich die starren Augen – seine Augen – mit Regenwasser füllten.

Er krümmte sich zitternd zusammen, konnte den Blick nicht abwenden von dem weißen Gesicht, von dem der Regen das Blut wusch. Das rabenschwarze Haar wurde nass und flach auf das Geröll gedrückt. Blutiges Wasser lief über den Schutt. Die klaffende Wunde in der Kehle füllte sich mit Regenwasser. Die Wundränder quollen auf, bis sie fast wie ein grinsender, weißer Mund aussahen.

Einen Moment lang ertrug Arrion diesen Anblick noch, dann stand er auf, beugte sich vor und hob den Helm wieder auf. Er bebte, als er dem Toten die Schutzhaube aufsetzte, den Riemen anzog und dann neben seiner Leiche stehen blieb.

Die Regentropfen hämmerten auf zwei Helmen, zwei Panzern, und Arrion wusste, dass er an der Schwelle zum Wahnsinn stand.

Schwer atmend wandte er sich ab, suchte nach seiner Axt, deren Zwilling in der Hand des toten Ritters ruhte. Er vernahm Stimmen und atmete erleichtert auf.

Fackellicht erhellte die verrauchte Dunkelheit, und Arrion rannte dem Trupp aus der Stadt entgegen. Ravon hatte diese Männer geschickt, um nach Überlebenden zu suchen. Und dann erkannte der Ritter Ravon, der den bunt zusammengewürfelten Trupp aus Soldaten und Stadtbewohnern anführte.

Mit einem leisen Schrei der Erleichterung rannte Arrion den Schuttberg in langen Sätzen hinunter und dann seinem Stellvertreter entgegen. »Ravon!«

Er sah das leuchtende Blondhaar des Mannes, den er in den letzten zehn Jahren zuerst als fähigen Soldaten, dann als seinen Stellvertreter und schließlich als seinen besten Freund schätzen gelernt hatte. Wie vertraut die Bewegungen waren, mit denen Ravon seine Befehle unterstrich, und dann endlich vernahm Arrion auch die Stimme, die er so gut kannte.

»Sucht nach Verwundeten. Und sucht nach Ritter Arrion. Ich bete zu allen Göttern, dass er dies überstanden hat. Er muss es überlebt haben.«

»Ravon, ich bin hier!«, rief Arrion und stolperte zwischen den umgestürzten Säulen auf den freien Platz zwischen Torbau und Halle, rang nach Atem und zwang sich, weiter auf seinen Stellvertreter zuzulaufen.

Sein Herz raste, jeder Atemzug stach in seiner Lunge, die Beine waren schwer wie Blei. Im Laufen riss er sich den Helm herunter und schleuderte diesen achtlos zur Seite. Er warf die Kriegsaxt von sich, deren Gewicht ihn jetzt nur behinderte.

»Ravon!«

Aber der Mann sah nicht zu ihm, sondern beugte sich über einen gefallenen Soldaten, um zu sehen, ob dort noch Leben war. Die anderen Männer hielten sich dicht bei ihm, knieten mal hier, mal dort nieder.

»Verdammt, Mann, bist du taub?« Arrion blieb stehen, beugte sich vor, hatte das Gefühl, vor Anstrengung erbrechen zu müssen. Schwarze Flecken tanzten vor seinen Augen einen Reigen des Irrsinns. Er richtete sich mühsam wieder auf, und Ravon stand direkt vor ihm und schien einfach durch ihn hindurchzusehen ...

»Ravon ...« Arrions Stimme erstarb. Noch nie in seinem Leben hatte er solche Angst gehabt.

»Sucht bei dem Turm, den der Ritter stets gehalten hat«, befahl der blonde Mann und ging direkt an Arrion vorbei, streifte ihn mit der Schulter, und Arrion taumelte zur Seite, als wäre er von einer Keule getroffen worden. Er stürzte in die nasse Asche, die alles bedeckte, und blieb fassungslos am Boden liegen. Wasser troff aus seinen langen Haaren, wusch das Blut von seiner Rüstung.

Götter, das durfte nicht sein. Das konnte nicht sein!

Er rappelte sich wieder auf, lief den Männern hinterher, die schweigend an Leichen und Körperteilen vorbei auf den Turm zuhielten.

Er schloss zu Ravon auf und packte den Mann an der Schulter, um ihn aufzuhalten, um ihn zu zwingen, ihn anzublicken und endlich zu sehen. Aber der Stellvertreter marschierte einfach weiter, und Arrion musste loslassen, wenn er nicht von den Füßen gerissen werden wollte.

Er wollte schreien, Ravon schlagen, seine Verzweiflung sichtbar machen. Aber er war alleine im strömenden Regen, während sein Freund blind und ungerührt auf den Turm zuhielt.

Götter, alles, nur das nicht! Götter!

»Hauptmann!«, rief einer der Männer, die vor Ravon den Turm erreicht hatten.

Arrion blieb stehen, fühlte sich wie am Rande einer Ohnmacht. Er wollte nicht noch einmal in die gebrochenen, dunkelblauen Augen sehen, die voller Regenwasser waren. Er wollte nicht wieder die klaffende Wunde in der Kehle sehen, in der der Dolch gesteckt hatte, den ein Seeräuber ihm ins Fleisch gejagt hatte.

Ravon stöhnte auf und rannte los. Er wusste offenbar genau, was dieser Ruf zu bedeuten hatte.

Arrion sah zu, wie sein Freund neben der Leiche niederkniete, wie Ravon den Helm vom Kopf des Toten zog – ganz behutsam, als hätte er Angst, dem Ritter noch weh tun zu können.

Er schloss die Augen des Toten mit einer beinahe zärtlichen Berührung, reichte den Helm an einen anderen Mann weiter, löste die große Axt aus der inzwischen erstarrten Hand, wobei er nicht davor zurückschreckte, das tote, kalte Fleisch zu berühren. Auch die Waffe wurde von einem der Soldaten entgegengenommen – ehrfürchtig mit vor Grauen zitternden Händen.

Dann räumte Ravon die Trümmer weiter beiseite und löste den Schild vom Arm des Leichnams. »Holt eine Bahre. Wir bringen den Ritter in die Stadt. Jeder Bewohner soll sehen, dass er sein Leben gab, um Kyelle zu schützen und seine Pflicht zu erfüllen. Er verdient eine Bestattung in Ehren.«

»Ravon, ich will keine Bestattung in Ehren. Bitte, sieh mich an. Ich bin hier! Verdammt, komm von dem Kadaver weg. Das bin nicht ich!« Arrions Stimme überschlug sich. Er zitterte am ganzen Körper. Er hatte entsetzliche Angst. Er verstand nichts und wollte auch nichts mehr verstehen, sich nur noch wie ein verletztes Tier irgendwo verkriechen, die Welt und die Götter ausschließen.

Ravon sah nicht von dem Toten auf, legte eine Hand auf den verbeulten Brustpanzer und murmelte so leise, dass nur Arrion ihn hören konnte: »Ich wünschte, großer Freund, du wärst in die Stadt gezogen und hättest mir die Festung überlassen. Ich wäre für dich gestorben. Verzeih, dass ich jetzt erst komme. Verzeih, Ritter Arrion, verzeih.«

»Du Idiot! Ich stehe genau hinter dir!«

Aber sie hoben die Leiche auf die Bahre, legten Schild, Axt und Helm auf die Brust des Toten und verließen mit dieser traurigen Last die Ruine der Festung.

Arrion folgte ihnen mit einigem Abstand.

Auf der breiten Straße zur Stadt Kyelle hinunter kamen ihnen immer wieder Menschen entgegen: Soldaten, Stadtbewohner, die von Ravon stets den gleichen Befehl bekamen: »Bergt unsere Toten, bringt sie in die Stadt. Dann folgt uns zum Hafen, wo wir den Toten die letzte Ehre erweisen werden. Unser Ritter ist gefallen. Unser Ritter ist gefallen für Kyelle und unseren Herrscher.«

Wie betäubt ging Arrion im Schatten dieses Trauerzugs. Er bemerkte es schon gar nicht mehr, wenn er angerempelt und zur Seite geworfen wurde. Es war ein Albtraum.

Und er hatte keine Ahnung, wie er aus ihm erwachen sollte. Menschen waren um ihn herum. Einige weinten, als der Kadaver an ihnen vorbeigetragen wurde. Viele beteten. Inmitten dieser verzweifelten Menschen stolperte Arrion den langen Weg von der Festung zur Stadt. Sein Kopf schwirrte, ihm war übel und kalt.

Das vor ihm auf der Bahre war seine Leiche. Niemand sah ihn. Er war gefallen und würde bald auf einem Scheiterhaufen verbrennen. War es normal, dass die Seele noch auf Erden verblieb, bis der Körper bestattet war? Es musste wohl so sein. Aber wo waren dann die Seelen seiner gefallenen Soldaten? Waren sie um ihn herum? Ebenso unsichtbar für die Lebenden wie er? Unsichtbar untereinander und für ihn?

Verstört blickte er um sich, suchte die Geister jener, deren Leichen er oben in der Festung gesehen hatte. Aber er sah nur die Gesichter der Stadtbewohner, die weinend am Straßenrand niederknieten, als die Bahre sie passierte.

Er erkannte Schock und Entsetzen in allen Gesichtern. War das Trauer? Um ihn? Oder Angst, weil sie ihren Beschützer verloren hatten? Weil sie nicht wussten, wer ihm nachfolgen würde? Wen würde der Herrscher nach Kyelle schicken? Würde der Mann so gut sein wie Ritter Arrion?

Mit einem Mal hasste er die Stadtbewohner. Er rang nach Atem. Er durfte sie nicht hassen. Sie unterstanden seinem Schutz. Er war an den Eid gebunden, das Treueversprechen, das der Herrscher ihm abgenommen hatte.

Die Träger mit der Bahre passierten das Stadttor, und Arrion trat nur kurz darauf müde und benommen auf das Straßenpflaster von Kyelle. Er sah weinende Frauen, die Kinder an sich drückten. Er sah erschlagene Seeräuber, tote Soldaten, weitere Bahren, die dem Leichenzug unter Ravons Führung folgten.

Durch die ganze Stadt zog die Prozession, und immer mehr Menschen schlossen sich ihr an.

Wenigstens konnte er erkennen, dass die Stadt nur geringfügig beschädigt war, dass seine Truppen unter Ravons Kommando die Seeräuber hatten zurückschlagen können. Der Geruch des Meerwassers schlug ihm entgegen, und er hob den Kopf, um den Hafen sehen zu können. Brennende Seeräuberschiffe dümpelten auf dem Wasser. Die beiden großen Wachtürme waren unversehrt, an ihren Sockeln türmten sich die Leichen der Angreifer hoch auf.

Und er sah immer mehr gefallene Verteidiger. Aber keine verlorene Seele wie sich selbst. Er war umgeben von Lebenden, die weinten oder still und schockiert nur am Straßenrand standen. Nicht ein vertrautes Gesicht dabei, das er vorher in der Festung am Boden gesehen hatte.

Aus allen Straßen und Gassen kamen Leichenzüge, die Tote auf Bahren, Karren und teilweise auch auf Decken und Mänteln zum Hafen trugen. Andere brachten Feuerholz, das hoch aufgeschichtet zu Scheiterhaufen für die Toten gestapelt wurde – für jene, die es zu ehren galt. Die Leichen der Seeräuber würden später außerhalb der Stadt verbrannt werden wie Abfall. Ravon führte die Träger der großen Bahre zu einem bereits fertig aufgeschichteten Brennholzstapel, schickte die Stadtbewohner fort, die diesen Scheiterhaufen erweitern wollten, um die vielen Leichen, die zum Hafen getragen wurden, verbrennen zu können.

Meine halbe Garnison wird heute Nacht brennen, dachte Arrion. Er war unterhalb eines der beiden Türme stehen geblieben und starrte auf das Schauspiel, das sich vor ihm abspielte. Der Gedanke war bitter.

Hatte er einen Fehler begangen, als er die Garnison teilte? Hätte er alle Männer in die Stadt schicken oder alle bei sich behalten sollen?

Gleichgültig, wie er sich entschieden hätte, der Herrscher hätte einen Grund gefunden, Ritter Arrion zu vierteilen. Entweder wäre die Festung gefallen, oder die Stadt hätte Verluste hinnehmen müssen.

Aber hätte er selbst so viele Soldaten verloren? Hätte er in so viele tote Gesichter sehen müssen?

Er starrte auf das geschäftige Treiben vor sich, um an irgendetwas anderes als an sein Versagen zu denken, an seine möglichen Fehler. Denken fiel ihm schwer. Er war zu erschöpft und verzweifelt.

Es musste eine Massenverbrennung werden, denn jede Leiche innerhalb der Stadtmauern bedeutete Seuchengefahr. Wer einen gefallenen Soldaten abgeladen hatte, lud einen erschlagenen Angreifer auf die Bahre und schaffte diesen nach draußen, wo der Gestank der Verwesung die Bewohner nicht erreichen konnte. In zwei oder drei Tagen würden die Seeräuber brennen.

Fackeln wurden herangetragen, weitere Scheiterhaufen errichtet. Das, was Arrion als seine eigene Leiche betrachten musste, wurde auf einen einzelnen Scheiterhaufen gelegt, den größten in der Mitte des Marktplatzes am Hafenbecken.

Ravon stand einen Augenblick regungslos da, mit hängenden Schultern. Ein Bild des Jammers, der unaussprechlichen Trauer. Arrion wusste, dass er den Mann nicht erreichen konnte. Zwischen ihnen lag eine Welt.

Rund um den zentralen Scheiterhaufen des Ritters entstand ein Ring von kleineren Holzhaufen, während weiter zur Seite Unmengen von Brennmaterial für die toten Soldaten aufgeschichtet wurden.

Zuerst verstand Arrion nicht, was der Ring aus Holz um seine Feuerbestattung zu bedeuten hatte. Dann hörte er wieder das Weinen von Frauen und sah Familien aus den Schatten der Gassen treten. Ehepaare traten hervor, der Mann trug ein kleines Bündel, manchmal die Frau ein Zweites.

Er kannte die Gesichter der Frauen. Aber so hatte er noch keine von ihnen gesehen. Er kannte sie lachend, stöhnend, die Unterlippe fest zwischen weiße Zähne gepresst. Sie weinten jetzt, und sie waren ihm fremd. Das waren nicht die Frauen, die in seinen Armen glücklich gewesen waren. Nur noch Schemen aus einer anderen Welt.

Er wollte nicht sehen, was sie trugen, aber er konnte den Blick nicht abwenden, als ein Paar nach dem anderen manchmal ein Kind, manchmal sogar zwei kleine Bündel auf dem Holzring um den großen Scheiterhaufen herum ablegte.

Eine Mutter schlug das Tuch beiseite, das über dem Gesicht eines kleinen Kindes lag, und Arrion sah weiße Wangen mit Blut besprengt, schwarze Haare und gebrochene kobaltblaue Augen.

Da erst verstand er.

Die Seeräuber hatten Jagd auf seine Bastarde gemacht, zielgerichtet die Kinder jenes Ritters ermordet, der ihnen ein ganzes Jahrzehnt Widerstand geleistet hatte. Es hatte ihnen nicht gereicht, den Ritter zu erschlagen, seine Festung dem Erdboden gleichzumachen. Sie hatten seine Kinder, die vielen kleinen Bastarde abgeschlachtet, um auch sein Erbe aus der Welt zu tilgen, wie sie ihn aus der Welt geschafft hatten.

Er taumelte zurück gegen den Leichenhaufen hinter sich. Seine Knie gaben nach, und er musste Halt an den Körpern der Seeräuber suchen, die ihm das angetan hatten. Tränen brannten in seinen Augen, ein Schrei steckte in seiner Kehle und drohte, ihn zu ersticken.

Er warf sich vorwärts und rannte weg, fort von diesem Irrsinn, den fremden Frauen, den toten Kindern, die alle seine Erbmerkmale trugen.

Arrion floh aus der Stadt, bevor Ravon die erste Fackel an den großen Holzstoß halten konnte.

Das Weinen der Frauen verfolgte ihn bis in die Festungsruine.

Wie ein verwundetes Tier verkroch sich die verlorene Seele in den Trümmern des Turmes und wollte nichts mehr sehen, hören oder denken.

Neve erwachte von Vogelgesang und Lichtreflexen auf ihren Lidern.

Sie setzte sich langsam auf, rieb sich die Augen vom Schlaf sauber, zog die Beine an, schlang die Arme um die Knie und suchte die Lichtung ab, die ihr gespenstischer Begleiter als Nachtlager erkoren hatte. Wo steckte er?

Sie entdeckte ihn etliche Meter von sich entfernt, ihr den breiten Rücken zugekehrt, und wie sie sich eben noch fragte, was er da tat, hörte sie das charakteristische Plätschern. Wehe, der Kerl kam mit halb heruntergelassener Hose zu ihr zurück, um ihr seine Qualitäten im wahrsten Sinne des Wortes vor Augen zu führen! Dann sog Neve überrascht Atem ein, biss sich auf die Unterlippe und machte sich klar, dass nichts, was für normale Geister galt, für diesen Ritter Gültigkeit besaß. Das hatte er ihr schon zur Genüge bewiesen, und nun fügte er den bisherigen Anzeichen noch ein weiteres hinzu.

Er warf ihr einen Blick über die Schulter zu, als hätte er gemerkt, dass sie wach war. »Guten Morgen«, meinte er höflich, bevor er sich nach einer knappen Bewegung zu ihr umdrehte – ordentlich angezogen.

Seine vollständige Rüstung lag neben den heruntergebrannten Resten des Lagerfeuers, und so hatte Neve das erste Mal Gelegenheit, ihn nur in knielangen Hosen und einem leichten Hemd zu betrachten. Ihr gefiel, was sie da sah. Jede Wette, der eingebildete Kerl wusste das!

Sie stocherte in der Glut des Feuers, legte Holz nach und tat die nächsten Augenblicke geschäftig, obwohl sie genau wusste, dass Arrion auf eine Erklärung ihrerseits lauerte, was und ob sie geträumt hätte.

Sie war weniger erschüttert über das, was sie im Traum gesehen hatte, als er bestimmt erwarten würde. Er war nicht die erste ruhelose Seele, der sie nächtliche Visionen verdankte.

Ja, es hatte sie entsetzt, dass die Seeräuber seine Bastarde ermordet hatten. Sie hatte Mitleid mit Arrion gehabt, wie er neben seiner Leiche gekauert hatte. Aber das war schon vielen Seelen vor seiner passiert. Für ihn mochte es außerordentlich sein, aber sie fand, dass er insgesamt sehr gut mit diesem erschütternden Erlebnis klargekommen war. Er war nicht wirklich zu bedauern. Seine Kinder waren zu beklagen, deren Mütter und Adoptivväter, die um die erschlagenen Bastarde geweint hatten, obwohl sie genau gewusst haben mussten, dass sie nicht die Väter waren. Sie hatten diese ihnen untergejubelten Kinder geliebt und um sie getrauert – mehr als der tatsächliche Erzeuger das getan hatte, der nur sein Erbe und den Beweis seiner Männlichkeit vernichtet gesehen hatte. Also ließ sie Arrion zappeln. Wenn er etwas wissen wollte, konnte er wie ein normaler Mensch fragen, fand sie. Sie hoffte, dass er das bald tat, denn sie war sich gewiss, dass sie zumindest in einem Punkt eine Überraschung für ihn hatte. Sie war gespannt, wie er darauf reagierte.

Er kam unauffällig näher, setzte sich auf die andere Seite des aufflackernden Lagerfeuers und begann, seine Rüstung anzulegen.

Ihr gefiel, dass er das alleine konnte, dass seine Bewegungen rasch und sicher waren. Also hatte er sich zu Lebzeiten nicht bedienen lassen, nicht nur mit der Hilfe von Knappen in die schwere Panzerung gefunden.

Sie kochte einen Becher Tee, legte die Hände um das warme Gefäß und sah Arrion zu, wie er Riemen schloss, den Brustpanzer zurechtrückte, Beinschienen anlegte und schließlich nichts mehr zu tun hatte, als den Helm in den Schoß zu legen und Neve auffordernd anzusehen.
»Und?«
»Und was?«
»Hast du geträumt?«
»Ich hatte einen Einblick in deine ersten Stunden als Geist. Es war so, wie ich schon befürchtet habe: Sie haben gezielt Jagd auf deine Bastarde gemacht.«
»Mädchen, das wusste ich schon vorher! Das hätte ich dir auch sagen können.«

»Hast du aber nicht. Nenne mich nicht *Mädchen*. Mir ist noch nicht alles klar. Einen Teil deines Wesens erklären diese ersten Stunden. Aber noch nicht alles.«

»Was mehr brauchst du?«

»Es muss etwas zu deinen Lebzeiten passiert sein. Ich bin mir sicher, dass wir es gemeinsam herausfinden werden.«

»Was nützt es uns in unserer jetzigen Lage?«

»Das kann ich erst wissen, wenn ich es herausgefunden habe, Arrion«, entgegnete sie sanft. Dann atmete sie tief durch. Sie wusste ja, warum sie ihm diese Frage stellen wollte. Ihre ungezeugte Tochter trieb sie dazu. Er hatte so viele Kinder gehabt, während sie entweder unfruchtbar, von den Göttern verflucht und bestraft oder immer auf die falschen Kerle hereingefallen war. »Arrion, kanntest du deine Kinder?«

»Nein. Es waren nicht *meine* Kinder. Ihre Eltern zogen sie groß. Ich hatte nichts mit den Bastarden zu schaffen.«

»Aber du weißt, wie viele du hattest?«

»Nicht im Detail. Vielleicht ganz gut so, sonst wäre ich flennend neben ihren Leichen zusammengebrochen. Ich kannte weder ihre Namen, noch kannte ich die Kinder. Sie waren da, sie waren der lebende Beweis meiner Potenz. Das reichte mir damals. Vielleicht würde ich es heute anders machen.«

»Du hast ihren Tod bedauert?«

»Neve, welcher Vater täte das nicht? Ihre Mütter taten mir leid, *sie* taten mir leid. Aber ich war nicht in der Stadt. Ich hätte nichts verhindern können. Während die Seeräuber die Bastarde erschlugen, bin ich auf den Zinnen meines Turmes gefallen, weißt du? Ich hatte Ravon das Kommando über die halbe Garnison in der Stadt gegeben. Ich dachte, du hast das alles im Traum gesehen?« Er klang ungeduldig.

»Das habe ich, richtig. Ich weiß, dass nicht nur Mädchen Schlange standen für eine Nacht mit dir.«

Seine schwarzen Brauen zogen sich mit einem Ruck zusammen, er sah Neve von oben herab an und runzelte die Stirn. »Welchen Sinn hat Sex mit einer Frau, die keine Kinder mehr bekommen kann? Wenn du mir unterstellen willst, dass ich mich an wirklich kleinen Mädchen habe vergehen wollen, Neve, dann gehst du alleine weiter!«

»Ravon hätte alles gegeben, um dich flachlegen zu dürfen.«

Er starrte sie an und brachte kein Wort hervor. Dann schüttelte er den Kopf und nahm die Knie zusammen.

Neve erstickte fast an ihrem Tee und nur mühsam zurückgehaltenem Gelächter.

»Ravon? Mädchen, bist du blöd! Er war meine rechte Hand!«

»Eine rechte Hand, die nur zu gerne deinen Hintern und mehr gestreichelt hätte. Bist du blind, Arrion? Wie zärtlich er deine Augen schloss. Ich hatte jeden Moment erwartet, dass er die Leiche küsst oder heulend zusammenbricht. Oder sich zu deinem Kadaver auf den Scheiterhaufen wirft!«

»Das ist nicht witzig!«

»Wegen der reinen, hehren Männerfreundschaft? Arrion, mach die Augen auf: Du wirst in deiner Garnison und auch in der Stadt ein paar Männer mehr gekannt haben, die gerne Sex mit dir gehabt oder dich begeistert anderweitig verwöhnt hätten!«

»Hör auf!« Seine dunklen Augen waren immer noch geweitet, das klare Kobaltblau beinahe dunkelviolett.

»Lass mich raten«, sagte sie mit einem Grinsen, »dir wird jetzt erst klar, wie oft du mit dem ganzen Pack gemeinsam in der Wanne gelegen hast? Armer Arrion. Aber du musst das Gute sehen.«

»Was bitte soll daran erfreulich sein, wenn die Hälfte meiner Soldaten mir beständig zwischen die Beine gestarrt hat und sich wünschte, mich nur ein einziges Mal besteigen zu können?« Er sprang auf. Die Rüstung klirrte unheilvoll, der Helm fiel mit einem dumpfen Pochen zu Boden.

Neve lächelte. Es war Zeit, die Wogen zu glätten. »Sie haben dich geliebt. Ravon hat dich geliebt. Sie hätten alles für dich getan. Liebe entsteht auch oft aus Heldenverehrung, Arrion. Überlege dir das. Du warst nicht nur der Ritter der Festung. Du warst ihr Gott und Held. Für solche Verehrung würden viele Männer Schlimmeres auf sich nehmen als begehrliche Blicke in der Badewanne.«

Er sah von seiner erhabenen Größe mit glühenden Augen auf sie herab. Dann zuckte er die eindrucksvollen Schultern, und ein eindeutig unartiges Funkeln trat in die kobaltblauen Augen. »Du solltest auch mal wieder baden. Ich rieche dich bis hierher. Hatte ich nicht gesagt, dass du hinter mir bleiben sollst, wenn du nicht schmutzig werden willst?«

Erstaunlich, wie schnell er mit solchen Situationen, mit unangenehmen Wahrheiten und sogar einem ausgewachsenen Angriff auf seine

Männlichkeit fertig wurde. Er schien sich wie ein Hund zu schütteln und einfach mit Dingen abzufinden, die er nicht ändern konnte. Er ging direkt zur Tagesordnung über.

Auf der stand Neve.

Sie sah an sich herab. Er hatte ja so recht. Ihre Kleidung war braun vom getrockneten Blut. Seit drei Tagen war sie auf der Flucht. Sie hatte auch verkrustetes Rot in den Haaren, im Gesicht, und alles stank muffig und ekelhaft.

»Da hinten habe ich einen Tümpel gesehen. Der sollte für das Erste reichen. Wasch deine Kleidung.«

»Ich habe Unterwäsche zum Wechseln. Mach dir also keine Hoffnung, dass ich hier splitterfasernackt herumhüpfen werde.«

»Irgendwelche Sachen hüpfen immer«, vertraute er ihr mit Unschuldsmiene an.

Sie stand so würdevoll auf, wie das nach einer solchen Bemerkung nur möglich war. Neve raffte ihren ebenfalls blutigen Umhang und ihr Bündel an sich und ging in die Richtung, die der grinsende Arrion ihr wies. Eines musste sie noch loswerden. »Wenn du mich bespannst, wirst du es büßen.«

Er lachte noch immer, als sie durch die Büsche trat und seiner Richtungsweisung zum Tümpel folgte.

Es war ein kleines Wasserloch mit morastigem Ufer und beinahe schwarzem Wasser. Aber alles war besser als der durchdringende Blutgeruch, der ihr und ihrer Kleidung anhaftete.

Sie zog frische Unterwäsche aus dem Bündel und entfaltete ihren Reservemantel, der an einigen Stellen zerschlissen und fadenscheinig war. Aber besser, diesen Fetzen tragen, als Arrion zu irgendwelchen Dummheiten zu ermutigen, dachte sie.

Sie sah sich sichernd um, ob der Kerl ihr gefolgt war, bevor sie ihre blutige Kleidung auszog, ein Stück Seife aus ihrem Bündel holte und dann mit einem Armvoll schmutziger Wäsche vorsichtig in den Tümpel kletterte.

Matsch quoll zwischen Neves Zehen hervor, und wenn sie zu lange stehen blieb, hatte sie das Gefühl, im schlickigen Untergrund einzusinken.

Energisch tauchte sie ihre Kleidung in Ufernähe unter, wo sie einweichen konnte. Dann begab sie sich selbst in tieferes Wasser, wo sie sich gründlich abseifte, die Haare wusch und ausspülte, sich Schaum aus den Augen wischte und Arrion am Ufer stehen sah.

Er hatte die muskulösen Arme vor der breiten Brust verschränkt, sich lässig mit der Schulter gegen einen Baum gelehnt und die Fußknöchel überkreuzt. Sein Gesichtsausdruck wies darauf hin, dass er an einer Abgabe seiner fachmännischen Meinung arbeitete.

Neve stieß ein empörtes Quieken aus und tauchte instinktiv unter, was ihr sofort dumm vorkam. So benahmen sich alberne Backfische. Es gab nichts an ihr, was Arrion noch nicht in der einen oder anderen Variation gesehen hatte. Der sah eine voll bekleidete Frau doch nur beiläufig an und wusste sofort, wie sie ohne Kleidung aussehen würde. Am besten unter ihm.

Dieses verdammte Schwein!

Unter Wasser grub sie beide Hände tief in den Schlamm und klaubte große Portionen des tintenschwarzen Tümpelbodens auf.

Sie tauchte wieder auf, schnappte nach Luft, visierte ihr Ziel an und schleuderte nacheinander beide Schlammklumpen auf Arrion ab, ohne sich daran zu stören, dass ihr Busen jetzt weithin sichtbar hüpfte.

Seine Augen weiteten sich – ob jetzt wegen ihrer Oberweite oder weil der Matsch auf ihn zuraste. Das war ihr auch vollkommen gleichgültig.

Leider wich er beiden Geschossen mit der geschmeidigen Mühelosigkeit eines geübten Soldaten aus, um dann die Fäuste in die Hüften zu stemmen und vorwurfsvoll zu sagen: »Mädchen, benimm dich gefälligst! Ich bin dir nur gefolgt, um über deine Sicherheit zu wachen.«

»Wer's glaubt, Arrion! Verschwinde! Oder mach dich nützlich und wasch meine Sachen!«

»Du bist wirklich eine Spielverderberin, Neve.«

»Ja, bin ich gerne! Sag nicht immer *Mädchen* zu mir, verdammt! Hier ist die Seife.« Neve klaubte das kleine Stück von dem Stein, wo sie es abgelegt hatte. Dann warf sie es Arrion zu und sah mit verzeihlichem Genuss, dass er damit überhaupt nicht gerechnet hatte. Leider machte die Seife keine Sauerei auf seiner Rüstung, als sie gegen den Brustpanzer knallte und vor Arrions Füßen zu Boden fiel.

»Du hast wirklich nicht die geringsten Manieren. Sehe ich wie ein Waschweib aus?«

»Und wie, Arrion, und wie. Mach dich nützlich! Ich weiß genau, dass du den Tümpel nur entdeckt hast, um mich bespannen zu können. Du bist ertappt und darfst zur Strafe meine Kleidung waschen. Zu irgendetwas musst du doch taugen.«

Er kam tatsächlich an den Ufersaum und zog ihre nasse Wäsche aus dem Wasser, warf Neve einen finsteren Blick zu und wusch ihre Kleidung.

Neve grinste und vertrödelte weitere Zeit im Wasser. Er sollte nur nicht denken, dass sie jetzt herauskam!

Als er mit ihrer Kleidung zurück zum Lager ging, hastete Neve aus dem Tümpel, zog sich in fliegender Hast ihre frische Wäsche an, wickelte sich keusch in den fadenscheinigen Umhang und packte ihr Bündel.

Der Duft von bratendem Fleisch wies ihr den Weg. Im Lager wartete die nächste Überraschung auf sie – dieses Mal eine angenehme. Damit hätte sie ja nun gar nicht rechnen können!

Arrion hatte ihre nasse Wäsche auf Gestellen ausgebreitet, die er aus Ästen gefertigt hatte, alles in der Nähe des wärmenden Feuers. Mit viel Glück konnte sie am nächsten Tag schon wieder ihren guten Mantel tragen und musste nicht in dem alten frieren.

Arrions Augen blitzten frech, als sie ans Feuer trat und ihr Bündel auf der Matte ablegte, dann zogen sich seine Augenbrauen unwillig zusammen, als er den Mantel in seiner vollen Fadenscheinigkeit betrachten konnte. »Das Ding kannst du beim nächsten Lumpensammler abgeben. Nimm meinen.«

Er hielt ihr seinen langen Fellmantel hin. Neve versuchte herauszufinden, ob Arrion Hintergedanken hegte. Die waren bei ihm offenbar fest eingebaut.

Er lächelte. »Ja, ich weiß. Ich habe mich schlecht benommen. Bitte sei jetzt keine dumme Zicke. Mein Mantel ist wärmer als deiner. Ich hoffe nur, dass er nicht nach Fisch riecht, wenn du ihn trägst.«

War Einsicht wirklich der erste Schritt zur Besserung? Bei jedem anderen Menschen hätte Neve diese Frage deutlich bejaht. Arrion? Eher verschenkte der Herrscher all seine Reichtümer, bevor Arrion sich besserte!

Sie stellte sich aufrecht hin, zog den Bauch ein, nahm die Schultern nach hinten und ließ ihren Mantel einfach zu Boden fallen, sodass sie nur in kurzer Hose und knappem Hemd im Feuerschein dastand, bevor sie huldvoll Arrions Mantel entgegennahm und ihn sich über die Schultern streifte.

Er war weder kalt noch fettig und ganz wichtig: Er stank nicht nach totem Fisch.

Arrion lächelte anerkennend und drehte dann weiter brav den Fleischspieß.

Neve erwachte, als sie Arrions warmen Atem in ihrem Gesicht spürte und das unbestimmte Gefühl hatte, dass der Kerl ihr viel zu nahe war.

Sie schlug die Augen auf, und trotz des fahlen Lichtes der Morgendämmerung glühten seine Augen kobaltblau auf sie herab. An diese Intensität würde sie sich niemals gewöhnen, dachte sie.

»Was wird das?«, murmelte sie schlaftrunken. Noch fühlte sie sich nicht bedroht, wenngleich seine Aufdringlichkeit mehr als lästig war.

»Du siehst süß aus, wenn du schläfst.«

Er war über ihr. Die Oberschenkel gespreizt, sodass seine Knie links und rechts ihrer Beine auf der Matte ruhten. Seine Hände lagen neben ihrem Kopf, und nur seine Armeslänge trennte sie voneinander. Das war ganz eindeutig viel zu nah!

»Arrion, geh weg.«

»Ich möchte dich küssen.«

»Damit ich wieder kotze? Vergiss es, du Weiberheld!«

»Ich bin sicher, dass wir dieses Problem gemeinsam in den Griff bekommen können, Neve. Du musst es nur ernsthaft wollen. Wir sind füreinander bestimmt.«

»Sind wir nicht. Du bist ein Geist und solltest schon lange in der anderen Welt sein. Warum ich ausgerechnet bei dir versage, macht mich krank. Arrion, lass das!«

Er hatte den Kopf gesenkt, und jetzt spürte sie seinen warmen Atem auf ihren Lippen, seine langen Haare auf ihren Wangen. Er *roch* nicht nach totem Fisch, das musste sie ihm lassen. Vielleicht war etwas an seinen Argumenten, aber sie hatte keine Lust, im Morgengrauen würgend in ein Gebüsch zu rennen, nur weil Arrion nicht ohne weibliche Berührung sein konnte.

Er lachte leise auf. Ein so unverschämter, lebendiger Laut, dass sie eine Gänsehaut bekam.

»Arrion?«, fragte sie zuckersüß und nahm behutsam und langsam das Knie hoch. Sie wollte ihm nicht unbedingt wehtun, aber er sollte den Druck spüren und sich klarmachen, dass sie keines seiner Mädchen war, die er zu seinen Lebzeiten dutzendweise flachgelegt hatte.

»Ja, Neve?«, gab er liebenswürdig zurück, ohne seine Position zu verändern. Das Lachen tanzte immer noch in seinen kobaltblauen Augen.

»Wenn eines deiner vielen, vielen Mädchen nicht wollte, was hast du dann gemacht?«

»Ich sagte dir schon einmal, dass die viele Übung mich ganz besonders gut darin gemacht hat, einem Mädchen jeden fleischlichen Wunsch überaus erfreulich zu erfüllen. Es wird dir gefallen, das kann ich garantieren.

Aber du kannst das Knie wieder herunternehmen und unbesorgt sein: Wenn eines der Mädchen nicht wollte, dann habe ich eines der anderen genommen, das nur auf seine Chance wartete. Du willst es jetzt also nicht noch einmal versuchen?«

»Nein, will ich nicht. Geh weg und tu etwas Sinnvolles, Arrion.«

Für einen Moment war sein Gesicht ihrem wieder so nahe, dass sie beinahe auf ihrer Haut spürte, wie seine Lippen sich bewegten. »Gibt es etwas Sinnvolleres?«

»Geh, du Idiot«, sagte sie nicht unfreundlich, und er katapultierte sich rückwärts von ihr weg, kam auf die Füße und stand breitbeinig über ihr. Sie nahm das Knie herab. Ein Wunder, dass er heil darüber hinweggekommen war.

»Weine nicht, kleine Neve, und verzweifle nicht. Unsere Chance wird noch kommen. Ich bin dir nicht böse.«

»Du bist ein Idiot«, wiederholte sie, wälzte sich auf die Seite und schloss demonstrativ die Augen.

Sie hörte noch einmal sein Lachen, dann leichte Schritte, die sich entfernten.

Warum nur war er ein Geist, verdammt?

Als sie endlich ausgeschlafen hatte, fiel ihr auf, dass Arrion mit noch mehr Sorgfalt als sonst üblich seine Rüstung anlegte, seine Waffen und den Schild eingehend kontrollierte.

Sie wälzte sich auf die Seite und fragte: »Was ist los?«

»Wir nähern uns der Straße durch die Wälder. Sie führt durch etliche kleine Dörfer zur Stadt Seyverne. Wir kommen schneller auf festen Wegen voran. Möglicherweise werden auch Boten und Soldaten aus der Fördestadt Kyelle sie benutzen. Ich bin nur gerne auf alles vorbereitet.«

Sie setzte sich auf und schlang die Arme um die Knie. »Denkst du wirklich, dass die Jagd auf mich eröffnet ist?«

»Ich weiß es nicht«, sagte Arrion, stand auf und legte seinen Umhang wieder an, reckte sich und lächelte auf sie herab. »Aber wir werden es wohl bald herausfinden, Mädchen.«

»Nenn mich nicht *Mädchen!*«

»Pack deine Sachen. Ich will dich zur nächsten Stadt bringen. Dort werden wir mehr erfahren, und mit ein bisschen Glück treffen wir noch eine Sängerin. Vielleicht schafft ihr es mit vereinten Kräften, mich loszuwerden.«

Neve sah ihn vergnügt an. »Irgendwie glaube ich, dass ich dich nie wieder los werde.«

»Eine angenehme Vorstellung. Du wirst dich dann aber daran gewöhnen müssen, dass ich dir beim Baden zusehe und dich versuchsweise einmal am Tag küssen werde. Dieses verdammte Fischproblem müssen wir doch irgendwann einmal überwinden.«

»Kannst du gut küssen?«, fragte Neve mit Sehnsucht in der Stimme.

»Ich bin in solch angenehmen Dingen der Beste, Neve.«

Sie lachte auf.

Sein Gesichtsausdruck war einfach zu herrlich.

Die Straße war wie alle anderen in den Acht Reichen: Von Sklaven verlegt worden, führte sie schnurgerade durch die Landschaft. Hindernisse wurden nicht umgangen, sondern gerade durchschnitten.

Die Straßen führten durch Gebirge, Wälder, über Flüsse hinweg. Es gab keine Hindernisse, die Sklavenkolonnen nicht beseitigen mussten. Felsen wurden gesprengt und beiseite geschafft, Bäume gerodet.

Egal, welche Vergangenheit diese Straße besaß, es ging sich erheblich leichter auf ihr als querfeldein oder durch einen Wald.

Wegweiser am Rand des Fahrwegs zählten die Meilen bis zur nächsten Ortschaft herunter. Neve marschierte beinahe unbeschwert neben dem hochgewachsenen Ritter her, der erstaunlich schweigsam war.

Aber das war ihr momentan gleichgültig. Arrion passte auf. Sie musste nicht auf Soldaten und Wegelagerer achten, dafür war dieser riesige Kerl da. Außerdem, dachte sie sich, wäre jeder dumm, sie anzugreifen, wenn Arrion neben ihr ging. Jeder Zoll an ihm sprach Bände, was einem potenziellen Angreifer passieren würde. Dann erst verstand sie, dass sie Unsinn dachte: Niemand konnte Arrion sehen, hören oder fühlen. Tätigkeiten zu Neves Nutzen waren die Ausnahme. Doch nur wenn Arrion zum Angriff überging, war er mit einem Mal wirklich sichtbar und konnte Tod und Verderben in die Reihen seiner Feinde bringen – in diesem Falle ihrer Feinde.

Was machte ihn so außergewöhnlich? Offenbar sein Zorn. Sobald er wütend wurde, war er wirklich – nicht nur für sie. Jeder dumme Räuber, der ihren Status als Geistersängerin ignorierte oder nicht erkannte, würde binnen Augenblicken lernen, was es hieß, eine scheinbar einsame Frau anzugreifen.

Arrions Wut, die hell wie eine Stichflamme lodern konnte. Woher kam dieser unermessliche Zorn, der in den Hintergrund trat, wenn sie den Ritter ärgerte und er mit ihr tändelte? Dann war er wie verwandelt. Charmant, aufdringlich und humorvoll. Ein außergewöhnlicher Mann auf jeden Fall. Aber wenn er zornig wurde, war er eine kalte, berechnende Kampfmaschine. Woher nahm er die Kraft für diese Rage?

Seine Bastarde? Nein, das reichte einfach nicht! Das hatte sie im Traum verstanden, und sie war sich auch jetzt noch absolut sicher, diese Vision richtig gedeutet zu haben. Arrions Zorn war älter, heißer und gefährlicher. Die Ursache für diesen brodelnden Hass war der Schlüssel zu ihm als Seele, Geist und Mann.

Diese Wut war schon vorhanden gewesen, bevor er seine erschlagenen Bastarde sah. Denn die Rage hatte ihn überhaupt zum Geist werden lassen. Das Gefühl des Versagens gegenüber dem Herrscher und der aufgebürdeten Verantwortung und Festung war nichts gegen Arrions Zorn.

Sie wollte ihn gerade fragen, als er die Hand nach ihr ausstreckte, sie schleunigst wieder zurückzog und ruhig sagte: »Soldaten. Soldaten

des Herrschers, nicht der Stadt. Ich erkenne die Uniformen. Geh ganz natürlich weiter. Du bist nur eine einsame Wanderin. Ich bin ja da.«
»Wir können uns schlecht bis zur nächsten Stadt durchmetzeln, Arrion. Schlechte Nachrichten verbreiten sich ganz besonders schnell.«
Arrion war keine schlechte Nachricht. Er war eine katastrophale Nachricht!
»Sprich nicht mehr mit mir. Blick mich nicht an. Das wirkt merkwürdig. Sie können mich nicht sehen.« Er lächelte böse. »Bis es zu spät ist.«
Gehorsam senkte sie den Blick auf die Straße und ging weiter, als wäre sie wirklich alleine. Das Pochen ihres Wanderstabes auf den Pflastersteinen der Straße war außer dem leisen Knirschen von Arrions Lederunterrüstung und dem Klirren des Kettenhemdes das einzige Geräusch.
Sie ging geradewegs auf die Gruppe Soldaten zu, die mitten auf der Straße lagerte. Sie marschierte mit der Selbstverständlichkeit einer Sängerin, die sich keiner Schuld bewusst ist.
Sie war nicht schuldig! Die Idioten aus der Stadt an der Förde waren verrückt. Sie konnten doch nicht für alle Ewigkeiten darauf bauen, dass ein Geist sie vor allen Gefahren schützte. Das Singen war eine göttliche Aufgabe. Die Leute verstießen gegen die Gebote der Götter. Das machte ihr Angst.
Wer die Götter nicht mehr fürchtete, war zu allem fähig.
Ihr Herzschlag beschleunigte sich. Sie hatte Arrion schon einmal in Aktion bewundern dürfen. Aber das da vorne waren ausgebildete Soldaten. Keine bunten Stadtwächter. Der Herrscher hatte keine Versager in seinen Armeen. Versager wurden geviertelt, sobald sie sich den ersten dummen Patzer erlaubten.
Was war aus Ravon und den Überlebenden von Arrions Garnison geworden? Sie musste es herausfinden. Sie kam den Männern immer näher und konnte Gesichter unter Augenhelmen erkennen.
Die Soldaten hatten sie natürlich schon lange gesehen. Die Straße verlief schnurgerade. Hier konnte man morgens schon sehen, wer abends ankommen würde. Es wäre dumm gewesen, sich seitwärts in die Büsche zu verziehen und querfeldein zu fliehen. Sie musste weitergehen.

Neve hatte Angst, dass die Boten aus der Stadt irgendetwas bewirkt hatten. Sie fürchtete sich, dass nicht nur die Stadtbewohner verrückt waren, sondern dass die Soldaten des Herrschers nach ihr Ausschau hielten.

Wohin sollte sie noch gehen? Würde die Rache der Stadtbewohner ihr durch das ganze Reich folgen? Bis in eines der anderen sieben Reiche? Wo war sie noch sicher? Und wie lange würde Arrion bei ihr bleiben? *Gegen eine Armee kann auch er nichts ausrichten,* dachte sie verzweifelt.

Einer der Soldaten löste sich aus dem Trupp und platzierte sich breitbeinig mitten auf der Straße. Seine Körperhaltung sagte deutlich aus, dass Neve anzuhalten hatte, sobald sie ihn erreichte.

»Ganz ruhig«, sagte Arrion neben ihr, und beinahe hätte sie genickt oder sich gar hinter seinem breiten Rücken versteckt. Noch auffälliger ging es ja wohl nicht, nicht wahr, Mädchen?

Sie erreichte den vorgetretenen Soldaten, der sie aus den schmalen Sehschlitzen seines Helmes musterte. Die anderen Bewaffneten schlossen unauffällig auf.

»Du bist eine Geistersängerin?« Es war mehr eine Feststellung als eine Frage.

»Das bin ich«, sagte sie mit halbwegs fester Stimme. Außer den Sängerinnen war keine Frau dieser Welt alleine unterwegs.

»Du wirst uns begleiten.«

Sie atmete tief durch. Gut, die Städter hatten die Soldaten alarmiert. Jetzt hatte sie es amtlich. Sie hörte hinter sich das Kettenhemd leise klirren, vernahm Arrions tiefen Atemzug und beschloss, dass es einen Versuch wert war, sich dumm zu stellen. Vielleicht hatte dieser Wachtposten nichts mit den Ereignissen in der Festungsruine zu tun.

»Ihr habt von einer verlorenen Seele in Not gehört?«

»Stell dich nicht dumm, Weib. Wir haben Befehl, alle Geistersängerinnen zu verhaften und in die Hauptstadt zu bringen. Du kommst die Straße von der Stadt Kyelle an der Förde entlang. Du wirst also wissen, worum es geht, denke ich mir.«

Er griff nach ihrem Arm, und Neve wurde zornig. Sie entwand sich dem Mann, und als er wieder nach ihr greifen wollte, schrie einer seiner Männer eine Warnung, und Neve wusste, dass gleich viel Blut fließen würde.

»Runter, Neve!«, donnerte Arrions Stimme in ihren Ohren, da flog der Axtkopf auch schon an ihr vorbei, um sich in der Brust des Mannes zu versenken, der sie hatte packen wollen. Neve warf sich zu Boden. Arrion machte einen einzigen, langen Satz über sie hinweg. Sie warf die Arme über den Kopf, zog die Beine an und machte sich klein, bevor sie fand, dass das selten dämlich war. Sie rappelte sich auf, hörte ohrenbetäubendes Krachen von Stahl auf Stahl, roch Blut und konnte endlich sehen, dass von zehn Soldaten nur noch einer stand – und das auch nur, weil Arrions Axt in ihm steckte und ihn somit auf den Beinen hielt.

Der Mann stürzte als ein scheinbar knochenloses Bündel zu Boden, als Arrion ein langes Bein hochnahm, den Fuß gegen die Brust des Gegners stemmte und die Klinge mit einem kraftvollen Ruck befreite. »Gut, jetzt wissen wir Bescheid.«

»Ich will nicht wie ein dummes Mädchen klingen. Aber: Was mache ich jetzt?«

Er ließ die Waffe zu Boden sinken und wies auf die Erschlagenen. »Deine Ausrüstung verbessern. Jeder der Mäntel hier ist zehnmal so gut wie deiner. Auch ihre Vorräte sollten wir nicht den Wildtieren überlassen. Ich glaube, ich möchte heute Abend etwas von deinem Essen probieren. Ich habe Hunger.«

»Du hast Hunger«, echote Neve schockiert, die ihn inmitten eines Kampfplatzes stehen sah, der sehr an ein Schlachthaus erinnerte. Innerhalb weniger Momente hatte er zehn Männer niedergemacht, ohne auch nur einmal in Bedrängnis geraten zu sein. Götter, vielleicht konnte er es wirklich mit einer ganzen Armee aufnehmen! Er war zu schnell, zu mächtig und zu gut ausgebildet.

Er wandte den Blick von seinen erschlagenen Gegnern und sah Neve prüfend an, bevor er Axt und Schild zu Boden fallen ließ und zu ihr eilte.

Alleine die Berührung seiner kalten, glibberigen Hände machte sie wieder wacher, als er sie an den Oberarmen packte und zum Straßenrand zerrte. Dort drehte er sie einfach um, als ob sie überhaupt nichts wiegen würde. Dadurch sah sie nun auf grüne Wiesen, während seine Körpermasse sich zwischen ihr und der blutigen Straße befand.

»Setz dich. Ich vergaß. Setz dich, alles ist in Ordnung. Ich bringe dir Wasser.«

»Was hast du vergessen?«, fragte sie schwach. Sie war versucht, sich an ihn zu lehnen. Im Moment war es ihr vollkommen egal, dass er sich wie ein Wal anfühlte, der vor etlichen Wochen an den Strand gespült worden war. Er war der einzige Halt, den sie jetzt noch besaß. Ihre Gabe, die Götter, die Ausnahmestellung, die sie bislang wie alle Sängerinnen genossen hatte – alles war brutal verändert und nichts mehr wert. Hinter ihr lagen zehn Männer, die vollkommen überraschend von einem axtschwingenden Wirbelwind niedergemacht worden waren.

Sie schluckte mühsam Brechreiz herab, und da war Arrion und hielt ihr einen Metallbecher mit frischem, klarem Wasser hin. »Ich habe vergessen, dass du keiner meiner Männer bist, Neve. Komm, trink einen kleinen Schluck. Alles ist gut. Ich passe auf dich auf.«

Da begann sie zu schluchzen, lehnte die Stirn an seine Schulter und weinte wie ein müdes Kind.

Es dauerte nicht lange, bis sie den Kopf heben und die Tränen fortwischen konnte. Sie nahm den Becher und trank in kleinen Schlucken. Das tat gut, und der Brechreiz ebbte ab. Nur nicht umsehen, was Arrion hinter ihr angerichtet hatte, um sie zu beschützen.

Sie hatte gewusst, dass er ein großer Kämpfer gewesen war – in der Vorstellung. Aber es war etwas ganz anderes, die Ergebnisse dieser Fähigkeiten zu sehen. Männer, die vor Kurzem noch geatmet hatten, die einen Befehl hatten befolgen wollen, die in einer Geistersängerin leichte Beute gesehen hatten. Jetzt waren sie tot, und es war so unglaublich schnell gegangen.

Neve nahm noch einen Schluck Wasser.

»Bleib hier. Es mag dir wie Leichenfledderei vorkommen, aber wir können ihre Ausrüstung gut gebrauchen.«

Sie nickte nur, und Arrion kümmerte sich um die Arbeit, die seiner Meinung nach getan werden musste. Neve versuchte, nicht auf die Geräusche zu achten. Arrion ging mit Leichen nicht zimperlich um. Götter, er ging nicht einmal mit Lebenden zimperlich um!

Offenbar stellte sie eine Ausnahme dar. Er hatte nicht einmal versucht, sie zu umarmen oder ihr sonst näherzukommen, während sie geheult hatte. Nicht für einen Moment hatte er eine Lage auszunutzen versucht, die doch wie gemacht war, ein wenig Trost zu spenden und zu erkunden, wie weit er gehen konnte. Er hatte sie sich einfach ausweinen lassen.

Neve zog die Nase hoch, trank den letzten Schluck Wasser und stand auf, wobei sie ihre immer noch leicht weichen Knie mit Missachtung strafte.

»Es geht wieder«, beantwortete sie nicht ganz wahrheitsgemäß den Blick, den der Ritter ihr zuwarf.

Er nickte nur und durchstöberte weiter die Vorräte der Soldaten. Am Rande des Schlachtfeldes hatte er bereits alles hingelegt, was er in irgendeiner Weise nützlich fand.

Neve ging neben dem kleinen Haufen in die Hocke und besah sich die Auswahl. Zwei wirklich gute Mäntel für sie, sodass er seinen Fellmantel gerne zurückhaben konnte. Lebensmittel, Kochgeschirr, Kleidung, zwei Dolche, eine Handvoll Münzen und eine Zeltbahn.

Der Gedanke, nicht mehr im Freien schlafen zu müssen, erschien reizvoll. Der Herbst stand kurz bevor. Neve hatte mehr als eine Regennacht unter einem Notdach aus Zweigen verbracht. Oft hatte sie kalte Nächte bei Schnee und Frost im Schutz einer Tanne verbracht, deren Äste von der Schneelast hinab gebogen worden waren. So war dicht am Stamm eine winzige Höhle entstanden, die die Sängerin mittels ihrer Körperwärme soweit aufheizen konnte, dass sie nicht in der Nacht erfror. Eine Zeltbahn war Luxus. Ebenso die neue Schlafmatte, die Arrion auf den Haufen gelegt hatte.

Er nahm ihr das Bündel ab, durchforstete den Inhalt schnell und gründlich, sortierte schadhafte Sachen aus, die er aus den Beständen der Soldaten ersetzen konnte. Dann packte er alles ordentlich wieder zusammen und reichte es ihr. »Wir verschwinden jetzt hier. Es ist möglich, dass du auch in Seyverne nicht sicher sein wirst. Aber das müssen wir sehen. Im Ernstfall führe ich dich aus diesem Reich in das nächste. Irgendwo müssen andere Sängerinnen sein.«

»Er hat gesagt, sie verhaften alle. Arrion, was habe ich da ausgelöst? Es geht nicht nur um mich. Es geht um meine Mutter, um meine Tanten, die ich nicht kenne, meine Basen, die ich nie gesehen habe. Wir Sängerinnen sind nicht viele. Aber wir erfüllen den Auftrag der Götter. Wir tun nur das, wozu wir die Gabe erhielten.« Sie rang nach Atem, weil sie beinahe wieder zu weinen begonnen hatte.

»Ich muss einen Schritt nach dem anderen gehen. Der Erste ist es, dich in Sicherheit zu bringen. Du bist es gewohnt, weite Strecken zu Fuß zurückzulegen. Die Härten des Wetters sind dir vertraut. Das ist mehr, als ich bei vielen meiner Rekruten erhoffen konnte. Aber du bist kein Soldat, und das muss ich bedenken und berücksichtigen. Ich bringe dich in Sicherheit, Neve, koste es, was es wolle. Das bin ich dir schuldig, das bin ich mir selbst schuldig. Wir müssen die Straße leider wieder verlassen. Möglicherweise war es ein Fehler, sie benutzen zu wollen. Unser Ziel ist immer noch Seyverne. Oder hast du andere Pläne?«

Sie schüttelte müde den Kopf. »Nein, Seyverne ist in Ordnung. Wir müssen wissen, woran wir wirklich sind. Betrifft dies nur die Leute aus Kyelle? Oder ist das von ganz oben angeordnet, nachdem die Städter Alarm geschlagen haben?«

»Ich fürchte, es ist Letzteres. Kein Soldat würde ohne ausdrücklichen Befehl aus der Hauptstadt Barinne eine Sängerin angreifen oder verhaften. So sehr können sich die Zeiten nicht geändert haben. Während ich lebte, haben wir alles getan, um Sängerinnen in der Erfüllung ihrer Aufgabe zu unterstützen. Niemand hätte eine von euch angerührt oder ihr im Weg gestanden. Komm, ich will dich von diesem Schlachtfeld weg haben, Neve.«

Wieder übernahm der Ritter die Führung, die Bestimmung von Rastplätzen und die Nahrungsbeschaffung, bis er einen geeigneten Ort für die Nacht fand.

Neve war erschöpft vom Laufen, von ihrem kleinen Zusammenbruch am Rande des Schlachtfeldes und von der Angst, die von jetzt an ihr ständiger Begleiter sein würde. Wenn der Herrscher aus Rachsucht wirklich die Jagd auf Geistersängerinnen eröffnet hatte, wo waren sie und ihre Schwestern dann noch sicher?

Arrion konnte sie aus dem Reich bringen, davon war sie überzeugt. Er wollte es tun, und er war ein Mann, der zu seinem Wort stand. Aber was war mit anderen Sängerinnen, die keine rastlose Ein-Mann-Armee an ihrer Seite hatten?

Die Sängerinnen verfügten über keinen gesellschaftlichen Zusammenhalt, über keinerlei Möglichkeiten, andere zu warnen. Jede Frau war auf sich alleine gestellt. So wie es Neve schockiert hatte, dass der Soldat sie einfach am Arm gepackt hatte, würde es jeder Sängerin ergehen. Keine von ihnen war auf einen solchen Übergriff vorbereitet oder konnte sich vorstellen, dass ihr so etwas geschah.

Arrion baute ihr ein provisorisches Zelt, nachdem er für ein Lagerfeuer gesorgt und seinen Fellmantel für Neves Komfort auf den Boden gebreitet hatte. Er häutete das Kaninchen, spießte es auf und hängte es auf seine bewährte Art über das Feuer. Er kochte Tee und röstete Brot.

Neve hatte die ganze Zeit das deutliche Gefühl, dass er sie scharf im Auge behielt, aber es war ihr gleichgültig. Wenigstens war dies nicht mehr sein Gehabe als verhinderter Liebhaber, und sie brauchte Zeit zum Nachdenken.

Seyverne war die nächste Station. Nur dort konnte sie erfahren, wie schlimm es wirklich stand. Sie wollte weitere Vorräte erwerben, und dann musste Arrion sie außer Landes bringen – und jede andere Geistersängerin, die sie trafen, hatte sich ihnen anzuschließen. Ein wenig bitter dachte Neve, dass so ein Frauenpulk Arrion nur gefallen konnte.

So vieles raste ihr durch den Kopf, aber was sich am stärksten nach vorne drängte, war Hauptmann Ravon. Sie wusste auch nicht, warum.

Oder vielleicht wusste sie es doch. Arrion würde sich wie ein Hahn im Korb aufführen, wenn er rundum von Sängerinnen umgeben war, die ihn allesamt in seiner vollen, herben Pracht sehen konnten. Die ersten Menschen, die ihn seit fast siebzig Jahren sehen konnten – und zwar nicht nur, wenn er zum Angriff überging.

Er würde ihnen allen lästig fallen. Neve erkannte erstaunt, dass sie eifersüchtig war. Sie begriff, dass sie ihn deswegen – als vorweggenommene Strafe – über die Geschehnisse nach dem Fall der Festung, über Ravon und dessen weitere Rolle in Kyelle befragen wollte. »Was wurde aus Ravon und deinen übrigen Soldaten?«

»Sie wurden abgezogen.«

»Hat der Herrscher Ravon die Schuld am Fall der Festung gegeben? Er wird doch gewiss einen Sündenbock gesucht haben. Ravon war dein Stellvertreter, und du warst ja tot.«

»Oh ja, das hat er. Ravon floh mit Weib und Kindern einen Tag, bevor die Soldaten mit dem Haftbefehl kamen. Ich verdenke es ihm nicht. Er wäre geviertelt worden – seine Familie mit ihm. Der damalige Herrscher hat da eine sehr verallgemeinernde Sicht der Dinge gehabt.«

»Frau? Kinder? Sollte ich mich geirrt haben?«, fragte sie überrascht.

Arrion warf ihr einen raschen Blick zu, bevor er grinste. »Nein, du hast dich nicht geirrt. Drei bezaubernde, schwarzhaarige Kinder. Und ich

83

wunderte mich noch, warum er mich ansprach, dass er offenbar seiner Frau kein Kind in den Schoß pflanzen könnte. Ob ich das bitte übernehmen würde.«

Neve lächelte liebreizend. »Hat er zugucken wollen, als du den offiziellen Auftrag zur Schwängerung bekamst? Ja, nicht wahr? Und du hast es ihm erlaubt?«

Arrion verschluckte sich an seinem nächsten Atemzug, starrte sie an und brachte keinen Ton hervor.

»Ich schließe meine Beweisführung ab«, sagte Neve mit einem Nicken und einem breiten Grinsen. Hoffentlich erstickte Arrion nicht vor Entsetzen! »Oh, mein armer Arrion. Die Erinnerung an deinen Anblick in voller Aktion wird Ravon bis an sein Lebensende wie den kostbarsten Schatz der Welt gehütet haben. Dass du so blind sein konntest.«

»Hör auf, verdammt! Das ist nicht witzig!«

»Du hast sie beide glücklich gemacht, weißt du?«

Er sprang auf. »Sei jetzt still, Neve!«

Sie fiel lachend zurück auf ihre Matte, bis ihr Tränen aus den Augen liefen. Es waren keine Lachtränen, aber das wusste Arrion nicht.

Er stand breitbeinig vor ihr und sah ihr erbittert zu, wie sie sich anscheinend köstlich amüsierte. »Es reicht. Es reicht wirklich. Warum ich meine Geduld an dich verschwende, ist mehr, als ich verstehen kann. Mädchen, ich will dich in Sicherheit bringen, damit du mich endlich erlöst. Auch von dir. Setz dich jetzt hin und höre mir zu!«

Sie wischte sich Tränen aus dem Gesicht, befolgte seinen barschen Befehl aber. Seine Drohung nahm sie nicht für einen Augenblick ernst. Sie waren beide jeweils vom anderen abhängig.

»Du fällst auf. Jeder weiß sofort, dass du eine Sängerin bist. Nur Sängerinnen reisen als Frau alleine und zu Fuß. Jedes andere Mädchen wird von Mann oder Familie begleitet, hat Dienerinnen oder andere Leute um sich herum. Ihr wandert alleine, und dadurch seid ihr allzu leicht auszumachen. Dazu kommt eure absolute Gewissheit, dass niemand euch etwas antun wird. Genau das ist heute gefährlich. Wir werden dich verkleiden.«

Sie sah erstaunt auf, bekam ihren Teebecher in die Hand gedrückt, und Arrion fuhr fort: »Ich bin ein Ritter und somit ein Feldherr. Du hast Legenden über mich gehört: Ich war wirklich gut! Finten, Ablenkungsmanöver und gemeine Täuschung gehören zum Handwerk eines Ritters. Sie retten Menschenleben, halten die eigenen Verluste niedrig und fügen dem Feind Niederlage um Niederlage zu. Vertrau mir, ich weiß, wovon ich rede.«

»Ich vertraue dir, Arrion.«

Ein Lächeln trat in seine Augen. »Danke! Ich will dich heil aus diesem Reich herausbringen. Wir werden dich als Jungen verkleiden. Du trägst meinen Mantel. Wenn du ihn umhast, ist er echt und nicht fischig, richtig?«

Sie nickte benommen. Ganz offenbar hatte er neben dem Erschlagen der Soldaten und der Errichtung ihres Lagers viel Zeit zum Nachdenken gefunden. Er war so viel praktischer veranlagt als sie! Aber dann erkannte sie, dass das nur natürlich war. Er hatte fast jeden Tag um sein Leben kämpfen müssen, während sie als unberührbare Sängerin nur hatte Sorge tragen müssen, dass der Kreidekreis richtig gezeichnet und eine Seele erlöst wurde. Sie hatte niemals um ihr Leben kämpfen müssen – bis jetzt. Arrion war so sehr viel besser in solchen Sachen. Sie musste seiner Führung folgen. Nur er konnte sie aus diesem Schlamassel herausbringen. Außerdem war er die Ursache für dieses blutige Chaos!

»Deine Haare müssen ab. Ich mag an einem Mädchen lange Haare, aber ich werde mich an den Anblick gewöhnen.«

»Arrion«, sagte sie leise und warnend.

Er tat so, als hätte er das nicht gehört. »Ich habe mir das vorhin schon überlegt. Ich habe dir Hosen mitgebracht. Die langen Röcke gehen gar nicht. Kreische jetzt nicht, lauf nicht rot an. Es ist mir egal, was Moral zu einem Mädchen in Hosen sagt. Niemand wird denken, dass der kleine Junge in roter Hose und dickem Fellmantel ein Mädchen ist. Fang keinen Streit an. Und dein Busen ist zu groß, den wirst du zurückbinden müssen.«

»Mein Busen ist zu groß?« Zorn funkelte in ihren hellen Augen.

»Für einen Jungen von fünfzehn, sechzehn Jahren auf jeden Fall. Ansonsten hat er genau die richtige Größe.« Er ignorierte ihre Entrüstung gekonnt und fuhr fort: »Du wirst weithin sichtbar einen Dolch im Gürtel tragen. Ich denke, damit erreichen wir den gewünschten Eindruck.«

»Und du kannst mir noch besser auf den Hintern gucken!«
»Du vergisst, dass du meinen Mantel trägst, Neve. Stell dich jetzt bitte nicht wie ein dummes Mädchen an.«
»Dreh dich um.«
»Garantiert nicht. Ich helfe dir, deinen Busen zu bändigen.«
»Aber ganz bestimmt nicht!«
»Doch. Hör auf zu zanken. Raus aus den Röcken, mach schon. Und denke dir nichts dabei, bitte. An dir ist nichts, was ich nicht schon gesehen habe. Ich bin heute nicht scharf auf dich.«
»Bist du doch!«
Er lachte leise. »Bin ich, ja, ich gebe es zu. Ich würde dich lieber heute als morgen flachlegen, aber darum geht es nicht. Und wenn du Nein sagst, dann akzeptiere ich das selbstverständlich – auch wenn ich es dumm von dir finde. Komm, sei ein gutes Mädchen. Es ist wirklich nur zu deinem Besten. Ich verspreche, dass ich die Lage nicht ausnutze. Willst du deine Haare selbst schneiden, oder soll ich das machen?«
»Warum muss ich sie überhaupt schneiden? Du hast auch lange Haare!«
»Bei mir besteht aber auch nicht der geringste Verdacht, dass ich ein verkleidetes Mädchen sein könnte, nicht wahr?«
Sie starrte ihn zornig an. Körpergröße und Muskelmasse waren derart männlich, dass es keine Steigerungsform gab. Und gleichgültig, wie sehr sie sich kostümierte: Jeder, der sie neben Arrion erblickte, konnte nicht einen Augenblick lang getäuscht werden. Aber außer ihr und anderen Sängerinnen sah niemand diesen hünenhaften Ritter. Das Argument verfing nicht. Sie suchte nach weiteren Gründen, ihr langes Haar nicht abschneiden zu müssen. »Wäre es von einem verkleideten Mädchen nicht schlauer, die Haare lang zu lassen? Jeder halbwegs vernünftige Mensch würde doch denken, dass man sie abschneidet, oder?«
»Neve, bitte streite nicht. Die Haare kommen ab! Oder verbieten die Götter es einer Sängerin, ihr Haar kurz zu tragen?«
Für einen Moment war sie versucht, genau das zu behaupten. Dann sah sie ein, dass es dumm und albern war. Die Hose war da schon ein ganz anderes Problem – nicht religiös, sondern weil sie sich schamlos in ihr fühlen würde. Rein theoretisch wusste jeder Mensch, dass sich unter bodenlangen Röcken Beine, ein Po und ein Schritt befanden. Aber man sprach nicht darüber.

Geistersängerinnen standen moralisch schon auf der Kippe. Sie heirateten nicht, wanderten alleine durch die Welt und gebaren Töchter, die niemals ihren Vater kennenlernten. Sie galten als unberührbar, und die Gesellschaft, an deren Rand sie sich bewegten, akzeptierte ihr Verhalten schweigend.

Aber wenn Arrion sie jetzt in eine Hose steckte, konnte sie sich ebenso gut ein Schild um den Hals hängen, dass sie auf der Suche nach einem geilen Kerl war, um endlich ihre Tochter zu bekommen. Schamlos und lasterhaft war das. Sie wollte nicht. Ein Blick auf den Ritter machte ihr noch deutlicher, warum nicht.

Arrions Muskeln zeichneten sich allzu deutlich durch den Stoff seiner Hose ab. Unter einer Hose gab es nicht viel, was man verstecken konnte. Jede Wette, dass der Ritter ihr bei jeder sich bietenden Gelegenheit auf den Hintern starren würde, den er unter der Hose leichter ausmachen und deutlicher sehen konnte als unter einem knöchellangen Rock? Dass er es abstritt, machte es nur schlimmer!

»Es geht nicht anders, wenn wir eine gute Täuschung produzieren wollen.« Er klang beinahe entschuldigend.

»Gib mir die Hose und sieh weg, ja?«

Er reichte ihr eine knallrote Stoffhose und drehte sich dann demonstrativ um. Neve schlüpfte hinein, zog sie hoch, band sie zu und ließ dann erst ihre Röcke fallen.

Das war ja furchtbar! Ihre Beine sahen viel zu fett und kurz aus. Sie beugte sich vor und lief rot an: Das sah doch ein Blinder mit Krückstock und Keuchhusten, dass sie ein Mädchen war! Die Hose war einfach zu eng, und sie wollte sie nicht tragen.

Arrion drehte sich wieder um, nachdem er das Geräusch der fallenden Röcke vernommen hatte. Sein Gesicht zeigte keinerlei Überraschung. »Verdammt«, sagte er leise nach einem knappen Blick genau auf ihren Schritt, lächelte und sagte allzu sanft: »Jetzt möchte ich dich sofort nehmen.«

»Das sieht jeder, dass ich kein Junge bin!«

»Du wirst dir etwas Stoff zwischen die Beine stopfen müssen. Übertreibe nicht, sonst springt dich jedes Mädchen an, weil sie dich für extrem gut ausgestattet hält.«

»Ich weiß nicht, ob ich das kann«, jammerte Neve. Aber er hielt ihr schon einen zusammengerollten Stoffstreifen hin. Sie drehte sich um, stopfte sich das widerliche Ding vorne in die Hose, warf einen Blick auf Arrion und vor allem seine unteren Körperregionen und korrigierte den Sitz ihres künstlichen Gemächts dann ein wenig.

Er lachte erstickt hinter ihr, und sie lief rot an. Er hatte natürlich genau mitbekommen, *was* sie da angestarrt hatte. *Prüde* konnte man Arrion garantiert nicht nennen, und zahllose Liebschaften hatten ihn darauf gedrillt, dass er überdurchschnittlich gut ausgestattet war.

»Bleib so stehen und zieh dein Hemd aus.«

Sie atmete tief durch und zog sich dann das Hemd über den Kopf.

»Nimm die Arme hoch. Ich mache das auch zum ersten Mal, aber das sollte doch hinzukriegen sein. Ich passe auch auf, dass ich dich nicht berühre. Halte dir vor Augen, dass dein warmes, weibliches Fleisch«, er atmete ihr diese Worte beinahe ins Ohr, »sich für mich wie toter Fisch anfühlt. Nicht wirklich erregend, Neve.«

Er band ihr den Busen so straff platt, dass es fast weh tat und das Atmen für einen Moment schwer machte, bis der breite Stoffstreifen sich durch ihre Körperwärme ein wenig dehnte. Sie spürte, wie Arrion zwischen ihren Schulterblättern einen festen Knoten knüpfte.

»Gut, zieh das Hemd wieder an, lege den Umhang um und lass dich ansehen, Mädchen.«

»Neve«, korrigierte sie fast schon zwangsläufig, zog sich an, legte den Mantel um, kämpfte mit der silberfarbenen Kette, mit der Arrion das Ding normalerweise an seinem Panzer einhakte, und drehte sich zu ihm um.

Abschätzend und kalt glitt der kobaltblaue Blick über sie. »Wenn es stimmt, was du über Ravon denkst, würde er wohl jetzt gerne über dich herfallen. Gar nicht mal schlecht. Jetzt die Haare.«

Sie sank zu Boden in den reichen Falten üppigen schwarzen Pelzes, schlug die Hände vor das Gesicht und murmelte verzweifelt: »Mach du das. Ich kann das nicht. Es wird Jahre dauern, bis sie wieder so schön lang sind.«

»Jahre, die du überleben wirst, weil wir deine hübschen Löckchen heute abschneiden. Tröste dich, Neve, ich mag es auch lieber, wenn eine lange Mähne sich malerisch über ein Kopfkissen verteilt.«

»Kannst du endlich mal aufhören, mit deinem Schwanz zu denken?«

»Ich gebe mir große Mühe«, behauptete er.

Sie spürte, wie er Strähne für Strähne anhob und mit seinem Dolch brutal kürzte. Einmal machte sie kurz die Augen auf und spähte zwischen ihren Fingern hervor. Eine dicke, rotgoldene, *lange* Haarsträhne segelte an ihrem Gesicht vorbei zu Boden, der bereits von ähnlichen Locken übersät war. Es sah aus, als würde sie inmitten brennender Flachsbündel sitzen. Schnell hielt sie sich die Augen wieder zu.

Er gab sich große Mühe, sie wirklich nicht zu berühren, während er mit dem Messer hantierte. Die Tortur schien Stunden zu dauern.

»Gut, denke ich.«

Sie hob den Kopf. »Wie sehe ich aus?«

»Wie ein verlauster Bengel.« Sie hörte das Lächeln in seiner tiefen Stimme.

Er hielt die breite Klinge des Dolches vor ihr Gesicht, sodass sie diese wie einen Spiegel benutzen konnte. Sie war angenehm überrascht. Sie war nicht direkt entstellt, auch wenn kurze Haare bei einem Mädchen ihrer Meinung nach barbarisch wirkten.

Arrion hatte ihr einen adretten Kurzhaarschnitt verpasst, und ihre Haare – von der schweren Länge der üppigen Mähne befreit – kringelten sich in winzigen Löckchen um ihr sommersprossiges Gesicht.

»Gar nicht übel, Mädchen.«

»Neve!«

»Neve«, sagte er sanft und ließ die Waffe sinken, um sich vorzubeugen. »Ich könnte mich an diesen Anblick gewöhnen und ihn normalen Mädchenzöpfen vorziehen.«

»Benimm dich. Du bist doch nicht wie Ravon, oder?«

»Ganz bestimmt nicht.«

Sein warmer Atem streifte über ihr Gesicht. Götter, sie könnte sich in diesen Augen verlieren. Hier und jetzt wollte sie nichts mehr, als mit ihm zu schlafen, ihre Tochter empfangen und Arrion zu Höchstleistungen antreiben. Aber da war das Fischproblem, und egal was Arrion sagte, sie war überzeugt, dass es nicht einfach von alleine verschwand.

»Brauchst du einen Eimer kaltes Wasser, Arrion? Oh, da fällt mir ein, dass ich einen Jungennamen brauche.«

»Ravon.«

»Sehe ich schwul aus?«

»Nein, aber du siehst ein wenig aus, wie sein Sohn ausgesehen hätte, wenn er denn von ihm statt von mir gewesen wäre. Kleine Neve, du wirst mich eines Tages erhören müssen.«

»Dann bete zu den Göttern, Arrion, dass wir andere Geistersängerinnen finden und retten können. Vielleicht können wir gemeinsam etwas bewirken. Aber so fischig, wie du derzeit bist, wirst du hübsch auf Abstand bleiben.«

Er lachte. Er klang so unverschämt und selbstsicher. »Lass uns essen. Ich bin gespannt.«

»Vielleicht kannst du nichts essen?«

»Vielleicht kann ich es aber doch. Es riecht so gut. Ich will nur ein kleines Stück – und etwas Brot. Du wirst satt genug werden, Bengel.«

»Oh, verdammt, jetzt geht das los!«

Er grinste, und dann hob er eine ihrer abgeschnittenen Locken vom Boden auf, drehte die Strähne zwischen den Fingern und sah Neve mit einem Ausdruck an, den sie nicht deuten konnte.

»Was wird das?«

»Das wirst du gleich sehen.«

Er suchte ein langes, einzelnes Haar, wickelte dies mehrfach um das obere Ende der Locke und knotete es zu. Dann schob er die rotgoldene Locke unter seinen Brustpanzer.

»Und jetzt?«

»Jetzt gehörst du mir, Neve. Du wirst einen Weg finden, den verdammten Fischgeschmack und beinahe noch wichtiger das Fischgefühl zu besiegen. Ich werde bis dahin warten. Ich weiß, dass es sich lohnen wird. Und du weißt es auch.«

»Weiß ich das? Rein zufällig hatte ich viele Männer vor dir!« Röte kroch in ihre Wangen. Er war so ernst. Das anzügliche Grinsen war verschwunden.

»Du, Neve, bist noch niemals von einem Meister bestiegen worden, der wirklich weiß, was eine Frau will. Ich weiß es, und ich kann es. Du wirst sehen. Danach wirst du niemals wieder an einen der vergangen Kerle auch nur denken. Alle anderen verblassen gegen mich zu Bedeutungslosigkeit.«

Und das Glühen in seinen Augen besagte, dass dies für ihn keine Meinung oder Behauptung, sondern bewiesene Tatsache war.

Götter!

Seyverne war keine große Stadt, aber sie wirkte eindrucksvoll, wie sie sich in der engen Schleife des großen Flusses hoch in den Himmel reckte. Von drei Seiten durch den Strom und große Wehranlagen geschützt, nahm die Burg die vierte Seite ein, grenzte rechts und links an den Wasserlauf und bildete den einzigen Zugang zum Inneren der Stadt.

Auf den Türmen wehten Fahnen mit dem Abzeichen des Herrschers. Auf den Wehranlagen sah Neve Rüstungen und Waffen im Sonnenlicht blinken. Diese Stadt verließ sich nicht auf den scheinbar magischen Schutz eines Geistes.

Neve ging unruhig neben Arrion her, der mit langen Schritten auf das Stadttor zumarschierte und sie so zwang, ebenfalls längere Schritte zu machen. Ohne die langen Röcke ging das erstaunlich gut, fand sie.

Vor ihnen rollte ein Karren mit Gemüse. Die Zugtiere gingen langsam, der Bauer schlenderte neben dem Wagen her. Sie hatten bereits mehrere Menschen passiert. Zwei Soldaten waren dabei gewesen, und keiner hatte Neve mehr als beiläufiges Interesse gezollt.

Niemand hatte sie zweimal angesehen. Arrions Täuschungsmanöver schien aufzugehen.

Doch jedes Mal, wenn sie einen Menschen sah, mit dem sie auf der Straße zusammentreffen würde, bekam Neve Angst. Sie fühlte sich halb nackt und war zuversichtlich, dass der nächste Bauer, der nächste Soldat auf den ersten Blick erkennen musste, dass sie eine Hure in Männerkleidung war.

Den ganzen Morgen, als noch niemand außer ihnen auf der Straße unterwegs gewesen war, hatte Neve geübt, mit möglichst tiefer, rauer Stimme zu sprechen, obwohl Arrion immer wieder halb erstickt neben ihr gelacht hatte.

Er hatte ihr ihren typisch weiblichen Hüftschwung schnell abgewöhnt, indem er ihr bei jedem allzu verführerischem Schritt mit dem Axtstiel auf den Hintern geklopft hatte. Die Vorbereitung war zu kurz gewesen, aber die Zeit drängte. Noch hatten sie vielleicht eine Chance, die eine oder andere Geistersängerin zu retten. Je länger sie herumtrödelten, desto geringer wurden die möglichen Erfolgsaussichten.

Die Soldaten am Tor blickten Neve nur kurz an, bevor sie ihr mit einem knappen Wink gestatteten, Seyverne zu betreten.

Ihr Herz klopfte ganz oben in ihrer Kehle, als sie neben Arrion die Stadt betrat. Die Burg bildete eine Art Vorbau vor der eigentlichen Stadtmauer. Bevor man diese erreichte, musste man einen großen Hof überqueren, der nebenbei auch ein Marktplatz zu sein schien. Neve sah sich um, ob sie Waren entdeckte, die sie gebrauchen konnte. Lebensmittel waren für die weitere Reise eine Notwendigkeit: ein wenig Salz, getrocknete Kräuter, Getreide oder Mehl.

Neugierig blickte Neve sich um. Sie fühlte sich nach dem Passieren des ersten Tores beinahe sicher, wusste sie doch Arrion an ihrer Seite, der sich nicht einen Wimpernschlag lang von bunten Warenständen ablenken lassen würde. Sie hoffte, dass auch ein allzu üppiger und unverschämt tiefer Ausschnitt daran nichts änderte.

Später konnte Neve nicht sagen, ob sie etwas gespürt hatte, aber Arrion blieb mit einem Mal wie angenagelt stehen und rang nach Atem. Seine Kriegsaxt fiel mit einem vernehmlichen Knall auf das Straßenpflaster, seine nun freie Hand griff an seine Kehle. Er gab ein ersticktes Röcheln von sich, die kobaltblauen Augen weiteten sich.

Instinktiv sprang sie auf ihn zu, wollte ihn packen, ihn irgendwie zur Seite zerren, herausfinden, was mit ihm war. Ihre Finger erreichten ihn nicht, prallten an etwas ab, das glatt, hart und brennend kalt war. Schwärze drohte, sie in den Untergrund zu ziehen, flimmernde Flecken tanzten vor ihren Augen.

Neve!

Er bekam keine Luft. Er war so menschlich und lebendig, dass es wirklich aussah, als würde er ersticken! Und er war ihr in der kurzen Zeit so sehr zum vertrauten Gefährten geworden, dass sie nicht verstand, dass er nicht ersticken konnte.

Neve!

Seine Augen wurden noch dunkler, noch größer, und der hünenhafte Ritter knickte in den Knien ein, fing seinen Sturz mit letzter Kraft mit der Linken ab, während die Rechte immer noch an seiner Kehle lag, an der oberen Kante seines Brustpanzers zerrte, als ob es dieser wäre, der ihn erstickte.

»Arrion!«

Hinter ihr erklang eine fremde Männerstimme: »Wir haben ihn gebannt. Er ist keine Gefahr mehr. Ergreift die Sängerin!«

Es war eine kalte Stimme, die nüchtern Fakten nannte, ohne sich dafür zu interessieren, was diese Tatsachen bedeuten. Für den Inhaber dieser Stimme zählte nur der Erfolg. Um diesen zu erreichen, war jedes Mittel heilig. Eine Stimme, die vom Weltuntergang sprechen konnte, ohne Mitleid zu haben, weil alle ihre Pläne damit wahr wurden.

Von allen Seiten stürmten Soldaten herbei. Neve konnte nicht erkennen, von wo sie überall kamen, wo sie versteckt nur auf diesen Befehl gewartet haben mussten. Neve schrie auf, sie konnte Arrion nicht im Stich lassen!

Wieder versuchte sie, ihn zu erreichen, aber sie verbrannte sich die Finger an der Hülle, die sich rund um ihn materialisiert hatte. Neve konnte nicht zu ihm durchdringen, und wieder überrollte schmerzhafte Schwärze sie.

Sie sah noch, wie er versuchte, seine Axt vom Boden anzuheben, wie er an etwas abprallte, als er sich vorwärts warf. Er schrie vor Schmerz laut auf. Schwarze Blitze zuckten über die Hülle, die ihn vollständig eingeschlossen hatte.

Neve hörte das erschreckte Atemholen der Soldaten, die sie gepackt hatten. Sie sahen ihn! Aber Arrion konnte ihr nicht zur Hilfe kommen. Er war in etwas gefangen, das sie im Augenblick nicht verstand.

Die Oberfläche jener eiskalten Barriere wurde dunkler, bis Arrion nur noch ein Schemen in seinem Gefängnis war. Dann schrumpfte die unförmige Blase, wurde zu einer kopfgroßen Kugel, und Neve hörte Arrions mühsame Atemzüge nicht mehr.

Stattdessen machte sie Gebrauch von dem, was sie hatte.

Ein Knie raste – ungehemmt durch lange Röcke – in einen Schritt, der Wanderstab sauste durch die Luft und wurde abgeblockt. Neve zog den Dolch und zerfetzte ein Gesicht, eine Wange. Blut spritzte auf sie herab. Sie wusste nur, dass sie sich befreien musste. Sie musste die schwarz schillernde Kugel erreichen, in der Arrion eingesperrt war. Sie musste aus Seyverne fliehen und die Kugel mit sich tragen, auch wenn das Frostbeulen, unerträgliche Schmerzen und verbrannte Finger bedeutete. Sie konnte Arrion nicht im Stich lassen!

Sie hörte ihn nicht mehr, und als ein Knüppel ihren Kopf traf, hörte sie gar nichts mehr.

Sie war noch nicht ganz wach, als sie sich bereits erbrechen musste. Licht stach in ihren Augen, brannte durch die geschlossenen Lider. Ihr tat alles weh, und in ihrem Kopf hörte sie einen sich immer wiederholenden Schrei.

Neve!

Seine Stimme war tiefer, rauer als je zuvor. In jedem Gellen lag solche Agonie, dass Neves Herz sich schmerzhaft zusammenkrampfte.

Wo war Arrion? Nicht bei ihr, nur in ihrem Kopf. Jeder Aufschrei voller Todesqual. So hatte sie noch nie einen Geist gehört oder gespürt. Was auch immer man mit ihr vorhatte, sie konnte nicht auf seine Hilfe bauen.

Neve!

Götter, sie musste ihn da herausholen, was auch immer es war. Nicht nur seinetwegen – auch ihretwegen. Wenn sie diese Schreie noch länger hörte, würde sie wahnsinnig werden.

»Du bist endlich wach, Sängerin. Kannst du ermessen, welche Unannehmlichkeiten du uns bereitet hast, du Miststück?«

Es war die gleiche Stimme, die erklungen war, als die harte Hülle Arrion eingeschlossen hatte. Die Stimme des Mannes, der Arrion gesehen haben musste, der Neve als Geistersängerin erkannt und befohlen hatte, sie zu ergreifen.

Zorn brodelte in ihr. Dies war der Mann, der Arrions Schmerzen verursachte. Sie hasste den Kerl abgrundtief. Was hatte Arrion ihm jemals getan? Neve hob mühsam den Kopf, versuchte, sich bequemer hinzusetzen, und hörte Ketten klirren.

Stabile Metallklammern umspannten ihre Handgelenke, verbunden durch schwere Ketten mit einem Ring, der über ihrem Kopf in die Wand eingemauert war. Kerzenlicht blendete sie. Tränen der Wut und Verzweiflung brannten in ihren Augen.

Neve!

»Ich habe das getan, wozu ich von den Göttern ausgewählt wurde«, sagte sie leise.

»Die Götter!«, spuckte der Mann in der schwarzen Robe aus, der vor ihr an einem Tisch saß und sie unter einer tief ins Gesicht gezogenen Kapuze musterte.

Sie konnte seinen Blick spüren. Sie hasste ihn. Sie wollte ihm die Luft abwürgen, wie er es mit Arrion getan hatte. Sie wollte seinen Schädel gegen die Wand dreschen, bis ihm das Gehirn aus den Ohren lief. Aber sie war angekettet, und Arrion schrie in ihrem Kopf.

»Du hast versucht, den Ritter Arrion in die andere Welt zu schaffen. So etwas sieht der Herrscher nicht gerne, Sängerin. Bisher ist jede Geistersängerin noch vor der Stadt abgefangen und getötet worden, wenn sie meinte, sich dem Ritter nähern zu können. Du bist hindurchgeschlüpft. Ich weiß nicht, wie und warum, aber es nützt dir auch nichts. Wir haben ihn zurück, und er wird genau da wieder hingebracht, wo er hingehört.«

»Er wird nicht dort bleiben.«

»Oh, er wird. Wir schlagen ihn in Ketten, denen er nicht entkommen kann. Wir sind mächtiger als du, Sängerin. Wir sind mächtiger als alle Geistersängerinnen zusammen. Wir sind Männer, ihr seid schwache Weiber.«

Ihr verfügt über Schwarze Macht, dachte Neve, *ob diese stärker ist, wird sich zeigen. Oh, das verspreche ich dir, es wird sich zeigen! Schaffe Arrion zurück nach Kyelle, und ich gehe ebenfalls wieder dorthin, um ihn zu befreien.*

»Er wird nicht mehr für den Herrscher kämpfen«, sagte sie stattdessen geduldig. Beinahe wie zu einem kleinen Kind. Dachte der Kerl wirklich, er könnte Arrion kontrollieren? Ausgerechnet Arrion?

»Wird er nicht? Er wird die Ketten nur dann nicht spüren, wenn er kämpft, Sängerin. Wenn er nicht gehorcht, wird er das Gefühl haben, dass die Ketten ihn verbrennen und in den Abgrund ziehen. Er wird kämpfen, sei dir da sicher.«

Neve!

Neve schüttelte den Kopf. »Nein, das wird er nicht. Er hat verstanden, dass sein Dasein als Geist, als verlorene Seele seit siebenundsechzig Jahren ausgebeutet wird. Hätte er die Schlacht überlebt, wäre er vom Herrscher für den Verlust der Festung geviertelt worden. Das weißt du, das weiß Arrion.«

Der Mann stand auf, kam auf sie zu und beugte sich herab. Sie spürte seinen Atem auf ihrem Gesicht und drehte angewidert den Kopf zur Seite.

Eine Hand griff in ihren Schritt und drückte schmerzhaft zu, bevor sie noch nach Atem ringen konnte.

»Er wird kämpfen, Sängerin. Denn du bist unser Pfand. Glaubst du, ich lasse dich einfach laufen? Glaubst du, du wirst fliehen können? Du gehst mit ihm nach Kyelle. Denkst du, er will, dass du getötet wirst? Du wirst Töchter haben, Sängerin. Viele Töchter. Jeder Kerl, der es will, wird dich besteigen. Wenn der Ritter nicht gehorcht, wird das vor seinen Augen geschehen. Wenn er nicht kämpft, nehmen wir deine älteste Tochter und schlagen ihr vor seinen Augen den Schädel auf den Steinplatten zu Brei. Ich denke, er wird seine Pflicht tun, nicht wahr, Sängerin? Deine Töchter werden Töchter haben. Wer dich schon zu alt findet, wird deine Töchter besteigen wollen, nicht wahr? Wir haben eine Armee von Geiseln gegen den Ritter, bevor das Jahrzehnt um ist.«

»Warum?«, würgte Neve hervor, der Angstschweiß in die Augen lief, die die fremde Hand immer noch in ihrem Schritt fühlte, wie diese brutal zudrückte.

»Weil er billiger und erheblich wirkungsvoller ist, als jede Armee es sein könnte. Seit seinem Tod hat kein Soldat dort mehr sein Leben lassen müssen. Seitdem hat kein verfluchter Seeräuber mehr einen einzigen Bürger erschlagen. Die Stadt ist sicherer, als je eine ganze Armee es ermöglicht hat. Verstehst du nicht, Sängerin? Tot ist er viel wertvoller, als er es lebendig je war.«

Er drückte noch fester zu. Seine Finger krallten sich in ihr weiches Fleisch.

»Wir werden herausfinden, warum *genau* er so ist. Du wirst uns dabei helfen. Er wird uns dabei helfen. Wir werden vor jede Stadt einen Kämpfer wie ihn setzen. Wir haben schon Einige geschaffen. Wir beobachten ihn seit Jahren. Wir haben ihn erforscht, seitdem wir verstanden haben, was er ist. Wir werden unsere Schwarzen Krieger weiter verbessern, bis sie so gut sind wie er. Unsere Grenzen werden durch sie geschützt werden. Du wirst uns helfen. Du wirst uns alles erzählen. Das geschieht zum Guten des Reiches, des Herrschers und der braven Bürger, Sängerin.«

»Ich will mit ihm sprechen.«

»Ja, das kann ich mir vorstellen. Und ich will gnädig sein: Wenn du ihn zur Vernunft bringen kannst, so wie du ihn verführt hast, seinen Posten zu verlassen, *auf den er gehört,* brauchen wir ihn nicht in Ketten schlagen. Er braucht nicht zu leiden, wenn du ihn nur zur Vernunft bringen kannst. Das willst du, nicht wahr, Sängerin? Du willst nicht schuld sein, wenn die Ketten ihn in den Irrsinn treiben, nicht wahr? Du willst nicht, dass er deinen Töchtern zusehen muss, wie sie entjungfert und zu Tode geritten werden?«

Neve nickte. Eine Träne rollte ihre Wange herab, sie konnte es nicht verhindern.

Der Schwarze Sänger drohte mit jeder Grausamkeit, die sie beeindrucken musste. Er wusste alles über die Sängerinnen, und er wusste, dass Neve eher sterben würde, als eine verlorene Seele im Stich zu lassen.

»Wenn du brav bist, wird der Herrscher die Jagd auf die anderen Sängerinnen absagen. Der Herrscher kann gnädig und vergebend sein, wenn man ihn nicht verärgert. Ich kann den Ritter schreien hören. Hörst du ihn auch?«

Neve nickte wieder. Sie hörte Arrions Atemzüge, seinen Herzschlag, seine überstrapazierten Stimmbänder, tödlichen Schmerz und vor allem seine Schreie. Was sie nicht wahrnahm, aber verzweifelt herbeisehnte, waren seine Wut, sein Hass, sein brodelnder Zorn. Sie brauchten diesen Zorn, um aus dieser Falle herauszukommen.

»Er wird alles tun, damit dir nichts geschieht, Sängerin. Ich höre ihn schreien, und es ist immer und immer wieder dein Name. Er denkt, dass er dir verfallen ist, Sängerin. Damit hat er mir meine Waffe in die Hand gegeben. Du bist schon eine tüchtige Hure, dass du einen Ritter von des Herrschers Gnaden an deinen Busen fesseln kannst. Ich würde dich gerne töten lassen, weil du mich so anwiderst. Aber ich brauche dich, bis der Ritter verstanden hat, wo sein Platz ist.« Endlich lockerte er seinen Griff und stand auf.

Ohne ein weiteres Wort verließ er die Kerkerzelle und ließ Neve lautlos weinend und zu Tode erschüttert zurück. Sie zog die Beine an, presste die Knie zusammen und versuchte, den Schmerz in ihrem Schritt zu ignorieren. Es gab schlimmere Schmerzen – genau da. Sie wusste es. Das sollte ihr auch noch bevorstehen. Das sollte ihren Töchtern angetan werden. Nein! Götter, nein!

Sie rang nach Atem, hörte einen weiteren gellenden Schrei von Arrion und wusste, dass sie später Zeit haben würde, sich selbst zu bedauern – wenn irgendein Schwein sie bestieg, um eine Tochter in ihren Schoß zu pflanzen. Aber noch war es nicht so weit.

Arrion.

Noch hatte sie ihren letzten Trumpf nicht ausgespielt.
Arrion.
Er schrie. Sie konnte kaum noch einzelne Worte ausmachen. Das waren alleine seine Emotionen, die bei ihr ankamen, und es klang nach entsetzlichen Schmerzen, nach der Panik eines eingesperrten Tieres und tödlicher Verzweiflung. Sie trieben ihn in den Irrsinn. Sie taten es absichtlich und nahmen seinen Wahnsinn billigend in Kauf, wenn er nur für sie kämpfte.

Sie atmete tief durch, zwinkerte die Tränen beiseite und konzentrierte alle Kraft ausschließlich auf seine Stimme. Sie schloss die Augen, stellte sich sein Lächeln vor, seine breiten Schultern, die wachen Augen in dem intelligenten Gesicht. Sie streckte eine mentale Hand nach ihm aus.

Arrion, hör mir zu. Sei leise.

Sein Herzschlag pochte in ihren Schläfen. Viel zu schnell, unregelmäßig. Sein Atem rasselte in ihrer Luftröhre, flach und rasend schnell.

Aber für den Moment war er still, klammerte sich an ihrer Stimme fest und hoffte auf ein Wunder. Sie wusste nicht, ob sie dieses vollbringen konnte. Aber sie musste.

Sie hielt ihn im Geiste fest, versuchte aber gleichzeitig, ihren eigenen Herzschlag ruhig zu halten, Arrions tödliche Panik und vor allem die Qualen nicht an sich heranzulassen. Ihr Herz schlug schmerzhaft vor Mitleid. Doch wenn sie von der gleichen übermächtigen Angst überrollt wurde wie er, waren sie beide verloren. Ihr Herz würde von der Anstrengung zerbersten.

Ich weiß, wer sie sind. Ich weiß, was sie planen. Ich will dich da herausholen, aber du musst mir helfen.

Hol mich, Neve. Rette mich. Schmerzen! Ich kann nicht, ich will nicht. Ich will hier weg. Neve! Neve! Seine Stimme brach, verlor ihre Tiefe, klang nach dem Schrei eines Tieres, das sich vom Speer getroffen windet.

Arrion.

Neve!

Arrion, ruhig. Mach die Augen auf. Ich will sehen.

Es brennt. Ich kann nicht. Sie brennen mir die Augen aus!

Mach die Augen auf. Ich hole dich heraus. Dazu muss ich sehen.

Sie fühlte seine Schmerzen, und mit einem Mal wurde es blendend hell. Sie stöhnte, hatte das Gefühl, dass ihre Augen in den Höhlen verbrannt wurden. Es dauerte nur einen Wimpernschlag. Sie hörte Arrion vor Qual wimmern, und jetzt wurde sie richtig zornig.

Die Hitze dieses Gefühls wischte die Angst davon, die Neve eben noch empfunden hatte. Sie war hilflos, hatte sie gedacht, und doch hatte sie soeben durch Arrions Augen gesehen. Wie – das wusste sie nicht. Doch jetzt war es gleichgültig. Sie konnte es!

Die Schweine hatten sich mit der falschen Sängerin angelegt! Sie hatten Arrion, Ritter der Festung über der Fördestadt Kyelle auf den Status eines kleinen Kindes herabgewürdigt, wollten ihn zu einem hirnlosen Sklaven machen, zu einer willenlosen Kampfmaschine! Die Folter, die sie ihm zufügten, sollte seinen stählernen Willen brechen. Die Mistkerle wussten, dass sie ihn in den Irrsinn trieben. Es war ihnen gleichgültig! Vielleicht machte es ihnen sogar Spaß!

Neve schrie vor Wut. Ihre Trommelfelle zerrissen beinahe, ihre Kiefergelenke taten weh. Adern traten an ihrem Hals und ihrer Stirn hervor. Wenn sie doch nur ein Bruchteil ihrer Wut an Arrion weiterreichen könnte!

Denke an deine toten Kinder, Arrion! Wir brauchen deine Wut! Ich hole dich heraus. Ich habe genug gesehen. Da sind zwei der Schwarzen Sänger. Sie werden sofort versuchen, dich wieder einzusperren.

Neve! Kann nicht! Neve!

Hör mir zu, verdammt! Da sind zwei von ihnen. Du wirst sie sehen, sobald ich die Hülle zerschlage. Ich kann dich für einen kurzen Moment schützen, Arrion. Einen kurzen Moment. Hast du deine Axt?

Sie spürte ein metallisches Schaben in ihrem Inneren. Ihr Herz jubilierte. Er schaffte das! Arrion konnten sie nicht bezwingen! Sie würden alle sterben. Gewissheit drängte in Neve nach oben. *Gut. Ich kann dich fünf Atemzüge lang vor ihnen und ihrem Zauber beschützen. Sie sind nur zu zweit. Töte sie, Arrion – für mich. Und dann komm zu mir.*

Ich töte sie.

Sei schnell, Arrion. Kannst du mich finden?

Kreidekreis. Neve finden. Hol mich hier raus! Seine Stimme vibrierte vor Hass, jetzt, da er einen Ausweg sah. Da war sein Zorn! Heiß wie eine Stichflamme loderte er in ihr auf, erfüllte sie mit Hitze, die ihr Kraft gab.

Sie streckte die Hand aus, ballte sie zur Faust und spürte um sich einen schwachen Abglanz des Kerkers, der Arrion umgab. Was auch immer ihn gefangen hielt, es bestand aus schwarzer Gewalt und Grausamkeit. Jetzt wusste sie es. Kein Wunder, dass er darin wahnsinnig wurde. Kein Wunder, dass die Schweine ihn darin sicher eingesperrt dachten.

Doch Neve wusste, wie sie diesen Fluch zerbrechen, wie sie Arrion befreien konnte. *Männer waren stärker als Frauen? Warte, Schwarzer Sänger! Du wirst als Erster fallen! Arrion wird dir den Schädel spalten. Du bist tot und weißt es nur noch nicht. Dein Zauber ist dreckig und böse. Ich habe dich gleich. Du wirst dir wünschen, niemals meinen und Arrions Weg gekreuzt zu haben.* Sie rang nach Atem und bündelte ihre Kraft. *Ich singe für dich, Arrion. Erschlage die Schweine und komm zu mir.*

Ich komme. Ich finde dich, Neve. Ich lasse dich nicht im Stich.

Wie klar er mit einem Mal klang. Sie spürte, wie seine Muskeln sich aufheizten, wie er die Axt fest gepackt hielt, sprungbereit wie ein großes Tier, das nur auf den richtigen Moment wartete.

Neve holte tief Luft und sang so laut, dass die Ketten an ihren Handgelenken klirrten. Ihre Stimme stieg höher, gewann immer mehr an Kraft, bis die Mauersteine der Zelle mit jeder Note vibrierten. Noch heller wurde ihre Stimme, bis sie so klar war wie Sonnenlicht, das Schwärze frisst.

Sie spürte, wie die Kugel zerbrach. Sie atmete Arrions ersten Atemzug tief zusammen mit ihm ein, füllte ihre Lunge mit Sonnenlicht, wie er seine Lunge füllte.

»Wunderbar, mein Großer, bring sie für mich um!«, schrie sie in der Enge der Zelle und spürte, dass er genau das tat.

Arrion hörte Neves Stimme, spürte ihren Zorn in jeder brennenden Pore. Er keuchte auf, als er Neve selbst auf seiner Haut fühlte, jeden ihrer Finger, die Handfläche auf seinem Unterarm. Sie konnte nicht hier sein! Er war blind, von Schmerzen jenseits seines bisherigen Erfahrungshorizonts bis an die Grenze des Irrsinns getrieben. Aber er tastete nach ihrer Hand, griff ins Leere, obwohl er die schmalen Finger so deutlich auf seiner Haut spürte.

Er konnte nicht atmen, sich nicht bewegen, um ihn herum war eine schwarze Masse, die bei jeder kleinsten Berührung ein Feuerwerk von schwarzen, brennend kalten Blitzen durch seinen gequälten Körper jagte.

Er konnte nur noch schreien – nach Neve, dem einzigen Wesen, das ihm helfen konnte, dem einzigen Wesen, an das er jetzt überhaupt noch denken konnte, das in dieser Hölle der Qual noch in seiner Erinnerung und seinem Verstand war.

Wie einen linden Sommerwind, wie Wasser aus einer reinen Quelle spürte er sie und wusste instinktiv, dass sie nach ihm suchte, dass sie willens und fähig war, ihn aus dieser Falle herauszubekommen.

Dem Ertrinken in lichtloser Unendlichkeit und dem Wahnsinn mehr als nur nahe klammerte er sich an ihren Namen, ihren Atem und schrie nach ihr, bis seine Kehle mit gesplittertem Glas gefüllt zu sein schien.

Er verstand fast nicht ihre Worte, aber ihre Ruhe und Kraft drangen zu ihm durch, während sein ganzer Körper von nahezu krampfhaftem Zittern vibrierte und zuckte.

Er konnte diese Schmerzen nicht einen Augenblick länger ertragen!

Er brüllte ihren Namen. Seine Stimme wurde schwächer und schwächer. Neve war die Fackel, die die Schwärze des Irrsinns für den Moment noch von ihm fernhielt.

Wenn eines der Schweine sie auch nur berührte ... Ein Blitz durchzuckte ihn, schien ihn einzufrieren, zu töten, zu verbrennen.

Und da war ihre Stimme, klar und deutlich, zum ersten Mal vollkommen verständlich. Die Worte machten noch mehr Sinn als die Stimme, die ihn magisch anzog, die Trost und Kraft spendete:

Er konnte nur zurückschreien, sinnlos, triebgesteuert wie ein Tier, am Rande des Wahnsinns, in dessen Abgründe der perverse Kerker ihn zu stürzen drohte.

Hast du deine Axt?

Seine schmerzenden Finger schlossen sich um den Stiel der Kriegsaxt. Er konnte nicht mehr atmen, konnte sich nicht bewegen, aber die Hand fand festen Halt an der Waffe.

Oh, Neve, bitte. Mach, dass dies hier endet. Sing mich in die andere Welt, es ist mir egal, was da auf mich wartet. Mach, dass es endet.

Sei schnell, Arrion. Kannst du mich finden?

Wie eine Keule traf ihn ihr Zorn. Da war Kraft, die stärker war als die schwarze Masse. Er bekam Luft, konnte einen Atemzug machen, der nach Schwärze und Verderben schmeckte. Jetzt konnte er seinen eigenen Hass ertasten, der sich angesichts der Folter des Gefängnisses verkrochen hatte. Neve brauchte diesen Zorn! Heiß wie eine Stichflamme loderte er in Arrion auf, erfüllte ihn mit Hitze, die ihm Kraft gab.

Ich singe für dich, Arrion. Erschlage die Schweine und komm zu mir.
Ich komme. Ich finde dich, Neve. Ich lasse dich nicht im Stich.

Der Gesang dröhnte in seinen Ohren. Aber es tat nicht weh. Auch als Neves Stimme heller und immer heller wurde, verspürte Arrion keinen Schmerz – nicht einmal die schwarze Masse, die ihn wie Morast umgab, sich an ihn presste wie eine perverse, Kraft saugende Art von Schmarotzer, tat ihm jetzt noch weh.

Er spürte, wie das Gefängnis zerbrach. Er atmete seinen ersten Atemzug tief und zusammen mit Neve ein, füllte seine Lunge mit Sonnenlicht, wie sie ihre Lunge füllte.

Schwarze Splitter spritzten auseinander, als wäre im Inneren der Kugel ein Drache erwacht, der seine Schwingen streckte.

Fünf Atemzüge.

Arrion sprang aus den Trümmern des Gefängnisses, noch während er den ersten Atemzug in seine gequälte Lunge sog.

Vor sich sah er zwei Männer in langen Roben, die feigen Gesichter unter Kapuzen versteckt.

Seine Lunge war gefüllt, seine Muskeln jubilierten, heizten sich innerhalb eines Wimpernschlages auf. Schweiß trat aus den Poren, bildete einen glitzernden Film auf der Haut. Kerzenlicht reflektierte auf der rasiermesserscharfen Doppelklinge der Axt, als diese in einen tödlichen, vollen Kreis flog, in einen Windmühlenschlag, der genau in dem Moment endete, als Arrion ausatmete. Zugleich polterten zwei Köpfe auf den Boden.

Für einen Moment standen die enthaupteten Körper noch, bevor die Schwerkraft ihren Tribut einforderte.

»Falls du mich hören kannst, Neve: Ich bin unterwegs zu dir.«

Ich höre dich, Arrion. Es sind vielleicht noch andere wie sie da. Du musst schnell sein. Wenn ich spüre, dass sie dich angreifen, kann ich dich schützen.

»Fünf Atemzüge.«

Fünf Atemzüge. Hol mich heraus. Jetzt bist du dran.

»Ich komme.« Nichts und niemand konnte ihn jetzt noch aufhalten. Wer es versuchte, war tot.

Erschlage jeden, der uns gefährlich werden kann. Halte Ausschau nach den schwarzen Sängern. Sie sind die Einzigen, die Gefahr für dich bedeuten.
»Du schützt mich.« Eine klare Feststellung. Es gab nichts, was ihn daran zweifeln ließ. Er konnte Neve spüren, wie sie ihn umgab, wie ein schützender Schleier um ihn wehte.
Mit allem, was ich habe.
Er stieß die Tür des stinkenden Saales auf, in dem sein Gefängnis gelegen hatte, in dem er nur schwarze Splitter und zwei Tote hinter sich ließ.
Ein Warnschrei gellte in ihm, aber er war noch schneller. Die Axt zuckte wie etwas Lebendiges nach oben und mit einem Ruck wieder herab, spaltete einen Schädel bis zum Kinn und hinterließ zwei Gesichtshälften, in denen sich vollkommene Überraschung zeigte.
Danke. Der war es, der mir wehtat und mir Angst zu machen versuchte. Ich freue mich, dass er tot ist. Weiter, Arrion!
Ihre Worte steigerten seinen Hass noch mehr. Hätte er in diesem Moment klar denken können, dann hätte er verstanden, dass sie genau das beabsichtigte. Sie schürte seine Wut, weil sie wusste, dass nur wilde Raserei ihn durch die ganze Burg bis zu ihr bringen konnte.
Jemand hatte ihr wehgetan. Jemand hatte den Menschen berührt, der ganz alleine ihm gehörte. Niemand machte Neve Angst! Niemand berührte sie!
Fackeln beleuchteten einen breiten Gang. Ihre Hitze ließ Dampf des verdunstenden Schweißes von Arrion aufsteigen. Jeder Atemzug klang wie das Hecheln einer großen Raubkatze, als der Ritter langsam, wachsam, jede Faser des hochgewachsenen, muskulösen Körpers auf Kampf ausgerichtet den Gang entlang ging.
Im Gegensatz zu Neve hatte er nichts, was ihn führte, dachte er in diesem Moment. Nur gesunder Menschenverstand sagte ihm, dass man sie in der Kerkerebene in eine Zelle geworfen haben musste – so weit wie möglich entfernt von ihm.
Man hatte sie nicht getötet – noch nicht. Das war eine Menge wert, aber es zwang ihn nun, schneller seinen Weg in die Keller zu finden, als es ihm als vorsichtigem Soldaten lieb sein konnte.
Waren da noch mehr der Schwarzen Sänger? Konnte Neve sie rechtzeitig spüren, ihn rechtzeitig schützen, bevor er blindlings in sie hineinrannte?

Ich kann.
Das eliminierte die Ungewissheit. Jeder andere, der seinen Weg kreuzte, war kein Hindernis, kein Gegner, der ihm auch nur annähernd gewachsen war.

Die Burg von Seyverne war groß und alt. Arrion verlor bald jegliche Orientierung. Aber jedes Mal, wenn er vor einer Wegkreuzung stand, erklang Neves Stimme in seinem Kopf, die ihm den richtigen Weg wies.

Wachen kamen ihm in die Quere und fielen, bevor sie noch verstanden, wie ihnen geschah, bevor sie begriffen, dass der Ritter befreit und auf Rachefeldzug war.

Wenn die Schwarzen Sänger nur für eine Kupfermünze Verstand hatten, eilten sie gerade jetzt zu Neves Kerker, um die Sängerin als Geisel gegen den Geist zu verwenden, der ihrer Falle entronnen war und nun als fleischgewordene Naturgewalt durch die Burg raste.

Blut hatte die Wände bis hinauf zur Decke mit irrwitzigen Linien bespritzt. Schweiß und Blut dampften auf Arrions Haut, hatten die Rüstung in rote Drachenhaut verwandelt, und immer noch tauchten Wächter auf, die ihm in blindem Gehorsam entgegen eilten.

Mit einem Mal fühlte es sich so an, als würde er unter den Fluten eines kleinen Wasserfalles stehen. Genau das hatte er im Inneren der Schwarzen Masse gespürt, als Neve ihn vor den Schmerzen abgeschirmt hatte!

Die Luft gewann vibrierende Frische, der Gestank des Bluts war wie weggewischt, und Arrion wusste, dass ihm genau fünf Atemzüge Zeit verblieben, den Schwarzen Sänger ausfindig zu machen und ihm den Schädel zu spalten.

Vor dir ist einer.

Die Warnung hätte sie sich sparen können. Er spürte ihren Zauber in jeder Pore und rannte los, dem Schwarzen Sänger entgegen, solange Neves Schutz Arrion einhüllte und davor bewahrte, wieder in die Schwärze des Kerkers geworfen zu werden, wo selbst ein Atemzug eine übermenschliche Anstrengung bedeutete.

Er flog den Gang entlang, holte im Rennen mit der gewaltigen Axt aus und schwang sie in einen Blut spritzenden Bogen, als er die Wegkreuzung erreichte.

Ein Schwarzer Sänger hatte sich dort flach gegen die Wand gepresst. Der Mann hob die Hände, als er Arrion heranfliegen sah, und dann wurde der Sänger zurückgeworfen, als er seinen Zauber auf Arrion schleudern wollte und an Neves Schutzwall abprallte.

Kreischend vor Schock und in der Gewissheit, dass die Axtschneide ihn erreichen würde, segelte der Sänger rückwärts in den Gang, stolperte über seine langen Roben.

Arrion ließ den Stiel der Axt los, und die Waffe flog Kopf über Stiel dem Sänger hinterher und begrub sich mit einem Knochen zermalmenden Donner in dessen Schädel.

Der Sänger brach zusammen, fiel rückwärts auf die Steinplatten. Bevor sein zerschmetterter Kopf noch auf dem Boden aufschlug, war Arrion über ihm, riss die Waffe frei und hetzte weiter. Er atmete seinen dritten Atemzug aus, als er wieder Neves Warnung vernahm:

Rechts von dir. Hinter einer Tür. Sei schnell.

Die Luft schien gequält zu schreien, als Arrion die Axt herumzwang, sie einen Bogen beschreiben ließ, der die Tür in zwei Hälften zerschlug. Er sprang durch die Trümmer, atmete das vierte Mal ein und schlug zu, bevor der Sänger verstand, wie der große Ritter ihn gefunden hatte. Arrion atmete aus, als die Leiche in zwei Hälften zu Boden sank. Atmete ein, wartete auf Neves Richtungsanweisung.

Folge diesem Gang. Er führt dich zu einem Treppenturm. Sie werden dir folgen.

»Das sollen sie nur wagen«, knurrte Arrion.

So hatte er zuletzt unter den Seeräubern gewütet. Er hatte sie zu Hunderten getötet. Für den Herrscher, der ihm und Neve die Schwarzen Sänger entgegengeschleudert hatte.

Dafür war später Zeit.

Er rannte zurück auf den Gang, erschlug fast nebenbei einen Wächter, der so unvorsichtig gewesen war, der bluttriefenden Fährte der Vernichtung zu folgen, und hetzte weiter.

Er erreichte unangefochten den Treppenturm und stürmte die Wendeltreppe hinab, wobei er jeweils drei Stufen auf einmal mit gewaltigen Sätzen nahm.

Hinter jeder Wendelung erwartete er einen Gegner, aber er kam ohne jeden Zwischenfall in die tiefer liegende Etage, sprang auf den Flur, um etwaige Gegner niederzuringen, bevor sie ihm in den Rücken fallen konnten.

Ein Diener, der offenbar von der ganzen Aufregung um einen entfesselten Geist noch nichts mitbekommen hatte, ließ mit einem Aufschrei das Tablett fallen, als eine hünenhafte, von Kopf bis Fuß blutbesudelte Erscheinung mit einer ebenso blutigen Kriegsaxt ihn ansprang.

Arrion riss den Mann in die Höhe und knallte ihn mit dem Rücken gegen die Wand. Sein heißer Atem erfüllte den Diener berechtigt mit den bösesten Vorahnungen. Etwas Warmes, Stinkendes ergoss sich zwischen Ritter und Diener.

»Was haben sie der Sängerin getan?«

»Ich weiß von nichts. Ich weiß nichts!«

Die Axt krachte mit einem unheilvollen Laut zu Boden, und im nächsten Augenblick hatte der Diener Arrions Dolch an der Kehle. »Wo sind die Schwarzen Sänger? Was haben sie ihr getan?«

»Sie sind in die Keller hinabgerannt. Ich weiß nichts!«

»Ich weiß, dass du mich sehen und hören kannst, Sterblicher. Ich rieche deine Pisse. Ich bin tot. Sage mir, was ich zu verlieren habe. Dann sage ich dir, was du zu verlieren hast.«

Der Mann sah in blutunterlaufene Augen, in deren kobaltblauen Tiefen Irrsinn glomm. Dem Gestank nach Urin gesellte sich der von Kot hinzu. Aber er streckte die Hand aus, die so sehr zitterte, dass sie Tausende von Richtungen gleichzeitig wies. »Dort entlang. Sie nahmen den zweiten Treppenturm. Wenn du diesen Turm nimmst, werden sie dich unten empfangen. Sie wollen die Sängerin nicht töten.«

»Das will ich ihnen auch geraten haben«, zischte Arrion, der sich viele Dinge vorstellen konnte, die noch schrecklicher sein konnten als ein rascher Tod durch einen Dolch im Herzen. Er hatte einige von ihnen überlebt, ohne zu wissen, wie er das geschafft hatte.

Vor seinen geistigen Augen tauchte ein grinsendes Gesicht auf, das ihm Blendung und Kastration versprach.

Er schüttelte den Kopf. Er hatte keine Ahnung, woher dieses Bild, diese Worte gekommen waren.

Er wollte es auch gar nicht wissen.

Arrion, lass den Mann. Er ist nicht wichtig und keine Gefahr.

Der Ritter ließ den Diener fallen und hob die Axt wieder auf.

Folge diesem Gang. Es gibt einen dritten Treppenturm. Dort komme herab und beeile dich. Sie sind vor meiner Zelle. Sie wollen mich als Geisel nehmen. Ich kann sie mir vom Leib halten. Aber ich kann nur eines: Dich oder mich schützen. Wenn du herabkommst, werde ich dich schützen. Sei schnell.

Arrion spürte, dass er ihr nicht antworten musste. Er wusste nicht, wie sie alles sehen und wissen konnte. Aber es war gleichgültig.

Adrenalin und Wut kochten in seinen Adern, brachten das Blut und den Hass zum Brodeln.

Blendung. Kastration.

Woher kamen diese Bilder? Woher diese Worte? War er irrsinnig geworden? Hatten sie das geschafft? Er brauchte Neve. Nur sie wusste, was richtig und falsch war, wo oben und unten. Er brauchte Neve.

Er rannte los, ein großer, muskelschwerer Mann in voller Rüstung, die Axt an der Seite. Den Gang entlang, bis Neves Stimme ihn wieder erreichte.

Rechts. Auf der Treppe sind Soldaten. Keine Sänger.

Arrion fegte zur Seite, sprang die Treppenstufen hinab.

Jede Wendeltreppe basierte auf der Annahme, dass die Verteidiger gegen die von unten heranrückenden Angreifer kämpften – und natürlich im Vorteil sein sollten. Durch die Wendelung und vor allem deren Richtung erschwerte sie es den Kämpfern, die unten standen, mit ihren Waffen vollkommen ausholen zu können. Der Schwung war begrenzt, und die Verteidiger hatten den einengenden Raum und die Schwerkraft auf ihrer Seite.

Diese Treppe flog Arrion nun hinab, lautlos bis auf seine raschen Atemzüge und das Klirren seiner Panzerung, das leise Knarren der schweißnassen Lederunterrüstung.

Er war in der vorteilhaften Rolle der Verteidiger, denn auch diese Wendeltreppe war nach dem vertrauten Schema angelegt, falls ein Gefangenenaufstand niedergeschlagen werden musste.

Er war in jedem Punkt im Vorteil, und Arrion hatte vor, diesen zur Gänze auszunutzen. Bevor die Schwarzen Sänger Neve erreichten, musste er bei ihr sein. Um ihn zu schützen, würde sie die Barriere aufgeben, hinter der die Sänger sie nicht erreichen konnten. Sie riskierte ihr sterbliches Dasein, um einen ewig wandernden Geist zu schützen.

Verdammtes Mädchen.

Wundervolle Neve.

Er stürmte die Treppe hinab wie ein zornentbrannter Kriegsgott auf entsetzlichem Rachefeldzug.

Er nahm die Soldaten wahr, bevor sie ihn hören konnten. Mit einem Kampfschrei, der im engen Treppenturm noch verstärkt wurde, ging Arrion zum Angriff über.

In dieser Enge hatten die Soldaten noch weniger Chancen gegen ihn als auf dem freien Feld. Sie standen zu dicht gedrängt, behinderten sich gegenseitig, wurden von der Treppe an kraftvollen Schlägen gehindert, während Arrion nur von oben zuschlagen musste. Immer wieder rang er keuchend nach Atem, ließ die Axt wieder und wieder hinabsausen, verstümmelte Menschen, Gegner, bis er durch zerschlagene Körper und Blut die letzte Wendelung der Treppe hinabwaten konnte. Hinter ihm lief Blut in Strömen die Stufen herab. Wo er gegangen war, lebte nichts mehr. Im Fackellicht ragte er als eine mehr als bedrohliche Erscheinung auf.

Da rotteten sich die Schwarzen Sänger zusammen. Vor Neves Zelle.

Arrion holte tief Luft, spürte den frischen Wasserfall, der ihn wie eine Frühlingsbrise umgab, und rannte los, bevor die Sänger verstehen konnten, dass der Weg in die Zelle frei war.

Neve kauerte in der Zelle, fest gegen die kalte Mauer in ihrem Rücken gepresst, die Beine angezogen, Knie zusammengepresst, zusammengeballt wie kurz vor einer Explosion. Entsetzen und Triumph schüttelten Neve wie im Fieberkrampf. Entsetzen vor sich selbst, was zu entfesseln sie in der Lage war.

Sie hielt die Augen fest geschlossen, da sie für einen Moment durch vier Augen gesehen hatte. Eine schockierende Erfahrung. So war es leichter. So sah sie nur, was Arrion erblickte.

Sein Herz schlug in ihrer Brust, langsamer nun, obwohl es immer noch ein rasender Takt war, der Anstrengung geschuldet. Sie atmete für ihn und sandte alle ihre Sinne auf seinem Weg voraus, um ihn vor Gefahren warnen zu können. Nur wenige Tage zuvor war ihr am Rande eines Schlachtfeldes schlecht geworden. Jetzt bebte sie vor Hass auf die Schwarzen Sänger.

Sie spürte und sah, wie Arrion aus dem Treppenhaus kam, zog den Schutzzauber von ihrer Zellentür ab und warf ihre gesamte Kraft auf Arrion. *Zehn ... Atemzüge. Nicht ... mehr. Vorsichtig, Arrion.*

Sie wusste, dass er sie gehört hatte. Mit jeder Faser ihres Körpers spürte sie, wie er vorwärts flog. Viel zu schnell für einen so großen, schweren Mann. Aber seine Muskeln waren nicht zur Zierde da. Sie waren über Jahre trainiert worden und hatten stets exakt das ausgeführt, was er nun tat:

Er fuhr zwischen die Sänger. Die Axt beschrieb blutige Halbkreise, von Kräften in Schwung gebracht, der kein normaler Soldat etwas entgegensetzen konnte. Die Sänger waren keine Soldaten.

Sie flogen durch den Gang. Teils in Stücken, teils vollständig, weil sie einen Angriff auf den Ritter gestartet hatten.

Wie dumm. Verstanden sie nicht, dass nichts und niemand mehr an Arrion herankommen konnte? Fühlten sie nicht, wie die Energie von der Tür auf ihn übergegangen war, dass ein Schutzschild ihn umgab, wie er zuvor durch ihre Schwarze Magie in einen Kokon aus Gewalt und Grausamkeit gehüllt gewesen war?

Neves Zauber war rein. Er umhüllte Arrion, gab ihm aber die Möglichkeit, zu atmen und sich zu bewegen, das zu tun, wofür der Herrscher ihn damals ausgewählt hatte. Zweiundzwanzig Jahre alt, jünger als Neve heute. Ein junger Mann, der damals weder Hass noch Bitterkeit gekannt hatte, der niemals geahnt hatte, dass er seinen Eid wieder und wieder brechen würde für eine Frau.

Sie liebte ihn. Jetzt wusste sie es, als er für sie da draußen vor der Zellentür zum Schlächter wurde. Sie liebte ihn, aber sie konnte ihn nicht besitzen. Niemand besaß Arrion, Ritter der Festung über Kyelle. Sie liebte ihn, aber das durfte er niemals erfahren, weil es ihn schwächen würde. Das war das Einzige, das sie sicher wusste. Sein Herz gehörte allen Frauen, und es auf eine zu beschränken, konnte ihn vernichten.

Der Schwarze Sänger hatte es gesagt: *Er denkt, dass er dir verfallen ist, Sängerin.* Das hatte sich in ihrem Herzen eingegraben.

Draußen kehrte Stille ein.

Nur Arrions Atemzüge waren zu vernehmen.

Ein leises Tropfen von Blut, das an die Decke geschleudert worden war und jetzt als roter Regen der Schwerkraft folgte.

Sie öffnete die Augen. Sie sah ihre Zellentür – von zwei Seiten.

»Ich bin hier«, sagte sie und unterbrach die Verbindung zu Arrion, zog sich in ihren eigenen Körper zurück.

Ein tiefer Atemzug, dann krachte die Kriegsaxt in das Holz, wurde mit einem Ruck zurückgerissen, und ein Fußtritt des großen Ritters öffnete die Pforte vollends.

Götter.

Er war ein Albtraum in Rot. Alles an ihm troff. Kettenhemd, Brustpanzer eine einzige blutbeschmierte Masse.

Einen Moment lang stand Arrion still in der Tür, wartete auf ein Signal von ihr, ob die Gefahr für das Erste gebannt war.

»Arrion«, sagte sie freundlich.

Er ließ die Kriegsaxt fallen, zerrte sich den Schild vom linken Unterarm, riss den Helm vom Kopf und ließ seine Rüstungsteile achtlos fallen.

Der kobaltblaue Blick bohrte sich in ihre Augen, als er langsam auf sie zukam. Zu groß. Er stank nach Blut, Adrenalin und Schweiß. Vor ihr brach er in die Knie, ohne auch nur für einen Wimpernschlag den Blickkontakt zu unterbrechen.

Rote Hände packten ihre Knie und rissen sie so heftig auseinander, dass die Muskeln auf der Innenseite ihrer Oberschenkel gequält aufschrien. Dann warf er sich auf sie, presste den Kopf gegen ihren Bauch, umschlang sie mit Armen wie Stahlklammern, hielt sich einfach nur an ihr fest.

Neve atmete beinahe unhörbar auf.

Die Ketten waren lang genug, dass sie die Hände behutsam auf seinen Kopf legen, ihn festhalten und an sich drücken konnte.

Es war egal, dass etwas zwischen ihren Beinen lag, was sich wie ein Kadaver aus Tausenden von Fischleibern anfühlte. Gleichgültig, dass sein Haar wie nasser Tang und sein Kopf schwer wie ein zerhackter Fischrumpf waren. Sie hielt Arrion. Sie tröstete ihn stumm, so gut es ging.

Sein Atem fühlte sich heiß an auf ihrem Bauch, durchdrang feucht und warm mühelos das Hemd. Alles färbte sich rot. Ihr Hemd, die ohnehin rote Hose, ihre Hände. Aber sie hielt ihn, während seine Arme wie die Fangarme eines Tintenfisches gegen ihren Rücken drückten, ihr das Atmen schwer machten.

»Es ist gut. Ich bin da. Du bist in Sicherheit. Ruhig, Arrion. Es ist gut.« Sie sprach wie zu einem kleinen, erschöpften Kind. Er war vollkommen am Ende. Sie hatte den Wahnsinn in ihm gespürt, und sie hoffte verzweifelt, dass sie ihn rechtzeitig aus dem Schwarzen Kerker herausbekommen hatte. Sie streichelte über Arrions Haar, das nass und klebrig von Blut und Schweiß war. »Gut, Arrion, alles ist gut. Ich bin da.«

Er zitterte am ganzen Körper, und sie hielt ihn und hatte alle ihre Sinne auf Störenfriede ausgerichtet. Er brauchte eine Vorwarnzeit, um rechtzeitig seine Axt erreichen zu können.

Endlich beruhigte sich das Zittern ebenso wie sein wilder Herzschlag. Er lockerte seine atemraubende Umklammerung, hob den Kopf und stemmte sich von ihrem Schoß hoch. Sie streichelte noch einmal über das nasse Haar.

»Neve, es tut mir leid.«

»Es ist gut. Es ist alles gut, Arrion. Du hast uns beide gerettet.«

Und dann geschah wieder das, was sie so an ihm faszinierte. Vom mitleiderregenden, beinahe zerbrochenen Geschöpf wechselte er wieder zu voll zur Schau gestellter Männlichkeit. »Darf ich dich zur Belohnung küssen? Auf die Wange? Dann kotze auch nur ich, falls es schief geht.«

Sie hätte nie gedacht, dass ein kriegerischer Hüne wie er einen Hundeblick aufsetzen konnte. Arrion fiel das überhaupt nicht schwer. Mit einem leisen Seufzen hielt sie ihm die Wange hin und spürte gleich darauf kalte, eindeutig schleimige Lippen.

»Widerlich«, sagte Arrion und spuckte aus.

»Kannst du diese Ketten öffnen? Wir sollten so schnell wie möglich verschwinden. Die werden uns nicht ewig in Ruhe lassen.«

»Sie sind führerlos. Frag nicht, was ich alles erschlagen habe, aber ich habe die Abzeichen von mindestens drei Rittern erkannt. Zu meiner Zeit waren Ritter keine kopflosen Idioten, die sich als reines Menschenmaterial betätigten. Wie blöd kann man sein?«

Er hatte seinen Dolch gezogen und zog damit die Stifte aus den Handschellen, um Neve zu befreien. Dann packte er trotz der Widerwärtigkeit jeglichen Kontakts ihre Handgelenke, zog Neve mit Schwung auf die Beine und an sich. Er war über und über blutbespritzt, und Neve wusste, dass sie ebenso rot war wie er. Sie ließ sich halten, als er sie für einen Moment an sich drückte.

»Hast du je von ihnen gehört?« Er meinte die Schwarzen Sänger, aber er brauchte es nicht auszusprechen.

»Niemals. Habe ich mich bedankt?«

»Für deine Rettung? Leichte Übung, Mädchen!«

»Nein, dass du den einen erschlagen hast, der mich berührt hat.«

»Das hast du. Was hat er dir getan, Neve?«

»Ich erzähle dir später alles. Wirklich alles, denn jenes Schwein von Sänger war so von sich überzeugt, dass er mir ihre Pläne verraten hat. Aber lass uns hier bitte verschwinden.«

»Dein Wunsch ist mir Befehl. Dein Bündel habe ich draußen im Gang gesehen.«

Sein rechter Arm lag immer noch um ihre Taille, und nun dirigierte er Neve sanft auf die Zellentür zu, ließ sie erst los, als er seine Axt erreicht hatte und diese vom Boden aufhob.

Neve bückte sich nach dem Helm, während Arrion den Schild wieder an seinem Arm verschnallte.

»Die Luft ist rein?«

»Sonst hätte ich dir das schon lange gesagt, du Hohlkopf.«

Er lachte leise, und es klang wie immer. Trotzdem blieb eine leise nagende Sorge in Neve zurück, ob er auch dies so unbeschadet überstanden hatte, wie er ihr gerade weismachen wollte.

»Du findest den Weg nach draußen, Neve?«

»Das sollte kein Problem sein. Und ich werde brav in Deckung gehen, wenn du etwas niedermachen musst, damit ich nicht noch schmutziger werde.«

»Wir fliehen in eines der Nachbarreiche. Ich bringe dich heil dorthin, ich schwöre es.«

Für einen Moment erwog sie, ihm die einfachste Lösung aller Probleme zu offenbaren. Aber sie wusste wirklich nicht, wie stabil sein geistiges Gleichgewicht tatsächlich war. Wenn er nicht mehr auf dieser Welt wandelte, welchen Grund hatte der Herrscher dann noch, Sängerinnen und somit Neve zu jagen? Ihr Kopf schwirrte. Es ging nicht mehr nur um Arrion. Die schwarzen Sänger riefen andere wie ihn auf die Schlachtfelder. Doch zumindest Arrion wäre vor dem Zugriff der Sänger in Sicherheit. Nein, sie schob den Gedanken energisch von sich. Nicht jetzt, nicht nach dem, was Arrion durchgemacht hatte.

Sie folgte ihm durch schlecht beleuchtete Gänge, kletterte über die erschlagenen Körper seiner Gegner hinweg und wies ihm den Weg. Dieser führte sie immer tiefer in die Eingeweide der Burg. Neve spürte, dass weiter unten ein Ausweg war, den Arrion notfalls freimachen konnte. Der Vorteil dieser Fluchtroute bestand schlicht und ergreifend darin, dass sie auf keinerlei Widerstand stießen.

Neve streckte die Hand aus, krallte die Finger in Arrions Fellumhang und schloss die Augen, während der Ritter sie führte.

Sie tastete mit mentalen Fingern um sich, von denen sie bislang nicht gewusst hatte, dass sie diese besaß. Sie suchte nach Schwarzen Sängern, aber sie fand keine lebende Seele mehr. Die Schweine hatten sich zu sehr auf sie konzentriert, weil sie dachten, sie könnten Arrion im Handumdrehen wieder einfangen. Dumme Überheblichkeit, das hatten sie erst begriffen, als der Ritter geschützt durch Neves Zauber über sie hereinbrach.

Sie wusste auch nicht, woher sie den Zauber kannte oder die Kraft dazu hatte. Sie schwamm in fremden Wassern und hatte keine Ahnung, was sich in der Tiefe verbarg oder wo und wie weit entfernt das nächste Ufer war. Sie wusste nur, dass Arrion bei ihr war. Sie war nicht alleine, nicht länger einsam.

Auch wenn sie kurz daran gedacht hatte, ihm den Übergang in die andere Welt anzubieten, hatte sie diesen Vorschlag nicht nur seinetwegen verdrängt. Sie wollte ihn nicht mehr vermissen. Er war ihr Ritter in schimmernder Rüstung – die zurzeit zugegebenermaßen von Blut nur so glänzte. Neve wollte ihn nicht gehen lassen. Begleitet von einem tiefen Atemzug öffnete sie die Augen wieder und sah vor sich seine breiten Schultern, die langen, vor Blut klebrigen Haare, seine raschen Bewegungen. Sie lächelte. Ihr Arrion.

Dann blieb sie unvermittelt stehen, und Arrion, der den Zug an seinem Umhang spürte, wirbelte sofort herum, die Axt erhoben und einsatzbereit. Sie ließ das dicke Fell gerade rechtzeitig los, um nicht von ihrem Ritter herumgeschleudert zu werden.

»Etwas Böses geschieht hier«, sagte Neve leise.

»Schwarze Sänger?«, fragte er leise und alarmiert.

Sie schüttelte den Kopf und schloss dann die Augen, bevor sie blind den Gang wenige Schritte zurückging, die Arme ausgestreckt und die mentalen Finger vorsichtig vorwärtstastend. »Hier«, sagte sie, wies auf etwas vor sich und öffnete die Augen wieder.

Eine Tür. Eine wie viele andere, die sie hier unten schon gesehen hatte. Genau so eine hatte auch ihre Zelle verschlossen. Aber hinter dieser Pforte war keine Sängerin eingesperrt, die sich schützen konnte und vertrauensvoll auf die Rückkehr eines hünenhaften Ritters wartete. Hinter dieser Tür lag schwarze Verzweiflung, lagen Tod und Schmerz.

Arrion wollte nach der Klinke greifen, aber Neve hielt ihn auf. »Hier ist die Magie der Schwarzen Sänger am Werk. Ich weiß nicht, wie stark sie ist, ob sie dir etwas tun kann, nachdem du keinen einzigen Sänger am Leben gelassen hast.«

»Ich fand mich gut.«

Sie konnte ein Lächeln nicht unterdrücken. Sein Tonfall lag zwischen Empörung und berechtigtem Stolz. »Was du machst, machst du gründlich. Warte.« Sie nahm das Bündel von der Schulter und suchte ihre Wasserflasche heraus. »Wasch dir das Gesicht. Ich habe eine Idee. Außerdem siehst du furchtbar aus.«

Sie goss ihm Wasser in die hohlen Hände und wartete ungeduldig, bis er sich das meiste Blut aus dem Gesicht gewaschen hatte. Ihr Umhang musste als Handtuch herhalten.

Sie fühlte nagende Eile, in die Zelle vor ihnen einzudringen. Aber sie wusste wirklich nicht, was sie dort erwartete. Sie musste Arrion schützen. Er als Waffe gegen sie und den Rest der Welt verwandt, war eine zu furchtbare Vorstellung.

Er ließ ihren Mantelzipfel fallen und sah sie erwartungsvoll an.

»Dolch«, befahl sie knapp. Arrion gehorchte und zog seinen Dolch aus dem Gürtel, um ihn ihr mit dem Heft voran zu reichen.

Einen Moment stand sie da und fühlte sich hilflos. Sie hatte Angst vor dem Schmerz. Aber es ging nicht anders. So konnte sie ihn schützen, sie wusste es mit absoluter Sicherheit. Woher dieses Wissen kam, blieb Neve verborgen. Es war einfach da, wenn sie es brauchte.

Genauso hatten ihre Fähigkeiten in dem Moment, als sie Arrions Schreie gehört hatte und von dem verdammten Sänger mit Vergewaltigung und mehr bedroht worden war, sich mit einem Mal offenbart. Als hätte all das seit Jahren geschlummert und käme nun zu ihrer Hilfe, da sie es brauchte.

Nein, sie konnte es nicht. Sie reichte den Dolch an Arrion zurück, der sie wachsam im Auge behielt und sich ganz offensichtlich bei ihren Vorbereitungen unwohl fühlte.

»Ich kann es nicht. Ich weiß, dass ich es tun muss, aber ich kann es nicht. Schneide mir nicht die ganze Hand ab, Arrion. Eine angeritzte Fingerkuppe reicht vollkommen.«

»Ich soll dich schneiden und zum Bluten bringen?« Ein Kerl wie ein Baum, der vor weniger als einer Stunde zahllose Gegner erschlagen hatte, und jetzt stand er vor ihr und sah hilflos aus.

»Ja, genau das. Stell dich nicht so mädchenhaft an wie ich. Mach schon, wir müssen da hinein.« Sie zog ihre Hand mit einem Ruck zurück, da Arrion kaum das letzte Wort abgewartet hatte, bevor er ihr die Dolchklinge über die Innenseite des Zeigefingers zog.

Leuchtendes Rot quoll aus der Schnittwunde.

»Aua, verdammt.«

»Du hast gesagt …«

»Ich weiß. Es tut trotzdem weh. Beuge dich herab, du Riesenkerl.«

Er gehorchte, und Neve schmierte ihm ihr Blut ins Gesicht. Es brauchte gar nicht viel, das wusste sie. Aber nun war er durch die Essenz einer Geistersängerin geschützt.

»Sieht gut aus«, behauptete sie und wies dann auf die Tür. »Aufmachen.«

»Den Tonfall kannst du dir gleich wieder abgewöhnen, Mädchen!«, sagte er arrogant von seiner eindrucksvollen Höhe herab, bevor die Axt in einem Bogen von oben nach unten in das Holz der Tür krachte.

Neve sah ihm zufrieden zu: So kannte sie ihn. Sie hoffte, dass das, was sie hinter dieser Tür erwartete, ihn nicht wieder zurückwarf. So stabil und geistig gesund, wie er derzeit den Eindruck zu erwecken versuchte, war er nicht.

Sie hatte in die Abgründe seiner Seele geblickt, und zwei Worte waren ihr immer wieder entgegengesprungen:

Blendung. Kastration.

Was war da gewesen?

Sie schob den Gedanken energisch beiseite, da Arrion in bewährter Manier die Reste der stark beschädigten Tür eintrat.

Stinkende Luft schlug ihnen entgegen.

Neve war versucht, den Atem anzuhalten, aber sie drängte eilig an Arrion vorbei und betrat vor ihm die Zelle.

Die keine war.

Man hatte die Wände zwischen mindestens drei Kammern herausgeschlagen, um Platz zu schaffen. Platz für eine Folterbank.

Hinter sich hörte sie Arrion scharf Luft einatmen. Sie hatte sich nicht geirrt, da war etwas. Aber das musste bis später warten.

Fackeln brannten auch hier. Der Geruch nach schwelendem Talg war zum Teil mit verantwortlich für den Gestank – aber nur zu einem kleinen Teil.

Auf der Folterbank lag etwas, was einmal ein Mann gewesen sein musste.

Aus dem Augenwinkel sah Neve, wie Arrions Hand zum Dolchheft flog, und sie konnte es ihm nicht verdenken. Trotzdem hinderte sie ihn mit einer kleinen Geste, das leidende, atmende Fleisch abzustechen. Es wäre gnädig, aber sie hatte das sichere Gefühl, dass es wichtig war, dem Folteropfer Gelegenheit zu geben, etwas zu sagen.

Die Augen des Mannes blickten sie voller Klarheit an. Er bewegte sich leicht, und Neve eilte an die blutige Bank und umfasste behutsam den roten Stummel, der einst Finger gehabt haben musste.

»Tötet mich nicht. Ich will kein Monster werden.«

»Monster?«, fragte Neve sanft, die dicht hinter sich Arrion spürte.

»Wie der Ritter aus Kyelle.« Der Mann hustete blutigen Schaum aus und erstickte beinahe daran.

»Die Schwarzen Sänger«, sagte Neve einfach, bevor sie lächelte. »Ich bin Geistersängerin.«

Die Augen glitten über sie, das Gesicht verzerrte sich zu einer Grimasse, die ein Hohnlächeln sein sollte.

Neve nickte, lächelte wieder und warf ihr Bündel zu Boden, bevor sie sich das Hemd über den Kopf zog. Offenbar war ihre Verkleidung einfach zu gut. »Arrion, mach den Knoten auf.«

Sie fühlte seine kalten Finger in ihrem Rücken, doch der feste Stoffstreifen blieb an Ort und Stelle und drückte weiter ihren Busen platt. Dann spürte sie den Dolch, der zwischen ihre Haut und den Stoff glitt und ihre großartige Maskerade durchschnitt.

»Siehst du? Ich musste mich verkleiden. Aber ich bin Geistersängerin.

Hab keine Angst.«

»Sie töten euch.«

»Ich weiß. Aber mich bekommen sie nicht. Andere werden fliehen. Ich werde sie finden. Noch ist nicht alles verloren.«

Der Mann befand sich jenseits der Schmerzen. Bis zu ihrer Offenbarung, was sie war, hatte er sich mit aller Kraft am Leben festgehalten. Jetzt entspannte er sich merklich und sah Arrion über Neves Schulter hinweg an. »Sie machen eine Armee. Schwarze Krieger. Sei schnell und gnädig. Dann Gesang. Dann flieht. Meine Tochter. Bitte, meine Tochter.«

»Wo ist sie?«, fragte Neve sofort. Ihr Kopf schwirrte. Doch sie zwang sich, alle Gedanken zur Seite zu schieben.

»Hier, hier in der Folterkammer. Rettet sie. Rette mich, Sängerin. Ich will kein Monster sein.«

»Ich werde für dich singen. Hab keine Angst mehr.«

»Du bist schön. Ich liebe dich, Sängerin.«

Arrion machte einen halben Schritt nach vorne, sie spürte seine muskulöse Masse hinter sich. Dann fiel er wieder zurück.

»Halte durch. Ich muss den Kreis zeichnen«, sagte Neve, beugte sich zu ihrem Bündel hinab und zog den Beutel mit der Kreide heraus.

Beinahe lautlos gab sie Instruktionen an Arrion: »Ich ziehe den Kreis um uns beide und das Mädchen. Geh und hole sie. Du bleibst dann bei mir im Kreis, egal was passiert. Sie ebenfalls. Ich sage dir, wenn ich bereit bin. Du kannst ihn schnell und gnädig töten?«

»Natürlich. Mädchen, zieh dir etwas an!«

»Keine Zeit. Hol seine Tochter.«

Einen Moment lang schien Arrion sich diesem direkten Befehl widersetzen zu wollen. Vielleicht störte es ihn auch nur, dass sie mit nacktem Oberkörper vor ihm und vor allem vor dem Sterbenden stand. Dann legte er mit grimmigem Gesichtsausdruck, der deutlich machte, was er von halbnackten Sängerinnen hielt, wenn jemand anderes als er freien Blick hatte, die Axt beiseite. Er zerrte den Schild von seinem Arm, ohne sich die Mühe zu machen, die Riemen zu öffnen, und stapfte eindeutig zornig in die Dunkelheit.

»Es wird schnell gehen«, versprach Neve dem Sterbenden.

»Du singst. Ich will kein Monster sein.«

»Du wirst in die andere Welt gehen, ohne jemandem geschadet zu haben, das verspreche ich.«

Sie zeichnete einen großen Kreis, in dem Arrion neben ihr Platz finden, in dem eine weitere Person notfalls liegen konnte. Sie wusste nicht, was die Folterknechte dem Mädchen angetan haben mochten.

Die äußere Linie des Kreises verlief genau entlang der Kante der Folterbank. Wenn die Schwarzen Sänger diesen Mann in einen hirnlos kämpfenden Geist verwandeln wollten, dann wollte Neve auf gar keinen Fall, dass Arrion auch nur einen Wimpernschlag lang außerhalb dieses Kreises stand, nachdem er rasche Barmherzigkeit geübt hatte.

»Meine Tochter«, sagte der Mann auf der Folterbank, und Neve sah auf.

Arrion kehrte aus der stinkenden Dunkelheit zurück, einen schlanken Mädchenkörper im Unterkleid wie ein halbes Schwein oder einen Sack Mehl geschultert.

Neve sah unter dem dünnen Stoff lange, wohlgeformte Beine und einen Hintern, der eindeutig zu einer jungen Frau und nicht zu einem Mädchen gehörte.

Arrions rechte Hand lag zwischen den Schenkeln, aber Neve hielt ihm zähneknirschend zugute, dass er die Frau wirklich nur fest auf seiner Schulter halten wollte. Er trat behutsam über die Kreidelinie und sah Neve fragend an.

»Ohne Bewusstsein?«

Er nickte.

»Leg sie auf den Boden. Achte darauf, dass sie vollständig im Kreis liegt.«

Wieder nickte er, beugte sich hinab und ließ die junge Frau behutsam – zu behutsam für Neves Geschmack – zu Boden.

Sie hatte keine Zeit, in das Gesicht der Tochter zu sehen. Sie sprach die Worte, die den Kreis aktivierten, und wollte Arrion gerade einen Wink geben, dass er nun das zu tun hatte, was er am besten konnte, als sie Stoff auf ihren Schultern fühlte.

Der eifersüchtige, besitzergreifende Kerl legte ihr den Mantel um die Schultern und zog die Zipfel vor ihre Brust, sodass ihr Busen vor jedem Blick verborgen wurde.

Wäre sie nicht so konzentriert auf den Kreis und den Sterbenden gewesen, hätte sie gelacht – oder geweint. Aber sie hatte keine Zeit. »Bleib im Kreis, Arrion. Wage nicht, die Linie zu übertreten. Mach schnell und sei gnädig.«

»Warnt die Rebellen. Sing für mich. Kein Monster.«

Das waren die letzten Worte des Gefolterten. Im Fackellicht sah Neve die Klinge aufblitzen, ein wenig Blut spritzen, und schon brachen die Augen des Mannes auf der blutigen Folterbank.

Arrion zog sich zurück wie eine Schlange, war hinter Neve und in der Sicherheit des Kreidekreises, als sich *etwas* aus der Leiche des Gefolterten löste.

Für einen Augenblick glühten die Kreidelinien rot auf, dann sprühten Feuerfontänen aus ihnen hervor.

Das *Etwas* war fast so groß wie Arrion, schwebte einen Moment lang über dem Toten. Neve sah zu Klauen gekrümmte Hände, eine schwarze Rüstung und Augen, in denen der Wahnsinn nicht nur glühte, sondern loderte.

Neve holte tief Luft und sang. Keine Zeit für Trost, für besänftigende Worte. Diese Kreatur, von der Magie der Schwarzen Sänger und der Grausamkeit der Folterknechte geschaffen, würde jeden zerreißen, den sie zu fassen bekam.

Wie eine Wolke Abwasser schwappte der Schwarze Geist auf sie zu und prallte am Kreis ab.

Neve legte ihre ganze Kraft, ihre Menschenfreundlichkeit und Gnade in ihren Gesang. Ihre Stimme kletterte die Tonleiter hinauf, eine Oktave, zwei volle Oktaven.

Sie hörte Arrion hinter sich keuchen, griff mit einer Hand hinter sich, krallte sie in seinem Mantel fest und hielt ihn im Kreis, bevor ihr Gesang ihn aus dem sicheren Schutz treiben konnte.

Seine Hände packten sie um die Taille, zogen seinen Körper kalt und mächtig an sie heran. Sein Kopf sank auf ihre Schulter. Arrion wollte gehorsam sein, aber der Gesang berührte ihn als Geist. Der Kreidekreis hielt ihn auf dieser Welt, verhinderte, dass er dem Schemen folgte.

Für einen Moment wurde dessen Blick klarsichtig. Ein dankbares Lächeln huschte über das entstellte Gesicht, dann war der Geist verschwunden.

Arrion stand hinter Neve und zitterte vor Anstrengung, Neve nicht in seiner bärenhaften Umklammerung zu ersticken.

»Wir bleiben im Kreis, Arrion, nur noch einen Moment, bis die Wirkung des Gesangs nachlässt. Es geht dir gleich besser.«

»Bitte singe niemals für mich.«

»Dummkopf, ich habe schon für dich gesungen und dich von deiner Festung befreit. Und ich habe gesungen, um dich aus dem Schwarzen Gefängnis zu befreien. Lass mich jetzt los, Arrion. Du kannst alleine stehen.«

»Ich habe das Gefühl, dass ich wegfliege, wenn ich dich loslasse.« Er zerrte sie herum, sodass sie in seine Augen aufblicken konnte. »Mädchen, als ich dich das erste Mal traf, warst du nicht so stark. Was geschieht hier?«

»Ich weiß es nicht. Wir werden darüber sprechen, wenn du uns in Sicherheit gebracht hast. Kannst du die Frau tragen und trotzdem die Axt halten?«

»Das kann ich. Aber wenn ich kämpfen muss, werde ich sie fallen lassen. Sonst ist sie die Erste, die abgestochen wird. Du wirst meinen Schild tragen müssen. Ich bin doch kein Tintenfisch mit acht Armen!«

»Du fühlst dich aber oft genug wie einer an«, sagte sie und lachte auf, als sie seine beleidigte Miene sah.

»Du weißt, was hier geschehen ist?«

»Allerdings, und wir werden darüber sprechen. Jetzt sei ein braver Ritter und bringe uns hier heraus.«

Sein Gesicht verzog sich. »Es gibt nicht die geringste Veranlassung, mich wie ein kleines Kind zu behandeln. Und höre auf, mir beständig Befehle zu erteilen, verdammt!«

»Tu, was ich dir sage, dann brauche ich meine Befehle wenigstens nicht zu wiederholen.«

Die kobaltblauen Augen funkelten auf sie herab, dann lachte er. »Du bist unmöglich. Das gefällt mir.«

Er wuchtete sich die Bewusstlose wieder auf die Schulter, und erneut verspürte Neve einen eifersüchtigen Stich, als seine Hand erst auf dem Hintern der Frau lag und sich dann zwischen deren Schenkel drängte.

»Schwerer, als sie aussieht. Reiche mir die Axt, Neve.«

Sie hob die große Kriegsaxt vom Boden hoch und war schockiert, wie schwer diese wog. Sie hatte Arrion in Aktion erlebt und gesehen; aber wie er als Sterblicher möglicherweise stundenlang diese schwere Waffe todbringend eingesetzt hatte, ohne dass ihm der Arm einfach abfiel, verlangte ihr neuen Respekt ab.

Sie zog ihr Hemd an, knüpfte den Umhang zu, warf sich das Bündel über die Schulter und packte dann den Schild an den Lederriemen, mit denen Arrion das Rüstungsteil an seinem Arm festschnallte. Sie hatte keine Ahnung, wie sie das Ding tragen sollte, ohne nach nur drei Schritten in die Knie zu gehen.

»Darf ich aus dem Kreis?«

Sie sah hinab auf die Linien, die nun nicht mehr leuchteten, sondern wieder aus Kreide bestanden. Der Zauber war ebenso verflogen wie die Gefahr.

»Ja, du darfst. Du gehst wieder vor. Ich weise dir den Weg.«

»Was hab ich eben über das Befehlen gesagt?«

»Mir so etwas von gleichgültig! Beweg deinen Hintern, Arrion. Ich will hier raus. Oder möchtest du einem dieser Schwarzen Krieger begegnen, bei denen den Sängern die Schöpfung geglückt ist?«

»Nein«, sagte er deutlich ernüchtert und setzte sich umgehend in Bewegung.

Götter, warum war dieser Kerl immer so stur und auf seinen Status bedacht? Dann verstand sie, warum: Seitdem er in der Falle der Schwarzen Sänger gefangen gewesen war, hatte sich ihr Rollenverhältnis grundlegend geändert. Sie sagte, wohin es ging und was er zu tun hatte. Vorher hatte er ihre Flucht geleitet und ihr Befehle erteilt.

Etwas hatte sich geändert. Und diese Änderung war vollendet worden, als sie ihn beinahe wie eine Mutter im Arm gehalten hatte. Da war es geschehen, und sie wusste nicht, was geschehen war.

Sie trug ihm den schweren Schild nach, wies ihm immer wieder die Richtung, während er scheinbar mühelos mit einer Frau auf der Schulter durch die Kellergänge ging.

Die junge Frau, deren baumelnde Arme und herabhängendes Blondhaar Neve nun sehen konnte, hing schwer wie ein nasser Sack auf seiner Schulter, rührte sich nicht und war viel zu gut gebaut, als dass Neve sich irgendwie beruhigen konnte.

Alleine der Gedanke, dass der schwere Panzer verhinderte, dass Arrion den Busen der jungen Frau im Rücken spürte, besänftigte Neve ein kleines bisschen.

»Da vorne«, sagte sie leise, »da ist der Abfluss der Burgkloake. Es wird ekelhaft werden, aber da kommen wir hinaus.«

Arrion blieb stehen, wuchtete das Gewicht der Bewusstlosen weiter auf seine Schulter hinauf und stieg dann drei Stufen hinab zu dem stinkenden Graben, in dem die Abwässer der Burg träge flossen.

Neve biss die Zähne zusammen und folgte Arrion. Der Abwasserkanal lief durch die Kerkerebene. Sie konnte sich allzu leicht vorstellen, dass neben menschlichem Unrat auch das Blut des Gefolterten, Eingeweideteile und sonstige Überreste anderer Folteropfer in diesem Graben flossen.

Der Gestank war betäubend, und sie wünschte sich verzweifelt, einen anderen Weg aus der Burg gefunden zu haben. »Kannst du schwimmen?«, fragte sie leise.

Arrion drehte sich langsam zu ihr um. »Bitte sag nicht, dass wir durch diesen Dreck schwimmen müssen!«

»Du bist so was doch gewohnt«, meinte sie leichthin.

»Auf einem Schlachtfeld stinkt es nicht ganz so schlimm. Und ich musste noch nie durch ein Schlachtfeld schwimmen, ehrlich.«

»Das Abwasser ergießt sich in den Fluss. Wir werden durch eine stark verdünnte Variante dieses Drecks schwimmen müssen. Arrion, ich weiß nicht, ob ich deinen Schild da hindurchbringen kann.«

»Du wirst im Abwasserrohr bleiben, während ich erst das Mädchen hinüberbringe. Dann komme ich zurück, schaffe die Axt hinüber, dann den Schild, und erst dann wirst du mich begleiten.«

»Kannst du in der schweren Rüstung schwimmen, Arrion?«

Seine Kiefermuskeln spannten sich an, als ihm solcherart die Unsinnigkeit seines Vorhabens klar vor Augen geführt wurde. Für Neve war deutlich, dass er noch lange nicht wieder klar denken konnte. Er würde in Kettenhemd und Panzer absaufen wie ein Stein.

Langsam schüttelte er den Kopf.

»Und es ist Unsinn, dass du jetzt zehnmal hin und her schwimmst. Lass das Mädchen, deine Rüstung und Waffen bei mir, und dann versuchst du, ein Boot zu finden. Wir lassen uns von der Strömung treiben, bis wir weit genug weg sind von der Stadt Seyverne. Alles klar?«

Einen Moment lang stand er einfach nur still da, den Kopf leicht gesenkt, die gewaltigen Muskeln angespannt. Endlich, als sie Arrion fast schon anstoßen wollte, hob er den Kopf. »Neve, was ist los mit mir?«, flüsterte er. Die leuchtenden Augen waren geweitet. Auf seiner Haut perlten winzige Schweißtropfen.

»Es wird alles wieder gut, Arrion. Aber jetzt habe ich das Sagen. Vertrau mir einfach, und ...«

»Ich vertraue dir, Neve, das weißt du. Du weißt, was mit mir ist?«

»Ich kann es mir denken, und ich werde es dir erklären, sobald wir Zeit dazu haben. Lass uns hier verschwinden. Wir haben einem sterbenden Mann unser Wort gegeben, seine Tochter zu retten. Ich will ebenso wenig in diesen Morast wie du. Ich kotze da gleich rein. Es ist erheblich angenehmer, dich zu küssen, als sich auch nur vorzustellen, durch diesen Dreck zu waten. Aber wir müssen hier weg, Arrion.«

Er lachte leise auf. »Notfalls trage ich dich, Neve.«

»Du schaffst nicht Waffen, Rüstung und zwei Frauen.« Sie wollte die Worte wieder einfangen und zurückreißen. Was für eine Steilvorlage hatte sie ihm da geliefert? Nein, sie könnte sich die Zunge abbeißen. Sie spürte seinen Atem auf ihrem Gesicht und sah direkt in die kobaltblauen Tiefen. »Sag nichts, Arrion. Ich will gar nicht hören, wie viele Frauen du in einer Nacht flachgelegt hast. Deine Rekorde interessieren mich nicht. Bewegung, rein in den Dreck und nichts wie weg hier.«

»Du willst es wirklich nicht wissen?«, fragte er mit rauchiger Stimme.

»Nein, will ich nicht. Überhaupt nicht. Du denkst mit dem falschen Körperteil, du Idiot! Am Ende des Grabens ist ein Metallgitter. Du kannst auf dem Weg dorthin überlegen, wie du es öffnen kannst, bevor wir alle in diesem Gestank ersticken. Denk, wenn möglich, mit deinem Hirn!«

Arrion murrte etwas über stumpfe Schneiden, bevor er die Ketten des riesigen Gitters mit der Kriegsaxt zertrümmerte.

Das Abwasser war ihnen bis über die Knie gestiegen. Neve wollte bei vielen Dingen, auf die sie während der Wanderung unter der Burg getreten war, nicht wissen, um was es sich dabei handelte. Es war ekelhaft. Sie hatte sich zweimal erbrochen und das Mädchen über Arrions Schulter von Herzen beneidet und verflucht. Die Dame ließ sich von einem Ritter schleppen, während andere Leute zu Fuß durch stinkendes Abwasser mit widerwärtigen Stückchen gingen.

Außerdem fand Neve grollend, dass der Platz auf Arrions Schulter ihr gebührte. Ihr wurde für einen Moment warm, als sie sich vorstellte, seine Hand zwischen den Schenkeln zu haben, bis ihr die ernüchternde Erinnerung kam, wie widerwärtig sich das anfühlen würde. Ob das Fischproblem auch zwischen Arrion und der geretteten jungen Frau bestand?

Götter, ich warne euch! Wenn die beiden zusammen können, bringe ich das Mädchen um und zünde jeden eurer Tempel an, an den ich irgendwie herankomme! Wenn Arrion mit dem Mädchen schläft, bringe ich wahrscheinlich ihn um. Mir doch egal, ob das nicht geht, weil er schon ein Geist ist! Ich werde einen Weg finden!

»Gut«, sagte Arrion, lehnte die Axt an die Tunnelwand und lud dann – unsanft, wie Neve besänftigt beobachtete – die junge Frau ab, wobei er nur darauf achtete, nicht ihren Schädel gegen das Mauerwerk zu hämmern. »Stell den Schild ab, Neve. Du siehst aus, als würdest du gleich zusammenbrechen. Schmutzig ist er ohnehin schon.« Er nahm den Helm ab, besah sich den Dreck, der ihn umgab, und reichte den Kopfschutz dann an Neve, die ihn kommentarlos in ihr Bündel stopfte.

Arrion legte Umhang und sämtliche Rüstung ab, wobei er noch versuchte, den Pelzmantel über den Schild zu hängen, damit der Umhang nicht im stinkenden Morast versank.

Dann sammelte er sich und warf sich mit vollem Gewicht gegen das Gitter, das diesem Ansturm brachialer männlicher Gewalt nicht den geringsten Widerstand entgegenbrachte, sodass Arrion samt Gitter aus dem Abwasserrohr in den Fluss stürzte.

Neve schlug sich eine halbwegs saubere Hand vor den Mund, um nicht lauthals loszulachen, stürzte an den Ausfluss und starrte in den nachtschwarzen Fluss, bis sie Arrions Gesicht erkennen konnte.

»Verdammt«, stieß er flüsternd hervor. Das Gitter war bereits untergegangen. Keine Warnrufe von Wachtposten auf den Wehranlagen, das war schon einmal gut.

»Ein Boot«, wisperte Neve, um ihren Ritter nur sicherheitshalber an seine Mission zu erinnern.

»Ich bin nicht vollkommen verblödet«, zischte er leise.

»Ich wollte nur sichergehen«, brachte sie mühsam beherrscht hervor, rannte etliche Meter in den Tunnel zurück und kicherte dort so leise, wie es nur eben ging.

Es war ihr unheimlich, dass niemand nach ihnen zu suchen schien. Wie viele Leute hatte Arrion umgebracht? Oder waren es gerade genug gewesen, um alle anderen Ritter und Soldaten zu bewegen, sich weit zurückzuziehen? Sie waren führerlos, hatte Arrion gesagt. Die Schwarzen Sänger, offenbar direkt vom Herrscher ausgesandt, waren vollständig niedergemacht.

Ernüchtert dachte sie darüber nach, wie viele von diesen dem Herrscher zur Verfügung stehen mochten. Lauerten sie in jeder Stadt in diesem Reich?

Ihr Herzschlag beschleunigte sich: Sie hätte Arrion nicht alleine wegschicken dürfen. Ihr Blut war von ihm gewaschen, er war weit entfernt von ihr. Was, wenn da draußen noch ein Sänger auf ihn lauerte?

Sie hetzte zum Ausflussloch zurück, über und über mit Fäkalien bespritzt, und beugte sich hinaus.

Arrion, wo bist du?

Aber sie hatte keine direkte Verbindung zu ihm wie in jenem Moment, da sie ihn aus dem Schwarzen Kerker herausgesungen und ihm den Weg zu ihr gewiesen hatte.

Sie vernahm ein leises, rhythmisches Plätschern und starrte angestrengt auf den schwarzen Fluss unter einem sternenlosen Nachthimmel.

Bewegte sich dort etwas?

Arrion? Soldaten? Sänger?

Dann erkannte sie die dunkleren Konturen eines Bootes gegen die schwarzen Wellen und hielt sich an den Ringen fest, an denen das Gitter befestigt gewesen war. Neves Knie – Verräter, die sie waren – wurden weich vor Erleichterung, als sie Arrion erkannte, der das Boot erstaunlich leise und noch dennoch schnell über den Fluss ruderte.

»Leine«, sagte er ganz leise und warf ihr einen schmierigen Tampen zu, den sie an einem der Ringe festknotete.

Arrion kletterte zurück in den Abwasserkanal und verzog das Gesicht. »Das glaubt man gar nicht, wie sehr es stinkt. Ins Boot mit dir, Neve. Ich reiche dir die Waffen und das Mädchen.« Er wandte sich um, um seinen Brustpanzer aus dem stinkenden Schlamm zu heben, bemerkte, dass Neve nicht wie gewünscht schon halb im Boot war, und drehte sich wieder zu ihr um. »Was ist?«

»Sag nicht *Mädchen* zu ihr, Arrion.«

»Ich kenne ihren Namen nicht, Neve.«

»Sag es einfach nicht! Sag *Blondine* oder *Tochter* oder was auch immer. Aber nenne sie nicht *Mädchen!*«

»Verdammt, Neve, was ist mit dir los?« Er sah sie tatsächlich besorgt an und wirkte über ihren Ausbruch ehrlich erschüttert.

Neve hätte sich selbst ohrfeigen können, dass sie sich so hatte gehen lassen. »Nichts! Nichts ist los.«

»Das kann der Gestank hier unten sein. Komm, ich helfe dir ins Boot. An der frischen Luft wird es gleich besser.«

Sie starrte ihn an, richtete sich zu ihrer vollen Größe auf und zischte vernichtend: »Das kann ich alleine!«

Sie wäre beinahe ins Wasser gefallen, denn das Boot war eine bessere Nussschale. Irgendwelche Netze lagen darin. Neves Fuß verhedderte sich in ihnen, und einen Moment lang sah es so aus, als ob nicht nur sie ins Wasser fallen, sondern dass sie das Boot dabei auf den Kopf drehen würde. Dass sie Arrions Blick körperlich spürte, machte es nicht besser. Aber wenigstens hielt der triebhafte Idiot seine Klappe!

Sie fand einen Sitzplatz und hoffte, dass sie nicht im Weg saß. Aber es war ihr auch gleichgültig. Ihr war alles egal.

Arrion reichte ihr wortlos nacheinander Schild, Axt und die Rüstungsteile, bevor er die dumme Blondine in seine starken Arme nahm und ins Boot legte.

Neve sah weg. Sie wollte nicht seine Hände sehen, wie sie das Mädchen hielten und behutsam ins Boot betteten.

Das kleine Gefährt sank bedeutend tiefer ins Wasser, als Arrion sein Gewicht der übrigen Belastung hinzufügte.

»Der Fluss hat hier eine starke Strömung. Ich werde anfangs versuchen, im Schatten von Burg und Stadtmauer zu bleiben. Halt dich fest.«

Sie packte wortlos die Bordkante und sah weg, als er die Riemen ergriff und das Boot mit schnellen, eindeutig geübten Bewegungen vom Abwasserausfluss wegbrachte. Sie starrte auf die Wellen, die gegen die Bordwand schwappten, und fühlte sich schlecht behandelt.

Irgendwann nahm Arrion die Ruder hoch und zog sie schließlich ein. Vielen Dank, jetzt war es noch enger in dieser Nussschale. Hätte er nichts Größeres finden können?

»Geht es dir besser?«

Sie schüttelte verstockt den Kopf mit den brutal zurechtgestutzten kurzen Haaren. Ein zorniger Seitenblick auf die Bewusstlose rief ihr in Erinnerung, dass sie vor gar nicht allzu vielen Stunden eine ebensolche Lockenmähne besessen hatte, die ihr fast bis zum Po gereicht hatte. Tränen der Wut brannten in ihren Augen.

»Willst du mir jetzt bitte sagen, was los ist?«

Neve schwieg und starrte auf das Wasser.

»Ich verspreche, dass ich die Tochter niemals wieder *Mädchen* nennen werde. Neve, bei meiner Ehre als Ritter, ich schwöre, dass ich sie nie wieder so nenne!«

Sie sah ihn über die Schulter hinweg an und atmete tief durch. Sie war auf ihn angewiesen. Das war die nackte Tatsache. Sie brauchte Arrion, um heil außer Landes zu gelangen. Er war willens, sich vollkommen in ihre Dienste zu stellen. Das wusste sie, das hatte er geschworen. Aber in dem Augenblick, in dem er die Frau auch nur einen Moment zu lang ansah, würde sie alleine weitermarschieren.

Er liebte sie nicht – nicht sie alleine. Er liebte Frauen, wie er ihr immer wieder gesagt hatte. Treue war ein Fremdwort für ihn – ebenso wie Monogamie. Das musste sie wissen und sich damit abfinden. Wenn sie es vergaß und meinte, dass er ihr alleine gehörte, tat sie ihm Unrecht und sich selbst nur weh.

»Gut.«

Es war beinahe lächerlich, dass er so aufatmete. »Ich schwöre es, Neve.«

Wenn du jetzt sagst, dass du sie gar nicht leiden magst, springe ich über Bord, dachte Neve bitter. Aber das tat er nicht.

Stattdessen – und anscheinend der festen, für ihn typischen Überzeugung, dass jetzt alles wieder in Ordnung wäre – wies er zum Ufer. »Wir haben die Stadt passiert. Ich war nie zuvor in Seyverne, meine aber, dass der Fluss sich auf Meilen in Schlangenlinien windet. Es mag eine entspannende Art zu reisen sein, aber sie ist nicht schnell.«

»Was schlägst du vor?«

»Wir bleiben über Nacht auf dem Fluss und lassen uns von der Strömung treiben. Ich werde achtgeben, dass wir keinem Ufer zu nahe kommen. Bei Morgendämmerung halte ich nach einer Stelle Ausschau, an der wir landen können. Dann gehen wir zu Fuß weiter.«

»In der Hoffnung, dass unsere schlafende Schöne bis dahin aufgewacht ist.« Neve bemühte sich redlich, nicht zu bissig zu klingen.

»Wenn ihr Schädel angeschlagen ist, wacht sie vielleicht nie mehr auf.«

»Kennst du dich in der Versorgung von Wunden aus?«

»Nein. Meistens war ich die Ursache für Wunden.«

Neve gab sich einen Stoß. »Ich werde sie untersuchen, wenn ich genug Licht dafür habe. Ich habe keine Lust, deinen Schild bis über die Grenze hinweg zu schleppen, nur weil sie nicht aufwachen will.«

Arrion sah einen Moment lang auf die stille Gestalt der jungen Frau. Da sie blutige und obendrein kotverklebte Kleidung trug, war es kein appetitlicher Anblick. Aber da das nasse Unterkleid das Einzige war, das sie am Leibe hatte, zeigte es auch viel von der guten Figur, die die Frau nun einmal besaß.

Neve hasste sie dafür. Sie hoffte, dass die Frau sich nach ihrem Erwachen als strohdumm erweisen würde. Aber das interessierte Arrion ohnehin nicht. Intelligenz spielte bei seinem liebsten Zeitvertreib eher weniger eine Rolle.

Diesen Moment nutzte die blonde Schöne für ein leises Stöhnen.

Arrion hielt weise den Mund, sodass Neve sich gezwungen sah, sich ganz vorsichtig nach der Frau umzudrehen. Verdammt, sie hatten sie gerettet. Das hatte sie selbst dem Sterbenden versprochen. Gut, das hieß dann, dass Neve das blonde Ding nicht einfach abhängen durfte. Vielleicht besaß es ja Verwandte in der Nähe, zu denen man es abschieben konnte. Oder irgendein Bauer verliebte sich auf der Stelle in sie. Neve könnte sogar damit leben, wenn ein Adliger das blonde Ding entdeckte und auf seinem Pferd entführte. Alternativ fühlte sie sich versucht, die Fremde einfach über Bord zu schubsen.

Stattdessen beugte sie sich über die Frau, als diese gerade die Augen öffnete und verwirrt um sich sah.

»Frag sie, wie sie heißt«, sagte Arrion.

»Bei mir hat es Stunden gedauert, bis du meinen Namen wissen wolltest!«

»Verdammt, Neve! Ich muss sie irgendwie ansprechen, und du reißt mir den Kopf ab, wenn ich sie *Mädchen* nenne! Reiß dich zusammen! Was ist nur los mit dir?« Er sah sie an, und plötzlich weiteten sich seine

Augen. Er streckte die Hand nach ihr aus und packte sie hart am Oberarm. »Haben sie dir etwas getan? Neve, bitte, sag mir die Wahrheit!«

»Nein, haben sie nicht. Sie haben nur damit gedroht, mich so lange zu vergewaltigen, bis sie eine ganze Horde meiner Töchter als Geiseln haben, um dich zum Kämpfen zu zwingen! Verdammt, Arrion, halt die Klappe! Ich kann jetzt nicht darüber sprechen.«

»Das klingt nach normalen Menschen«, sagte die blonde Frau in diesem Moment und versuchte, sich aufzusetzen. Sie stöhnte wieder, hielt sich eine Hand auf die Rippen und presste die andere gegen ihre Stirn. Sie sah sich um und stellte dann die verhängnisvolle Frage: »Wo ist mein Vater?«

»Ich bin Geistersängerin«, stellte Neve sachlich fest, nachdem sie Arrion ein letztes Mal zornig angefunkelt hatte.

»Du hast ihn erlöst?« Eine Hand krallte nach Neves Mantel und hielt sich daran fest. »Du hast ihn erlöst? Bitte, sie haben ihn nicht zu einem Monster machen können wie den Ritter von Kyelle? Bitte?«

»Den Ritter von Kyelle hat kein Schwarzer Sänger geschaffen. Ja, ich habe deinen Vater erlösen können, als er starb. Er ist sicher in der anderen Welt, und keine böse Magie kann ihn mehr erreichen.«

Es war ihr beinahe unangenehm, als die Fremde ihr einen Arm um den Nacken schlang und sich an Neves Schulter erleichtert ausweinte. Etwas unbeholfen und vorsichtig, da sie nicht wusste, wie schwer die andere verletzt war, streichelte Neve deren Schulter und murmelte beruhigende Worte.

»Ich danke dir so. Ich kann dir nicht oft genug danken. Er hatte solche Angst. Sie haben mich gefoltert, damit er böse wird. Sie sagen, das Monster von Kyelle ist böse gewesen, als es starb, und sie machen jetzt eine Armee von ihnen. Mein Vater war Ritter! Der Herrscher hatte ihn zum Ritter ernannt - und dann das! Nur weil er ein guter Kämpfer war und nur noch mich hatte auf dieser Welt.« Ein frischer Tränenstrom unterbrach diese leicht unzusammenhängende Erklärung, aber Neve hatte genug verstanden.

Die Sänger hatten vollkommen korrekt, fürchtete sie, Arrions Zorn als die Quelle seiner Andersartigkeit erkannt.

Arrion war kein Monster. Aber die Schwarzen Sänger gingen bewusst das Risiko ein, gute Soldaten und Ritter zu ermorden, um Monster zu schaffen. Über die Schulter des Mädchens hinweg traf Neves Blick sich mit Arrions.

In was waren sie nur hineingeraten?

Götter, wie sollten sie heil aus dieser Sache herauskommen? Was sollte sie mit Arrion machen? Ihn in die andere Welt zu singen, war ihr einen Moment lang als einzige Lösung erschienen – ob sie es nun wollte oder nicht. Aber jetzt brauchte sie ihn mehr denn je. Er war der Einzige, der sie heil aus diesem verrückten Reich bringen konnte.

Konnte er mit einem wahnsinnigen Schwarzen Krieger fertig werden? Sie wusste es nicht. Sie wollte es auch gar nicht auf den Versuch ankommen lassen.

Nur eines wusste Neve sicher: Sie durfte nicht zulassen, dass Arrion den Sängern jemals wieder in die Hände fiel. Wenn das bedeutete, dass sie für ihn singen musste, dann war es eben so. Selbst wenn es ihr das Herz brach.

Sie liebte ihn – sie hasste ihn. Sie hasste das Mädchen, das an ihrer Schulter weinte. Sie hasste sich selbst.

Immer noch nagte die Stimme des Schwarzen Sängers an ihr, obwohl er tot war, obwohl Arrion ihn erschlagen und für alle Grausamkeiten bestraft hatte: *Er denkt, dass er dir verfallen ist, Sängerin.*

Er *denkt* es eben nur.

Das Mädchen hieß Jat, war nur drei Jahre jünger als Neve und das einzige Kind ihres Vaters gewesen. Sie war erstaunlich naiv, sanft, lenkbar und stimmte voller Begeisterung zu, als Neve von ihrem Plan erzählte, das Reich umgehend zu verlassen und weitere Geistersängerinnen zu suchen.

»Das ist vielleicht wirklich unsere einzige Chance. Du konntest meinem Vater helfen, als kurz nach seinem Tod das Monster aus ihm aufstieg. Wenn viele Sängerinnen zusammen sind, können sie vielleicht gegen eine kleine Truppe der Schwarzen Krieger bestehen?«

Jat bemühte sich redlich, nicht mehr das Wort *Monster* zu verwenden, nachdem Neve ihr mittlerweile drei Mal gesagt hatte, dass der Ritter von Kyelle keines wäre. Langsam schien diese Behauptung zu dem Mädchen durchzudringen.

Bis Neve den scheuen Blick sah, den Jat zu Arrion sandte, der das Boot immer noch treiben ließ und die beiden Frauen aus glitzernden Augen beobachtete.

Da Neve am eigenen Leib erfahren hatte, wie Arrion auf Frauen wirkte, wenn er nur wollte, da sie genau wusste, dass er unzählige Herzen gebrochen und zahlreiche Bastarde gezeugt hatte, erfüllte dieser kurze Blick sie mit neuer Wut. Nur mühsam schluckte sie diese herunter. Jat sah vielleicht im Augenblick nicht mehr als ihren Retter in Arrion. Aber wenn Neve sich nur dumm genug anstellte, trieb sie die beiden vielleicht einander in die Arme. Sie hoffte, dass das Fischproblem, wie Arrion es beharrlich nannte, eine wirksame Verhütungsmethode war.

Neve versprach im Stillen erneut jedem Gott, seine Tempel niederzubrennen, wenn Arrion und Jat keinerlei fischige Probleme hätten. Das wäre wirklich nicht fair!

Das Boot lag am Ufer des Flusses. Neve hatte Arrion zum Wasserholen weggeschickt. Als er zurückkehrte, schickte sie ihn wieder weg, damit er Kleidung wusch.

Für einen Moment funkelten seine Augen böse, und sie sah den alten Trotz und die vertraute Herrschsucht in ihnen. Aber dann zog er doch ab, und Neve konnte weiterhin in Ruhe Jats Verletzungen reinigen und mit den Stoffstreifen aus einem zerrissenen Soldatenmantel verbinden.

Sie fand nicht, dass die junge Frau so furchtbar viel abbekommen hatte. Aber die Verletzungen waren schmerzhaft und hatten ausgereicht, um Jats Vater für die Zwecke der Schwarzen Sänger vorzubereiten.

War ihr mit Vergewaltigung gedroht worden? Zugestoßen war Jat das nämlich nicht, stellte Neve fest, als sie die langen Beine des Mädchens mit schnellem Blick nach verräterischen Blutergüssen und Kratzern absuchte.

Jat hatte nie in ihrem Leben Schmerzen oder harte Arbeit kennengelernt, dessen war Neve sich auch sehr bald sicher. Sie würde sie furchtbar aufhalten auf ihrem Fußmarsch zur Grenze. Und garantiert wurde sie dauernd ohnmächtig, wenn Arrion jemanden erschlagen musste.

Ein hübsches Mädchen, das musste der Neid ihr lassen. Das blau geprügelte Auge, die aufgeplatzten Lippen entstellten sie kaum. In einem

Mann wie Arrion konnte das sogar ritterliche Gefühle wecken. Alles an Jat war weich, weiß und weiblich.

Als sie in der Morgendämmerung Neves Kostümierung und die unanständige Hose gesehen hatte, war sie tatsächlich rot geworden. Neve verdrängte großzügig, dass sie sich selbst geschämt hatte, als sie das erste Mal in dieser Verkleidung an sich herabgesehen und festgestellt hatte, dass jeder auf den ersten Blick sehen konnte, dass sie ein Mädchen war. Jat zugutehalten musste Neve zähneknirschend, dass diese ein angenehmes, bescheidenes Wesen besaß und Neves knappe Erklärung für die Hose sofort und verständnisvoll – beinahe mitleidig - akzeptiert hatte.

Sie selbst trug nur ein schmutziges, nasses Unterkleid, das von ihrer guten Figur eindeutig zu viel enthüllte, um den moralischen Ansprüchen der Gesellschaft zu entsprechen.

Mitleidig reichte Neve ihr einen Umhang, den Jat sofort und geschickt als einen ansehnlichen Kleidersatz um ihre schlanke Gestalt drapierte und sich dadurch offensichtlich gleich wohler fühlte. Neve konnte das sogar verstehen. Aber ihre Röcke waren im letzten Lager vor Seyverne geblieben, und sie wäre sich dumm vorgekommen, sich jetzt einen Umhang als Rock um die Hüften zu wickeln. Außerdem wüsste Arrion sofort, warum sie das tat.

Die Hose war immer noch ungewohnt, aber praktisch. Neve hatte viel mehr Bewegungsfreiheit und trug auch deutlich weniger Gewicht mit sich herum. Außerdem neigten lange Röcke bei Nässe dazu, sich kalt um die Beine der Trägerin zu wickeln und ihre Fortbewegung dadurch zu erschweren.

Neve hoffte, dass sie nicht auf allzu viele Menschen treffen würden. Sie wollte sich keinesfalls die Hose auf der Vorderseite erneut mit einem Stoffstreifen auspolstern. Das verhasste Ding hatte sie im Abwasserkanal entsorgt, da es scheuerte und unbequem war.

Sie umwickelte Jats linke Hand, deren Innenfläche mit einem glühenden Eisen traktiert worden war, als sie hinter sich Arrions Schritte vernahm.

Er beugte sich zu ihr herab und sagte leise, aber drängend: »Ich möchte dich unter vier Augen sprechen, Neve.«

Sie sah zu ihm auf und spürte einen Kloß in der Kehle. Niemals würde sie sich an das dunkel glühende Kobaltblau seiner Augen gewöhnen.

Sie würde es vermissen, das wusste sie. »Ich komme. Jat, dort ist Tee auf dem Feuer. Wenn du Hunger hast, bediene dich aus meinem Bündel. Es ist nicht mehr viel da, aber nimm dir gerne, was du magst.« Sie folgte Arrion, der sie zum Flussufer führte.

Dort wies er auf einen flachen Felsen, der zum Verweilen einlud. Wäre es eine romantische Mondnacht und Arrion ein Mensch, wüsste Neve genau, wo dieses Gespräch enden würde: Im nächsten Gebüsch bei dem Versuch, ihre Tochter zu empfangen. Aber dies war ein grauer Morgen, und Arrion, so menschlich und echt er auch wirken musste, war ein Geist, eine ruhelose Seele.

Sie setzte sich trotzdem auf den Felsen, da der Ritter dies ganz offenbar von ihr erwartete. Sie besaß kaum noch Erinnerungen daran, was sie ihm in der Nacht alles an den Kopf geworfen hatte, aber sie erinnerte sich klar und deutlich an seine Schmerzen im Schwarzen Gefängnis, und wie ihre Seelen eins gewesen waren, während sie ihn durch die Burg gelotst und notfalls gewarnt und beschützt hatte.

Konnte ein Paar mehr erwarten? Ja, die Antwort lautete klar und deutlich Ja. Sie konnten, und Neve wollte. Und würde niemals bekommen.

Arrion ging vor ihr in die Hocke, die Knie weit gespreizt, das Gewicht perfekt balanciert. Die Muskeln seiner Oberschenkel wölbten sich klar konturiert. Er atmete einmal tief durch, sah über den Fluss zum fernen Gebirge, das die Grenze zur Freiheit darstellte, dann sah er ihr tief in die Augen. »Bin ich ein Monster?«

»Wie oft habe ich heute Nacht gesagt, dass du keins bist?«

»Neve, die Sänger wollen eine Armee von Schwarzen Kriegern nach meinem Vorbild schaffen! Was bin ich in den Augen der Menschen? Du weißt, was ich bin. Ich bin dankbar, dass du mein Dasein akzeptierst und mich noch nicht weggesungen hast. Aber was bin ich für andere Menschen? Ich habe seit meinem Tod Tausende von Seeräubern erschlagen, Neve, *Tausende!* Jat nannte mich ein Monster, und sie täte es jetzt noch, wenn du ihr nicht gesagt hättest, dass sie das nicht soll. Sie verehrt dich, du hast ihren Vater gerettet. Aber auch er sprach von mir als einem Monster! Und er muss es wissen.«

»Er wusste nichts von dir, Arrion. Aber sie haben ihn durch die Unterwelt geschickt, um ein Monster zu schaffen.«

»Jat sprach von einer Armee.«

»Der Herrscher, die Stadtbewohner und die Schwarzen Sänger haben von dir gewusst, und sie wollten dich genau da haben, wo du warst. Du hättest vielleicht noch in einhundert Jahren Seeräuber erschlagen, weil du nicht wusstest, dass du ausgebeutet wirst.«

»Wurde ich ausgebeutet? Neve, ich weiß es nicht.«

»Du hast die Aufgabe weiterhin erfüllt, die der damalige Herrscher dir gab. Du hast nicht fragen können, ob der Herrscher – oder einer seiner Nachfolger – ein guter Mann ist, ob sein Befehl und der Eid auch nach deinem Tod noch Gültigkeit hatten. Du trägst keinerlei Schuld. Und *du wurdest* ausgebeutet! Die Schweine haben Sängerinnen gefangen und getötet, die den Schmerzen deiner Seele folgen wollten, die dich erlösen wollten. Sie wollten *mich* töten.«

»Aber du bist zu mir durchgekommen, ohne dass jemand dich auch nur aufgehalten hat, nicht wahr? Neve, was macht dich anders als andere Geistersängerinnen?«

»Ich weiß es nicht. Ich brauche die Hilfe anderer Sängerinnen, um es herauszufinden. Wenn es denn überhaupt eine Antwort gibt. Deswegen muss ich über die Grenze. Ich hoffe, dass ich andere warnen und retten kann, bevor die Schwarzen Sänger sie ergreifen und vierteilen im Namen und auf Befehl des Herrschers.«

Er streckte die Hand nach ihr aus, verharrte kurz, ob sie etwas wegen des Fischproblems sagen würde, und strich ihr dann mit einer unvermutet zärtlichen Berührung über die rotblonden Locken. »Ich bin bei dir. An mir kommt niemand vorbei, solange ich meine Waffe noch halten kann, Neve.«

»Du bist kein Monster, Arrion«, sagte Neve leise.

»Wenn du es sagst, will ich es glauben.«

Jat hielt das Tempo nicht durch, das Arrion vorgab. Sie keuchte unter der Last eines kleinen Bündels mit Mänteln und der Zeltplane, stützte sich viel zu oft bei Neve ab und hielt sie alle auf.

Arrion bestimmte Rastplätze, und die Gruppe kam immer langsamer voran. Neve nahm der jungen Frau Gepäck ab und fühlte sich bald wie ein Packesel. In diesem Schneckentempo konnten sie die Grenze wohl erst erreichen, wenn die Armeen der Schwarzen Krieger alle Acht Reiche überrannt hatten.

Irgendwann kurz vor Abend war Neve zu müde, um noch länger durchzuhalten. Ihr Bündel schien während der letzten halben Meile sein Gewicht mindestens verdreifacht zu haben. Jat ging Neve auf die Nerven. So sonnig das Gemüt der jungen Frau auch schien, so hatte sie doch die Gewohnheiten eines verzogenen Kindes und ließ sich gerne umsorgen und verwöhnen.

Neve grollte im Stillen. Während sie schweres Gepäck trug, spazierte Jat unbelastet durch den Wald. Arrion hatte ihr sogar einen Wanderstab aus einem jungen Baum geschlagen.

Neve war am Ende und konnte es nicht zugeben. Sie wollte sich nur noch irgendwo verkriechen, nichts mehr essen, sehen oder hören, nur noch schlafen, bis nichts mehr wehtat.

Aber vor ihr ging Arrion durch die Nacht, trug Axt, Schild und Rüstung. Er war der Wächter, wie sein Name es bedeutete. Er würde sie mit allem, was er hatte, vor jeglichem Angriff verteidigen. Sie konnte ihm nicht noch ein weinerliches Weib mehr antun!

Stattdessen biss sie die Zähne zusammen und dachte nach, um sich von ihren schmerzenden Beinen abzulenken. Ihr Rücken tat auch weh, und die verdammte Hose scheuerte an den Innenseiten ihrer Oberschenkel, deren Muskeln höchstwahrscheinlich gezerrt waren, nachdem Arrion ihr so brutal die Knie auseinandergerissen hatte.

Sie brauchte eine Pause, aber sie würde nicht mit sanfter, leicht vorwurfsvoller Stimme danach fragen. Auf gar keinen Fall! Arrion wollte eine möglichst große Entfernung zwischen sich und die Schwarzen Sänger bringen, und niemand konnte ihm das verdenken.

Neve senkte den Kopf, marschierte wie gegen einen starken Wind und fühlte das Gewicht ihres Gepäcks schwer auf ihren Schultern lasten.

Ihre Welt war zerbrochen. Nichts war mehr so, wie es sein sollte. Unberührbare Geistersängerinnen wurden gejagt, gefoltert und getötet. Und warum? Weil sie - Neve, Tochter der Balan, Geistersängerin seit ihrem ersten Atemzug - ihrer Gabe und göttlichen Aufgabe gemäß dem Leid einer Seele gefolgt war.

Was war geschehen? Sie wusste es nicht. Etwas war anders gewesen. Arrion war anders gewesen als jeder andere Geist. Was war anders gewesen? Und warum? Sie dachte angestrengt über die erste Begegnung nach – in seiner Festung, im Kreidekreis, bevor die Stadtbewohner gekommen waren. Mittlerweile war sie sich nicht mehr sicher, dass die Zerstörung des Kreises der Grund für Arrions Gesellschaft war. Überhaupt nicht.

Was war anders gewesen?

Seine Wut, sein ständig brodelnder Hass, der sich wie bei einem Vulkanausbruch eruptionsartig einen Ausgang suchte.

Zuerst war er ihr - bis auf seine überaus kraftvollen Sendungen - wie jeder andere Geist erschienen: ein Schemen. Blass, schwach, formlos.

Woher hatte er siebenundsechzig Jahre lang die Kraft bezogen, gegen die Seeräuber zu kämpfen? Warum war er nur dann sichtbar, hörbar und gefährlich gewesen, wenn er zum Angriff überging? Die Antwort war leicht: Er hatte vor ihrem Erscheinen in der Festungsruine seinen ewig tobenden Hass als Energiequelle genutzt.

Ihr Erscheinen in der Ruine hatte alles verändert. Sie nahm diese leicht egozentrische Behauptung für den Moment als Tatsache an.

Etwas war anders gewesen. Arrion hatte auch vollkommen abweichend auf ihre Nähe reagiert als jeder andere Geist zuvor. Er hatte sich aus einer Rauchwolke heraus materialisiert, wie er das fast sieben Jahrzehnte lang nur dann vollbracht hatte, wenn er die Stadt vor den Seeräubern verteidigen musste.

Sie blieb wie angenagelt stehen: Der Geist Arrions hatte eine neue Energiequelle gefunden!

War es so einfach?

Sie rang nach Atem.

War sie tatsächlich der Quell für Arrions Kraft?

Götter!

Arrion blieb stehen und drehte sich zu ihr um. »Brauchst du eine Pause, Neve?«

Für einen Augenblick war sie verwirrt und erstaunt. Dann wurde ihr klar, dass er als Ritter auf seine Truppen zu achten gelernt hatte. Oder dass er einen Vorwand suchte, um mit Neve sprechen zu können. Sie strich sich schweißfeuchte Haare aus der Stirn und antwortete mit kaum merklicher Verzögerung: »Wenn du einen guten Rastplatz finden kannst? Ich kann nicht mehr.«

»Warum sagst du das dann nicht, verdammt?«

»Weil ich eine Geistersängerin bin. Wir stehen zurzeit auf des Herrschers Liste der zu ermordenden Personen ganz oben, schon vergessen?

Und du stehst auf seiner Liste der Dinge, die er unbedingt haben will. Ich will uns nicht aufhalten.«

»Das tust du nicht, Neve. Nur noch ein kleines Stück. Da vorne sind Felsen aufgetürmt, die uns sogar ein Dach über dem Kopf bieten könnten, zumindest aber Windschutz. Klingt das gut?«

»Sehr gut.«

»Ja, eine Nacht ungestörter Schlaf würde mir auch gut tun«, sagte Jat mit ihrer sanften, lieben Stimme, und Neve rollte mit den Augen.

Arrion sah das, und mit einem Mal funkelten seine Augen vor echter Erheiterung. Neves Herzschlag beschleunigte sich rapide, als sie das stumme Gelächter in den kobaltblauen Tiefen sah.

Die Felsen türmten sich auf eine Art auf, die Neve nicht natürlich erschien.

Drei riesige, flache Steine ruhten auf einem Ring von unbehauenen, mehr oder weniger senkrecht stehenden Steinen. Neve blieb stehen, während Jat vollkommen arglos unter das Steindach trat und sich verwundert umsah.

»Dies könnte ein Grab sein«, sagte Neve leise.

»Spukt jemand herum?«, fragte Arrion leise.

»Nein, es ist alles leer und verlassen.«

»Dann kann der Begrabene auch nichts dagegen haben, wenn wir hier übernachten. Immerhin bin ich ein Geist, und ich hätte ehrlich gesagt nichts gegen ein bisschen Gesellschaft einzuwenden gehabt – wenn es nicht gerade Seeräuber waren. Denkst du, dass das ein Problem ist?«

»Nein, es fühlt sich nur komisch an.« Plötzlich lachte sie. »Aber ich bin es gewohnt, auf Friedhöfen zu schlafen. Deine Festung war nichts anderes.«

»Ich weiß. Ist dir irgendetwas Merkwürdiges in letzter Zeit aufgefallen?«

»Du meinst außer der Tatsache, dass ein Geist mir schöne Augen und eindeutige Avancen macht und widerlich nach Fisch schmeckt?«

»Ja, außer diesen Kleinigkeiten.« Arrion sah sie wachsam an, und als sie verwirrt den Kopf schüttelte, sagte er leise: »Jat sieht mich. Sie sieht mich die ganze Zeit.«

Neves Kinnlade klappte herunter. Warum war ihr das nicht schon lange aufgefallen?

»Sie weiß nicht, dass ich ein Geist bin. Aber das wussten die Seeräuber und die Soldaten auch nicht. Ihr Vater hat mich ebenfalls gesehen, dessen bin ich mir sicher. Da könnte man sagen, dass ich noch in Kampfstimmung war – oder er schon selbst fast ein Geist. Andere sahen mich nur, wenn ich angegriffen habe. Willst du etwas wissen?«

»Was soll ich wissen wollen?«

»Ich möchte es noch einmal versuchen. Vielleicht geht das Fischproblem wirklich langsam weg, was meinst du?«

»Ich will nicht kotzen müssen«, sagte Neve.

Er lächelte, und dieses Lächeln wärmte ihr Inneres. Behutsam griff er nach ihrer Hand. Seine Finger waren kalt, aber sie fühlten sich vielleicht nicht schleimig an. Ihre Haut wurde warm an den Stellen, die er berührte. Sein kobaltblauer Blick hielt Neve fest, sie wagte kaum zu zwinkern. Arrion beugte sich herab, unterbrach den Blickkontakt und küsste zärtlich die weiche Innenseite ihres Handgelenkes. Ein Schauder überlief Neve. Arrion ließ ihre Hand fallen, würgte und wandte sich hastig ab, schaffte zwei Schritte von ihr weg und erbrach sich, rang nach Atem und würgte trocken.

»Hat deine Theorie sich als falsch erwiesen?«, fragte Neve zuckersüß und zutiefst enttäuscht. Aber das musste er ja nicht wissen.

»Wehe dir, wenn du lachst«, brachte er mühsam hervor, sah zu ihr auf und lachte selbst. In seinen Augen tanzten Hunderte von Geistern aus der Unterwelt.

»Ich werde mich bemühen«, sagte sie mit einem Grinsen. »Jat und ich bauen das Lager auf. Gehst du bitte auf die Jagd?«

»Umgehend, Neve. Sobald meine gurgelnden Eingeweide sich beruhigt haben. Sonst vertreibt der Lärm jede Beute. Lass Jat Holz sammeln. Aber erlaube ihr nicht, so weit wegzugehen. Die verläuft sich sonst.« Mit diesen Worten ging er auch schon hinter Neve vorbei und versetzte deren Hintern einen herzhaften Klaps – eine kleine Rache, dachte sie kichernd.

Er hatte zu komisch ausgesehen, wie er schlagartig vom romantischen Verführer zu einem würgenden Berg Elend degradiert worden war. Nicht zum ersten Mal, aber er konnte die Tatsache des Fischproblems einfach nicht akzeptieren, also war er selbst schuld. Arrion gab niemals auf. Das wusste sie, und er bewies es ihr mit seiner Beharrlichkeit jeden Tag aufs Neue. Wenn sie sich nicht selbst so bedauern würde, müsste sie bis zum Umfallen lachen.

Für einen Moment hatten seine Lippen sich nicht kalt und schleimüberzogen angefühlt. Für einen winzigen Augenblick hatte sie wirklich gedacht, dass das Fischproblem beseitigt wäre.

Ein böser Gedanke kam ihr: Was, wenn das Problem von ihrer Seite überwunden werden konnte – aber nicht von seiner? Waren seine Libido und sein Verlangen stark genug, um selbst damit fertig zu werden?

Jetzt kicherte sie doch, und Jat, die offenbar nichts von dem allem mitbekommen hatte, trat aus der Felsenhöhle und sah Neve verwirrt an.

»Lass nur, ist alles in Ordnung«, keuchte Neve und bemerkte, dass Jat nach Arrion Ausschau hielt.

Die mit sanft klagender Stimme vorgebrachte Besorgnis aber beruhigte sie. »Sollte er uns so alleine und schutzlos zurücklassen?«

»Er ist nicht weit weg. Wenn ich schreie, ist er wie der Wind wieder da.«

»Ich beneide dich fast ein wenig um deinen Mann, Neve.«

Neve starrte sie überrascht an, schluckte und sagte dann so würdevoll wie möglich: »Arrion ist nicht mein Mann. Ich bin eine Geistersängerin. Wir binden uns nicht für das Leben.«

»Nicht? Aber ... ihr habt doch Kinder, oder?«

»Arrion und ich?«

»Nein, entschuldige: die Sängerinnen? Die Gabe geht doch von der Mutter auf die Tochter?«

»Das ist richtig.«

»Aber ihr seid nicht verheiratet? Neve, das ist ja entsetzlich!«

»Was soll daran entsetzlich sein?«, fragte Neve, bevor sie an Nächte in schmutzigen Kammern, in Gebüschen oder Höhlen dachte. Nächte, in denen sie sich irgendeinem beliebigen Mann hingegeben hatte, um endlich ihre Tochter zu empfangen, für die sie all ihr Wissen und ihre Erfahrungen gesammelt hatte. Betrunkene waren ebenso dabei gewesen wie sehr junge Männer, die ihr erstes Mal in ihrem Schoß erlebten.

Im ersten Jahr nach der Trennung von ihrer Mutter hatte Neve mit einem Dutzend fremden Männern geschlafen. Sie war enttäuscht gewesen, dass sie nicht sofort schwanger geworden war. Sie hatte es weiter und weiter versucht, obwohl sie sich bald wie eine Hure vorkam, die es mit jedem trieb, solange nur die Bezahlung stimmte. Aber eben diese war ausgeblieben. War das schrecklich? War es so verdorben, wie Jats Gesichtsausdruck sie glauben machen wollte?

Vielleicht. Vielleicht war es das. Aber sie hatte niemals etwas anderes gekannt. Sie erlöste Seelen und schlief mit Fremden für ihre Tochter. Was wäre die Alternative gewesen, wenn sie keine Geistersängerin geworden wäre? Ein Ehemann. Ein einziger Mann im ganzen Leben. Jemand, der sie behütete und mit ihr schlief, wann er wollte, der ihr ein Dach über dem Kopf verschaffte, ihren Kindern Namen gab und auch sie beschützte.

Ein Mann wie Arrion.

Und dann zog er in den Kampf gegen die Seeräuber. Die Festung verbrannte rund um sie herum, und sie sah, wie ihr Mann fiel – auf der Plattform des Turmes, bevor die Seeräuber sie und die Kinder vergewaltigten und töteten.

Was war schlimmer? Ein Leben nur mit fleischlichen Genüssen, um die Tochter zu bekommen? Oder ein Leben voller Liebe oder Gewohnheit?

Wäre Arrion ein Mensch, wäre sie dann bereit, zu seiner meistens dauerhaften Geliebten zu werden? Wollte sie das? Wollte er das? Konnte er das?

Nein, sie würde immer teilen müssen. Nein, er *dachte* nur, dass er sie liebte. Oder er hatte es zumindest gedacht, als er in der Burg von Seyverne nach ihr geschrien hatte.

Nicht anders hatten die Männer sie teilen müssen, die samt und sonders versagt hatten, ihr die Tochter zu schenken, für die sie denkbar schlechten Sex auf sich genommen hatte.

»Es gibt Schlimmeres«, sagte sie und schichtete Feuerholz auf, bevor sie ihre Feuerschachtel aus dem Bündel holte.

Die ersten Funken und zögerlich aufflackernden Flammen mussten ein Gesicht beleuchten, das eine beherrschte Maske war. Keine Tränen. Nur die Würde einer Sängerin.

Jat betrachtete sie und schien äußerst verwirrt.

Das war Neve gleichgültig. Aber wenn die dumme Gans Arrion nur einmal falsch ansah, würde sie entdecken, dass Geistersängerinnen nicht nur würdevoll waren!

Neve erwachte von einem Stoß in ihre Rippen. Verschlafen sah sie um sich, bis sie Arrion neben sich entdeckte, der voll gerüstet, die Axt in der Hand, neben ihr stand und sie ganz offensichtlich mittels eines Fußtritts geweckt hatte.

»Was?«, fragte sie und setzte sich auf. Arrion hatte sie noch nie bewusst grob behandelt.

»Pferde. Ganz in der Nähe. Weck Jat, packt die Sachen. Wenn die Soldaten uns entdecken, werde ich euch auf die Steinplatte heben.«

»Gut«, sagte Neve nur, packte ihren Mantel und robbte zu Jat, schüttelte sie wach und gab flüsternd und eindringlich Arrions Befehle weiter. Jat erstarrte für einen Moment, und Neve fühlte sich versucht, sie zu ohrfeigen oder zu schütteln.

»Reiter?«, fragte Jat dann leise.

»Reiter. Vielleicht sehen sie uns nicht. Dies war ein Grab. Viele Leute sind abergläubisch. Beweg dich, wir haben nicht viel Zeit. Und sei leise!«

Jat nickte und raffte hastig alle ihre Sachen auf ihre Decke und rollte diese eilends zusammen, um sie mit Lederschnüren als Packstück zuzubinden. Die ganze Zeit starrte sie mit geweiteten Augen zum einzigen Ausgang aus der Grabanlage.

Dort stand Arrion, so weit in den Schatten zurückgezogen, dass er von außen nicht sichtbar war. Seine Rüstung war schmutzig, mit braun gewordenem, verkrusteten Blut und dem Dreck aus dem Abwasserkanal überzogen. Er war unsichtbar, solange er sich in die Dunkelheit zurückzog.

Neve behielt den Ritter ebenfalls im Auge. Sie war sich nicht sicher, wer ihn alles sehen könnte, wenn er aus dem Schatten hervortrat. Jat nahm ihn wahr, Neve selbst natürlich. Was war mit den Soldaten?

Arrion schien zu befürchten, dass sie ihn sehen könnten. Sonst hätte er sich wie üblich bereits in Kampfaufstellung präsentiert. Es war ein Glück, fand Neve, dass er so schnell begriffen hatte, dass sich etwas geändert hatte - und dass er fähig war, auf solche gravierenden Änderungen so rasch zu reagieren.

Sie hatte ihr Bündel gepackt und krabbelte nun lautlos nach vorne, wobei sie sich dicht an den aufgestellten Felsblöcken hielt, um ebenso unsichtbar zu bleiben wie Arrion, der bewegungslos auf das Nahen der Reiter wartete.

»Fertig?«, fragte er leise.
»Ja, beide. Wo sind sie?«
»Ich kann sie noch nicht erblicken.«
»Aber es ist möglich, dass sie dich sehen können.«
»Deswegen gehe ich kein Risiko ein. Glaubst du, dass ich für sie sichtbar bin?«
»Ich weiß es nicht. Sei vorsichtig.«
»Haltet euch bereit. Falls sie uns entdecken, muss es schnell gehen. Ich kann mich besser auf den Kampf konzentrieren, wenn ich mir keine Sorgen um dich machen muss.«
»Ich bin bereit. Wir werden dir nicht im Weg sein.«
»Pass auf Jat auf. Sie kennt mich nicht so gut wie du.«

Sie nickte nur stumm und klammerte sich in diesem Moment an seinem Unterschenkel fest, da die Reiter auf die Lichtung des Grabmals kamen. Die Axt bewegte sich eine Handbreit weiter nach hinten, als Arrion die Waffe zur Sicherheit noch weiter in den Schatten schwang.

Uniformen des Herrschers, die erkannte Neve mittlerweile auch sofort.

Wie viel waren Arrion und sie dem Herrscher und seinen Schergen wert, dass sie ihnen immer noch Verfolger hinterherhetzten? Wo würde das enden?

Sie kauerte neben Arrion und starrte ebenso angespannt nach draußen wie er. Keiner von beiden achtete auf Jat, die in diesem Moment ebenfalls nach vorne kam und sich im Schatten hielt.

Neve hielt den Atem an, als sie etwas Dunkles, Böses spürte. Ihre Augen weiteten sich, sie holte Luft und zischte: »Ein Sänger, Arrion. Die wissen gleich, wo wir sind! Er führt sie direkt zu uns.«

Seine Hand flog zum Gürtel. Arrion zückte den Dolch, Neve hielt ihm die Hand hin, und dieses Mal war der Schnitt größer und tiefer. Blut quoll aus der Wunde. Neve würde einen Verband brauchen, wenn sie diesen Tag überlebte. Sie sprang auf, denn Tarnung war jetzt nicht mehr wichtig. Der Sänger spürte Arrions Nähe und konnte ihn mühelos finden, egal wie tief und still sie hier im Schatten kauerten.

Neve wischte mit der Hand über Arrions Gesicht, beschmierte es mit ihrem Blut, beugte sich in fliegender Hast hinunter, packte ihr Bündel und mit der freien Hand Jats Handgelenk. »Schnell, Jat. Sie haben einen Sänger bei sich. Sie finden uns!«

»Wie sollen sie das?«, gab Jat heftig zurück und versuchte, sich loszureißen.

Wie weggewischt war die brave Tochter, die wohlerzogene junge Frau aus gutem Hause. Ihre Augen glühten hasserfüllt. Sie bekam ihre Hand frei und sprang auf Neve zu.

Sie prallte an Arrions Schild ab, der sich mit einem Mal zwischen ihr und Neve befand.

»Willst du nach draußen und dem Sänger sagen, dass er dich nicht finden kann? Stell dich nicht dümmer an, als du bist.«

Seine Finger schlossen sich wie eine Stahlklammer um Jats Handgelenk. Mit zwei langen Sätzen zog er das Mädchen mit sich nach draußen. Er sprang in den morgendlichen Sonnenschein, wirbelte herum, ließ die Axt fallen, um beide Hände freizuhaben. Er packte Jat um die Mitte und schleuderte sie kraftvoll auf das Grabmal hinauf.

Neve stand schon neben Arrion und ließ sich ebenso formlos nach oben werfen.

Sie stieß sich beide Knie und schürfte sich die Hände blutig. Mühsam krallte sie sich im rauen Fels fest, suchte Halt für die Zehen und kroch weiter nach oben.

Jat erwartete sie schon und sprang ihr entgegen. Neve erwartete Hilfe, doch Jat griff sie an.

Die junge Frau hatte die bessere Ausgangsposition, anders konnte Neve es nicht nennen. Sie war zuerst oben gewesen, hatte wenige Momente mehr zur Orientierung nutzen können. Neve fiel ihr genau vor die Füße, und Jat holte Schwung und trat zu.

Neve sah den Fuß kommen, riss im letzten Moment den Kopf beiseite, sodass Jat ihr keine Zähne aus dem Kiefer treten konnte. Was war in das blöde Ding gefahren? Einen wilden Moment lang dachte Neve, dass hier vielleicht doch ein Geist wäre, der Jat befallen hatte. Aber das war ausgeschlossen!

Auf Händen und Knien wich sie der wilden Angreiferin aus, atmete schnell und flach, suchte nach einem Schwachpunkt. Jat war jünger und erheblich größer als sie selbst, und die junge Frau kochte vor Zorn. Aber Neve hielt sich für die Ausdauerndere und besser für eine Auseinandersetzung gewappnet, da sie ihr Leben lang mehr oder weniger alleine durch die Acht Reiche gegangen war.

»Ihr bekommt meinen Vater nicht! Ich bringe dich um, Miststück!«, spuckte Jat zornbebend aus.

Als Vene ihre Chance sah, katapultierte sie sich vorwärts. Dieser Kampf war dumm. Sie wollte und musste sehen, wie Arrion klarkam, ob ihr Blut ihn ausreichend vor dem Schwarzen Sänger schützte. Die dämliche Jat war ihr im Weg, raubte ihr die Zeit und Arrion vielleicht wichtige Hilfe.

Sie rammte Jat die Schulter in die Magengrube, spürte erstaunlich starke Finger und lange Fingernägel über ihren Rücken kratzen, stemmte sich ab und brachte ihre Gegnerin zu Fall. Der Atem fuhr heiß und zornig aus Jat, als sie hart mit dem Rücken auf den Felsen auftraf. Ihr Kopf knallte nur einen Wimpernschlag später auf den Stein.

Neve hörte beide Aufschläge, rang nach Atem, rappelte sich auf und sprang auf Jats Brust. Die Frau war nicht bewusstlos, aber für den Augenblick benommen. Neve bekam eine Hand zu fassen, drückte diese zu Boden und platzierte ihr Knie darauf. Sie verlagerte das Gewicht auf die Hand, bis Jat einen leisen Schrei ausstieß. Die freie Hand der jungen Frau schwang als geballte Faust auf Neves Gesicht zu. Neve keuchte und riss den Arm hoch, blockierte den Schlag mit dem Unterarm. Es tat weh, aber Jat fiel mit einem zornigen Aufschluchzen zurück.

»Verdammt! Hör auf. Wir haben schlimmere Gegner als dich! Jat, ich hätte dich in der Burg lassen sollen! Aber ich habe deinem Vater versprochen, dich mitzunehmen. Hör auf!«

»Ich hasse euch! Ich hasse euch alle! Du und dein Ritter. Wer soll euch das Märchen abnehmen, dass ihr mich retten wolltet? Das ist eine Falle, und ich weiß es!«

»Soll ich dich hinabwerfen, damit du dem Schwarzen Sänger da unten einen schönen Tag wünschen kannst? Verdammt, wir werden genauso gejagt wie du!« Neve packte voller Zorn Jats rüschenbesetztes Oberteil, sprang rückwärts und zerrte die junge Frau mit sich zum Rand des Felsens.

Der Waffenlärm war beinahe verklungen, während sie mit der unvermittelt kampfbesessenen Jat gerungen hatte. Sie kamen beide gerade noch rechtzeitig, um den vereitelten Fluchtversuch eines Soldaten beobachten zu können.

Arrion schleuderte seinen Dolch, und die Klinge durchschlug das Kettenhemd des Reiters, der gehofft hatte, mittels schneller Pferdebeine dem Schlachtfeld zu entkommen. Nur noch das Heft ragte zwischen den

Schulterblättern heraus, als der Mann wie ein nasser Mehlsack aus dem Sattel rutschte und zu Boden krachte.

Arrion drehte sich schwer atmend um, wieder einmal mit frischem Blut bedeckt, sah die beiden Frauen auf der Kante der Felsenplatte und hatte keine Hemmungen, seinen Unmut kundzutun: »Neve! Verdammt, ich hätte Hilfe brauchen können! Was hast du die ganze Zeit getrieben?«

»Ich habe Jat verprügelt.«

Arrion ließ die Axt fallen, öffnete die Riemen des Schildes und streckte die Arme nach oben aus. »Spring, ich fange dich. Und dann will ich wissen, was dieser Unsinn zu bedeuten hat.«

»Es tut mir leid«, hauchte Jat erschüttert, die inzwischen Gelegenheit gehabt hatte, das Schlachtfeld in seinen vollen, blutigen Ausmaßen zu betrachten. Die Spuren des Gemetzels schienen wie ein Guss kaltes Wasser auf sie zu wirken.

»Von mir aus kann sie da oben anwachsen«, sagte Neve, bevor sie sich auf die Kante der Felsplatte setzte, sich abstieß und geradewegs in Arrions allzu einladende Arme sprang.

Es war nicht halb so gemütlich oder gar romantisch, wie sie sich das vorgestellt hatte, denn sie prallte hart gegen den blutigen Brustpanzer, bevor Arrion sie fest im Arm hielt und auf sie herabsah. »Nun? Soll ich sie wirklich da oben lassen?«

»Ja! Zumindest für den Moment.«

Arrion ließ sie los, und Neve wandte sich zu Jat um.

»Siehst du jetzt, dass wir nicht mit dem Herrscher unter einer Decke stecken, verdammt? Oder denkst du, der schickt uns freiwillig Kandidaten für so ein Schlachthaus? Ich schwöre, wenn du mich noch einmal angreifst, wirst du es bereuen.«

»Und wie sie das wird«, flüsterte Arrion viel zu nah an Neves Ohr.

Wie dieser Kerl es immer wieder schaffte, sich so still und heimlich an sie heranzupirschen, würde Neve wohl auf immer ein Rätsel bleiben.

Sie wandte halb den Kopf und gab ebenso leise zurück: »Du würdest eine Frau töten?«

»Bevor sie dir etwas tut, Neve? Aber natürlich, Mädchen.«

»Sag nicht *Mädchen*«, korrigierte sie ihn unvermeidlich, während verräterische Röte aus ihrem Hemdkragen stieg. Warum war sie nur so sicher, dass er dieses Wort gerade jetzt absichtlich benutzt hatte?

Arrion lachte leise, und sie spürte seinen Atem auf ihrer Wange.

»Ich möchte mich entschuldigen«, sagte Jat, und sie klang lange nicht mehr so weiblich und sanft wie bislang – leider auch nicht intelligenter. »Ich glaube, ich muss euch viel erklären. Und ich meine die Entschuldigung ernst. Darf ich hinunterkommen und weiter mit euch reisen?«

»Darf sie?«, fragte Arrion leise. Sein langes Haar fiel über Neves Schulter nach vorne auf ihre Brust. Sie nickte, weil sie sich ihrer Stimme im Augenblick absolut nicht sicher war.

Arrion ging an ihr vorbei, trat unter die Kante der oberen Steinplatte und hielt Jat die offenen Arme entgegen.

Sie sprang herab und wirkte dabei widerwärtig damenhaft, da sie ihren langen Unterrock keusch zwischen den Knien einklemmte, damit auch nicht ein Schimmer nackter Mädchenhaut sichtbar wurde.

Arrion war für mädchenhafte Scheu offenbar überhaupt nicht empfänglich. Oder er suchte nach leichterer Beute als einer Frau, die ihre Keuschheit allzu offen zur Schau trug.

Neve sah jedenfalls zufrieden zu, wie Arrion Jat auffing und sofort beiseite stellte, um zu seinen Waffen und somit zu Neve zurückzukehren. »Holt eure Sachen, ich will hier weg. Schlachtfelder verlieren ihren Reiz für mich, wenn niemand mehr da ist, dem ich den Schädel spalten kann.«

Jats Unterkiefer klappte herunter.

Neves Knie gaben nach, als sie einen Lachanfall bekam. Es war überhaupt nicht förderlich, dass Arrion sie voll gespielt gekränkter Würde ansah, wenn in seinen kobaltblauen Augen doch ein Lächeln glühte.

Das Lagerfeuer brannte bereits zu Glut herunter, über der das Abendessen auf zwei Spießen hing.

Zum ersten Mal, seitdem sie Jat aus der Burg der Schwarzen Sänger befreit hatten, war die Stimmung freundlich und gelöst.

Arrion lümmelte allzu männlich und sich seiner Wirkung nur zu gut bewusst am Feuer herum. Ein langes Bein ausgestreckt, das andere angewinkelt, den Fuß fest auf den Boden gestellt. Den Fellmantel um die Schultern, die Axt in Reichweite. Die Flammen ließen sein Gesicht in Schatten getaucht, nur die Augen leuchteten in seinem Gesicht, als er ebenso aufmerksam wie Neve Jat zuhörte, die sich zum ersten Mal seit der gemeinsamen Flucht von der Seele redete, was sie zum Angriff auf Neve bewogen hatte.

Die Tatsache, dass Arrion in den wenigen Momenten, die sie und Neve auf der Felsplatte gekämpft hatten, einen ganzen Trupp von zehn Soldaten und einem Geistersänger niedergemacht hatte, imponierte ihr ganz offensichtlich. »Aber es waren so viele! Und ein Sänger dazwischen. Sie sind mächtige Magier. Wie konntest du sie so schnell besiegen? Und du bist nicht einmal verletzt worden!«

»Ich hatte erheblich bessere Lehrer als die Soldaten, und ich habe beträchtlich mehr Übung. Es war kein fairer Kampf.«

»Natürlich nicht! Zehn gegen einen!«

Seine Schultern zuckten vor mühsam unterdrücktem Lachen. »Das meinte ich nicht, Jat. Das meinte ich wirklich nicht. Reiter kommen sich auf dem Pferderücken unglaublich sicher vor. In Gruppen fühlen sie sich noch überlegener, weil ihre eigene Überzahl ihnen Mut macht.«

Er legte Feuerholz nach. Neve runzelte die Stirn, als Glut und Flammen seine Hand beleuchteten, durch Schattenwurf die Sehnen und Adern auf seinem Handrücken betonten. Da waren feine, weiße Linien an den meisten seiner Finger. Manchmal ein geschlossener Ring beinahe wie ein schmales Schmuckstück aus Silber, mal mehrere solcher Linien, auf jedem Fingerglied eines. Das war ihr zuvor noch nie aufgefallen. Sie wusste nicht, warum, aber diese Linien machten ihr mit einem Mal Angst und beschleunigten ihren Puls.

»Wie meinst du das?«, fragte Jat und beugte sich vor.

Neve sah auf und zu Arrion, für den Moment ein wenig abgelenkt, obwohl ihr Herz immer noch raste. Bei jeder seiner Bewegungen, bei jeder noch so kleinen Geste sah sie nun die Narben. Sie konzentrierte sich auf Arrions Stimme und versuchte, nicht an die Wundmale zu denken, die ihr so viel Angst machten.

»Je sicherer eine Truppe sich fühlt, desto leichter ist es, die Linien in Unordnung zu bringen. Diese Männer waren beritten. Pferde sind im Kampf oft nur eine Haaresbreite von Panik entfernt. Es sind Fluchttiere. Es ist keine gute Idee, sie Lärm, Blut und Tod auszusetzen. Es braucht nur wenig, um so ein Tier in wilde Panik zu versetzen.« Er zwinkerte

Neve zu, die genau wusste, dass Tiere Angst vor Geistern hatten, nun erkannte sie, dass er es ebenfalls begriff und wahrscheinlich auch schon mehrfach zu seinem Vorteil ausgenutzt hatte. Nicht schlecht.

Jat holte tief Luft. »Mein Vater war Ritter, wie ihr beide wisst. Als ich mich das letzte Mal bei euch bedankte, dass ihr ihn erlöst und vor einem Dasein als Monster gerettet habt, war ich nicht ganz aufrichtig …«

»Du hast aufrichtig geklungen, Jat. Lass es gut sein«, sagte Neve versöhnlich.

»In dem Moment war ich es vielleicht. Ach, ich weiß es nicht. Meine letzte klare Erinnerung war, dass mein Vater und ich gefoltert wurden, damit die Schwarzen Sänger ihn verwandeln können. Und dann wachte ich bei euch auf und wusste nicht, was in der Zwischenzeit passiert ist. Er«, sie wies auf Arrion, »ist ein Ritter. Aber welcher Herrscher würde einem Ritter wie ihm nicht ein hervorragendes Kommando geben?«

»Ich hatte ein solches Kommando. Der Herrscher gab mir die Position, die ich haben wollte«, sagte Arrion leise.

»Aber du hast deine Festung aufgegeben? Warum?«

»Ich fühlte mich ausgebeutet«, antwortete er vollkommen wahrheitsgetreu, wenngleich er es extrem vereinfachte.

»Kein Wunder, dass der Herrscher dein Blut will! Das ist die größte Beleidigung, die ein Ritter ihm zufügen kann. Er ist es nicht gewohnt, dass es nicht nach seinem Willen geht. Die Zahl der Hinrichtungen ist in den letzten zwei, drei Monaten sprunghaft angestiegen. Die Leute reden davon, dass er wahnsinnig geworden sein muss.«

»Oder unter den Einfluss der Schwarzen Sänger geraten ist«, schlug Neve vor.

»Oder das«, sagte Jat dankbar. »Mein Vater war Ritter in einer der Grenzbefestigungen zum Nachbarreich. Er hat mich früh gelehrt, mich selbst zu verteidigen. Er sagte immer, dass man nie weiß, was an der Grenze passieren kann. Rebellen gegen den Herrscher gab es seit jeher. Aber jetzt, da die Lage beständig gefährlicher wird und scheinbar überall Denunzianten und Schwarze Sänger auftauchen, flüchten die Aufständischen über die Grenze ins Vierte Reich. Die Herzogin gewährt ihnen Asyl.«

»Um sie für eigene Zwecke benutzen zu können?«, fragte Arrion, dem eine solche Strategie offenbar nicht fremd war.

»Das denke ich. Es heißt, sie sammeln sich dort in einer der Grenzfestungen der Herzogin. Und sie stellt ihnen Waffen, Soldaten und Ritter zur Verfügung. Mein Vater erstattete über diese Entwicklung Bericht beim Herrscher. Das war vor zwei Wochen.«

Mittlerweile war es fast vier Wochen her, dass Neve in der Festungsruine über Kyelle aufgetaucht war, um eine leidende Seele von ihrem Dasein zwischen den Welten zu befreien. Wie viel sich in so kurzer Zeit verändert hatte!

Sie hatte niemals zuvor von Schwarzen Sängern gehört. Dass ein Mann diese Gabe besitzen konnte, erschien ihr jetzt noch undenkbar. Wie die Sänger ihre Gabe einsetzten, war entsetzlich. Sie befreiten nicht, sie waren nicht sanft und mitleidig. Grausamkeit, Menschenverachtung und Machtgier schienen ihre Motivation zu sein.

Ob sie nun im Auftrag des Herrschers unterwegs waren oder ob sie ihr eigenes, intrigantes Spiel um Macht verfolgten, konnte Neve weder erkennen noch verstehen. Politik sowie die Kämpfe und Intrigen der Mächtigen hatten sie niemals interessieren müssen. Sie war eine unberührbare Geistersängerin, und wer auch immer die Macht in Händen hielt, achtete deren Status und verstand, dass sie die Aufgabe der Götter erfüllten. Niemals zuvor waren Sängerinnen angegriffen worden. Der Schock darüber saß immer noch tief. Aber Neve begann zu verstehen, dass weder sie noch Arrion an der derzeitigen Entwicklung der Dinge schuld waren.

Arrion war schon zu Lebzeiten eine Legende gewesen, und seine fortgesetzte Tätigkeit als Beschützer der Stadt Kyelle war seit über sechzig Jahren auch in den Palästen und Burgen der Herrscherfamilie bekannt.

Warum die Schwarzen Sänger jetzt so deutlich sichtbar auf den Plan traten, verstand Neve nicht. Aber es hatte nicht direkt mit der missglückten Befreiung Arrions zu tun. Das wenigstens war eine große Erleichterung.

»Er bekam den Befehl, die Festung, in der sich die Rebellen befanden, anzugreifen und alle umzubringen, die sich in ihr aufhielten«, sagte Jat.

Neve sah ein wenig ratlos zu Arrion, der tief einatmete. Er bemerkte ihren Blick und erklärte: »Das wäre ein Übergriff auf das Territorium des Vierten Reiches gewesen und hätte der Herzogin einen Grund geliefert, mit den Rebellen gegen den Herrscher zu ziehen. Vielleicht hat sie nur darauf gehofft und gewartet und die Rebellen deswegen in Grenznähe untergebracht. Krieg liegt in der Luft, solange ich mich zurückerinnern kann. Es gab schon damals Gerüchte, dass der Adel des nächsten Reiches die Seeräuber bei ihren Angriffen auf die Hafenstädte unterstützt hat.«

»Als Provokation?«

»Nicht nur. Eine der Hafenstädte des Herrschers einzunehmen, hat viele Vorteile: Die Städte sind Festungen und sehr schwer wieder zurückzuerobern, wenn sich ein Gegner erst einmal in ihnen verschanzt hätte. Nachschub, frische Truppen und Nahrung können problemlos über den Hafen geliefert werden. Das ist ein Fuß in der Tür, Neve. Hat man eine Stadt, baut man sie weiter als Startpunkt einer Invasion aus. Das Reich des Herrschers hat eine lange Küstenlinie. Überall dort sind Städte mit guten, sicheren Häfen, die auch eine große Flotte beherbergen können. Und wer all diese Städte in Besitz genommen hat, hält eine lange Frontlinie, die er ins Herz des Reiches schicken kann.« Er wandte seine Aufmerksamkeit wieder Jat zu, die seine Erklärung mit einem Nicken bestätigte. »Lass mich raten, Jat, dein Vater weigerte sich, dem Befehl des Herrschers zu gehorchen?«

Sie nickte wieder, und Tränen traten in ihre Augen.

»Das war der Moment, in dem der Herrscher oder die Sänger beschlossen, dass sie ein geeignetes Opfer gefunden haben, um einen Schwarzen Krieger zu erschaffen«, sagte Neve leise.

»Mein Vater war ein guter Mann. Die Vorstellung, dass sie ihm alles nahmen, um einen bösen Geist aus ihm zu machen, der immer nur kämpft und tötet ... unerträglich. Ihr beide wart rechtzeitig da. Ich bin euch so dankbar. Das klingt bestimmt egoistisch: Aber wenn die Schwarzen Sänger nicht Jagd auf Leute wie dich machen würden, Neve, wäre mein Vater jetzt ein Monster.«

»Du weißt von der Festung der Rebellen, nicht wahr? Kannst du uns den Weg zeigen?«, fragte Neve behutsam.

»Bis zur Festung meines Vaters kann ich euch problemlos führen. Und ich kenne die Grenzwege, die wir nehmen können. Ich habe oft den Lagebesprechungen meines Vaters beigewohnt. Natürlich brav im Hintergrund, aber ich habe die Karten gesehen. Ich kann den Weg finden. Wenn ihr mich bei euch haben wollt.«

»Wenn du Neve nie wieder angreifst«, sagte Arrion trocken.

»Nein, versprochen. Ich war nur ... Ich wusste wirklich nicht, was mir geschehen war, als ich im Boot aufwachte. Das Ganze hätte sehr gut eine Finte der Sänger sein können. Ich hatte solche Angst, dass das nur ein weiterer Trick wäre, meinen Vater zu verwandeln. Neve, du hast ihn erlöst. Hast du jemals etwas wie ihn gesehen?«

»Nein. Ich habe viele Geister gesehen und mit vielen von ihnen gesprochen. Ich weiß nicht, ob die Schwarzen Sänger in ihren Bemühungen erfolgreich waren. Aber es war entsetzlich, und ich bin froh, dass ich ihm Frieden schenken konnte.«

Jat schlang die Arme um die Knie. Ihre Füße standen eng nebeneinander. Dass sie sich in ihrem Unterkleid vor allem in Arrions Gegenwart unwohl fühlte, war offensichtlich. Neve hatte ihr eine Hose angeboten und war über die heftige Abwehrreaktion erstaunt gewesen. Sie hatte gefunden, dass selbst eine Hose besser wäre als ein halbdurchsichtiges, stark beschädigtes Unterkleid. Jat war ganz offenbar anderer Ansicht. Ihre Kleidung war zumindest weiblich, während eine Hose das nicht war.

Neve grinste jedes Mal, wenn sie bemerkte, wie Jat sie ansah und dann ganz schnell in eine andere Richtung starrte. Der Anblick einer Frau in Hosen schien Jat fast körperliche Schmerzen zuzufügen. Aber wie passte diese jungfräuliche Prüderie mit der Tatsache zusammen, dass ihr Vater sie zumindest ein wenig im Umgang mit Waffen ausgebildet hatte? Dachte Jat wirklich, sich im Reifrock einen Kerl mittels Stockfechten vom Leib halten zu können? Hatte ihr Vater das ernsthaft geglaubt?

Mit einem Mal sah Jat wieder auf. »Neve, was weißt du über das Monster von Kyelle?«

»Jat, worum habe ich dich gebeten?«

»Aber er ist ein Monster! Mein Vater sagte mir, dass er über sechzig Jahre lang die Stadt gegen Seeräuber beschützte! Welcher Geist kann das sonst, Neve? Ich dachte immer, Geister wären arme Seelen, die wegen irgendetwas ganz traurig sind und deswegen nicht in die andere Welt können. Aber der Ritter von Kyelle ist anders, nicht wahr?«

Neve schoss einen schnellen Blick über das Lagerfeuer hinweg zu Arrion, der lässig auf der Seite lag, das obere Bein angewinkelt, einen Ellenbogen auf den weichen Boden gestützt. Sein langes Haar war nach vorne gefallen und verbarg seinen Gesichtsausdruck zum Teil. Aber sie sah trotzdem die gerunzelte Stirn und die zusammengezogenen Augenbrauen.

Er tat unbeteiligt, aber sie war überzeugt, dass er die Ohren spitzte. In der Stadt Kyelle war nur mit Respekt von ihm gesprochen worden. Es gab Legenden über ihn. Und jetzt bekam er gerade mit, dass diese Legenden durchaus Schattenseiten besaßen. Er hatte sich als Wächter empfunden, als Helden sogar, und nun musste er erfahren, dass andere Menschen ihn als Monster ansahen.

Sie beschloss, Jat endlich den Kopf zu waschen. Es war gut, wenn Arrion einmal nur mit seinem Hirn nachdachte. Aber nach dem, was ihm in der Burg von Seyverne passiert war, wollte sie nicht, dass Jat ungestraft auf seinen Gefühlen und seinem Ego herumtrampelte. Jeder machte sich ein Bild von sich selbst, und Arrions Bild wurde gerade in den Staub getreten.

Es tat nicht not, ihn erneut zum Helden zu verklären. Seine Selbstverliebtheit sollte nicht in einem Höhenflug gipfeln. Aber Neve hätte es gerne, dass er sich die Achtung vor sich selbst erhalten konnte.

»Er ist anders, ja. Aber er ist kein Monster. Er fiel in der Schlacht um Stadt und Festung, und danach fand seine Seele keine Ruhe, sodass er die Aufgabe, die der Herrscher ihm übertragen hatte, weiter erfüllte. Er gehorchte dem Eid, den er geleistet hatte. Woher sollte er in seiner einsamen Festung wissen, dass er ausgenutzt wurde, dass die Schwarzen Sänger ihn zum Vorbild nahmen, eine Armee von Schwarzen Kriegern zu schaffen?«

»Es klingt, als ob er dir leid tut«, sagte Arrion leise.

Sie sah über das flackernde Lagerfeuer in seine kobaltblauen Augen und antwortete ganz sanft: »Das tut er. Für mich ist er eine verlorene Seele, die niemals Trost fand. Ja, ich bemitleide den Ritter von Kyelle.«

Arrion senkte den Blick, sah hinab auf seine Finger, die mit einem der Lederbänder seiner Rüstung spielten.

Wieder fielen Neve die weißen Linien auf, die seine Finger wie Ringe umspannten. Was war ihm da geschehen? Sie hatte kein gutes Gefühl beim Betrachten dieser Wundmale. »Woher hast du diese Narben?«

»Ich bin ein Ritter, Neve. Woher soll ich sie schon haben? Kein Soldat hat nach Jahren des Kämpfens noch schöne Hände. Jeder Hieb, der meine Deckung durchbricht, hinterlässt eine Wunde, die eine Narbe bildet. Ich habe noch viele mehr. Willst du die Interessantesten sehen?«

»Nein danke«, sagte sie mit einem leisen Auflachen und starrte wieder auf die weißen Ringmale. Welche Wunde hinterließ solche Narben? Ein Schwerthieb?

Wohl kaum, Arrion. Denke dir eine bessere Erklärung aus!

Sie zogen weiter. Arrion überließ die grobe Wegbestimmung Jat, aber er gab ihre genaue Marschroute vor. Seine Erfahrungen und auch sein Jagdgeschick waren es, die die kleine Gruppe sicher abseits der Hauptstraßen durch teilweise schwieriges Gelände führten und die beiden Frauen vor dem Hungertod bewahrten. Ihr Weg führte sie weg von den fruchtbaren Weideländern, hielt sie von Städten und Dörfern fern.

Neve war froh darüber. Sie wusste, dass Arrion es nur für sie tat, aber sie würde sich niemals daran gewöhnen, dass er so gnadenlos, schnell und entsetzlich effektiv tötete, um sie zu beschützen.

Er hatte ihr geschworen, sie heil außer Landes zu bringen. Keiner von ihnen wusste, wie es dann weiterging. Jetzt hatten sie immerhin ein Ziel: die Festung der Rebellen. Vielleicht waren dorthin auch weitere Geistersängerinnen geflüchtet, die die Hetzjagd des Herrschers bislang überlebt hatten.

Was danach kam, lag in totaler Dunkelheit.

Was die Schwarzen Sänger in der Zwischenzeit taten, war sogar noch dunkler.

Es machte Neve fast so viel Angst wie die weißen Narbenringe auf Arrions Fingern.

Unten im Tal wand der Fluss sich als blaues Band mit vielen Schnörkeln und Schlaufen. Er kam aus dem Gebirge, das war von ihrer leicht erhöhten Position erkennbar. Dort im Gebirge verlief die Grenze zwischen den Reichen der Herzogin und des Herrschers. Irgendwo dort war die Festung, die Jats Vater bis zu seiner Abberufung gehalten hatte. Und noch weiter, jenseits der Grenze lag die Festung, die die Herzogin den Rebellen zur Verfügung gestellt hatte.

Neve wusste nicht, was die Zukunft bringen würde. Sie hatte es nie gewusst, aber ein Tag war fast wie der davor gewesen. Lange Fußmärsche, Gastfreundschaft von Fremden, hin und wieder ein Mann, dem sie sich hingab. Markiert wurde ihre jahrelange Reise von Orten, an denen sie eine Seele in den Frieden der anderen Welt gesungen hatte.

Alles war jetzt anders. Sie hatte Arrion weder besänftigt noch ihm Frieden geschenkt. Jetzt musste sie das Leid der Geister für den Moment ignorieren, damit sie selbst am Leben blieb, damit andere Geistersängerinnen gewarnt werden konnten.

Alles hatte sich verändert, aber sie suchte nicht länger die Verantwortung bei sich und Arrion. Der Herrscher war schuld. Doch noch mehr Anteil an den Schandtaten lag bei den Schwarzen Sängern. Sie mussten irrsinnig sein. Oder sie wussten mehr, als Neve hatte erfahren können.

Sie sah zu Arrion hinüber und fand, dass er so friedvoll aussah, wie ein Ritter des Reiches es nur konnte. Er zumindest war weniger unglücklich als in seiner Festung. Das tat ihr gut. Dies war schon ein kleiner Sieg über den Herrscher und die Sänger.

»Wir werden bald in den Machtbereich der Festung kommen«, sagte Arrion eines Abends.

»Das bedeutet was?«

»Grenzpatrouillen. Wir werden vorsichtig sein müssen. Wir nähern uns auch langsam dem Punkt, an dem der Fluss das Gebirge verlässt. Ich kenne diesen Fluss. Mit ein wenig Glück kann ich dir in einigen Tagen etwas Besonderes zeigen.«

»Ach?«

Er lächelte. »Ich verrate dir noch nichts, Neve. Warte ab. Es wird dir gefallen, da bin ich sicher. Und ich versichere dir, dass es nichts Anzügliches ist.«

»Du siehst mich doppelt gespannt.«

Er hob fragend die dunklen Augenbrauen.

Sie lachte leise. »Erstens bin ich auf die Überraschung gespannt. Und zweitens bin ich sehr interessiert, wie du ohne Anzüglichkeiten überleben willst.«

»Du hast mich falsch verstanden, Neve. Ich sagte nur, dass die Überraschung keine Anzüglichkeit ist.«

Neve warf einen vorsichtigen Blick rundum, bevor sie antwortete. Sie achtete immer darauf, dass Jat außer Hörweite war, wenn sie Arrion solcherart in seine Schranken verwies. Das war wirklich besser so. »Hat der letzte Kuss dich nicht endlich kuriert?«

»Aber nicht im Geringsten. Es ist wie mit einem Pferd: Fällt man hinunter, steigt man wieder auf.«

Sie starrte ihn aufgrund dieser besonderen Anspielung beinahe fassungslos an, und er lachte. Wieder tanzten die Geister der Unterwelt in seinen leuchtenden Augen.

»Ja, das kann ich mir vorstellen, dass dir das gefallen würde«, sagte sie ein wenig bissig. »Und ich fragte mich schon, was wird, wenn *ich* das Fischproblem für meine Seite besiege – und du nicht. Ich hätte dann meinen Spaß, aber ich kann mir nicht vorstellen, dass es dir gefallen würde.«

Er sah sie zweifelnd an, und sie konnte sich lebhaft vorstellen, was gerade in seinem Kopf vorging. Sein bestes Stück in einen von Verwesung aufgetriebenen Fischkadaver stecken? Er wandte sich mit einem Schaudern ab.

Neve kicherte begeistert.

Sie folgten einem kaum erkennbaren Pfad. Zu ihrer Rechten fiel das Land steil ab. Der Blick über das Flusstal war überwältigend.

Arrion blieb hin und wieder stehen, suchte einen sicheren Weg und hielt gleichzeitig Ausschau nach Patrouillen auf Rundgang. Die Befehle des Herrschers hatten die unangenehme Eigenschaft, alle Untergebenen in Rekordgeschwindigkeit zu erreichen. Die Nachricht aus der Burg von Seyverne musste lauten, dass zwei Frauen und vielleicht ein Ritter auf der Flucht vor gerechter Strafe waren.

Wenigstens sah derzeit niemand Neve mehr auf den ersten Blick an, dass sie eine Geistersängerin sein könnte. Ihre Verkleidung war nach Entfernen des scheuernden Stoffstreifens aus ihrem Schritt und vor allem des Tuchs, das ihren Busen platt gedrückt hatte, nicht mehr wirklich überzeugend. Auf den ersten Blick reichte diese Kostümierung aber immer noch.

Hinzu kam Jat.

Und obendrein gab es Arrion, der zumindest für die Geistersängerin und Jat sichtbar war. Ob die Soldaten auf ihren Wachrunden ihn ebenfalls sehen konnten, würde sich noch zeigen.

Neve war sich fast sicher, dass es so sein würde. Sie wusste nicht, woher sie diese Gewissheit nahm. Ebenso wenig erfasste sie, woher ihre Fähigkeiten gekommen waren, als Arrion genau diese Hilfe gebraucht hatte.

Ihre Mutter Balan hatte sie schon bei der Trennung vor zehn Jahren als die beste aller Geistersängerinnen bezeichnet. Aber damals war sie ein Nichts gewesen gegen die erfahrene Sängerin, die sich aufmachte, Ritter Arrion von der Festung über Kyelle zu befreien. Und selbst diese erfahrene Sängerin verblasste zu einer unfähigen, unwissenden Anfängerin gegen das, was Neve heute war.

Sie musste das nicht verstehen – zumindest im Augenblick nicht. Jetzt war es nicht wichtig, hoffte sie. Sie betete jede Nacht zu den Göttern, dass sich in der Rebellenfestung andere, erfahrenere Sängerinnen als sie aufhielten, die ihr einige Fragen beantworten konnten. Sie konnte nicht ewig unwissend leben. Wie sehr wollten ihre Fähigkeiten noch wachsen? Konnte sie die Gabe noch kontrollieren?

Mitten in diese Gedanken und Ängste hinein hörte sie Arrions Stimme. »Soldaten. Genau vor uns.«

Neve und Jat flüchteten sich wie auf ein geheimes Signal gegen die Felswand zur Linken und hofften, dass sie noch nicht entdeckt worden waren.

Aber wenn Arrion für normale Sterbliche sichtbar war, dann hatten die Soldaten ihn gar nicht übersehen können. Ein Hüne wie er konnte niemandem entgehen.

Das leise Scheppern der Rüstung, als er sich neben Neve rücklings gegen die Felswand warf, klang unnatürlich laut in der Gebirgsluft.

»Haben sie dich gesehen?«

»Ich bin mir nicht sicher, ob sie mich oder euch gesichtet haben. Aber irgendetwas hat ihre Aufmerksamkeit erregt.«

»Sollen wir fliehen?«, fragte Jat besorgt.

»Wohin denn?«, gab Neve zurück, bevor sie hinaufreichte und Arrions Schulter tätschelte. »Wenn sie uns entdeckt haben, mein großer Ritter, werden sie wohl hierher kommen, um herauszufinden, wer wir sind.«

»Sie werden nicht dicht genug an dich herankommen, um dich auch nur beiläufig anzusehen«, zischte Arrion erbost.

»Vielleicht kann man mit ihnen reden?«

»Vergiss es. Jeder Schritt, der sie näher an dich heranbringt, gefährdet dich. Ich habe geschworen, dich heil außer Landes zu bringen. Und keiner von denen wird auf deinen Busen gaffen, das nur nebenbei.«

Er beugte sich ein wenig vor und stellte fest: »Sie kommen tatsächlich hierher. Also haben sie mich wohl *nicht* gesehen.«

»Wie kann man dich übersehen?«, fragte Jat, deren direkte Nähe Sängerin und Ritter in dieser Situation vollkommen vergessen hatten.

Aber Arrion reagierte geistesgegenwärtig. »Meine Rüstung ist blutig. Braun inmitten brauner Felsen und Baumstämme ist nicht gut sichtbar.«

»Du bist ein Ritter und somit ein Soldat wie sie. Vielleicht kannst du sie überzeugen, dass sie uns durchlassen sollen?«

»Und wenn nur einer von denen dich erkennt, Jat, haben wir ein Problem.«

»Oh«, machte Jat, und Neve hätte sie für eine so dumme Bemerkung am liebsten geohrfeigt. Man sagte nicht *oh!* Kein normaler Mensch sagte *oh!*

»Bleibt hier, verhaltet euch ruhig«, befahl Arrion und stieß sich von der Felswand ab. Er trat auf den schmalen Pfad. Größer und wirklicher als das Leben, da konnte seine Rüstung so verdreckt sein, wie sie nur wollte. Den Fellumhang verklebte im unteren Viertel Schmutz aus dem Abwasserkanal. Sowohl Schild als auch Brustpanzer wiesen einige Kratzer und kleine Dellen auf.

Wenn die Soldaten diesen Kerl erblickten, müssten sie Fersengeld geben, dachte Neve und erkannte, wie stolz sie auf Arrions Auftritt war.

Sie hatte sich so weit vorgewagt, dass sie auf den Pfad spähen konnte. Und ob die ihn sahen!

Wäre er für sie unsichtbar gewesen, wäre es schwer geworden, Jat das zu erklären, ohne dass das dumme Mädchen ständig von einem Monster faselte oder in Ohnmacht fiel.

Aber das war nicht nötig, denn kaum trat Arrion auf den Pfad, als die Patrouille sich regelrecht zusammenballte.

Ganz offensichtlich war den Soldaten dieser Ritter zu groß oder ihr Sold zu gering. Keiner wollte der Erste sein, der ihm auch nur entgegentrat.

Neve schlug sich die Hand vor den Mund, da schon wieder unbändiges Kichern in ihr aufstieg. Es gefiel ihr, wie furchterregend Arrion wirkte. Es war sinnlos, dies leugnen zu wollen. Nach einem Jahrzehnt alleine auf der Straße genoss sie es, dass sie einen Beschützer hatte. Dieser war dann auch noch besser als jeder andere, den sie sich hätte ausdenken oder wünschen können. Wenn er ihr sagte, dass niemand auf ihren Busen gaffen würde, dann passierte das einfach nicht.

War da mehr als nur ein Geist, der sich an einen ritterlichen Schwur gebunden fühlte? Ja, bestimmt. Da waren auch noch Arrions Libido und sein Verlangen, die Geistersängerin auf seine Liste der Eroberungen zu setzen. Das Fischproblem spornte ihn in dieser Sehnsucht wahrscheinlich noch zusätzlich an.

In der Gruppe der Soldaten kam es zu einem kleinen Gerangel. Es waren immerhin acht Mann und ein Anführer, der sich nun von seinen tapferen Soldaten ausgestoßen und leicht nach vorne getrieben sah. Sein Sold war offenbar höher als der seiner Untergebenen. Vielleicht war er aber auch einfach nur ein Menschenschinder, und die Soldaten ließen ihn nun spüren, dass sie mit seinem Führungsstil unzufrieden waren. Neve grinste.

Und was machte Arrion? Nichts!

Er stand einfach nur mitten auf dem Weg, den Kopf der Kriegsaxt auf den Boden gestellt, die Arme verschränkt auf das Ende des Axtstiels gestützt, und wartete in offensichtlicher Seelenruhe ab, wie die Soldaten sich verhalten würden.

Neve kroch ein winziges Stück weiter vor, damit ihr auch nichts entging.

»Halt!«, rief der Anführer der Patrouille, und Neve wäre fast vor Lachen geplatzt. Arrion stand da! Er rührte sich nicht ein bisschen.

»Ich halte ja. Und nun?«, wehte die tiefe, vertraute Stimme zu ihr herüber.

Sie hörte das stille Lachen in seiner Stimme und fragte sich, wie viel besser eine Frau einen Mann kennen konnte. Sie wusste genau, wie seine Augen jetzt aussahen.

Auf der anderen Seite des Pfades gab es eine geflüsterte Diskussion, wie man mit einem vermuteten Feind umgehen sollte, der sich nicht feindlich verhält.

Jat krabbelte an Neves Seite und sah zitternd vor Aufregung zu Arrion und den Soldaten. »Was machen sie?«

»Nichts. Die haben einfach zu viel Angst vor ihm.«

»Das hätte ich auch, wenn ich gegen ihn kämpfen müsste. Ich meine, wenn ich ein Mann wäre.«

»Ihm wird irgendwann der Geduldsfaden reißen, denke ich. Ewig lässt er sich nicht so dumm aufhalten.«

»Wie hast du es nur geschafft, einen Ritter dazu zu bringen, dich zu begleiten, Neve?«

»Wir trafen einander, kurz bevor ich verhaftet wurde«, log Neve, die jetzt keine Lust auf irgendwelche Reminiszenzen verspürte. Jetzt war es wichtig, dass Arrion ihnen auf friedliche oder kriegerische Art den Weg freiräumen konnte. Sie durften nicht ewig hier bleiben. Vielleicht hatte der Anführer der Truppe bereits beim ersten Anzeichen des Ritters einen seiner Männer losgeschickt, um Verstärkung zu holen. Möglicherweise befand sich eine andere Patrouille in der Nähe und konnte von Alarmsignalen oder einfach dem aufbrandenden Kampflärm alarmiert werden. Sie mussten hier weg und weiter. Die Grenze konnte nur noch ein oder zwei Tagesmärsche entfernt sein.

»Was machst du hier?«, rief der Soldat zu Arrion hinüber.

»Ich glaube das nicht«, würgte Neve hervor, die vor unterdrücktem Kichern schon Seitenstiche bekam.

»Ich gehe spazieren?«, schlug Arrion vor.

Neve erstickte fast vor Lachen. Dies blieb ihr im Hals stecken, als auf dem Weg *hinter* ihr und Jat Steinchen rollten.

Im gleichen Atemzug, in dem sie eben noch erstickt und möglichst leise gekichert hatte, packte sie Jat an der Schulter und hechtete zurück in die relative Deckung der Felswand, starrte in die Richtung, aus der das Geräusch gekommen war, und entdeckte eine zweite Truppe. Deren Mitglieder sahen nicht halb so zögerlich aus wie die Kerle, mit denen Arrion sich unterhielt.

Sie kamen rasch näher, und Neve hasste sich selbst dafür, in dieser Situation wie ein ängstliches Weib zu reagieren. Sie wollte sich verkriechen. Stattdessen stand sie auf, schleuderte das Bündel von sich und packte ihren Wanderstab fester – eine allzu kümmerliche Waffe angesichts von mehr als zehn Männern, die bis an die Zähne bewaffnet waren.

»Gib auf, Junge«, befahl der Anführer bei ihrem Anblick, sah genauer hin und grinste unangenehm. »Mädchen.«

»Sag nicht *Mädchen* zu mir«, fauchte Neve ihn an, sprang zur Seite und brüllte: »Arrion!«

Im gleichen Augenblick vernahm sie Lärm, als der erste Trupp ganz offenbar wie ein Mann den Ritter angriff.

Der Sprecher der zweiten Gruppe lachte höhnisch, und Neve trat die Flucht nach vorne an. Einen anderen Weg sah sie im Moment nicht. Es gab nur einen Ort, an dem sie und Jat halbwegs sicher waren!

Sie tauchte hinab zu ihrem Bündel, griff durch die Trageschlaufen und packte Jats Hand, um die erschrockene Schöne mit sich zu ziehen – zu Arrion.

Jat schrie erschrocken auf, war aber wenigstens nicht so ungeschickt, dass sie über ihre Röcke stolperte.

Angesichts eines entfesselten Kriegsgottes, der seine Axt kraftvoll und zielgerichtet durch die Reihen der Soldaten kreisen ließ, wollte sie kurz zögern, aber Neve zerrte sie mit sich. Der zweite Trupp war ihnen zu dicht auf den Fersen. Sie konnte nur hoffen, dass Arrion ihren Warnruf richtig verstanden hatte.

Ein abgeschlagener Kopf flog in Schulterhöhe an ihr vorbei, als der große Ritter in eine Drehung wirbelte, zu seinen Füßen zuckende Leiber und abgeschlagene Körperteile.

»Runter!«, schrie Neve und zerrte Jat mit sich zu Boden, in das Blut, in dampfende Eingeweide und erschlagene Körper. Wenn das Mädchen nun ohnmächtig werden wollte, war das in Ordnung, fand sie, während sie selbst in etwas Warmem, Glitschigem auszurutschen drohte.

Arrion spaltete einen letzten Schädel, bevor er mit einem langen Satz über die beiden am Boden kauernden Frauen sprang.

Sein schmutziger Umhang klatschte nass und schwer auf Neves Rücken, und sie mochte sich nicht vorstellen, wonach sie jetzt stank und wie sie jetzt aussah.

Aber Arrion war zwischen ihnen und der zweiten Truppe. Das war alles, was jetzt zählte.

Jat erbrach sich, würgte trocken und sank ohnmächtig hinab in Blut, Körperteile und Erbrochenes.

Neve fluchte und zerrte die andere Frau aus dem Dreck, hielt sie fest und sah über die Schulter zu, wie Arrion Tod und Vernichtung in die Reihen der Feinde trug.

Es war atemberaubend.

Neve schämte sich nicht, kein anderes Wort zu finden.

Arrion war groß, muskelschwer und trotzdem schnell und agil. Normalerweise konnten so große Männer nur durch ihre Kraft punkten, während sie meistens deutlich langsamer als kleinere Gegner waren. Auf ihn traf das nicht zu.

Der schmutzige Umhang zeichnete seine raschen Bewegungen nach, wehte wie ein Kriegsbanner um seine eindrucksvolle Gestalt. Muskeln bewegten sich wie träge Schlangen unter seiner sonnengebräunten Haut, als er der großen Axt tödlichen Schwung verlieh.

Eine solche Waffe war niemals präzise, aber in den Händen eines Kraftpaketes wie Arrion musste sie das auch gar nicht sein. Wer von ihr getroffen wurde, konnte den nächsten Morgen nicht erleben.

Die gebogene und scharf geschliffene Klinge des mächtigen Axtkopfes schlug durch Rüstung, Muskeln und Knochen. Sie hinterließ klaffende Wunden, in deren Tiefen alles zerrissen und zerfetzt zurückblieb, was ein Mensch zum Leben brauchte.

Arrion griff geradewegs an. Wahrscheinlich kochte er vor Wut über die schauspielerischen Fähigkeiten des nun toten Anführers des ersten Trupps. Alles war bestimmt nicht gespielt gewesen. Der Mann hatte genau gewusst, dass er und seine Soldaten als Köder dienten, bis der zweite Trupp heran war.

In die Mitte dieser Einheit flog Arrion nun. Mit jedem Schwungholen wurde Blut von der Klinge der Axt geschleudert und spritzte auf den Pfad, gegen die Felswand und auf andere Männer, die noch nicht in Stücken am Boden lagen.

Neve sah ihm mit leuchtenden Augen und halb geöffneten Lippen zu, wie er – vernichtend wie kein anderer – Gegner um Gegner schlug, zum Tode verurteilte Krüppel aus ihnen machte oder sie in zuckenden Überresten zu Boden sandte.

Ein Teil von ihr – die mitleidige Geistersängerin – wollte weinen. Aber etwas in ihr - das Arrion liebte und begehrte, das zornig gegen die Schwarzen Sänger revoltierte und die Verfolgung und Ermordung jener einzelnen Geistersängerin voller Hass an den Pranger stellte – jubelte ihrem Ritter stumm zu. In kürzester Zeit machte er auch den zweiten Trupp nieder, ohne auch nur einen Wimpernschlag lang in Bedrängnis zu geraten.

Es war vollbracht. Arrion stand inmitten eines Schlachthauses, über und über mit Blut bespritzt, das von seiner Körperwärme in der kalten Gebirgsluft zum Dampfen gebracht wurde. Langsam drehte er sich zu Neve um, die sich möglichst würdevoll aufrappelte, mit sie selbst erstaunendem Gleichmut Eingeweidereste von ihrer Kleidung wischte und ihm dann entgegensah.

Ihr Ritter. Ihr Beschützer, der für sie durch Blut watete. Konnte eine Frau sich noch mehr erhoffen? Außer einer Tochter natürlich?

»Wo kamen die Schweine denn so plötzlich her?«, verlangte er zu erfahren.

»Keine Ahnung, Arrion. Ich habe es auch erst mitbekommen, als ich hinter mir ein Geräusch hörte.«

Er trat dicht an sie heran. Sie lächelte vertrauensvoll zu ihm auf. Es war nicht seine Ehre, die sie vor Aufdringlichkeiten eines siegtrunkenen Mannes schützte. Es war Arrions felsenfeste Überzeugung, dass kein Mädchen so wundervoll sein konnte, dass Gewalt berechtigt war – und wahrscheinlich das Fischproblem.

»Dir ist nichts geschehen?«

»Außer dass ich verdammt schmutzig bin? Nein. Aber Jat ist mal wieder ohnmächtig.«

»Wir sollten hier so schnell wie möglich verschwinden. Schaffst du es, ihr Gepäck und meinen Schild zu tragen? Nur bis wir einen See oder Teich erreichen. Eine Abkühlung wird sie wieder auf die Beine bringen.«

»Es widert mich an, dass du sie ständig tragen musst!«

»Ich würde lieber dich tragen«, sagte Arrion und kam noch ein Stückchen näher. Beinahe berührte der blutige Panzer ihre Brust.

»Ich denke nicht, dass mir das gefallen würde«, sagte sie leise. Es war empörend, wie dicht er immer wieder zu ihr aufschloss, sodass nur noch eine Handbreit Luft zwischen ihnen verblieb. Sie legte den Kopf in den Nacken. Sein Gesicht direkt über ihr. Sie spürte seinen Atem und ballte unwillkürlich die Fäuste.

»Wenn es dich tröstet: Ich mag auch Jat nicht anfassen. Sie fühlt sich sogar noch ekelhafter an als du. Ein Grund mehr, warum ich überzeugt bin, dass wir das Fischproblem gemeinsam in den Griff bekommen können, Geistersängerin. Ich bin sicher, dass du einen Weg findest. Du wirst es nicht bereuen, das kann ich versprechen.«

Sie legte beide Hände auf den tropfnassen Panzer und schob Arrion freundlich auf Distanz. »Wir werden sehen, Arrion. Gib mir deinen verdammt schweren Schild. Ich will hier weg. Wenn Jat jetzt aufwacht, kotzt sie wieder.«

»Jat interessiert mich nicht«, sagte er und starrte ihr durch die Sehschlitze des Helms in die Augen.

Ihr Herzschlag beschleunigte sich für einen Moment; sie durfte dieser Schwäche nicht nachgeben. Fast hoffte sie, dass das Fischproblem unlösbar war. Ja, sie wollte mit ihm schlafen – und sei es auch nur, um seine ganzen prahlerischen Behauptungen auf die Probe zu stellen. Aber ein winziger, vernünftiger Teil von ihr, den sie langsam hassen lernte, beharrte darauf, dass eine Sängerin sich nicht mit einem Geist einlassen durfte, wie lebendig, verführerisch und echt der auch schien. Außerdem teilte dieser hassenswerte Teil ihres Ichs ihr unumwunden mit, dass sie nicht hoffen sollte, eine Tochter von Arrion zu empfangen. Die Götter mochten wissen, was dabei herauskommen würde!

Zwei Tage später erreichten sie die Schlucht, die der Fluss im Laufe von Jahrtausenden in das Gebirge gegraben hatte.

Arrion hielt Wache, während die beiden Frauen sich wuschen, und es war ihm zugutezuhalten, dass er ihnen nicht nachging, um sich am Anblick nackten, weiblichen Fleisches zu erfreuen. Neve war trotzdem und widersinnigerweise ein wenig enttäuscht über seine Zurückhaltung.

Im Lager brannte bereits ein Feuer, als Jat und Neve zurückkehrten. Das Zelt war errichtet, und auch an Trockengestelle für die gewaschene Kleidung hatte Arrion gedacht.

Die beiden niedergemachten Patrouillen hatte der Ritter auf brauchbare Dinge durchsucht, die seinem eigenen kleinen Trupp das Leben ein wenig leichter machen konnten. Einen Teil der erbeuteten Mäntel hatte Neve am Fluss gewaschen, bevor sie ins Lager zurückkehrte.

Arrion saß im Schneidersitz am Feuer und sah mit einem Lächeln auf, als Neve die nasse Wäsche herbeitrug. »Ich muss gestehen, dass es mir gefällt, dass du nicht wieder Röcke trägst.«

Da die Hose zu weit und unten viermal umgekrempelt war, überlegte Neve noch, ob sie das als Kompliment auffassen sollte. Wahrscheinlich war es sinnlos, Arrion darauf hinzuweisen, dass sich im Gepäck der erschlagenen Soldaten keine Kleider oder Röcke befunden hatten.

Jat hatte ihren Entschluss verkündet, sich irgendwie ein Kleid zu nähen. Sie wollte nicht weiter nur in ihrer Unterwäsche herumrennen – so kleidsam diese auch war.

»Ich gehe fischen. Mal sehen, was ich zum Abendessen präsentieren kann. Sollte etwas passieren, während ich am Fluss bin, reicht ein Schrei, Neve.«

Er hatte Helm, Schild und jegliche Panzerung abgelegt, die Stiefel ausgezogen. Ein aus einem Stecken gefertigter Speer vervollständigte seine Aufmachung als aufopfernder Ernährer. An der Spitze des Stabes war ein erbeuteter Dolch befestigt, der nur darauf wartete, sich in einen nichtsahnenden Fisch zu bohren.

Mit der für Arrion so typischen geschmeidigen Leichtigkeit, die aus Kraft und Körperbeherrschung geboren war, stand er auf, reckte sich, ergriff seine Waffen und ging zum Fluss. Das Kettenhemd klirrte leise dabei. Ganz auf Rüstung würde er wohl niemals freiwillig verzichten, dachte Neve lächelnd.

Sie hängte Wäsche auf und ließ sich schließlich am Lagerfeuer nieder, um ihre vom Wasser kalten Hände zu wärmen. Jat saß auf ihrer Matte und versuchte, mit Neves Nähzeug aus einem Soldatenmantel ein keusches Kleid zu nähen. Neve sah ihr kritisch zu und fand, dass Jat sich ungeschickt anstellte. Das hätte sie von einer Tochter der besseren Gesellschaft nicht erwartet. Aber vielleicht war Jat ja von Zofen und Dienerinnen umgeben gewesen, die alles für sie getan hatten, während sie von ihrem Vater eine kriegerische Ausbildung erhalten hatte – natürlich nur in dem Rahmen, der schicklich war. Hosen und Unterkleider waren unschicklich, vor allem mit einem Kerl wie Arrion in der Nähe, der einen Blick auf Beine oder Busen erhaschen könnte.

Was für eine verrückte Welt, in der Frauen ebenso ermordet wurden wie Männer, und Jat rannte herum und schwankte zwischen den Extremen *holde Maid* und *Kratzbürste*.

Neve war müde und kurz davor einzunicken. Es tat gut, am Feuer zu sitzen, sich aufzuwärmen und auf ein Abendessen zu hoffen, von dem sie satt werden würde.

Etwas Totes klatschte vor ihre Füße, und sie wandte den Blick abrupt von Jats Bemühungen ab. Ein Fisch, und dahinter stand Arrion und sah sie erwartungsvoll an.

»Die Antwort ist nein«, sagte sie.

»Ich habe gar nichts gefragt!«

»Ich kenne dich inzwischen verdammt gut, Arrion. Und die Antwort bleibt nein. Außerdem stinkst du. Wie wäre es, wenn du den Fluss da hinten nicht nur zum Fischen benutzen würdest?«

»Ich stinke?«

»Nicht nach Fisch. Aber nach vielen, sehr unangenehmen Dingen. Da fällt mir ein, dass du dich noch nie gewaschen hast, seitdem wir zusammen unterwegs sind! Du bist ein Ferkel.«

Einen Moment lang sah er nur auf sie herab, die dunklen Augenbrauen arrogant gehoben. Dann blickte er zu Jat hinüber, wandte sich halb um und sah zum Fluss, der hinter Bäumen an ihrem Lager vorbeirauschte – außer Sichtweite. »Vielleicht hast du recht«, sagte er trügerisch sanft, bevor er sich das Kettenhemd über den Kopf zog und es neben den toten Fisch vor Neve fallen ließ.

»Schmeiß mir deine Rüstung nicht auf die Füße!«, beschwerte sie sich mit einem leisen Lachen.

Arrion beachtete sie nicht weiter, sondern zog in aller Seelenruhe die gesteppte Lederrüstung aus: erst das lange Oberteil, das seinen Oberkörper sowie edlere Teile seiner Anatomie vor dem Kettenhemd schützte.

Neve wurde ein wenig unruhig. Wie viel wollte er noch ausziehen, bevor er sich die Seife schnappte und endlich verschwand? Er wusste genau, dass er in Hemd und Stoffhose sehr verführerisch aussah. Aus dem Augenwinkel bemerkte sie, wie Jat verwundert von ihrer mühsamen Handarbeit aufsah.

»Arrion?«

Er löste die Schnallen, die die lederne Überhose über seiner schmalen Hüfte hielten, und ließ auch dieses Rüstungsteil zu der übrigen Panzerung fallen.

»Geh jetzt«, sagte Neve und verstand doch, dass er gerade schlagartig und für den Moment unwiderruflich taub geworden war.

Arrion zog das Hemd aus.

Neve fühlte, wie ihr Mund trocken wurde. Arrion war gut gebaut. Er war sehr gut gebaut. Nicht ein Gramm Fett saß auf seinen Rippen. Die flache Bauchdecke mit den klar konturierten Muskeln und der dünnen, schwarzen Haarlinie, die sich aus dem Hosenbund zum Bauchnabel zog, musste jede Frau schwach machen. Gewaltige Muskelstränge wölbten sich an den Oberarmen, zogen scharfe Kanten von seinem Nacken zu seinen Schultern.

Er sah auf sie herab, ganz offensichtlich mit seiner Wirkung auf sie zufrieden.

»Arrion, verschwinde«, flüsterte sie heiser, während er mit Unschuldsmiene, den klarblauen Blick auf ihr Gesicht geheftet, langsam den Knoten des Bundbandes aufzog, die Daumen in den Hosenbund hakte und sich dieses letzten Kleidungsstückes entledigte.

Jat starrte mit hervorquellenden Augen zu Neve und vor allem Arrion, quietschte erstickt und zerrte sich den Mantel über den Kopf, um sich darunter zu verstecken.

Neve hatte das Gefühl, nicht mehr atmen zu können.

Unwillkürlich und keinesfalls vom Verstand koordiniert ging ihr Blick tiefer.

Götter!

Sie schlug sich die Hände vor das Gesicht und hielt sich die Augen zu, bevor sie halb erstickt hervorbrachte: »Geh! Geh weg! Und komm nicht wieder, bevor du wieder angezogen bist! Ich hasse dich, Arrion! *Geh weg!*«

Er lachte leise auf, und sie wusste genau, dass ihm ihr fassungsloses Staunen und Bewundern nicht entgangen war.

Er hatte einfach zu viele Frauen gehabt. Sein Ego war bis über die Grenzen des Erträglichen gewachsen. Der widerwärtige Kerl wusste, wie gut er gebaut war, dass Frauen Schlange gestanden hatten, um mit ihm schlafen zu dürfen. Er wusste, dass Neve ihm in die Arme sinken würde und wollte. Und soeben hatte er jegliche Fantasie mit Leben erfüllt und ihr viel Nahrung für ihre Träume gegeben. Er lachte – leise, aber unverschämt und siegesbewusst.

»Geh weg! Wage nicht, mir irgendetwas im Gesicht herumzuschwenken. Verschwinde!«

»Ich gehe, kleine Neve. Aber sei versichert, dass du mich nicht wieder loswirst.«

Seine Schritte – leicht und mühelos wie immer – entfernten sich, und Neve wagte es, durch die Finger zu blinzeln, um einen Blick auf seine eindrucksvolle Rückansicht zu erhaschen.

Sie starrte, sie erstarrte. Mit einem Keuchen rang sie nach Luft, bekam keinen Ton heraus.

Narben. Sein Rücken war über und über damit bedeckt. Bei den weißen Ringmalen um seine Finger hatte er von den normalen Wunden eines Soldaten gesprochen.

Das stimmte nicht.

Sie fühlte Schmerz und Hass.

Sie rang nach Atem und schrie seinen Namen: »Arrion!«

Er wirbelte herum, durch das echte Entsetzen in ihrer Stimme alarmiert. Kampfbereit.

Sie kauerte dort, wo er sie verlassen hatte, die hellen Augen geweitet, das Gesicht unter den Sommersprossen kreidebleich.

»Was?«

»Die Narben ... Arrion, was ist mit dir geschehen?«

Sie fühlte sich schwach, zitterte am ganzen Körper, spürte erneut die Schmerzen. So grausame Schmerzen! Für einen Moment fürchtete sie wirklich, ohnmächtig zu werden.

Er sah sie verwirrt an, schien nicht zu verstehen, was sie hatte. Langsam und vorsichtig kam er auf sie zu. »Neve? Mädchen, was ist?«

»Die Narben an deinen Händen, Arrion!«

Er sah auf seine Hände hinab und schien die Narben das erste Mal seit Jahrzehnten bewusst zu sehen. Er hob den Kopf und starrte sie an, die kobaltblauen Augen dunkel vor Erschütterung, beinahe violett. Er war blass geworden. »Neve ...«

In diesem Moment verstand sie, dass er vergessen hatte. Es war unglaublich, aber er hatte diese Narben und vor allem die Erinnerung an ihre Herkunft verdrängt, in den tiefsten Winkel seiner Seele versperrt, und Neve hatte die alten Wunden jetzt aufgerissen.

Ihr Herz weinte für Arrion.

Das war der Schlüssel. Der Schlüssel zu Arrions Geisterdasein, zu seinem Hass, zu seiner Seele.

Instinktiv streckte sie die Arme nach ihm aus, und er kam zu ihr. Verschwunden war jegliche Zurschaustellung von Männlichkeit. Übrig blieb ein Mensch, der vor Schmerz und Entsetzen kaum noch atmen konnte.

Er kam zu ihr, brach vor ihr in die Knie, warf sich in ihre Arme, presste den Kopf gegen ihren Bauch und klammerte sich an ihr fest. Sein

Schmerz, das Leid und seine Erinnerungen überrollten Neve mit der gleichen schmerzhaften Intensität, wie seine ersten Sendungen kurz vor der Stadt Kyelle es getan hatten.

Sie krallte die Finger in seine Schultern, hielt sich an ihm fest, während seine Empfindungen sie fast betäubten.
Zuerst waren es nur Fetzen. Jedes Bruchstück ein Puzzleteil, ein Aufschrei tiefster Seelenqual.

Hart und mit einem schnalzenden Geräusch klatschte die Peitsche auf das ohnehin schon wunde, stellenweise rohe Fleisch. Unter diesen Hieben waren blutige Striemen entstanden. Die Haut aufgeplatzt.
Schließlich konnte der große Ritter dem Schmerz nicht mehr standhalten. Seit einer gefühlten Ewigkeit trieb der Folterknecht das vom Blut geschwärzte Leder in seinen Rücken und lachte höhnisch auf, als er Arrions Schrei hörte. Darauf hatte er gewartet.

»Mach, dass es aufhört, Neve. Ich will nicht ... Ich will das nicht!«

Junge Männer fielen – einer nach dem anderen. Die Patrouille, die Arrion auf ihm vertrauten Wegen nahe den Klippen geführt hatte, war in einen Hinterhalt geraten. Es waren frische Rekruten. Ihnen fehlten Erfahrung und Kampferprobung.
Nur Arrion stand noch, und obwohl er die Seeräuber dutzendweise erschlug, wusste er, dass er dieser Übermacht nicht gewachsen war. Er verstand, dass sie ihn lebend wollten. Tödliche Angst vor etwas Schlimmeren als dem Tod breitete sich in seinen Eingeweiden aus.

»Ruhig, Arrion. Zeige es mir. Es ist das, was dich ausmacht. Deswegen bist du zu einem Geist geworden. Hab keine Angst. Es ist lange her. Es kann dir heute nichts mehr tun.« Neve hörte ihre eigene Stimme kaum, so sanft flüsterte sie.

Fragen. Fragen, die er niemals beantworten durfte. Schmerzen, die mehr waren, als er jemals ertragen hatte.

Wie groß war die Garnison? Wie viele Männer in der Stadt postiert? Wie viele in der Festung? Wann war der Wachwechsel, wann kam der Nachschubtross?

Viele Fragen mehr, während die Peitsche ihr blutiges Werk fortsetzte, unterdessen im Kohlebecken zwei Eisenstangen glühten. Er wusste, wofür. Götter, das brauchte ihm niemand zu sagen.

Der Gestank nach Blut, nach dem Schweiß des Folterknechtes. Madengewimmel auf den Deckplanken. Sein Blut auf dem Holz. Das Wissen, dass sie ihn töten würden, dass er als blinder Krüppel für den Herrscher sterben würde.

Aber wie lange würden sie ihn noch am Leben lassen? Zu lange.

Tränen liefen Neves Wangen hinab, und sie krallte sich fester in Arrions Schultern, stützte sich auf ihn, als seine Erinnerungen auf sie eindrangen.

»*Schau noch einmal in die Sonne, denn sie wird das Letzte sein, das du siehst. Antworte auf meine Fragen. Vielleicht brenne ich dir dann nur ein Auge aus, bevor ich dich kastriere und ins Meer werfe. Dann kannst du das Wasser über dir zusammenschlagen sehen.*«

»*Vielleicht sollten wir ihn auch erst kastrieren und ihn Schwanz und Eier essen lassen. Er soll doch sehen, was wir ihm servieren.*«

»*Eine gute Idee*«, *sagte der Kapitän des Schiffes und zog mit schmierigem Grinsen seinen Dolch.* »*Aber zeig ihm die Eisen, die wir gleich in seine Augen brennen. Selbst wenn du diesen Tag überlebst, Ritter, wird dich nie wieder ein Weib ansehen, geschweige denn im Bett haben wollen.*«

Jemand hielt ihm die beiden glühenden Eisen dicht vor das Gesicht. Arrion wich so weit zurück, wie es ihm in den Stricken des Foltergestells möglich war. Die Hitze versengte seine Haut, verbrannte seine Wimpern, ohne dass die Eisen ihn bislang auch nur berührt hatten.

»*Aber erst willst du dich von deinem besten Stück verabschieden, nicht wahr? Ob es dir wohl schmecken wird?*«

Raues Lachen brandete auf.

Arrions Kehle schnürte sich zu. Selbst wenn er gewollt hätte, hätte er kein Wort hervorbringen können.

Der faulige Atem des Folterknechts wehte ihm ins Gesicht. »*Eine gute Idee, nicht wahr, Ritter?*«

Der Kapitän lachte. Arrion schloss die Augen. Er war am Ende, niemand wusste das besser als er. Aber der Eid, den er dem Herrscher geschworen hatte, wirkte immer noch stärker als die Schmerzen, die Erniedrigung, sein bevorstehender Tod.

Etwas sirrte über seinen Kopf hinweg, und das Lachen des Kapitäns wurde zu einem blutigen Gurgeln.

Mit letzter Kraft öffnete Arrion die Augen und sah einen Pfeil, der den Hals des Seeräubers durchschlagen hatte. Der Mann krallte nach seiner Kehle, versuchte zu schreien. Blut lief in Strömen zwischen seinen zu Klauen gekrümmten Fingern hindurch.

Keuchend atmete Arrion tief ein, sank in den Fesseln nach vorne, die seine Finger abschnürten, und verlor sich in totaler Finsternis.

Neve hielt ihn einfach nur fest, hielt ihn, obwohl er sich wie drei Tonnen lange toter Lachs anfühlte. Seine Schultern bebten vor Grauen. Tränen liefen über ihr Gesicht. Kein Wunder, dass er in der Festung geblieben war, um die Seeräuber auch nach seinem Tod immer wieder vernichtend zu schlagen. Ein Schluchzen schüttelte Neve.

Sie waren in der schützenden Dunkelheit mit flachen Booten so nahe wie möglich an das vor Anker liegende Schiff der Seeräuber gefahren.

Ravon hatte nur die Besten aus Arrions Garnison mitgenommen. Die Festung und die Stadt brauchten Schutz. Niemand durfte bei dem Versuch, den Ritter zu retten, die Sicherheit der Stadt aufs Spiel setzen. Auch Ravon nicht, der von mehr als Sorge und Rachsucht getrieben wurde.

Kurz vor der Morgendämmerung versenkten sie schweigend und lautlos die Boote. Wenn die Seeräuber sie herankommen sahen, würde Arrion sofort sterben. Das war ihnen allen klar. Ebenso, dass es nun keinen Weg mehr zurückgab. Entweder sie befreiten den Ritter, besiegten die Seeräuber und übernahmen deren Schiff, oder sie würden sterben.

Sie tarnten sich mit vermeintlichem Treibgut. Inmitten algenbedeckter Baumstämme und winziger, für die Seeräuber unsichtbarer Flöße näherten sie sich dem Schiff.

Ihre Waffen waren rußgeschwärzt. Keiner trug eine Rüstung außer dem gesteppten Leder, das sich mit Meerwasser vollsog und schwer wurde. Aber das alles zählte nicht, als sie den Ritter schreien hörten.

Ravon überlief bei dem gequälten Laut ein Schauder, aber der Schrei gab ihm auch Hoffnung, sich nicht nur auf einer Strafexpedition, sondern auf einer Rettungsmission zu befinden. Noch konnten sie den Ritter befreien, noch war Leben in ihm.

Tränen der Wut brannten in Ravons Augen, als er den Schiffsrumpf erreichte. Über ihm erklang raues Gelächter. Die Seeräuber würden teuer bezahlen für jedes Leid, das sie dem Ritter Arrion angetan hatten, schwor er sich, als er die in die Bordwand eingebaute Leiter erreichte.

Ravon sprang hinter Arrions Rücken auf das blutige Deck, als der Ritter in sich zusammensank. Der blonde Hüne stieß einen Wutschrei aus und schwang seine Kriegsaxt an der reglosen Gestalt seines Freundes und Kommandanten vorbei, während der Folterknecht den Dolch des Kapitäns vom Boden aufklaubte, um Arrions Leben zu beenden.

Die Axt flog von unten in den Leib des Folterknechts, fuhr zwischen seinen Beinen nach oben, und Ravon packte den Mann und brüllte: »Wie lebt es sich mit gespaltenem Schwanz, du verdammtes Schwein?«

Ravon schleuderte den kreischenden, blutenden Mann von sich. Dieser eine sollte nicht sofort sterben. Das Schwein sollte leiden, bis es sein Leben alleine aushauchte. Ravon zwang sich mühevoll, keinen weiteren Blick auf den geschundenen Leib im Foltergestell zu werfen.

Die Männer der Festung fegten durch die Reihen der Seeräuber, die sich von dem Schock nur schwer erholten. Sie hatten ihren Kapitän fallen sehen und mussten nun gegen die Besten der Garnison antreten.

Alle Soldaten hatten den Ritter gesehen – oder das, was die Seeräuber von ihm übrig gelassen hatten. Jeder von ihnen war durch diesen Ritter ausgebildet worden. Sie hatten ihm bislang blind gehorcht, weil seine Entscheidungen gut und richtig waren. Für den Ritter verlangte Ravons Elite nun Vergeltung. Er selbst wütete am schlimmsten unter den Seeräubern. Wohin er schlug, hinterließ er rote Körperteile und zuckendes Sterben. Er wagte nicht, an den zusammengesunkenen Körper hinter sich zu denken. Die Luft zum Atmen wurde ihm in seiner Rage knapp, und sein Zorn wuchs mit jedem Schlag, den er auf seine Gegner niederprasseln ließ.

Mit einem Mal war es still auf dem Schiff.

Ravon stand inmitten eines Halbkreises von Leichen. Hin und wieder zuckte noch etwas, aber das war gleichgültig. Der Kampf war gewonnen.

Ravon drehte sich langsam um und sah zu Arrion.

Keine Bewegung, kein Laut.

Das lange, rabenschwarze Haar fiel als blutiger Wasserfall nach vorne, verbarg sein Gesicht. Die Hände waren bis zur Unkenntlichkeit geschwollen. Die Deckplanken unter ihm bedeckte eine rote, von Maden wimmelnde, schillernde Lache.

»Götter«, stieß Ravon leise hervor. Dann ließ er Schild und Axt fallen und zog seinen Dolch, um den gemarterten Körper vom Foltergestell freizuschneiden.

Er wusste nicht, ob sein Freund und der Vater seiner Kinder noch lebte. So würde er ihn nicht zurückbringen. So durfte kein Ritter des Herrschers aussehen, so trug man ihn nicht zu seinem Scheiterhaufen.

»Hauptmann, warte«, sagte einer der Soldaten, als Ravon gerade das dünne Seil durchschneiden wollte, das Arrions rechte Hand mit dem Rahmen des Gestells verband.

Um jeden Finger lagen drei einschneidende Schlingen, bevor die Schnüre gebündelt worden waren. Die einzelnen Schlaufen konnte Ravon im angeschwollenen Fleisch überhaupt nicht mehr sehen. Nur die Knoten auf den Knöcheln waren noch zu erkennen. Die Schnüre hatten sich mit Blut vollgesogen und hatten sich auch dadurch stramm zugezogen.

»Worauf?«, fragte Ravon, noch immer beinahe lautlos.

Der Soldat wies nach unten. Ravon sah hinab und atmete vor Wut und Fassungslosigkeit tief ein.

Arrion kniete in einem Foltergestell. Sein gesamtes Körpergewicht wurde derzeit von seinen misshandelten Händen und den Schnüren am Gestell gehalten. Zwischen seinen Knien lag ein Holzklotz, der ihn zwang, mit gespreizten Oberschenkeln auszuharren. In das Gestell waren zwei Stangen eingehakt, die nur dazu dienten, dem Ritter unerträgliche Schmerzen zu bereiten und ihm bei starker Gegenwehr Oberschenkelknochen und Wadenbein zu brechen. Ein Stab lag auf Arrions Unterschenkeln, die andere drückte fest nur fingerbreit oberhalb seiner Knie gegen die Oberschenkel.

Die Warnung war im letzten Moment gekommen, denn Ravon hätte die Seile durchschnitten und dadurch seinem Ritter die Beine zertrümmert.

»Götter«, murmelte Ravon wieder. Er sah zum Folterknecht hinüber, der beide Hände auf seine zerschlagenen Geschlechtsteile gepresst hielt. Blut lief aus dem Leib, aber noch lebte dieses Monster.

»Lasst ihn leben, bis er von alleine verreckt«, befahl Ravon mit funkelnden Augen. Tränen brannten darin, seine Kehle war zugeschnürt. Er beugte sich neben dem anderen Soldaten hinab, um die Stangen aus dem Foltergestell auszuhaken.

Als Reaktion folgte – kaum hörbar, aber Ravon war sich gewiss, dass er es sich nicht eingebildet hatte – ein beinahe lautloses Stöhnen.

»Er lebt? Er lebt noch? Nach allem, was sie ihm angetan haben?«, fragte der Soldat.

Ravon streckte eine zitternde Hand aus, strich schwarzes Haar beiseite, das schwer und nass war von Schweiß, Urin und Blut. Des Hauptmanns Finger ertasteten Arrions Kinn, und behutsam drückte er den Kopf seines Ritters nach hinten, bis er und der Soldat in das kreidebleiche Gesicht blicken konnten. Die flatternden Lider, hinter denen nur Weiß zu sehen war, die bebenden Lippen, die sich bei jedem flachen Atemzug, der in die Lungen gesogen wurde, ein winziges Stück öffneten.

»Halte ihn. Ich will nicht, dass er in diesen Dreck stürzt«, bat Ravon und schnitt hastig die beiden dünnen Seile durch, sobald der Soldat vor dem Ritter stand, um ihn aufzufangen. Arrions Hände fielen herab, der große, schwere Körper sank wie knochenlos nach vorne, aber der Soldat hielt ihn. Gemeinsam zogen sie den Ritter von dem Foltergestell weg, betteten ihn auf Mäntel und Decken, die andere Soldaten bereits herbeigeschafft hatten.

»Wird er leben?«

Ravon zuckte die Schultern.

»Wird er jemals wieder kämpfen können?«

Ravon wollte es nicht, aber er schüttelte schwach den Kopf. Niemand, der so zugerichtet war, würde jemals wieder auf eigenen Beinen stehen, mit den eigenen Händen irgendetwas machen können. Vielleicht war es besser, wenn Arrion starb, bevor sie Kyelle erreichten und in den sicheren Hafen einliefen. Ravon wusste es nicht. Er wusste nur, dass er es niemals fertigbringen würde, den Rest von Leben, der da noch war, schnell und gnädig mit dem Dolch zu beenden. So sehr er Arrion als Ritter verehrte, als Kommandanten liebte und als Mann begehrte, das konnte er nicht.

Stattdessen kniete er nieder und machte sich an die Arbeit, jeden einzelnen Finger aus den Schlingen der dünnen Schnur zu befreien. Erst da sah er, woher das Blut an Arrions Händen stammte: Alle zehn Fingernägel waren ausgerissen worden.

Es war nur eine Kleinigkeit, verglichen mit den anderen Wunden und Grausamkeiten, aber es war der Tropfen, der Ravons persönlichen Kelch zum Überlaufen brachte. Er sank neben der reglosen Gestalt seines Ritters zusammen und kämpfte mühsam die Tränen nieder, die auf Arrions Gesicht fallen wollten. »Der Folterknecht«, würgte er hervor.

»Ja, Hauptmann, er lebt noch.«

»Fangt bei seinen Füßen an. Verbrennt sie. Danach seine Unterschenkel. Verbrennt ihn bei lebendigem Leib. Langsam, Stück für Stück. Er soll dabei zusehen können.«

Niemand stellte eine Frage oder widersprach diesem Befehl. Alle wandten sich wie ein Mann um und gingen auf den Folterknecht zu, der vor Angst zu schreien begann.

Für einen Augenblick hatte Ravon den Eindruck, dass ein Lächeln über Arrions aschfahles Gesicht zuckte. Aber er wusste, dass er sich das nur einbildete, um seine eigene Grausamkeit zu rechtfertigen, obwohl es keiner Rechtfertigung bedurfte.

Während hinter ihm Schreie erklangen, die jedes Herz außer seinem erweicht hätten, während der Gestank von verbranntem Fleisch aufstieg, als die Soldaten den Folterknecht mit den Füßen zuerst in das Kohlebecken steckten, wusch Ravon zärtlich Blutspritzer aus Arrions Gesicht und weinte leise angesichts der Barbarei, die seinen Ritter niedergestreckt hatte.

Das Schiff der Seeräuber legte an der geschützten Seite der Festung an. Eine Landzunge war der Förde vorgelagert, auf der sich die Burg mit ihren mächtigen fünf Türmen erhob.

Zehn Soldaten trugen den geschundenen Leib ihres Ritters auf einem blutgetränkten Laken über das Fallreep an Land und hinter schützende Mauern.

Würdenträger aus der Stadt waren von Arrions Soldaten abgefangen und in die große Festhalle geführt worden. Niemand in der Festung wusste, ob Ravons Angriff auf das Schiff der Seeräuber eine Rettungsmission oder ein Rachefeldzug gewesen war.

Die Nachricht verbreitete sich wie ein Lauffeuer in der Festung: Der Ritter lag im Sterben. Es schien ein Wunder, dass Ravon und seine Männer ihn noch atmend von Bord trugen. Die Nacht konnte und würde er nicht überleben.

Ein Arzt wurde ebenso gerufen wie ein Priester.

Ravon fand sich in der Rolle des Kommandanten wieder. Er war der nächste ranghohe Offizier nach Arrion. Knapp informierte er die Würdenträger aus Kyelle, dass es schlecht um den Ritter stand. Dann wartete er im Vorraum seiner eigenen Wohnung auf die Rückkehr des Arztes aus dem Sterbezimmer.

Zuerst trat der Priester aus dem Schlafzimmer, das normalerweise Ravon und dessen Frau Kina gehörte. Heute nicht. Ravon saß vor der Zimmertür. Er wusste, dass Kina bei Arrion ausharrte. Er selbst konnte es nicht mehr über sich bringen, diesen geschundenen Körper anzusehen. Noch nie hatte er einen Menschen gesehen, der solche Folter lebend überstanden hatte – wenngleich selbst Arrion an der Schwelle des Todes schwebte. Ein winziger Schritt nur noch …

Der Priester nickte Ravon zu und verschwand wortlos. Kurz nach ihm kam der Arzt heraus, dem Kina mit funkelnden Augen folgte. Der Mann konnte Ravon nicht in das Gesicht sehen.

Aber der Hauptmann hielt ihn auf, bevor er das Haus verlassen konnte. »Nun?«

»Er liegt im Sterben. Er ist nur noch atmendes Fleisch. Heute Nacht oder morgen früh wird es vorbei sein.«

Ravon schloss die Augen, ballte die Fäuste. Er wusste, dass er nichts ändern konnte. Nichts, was er tat, konnte die Folter der Seeräuber ungeschehen machen.

»Er hat die Wunden des Ritters nicht verbunden«, sagte Kina.

Ravon öffnete die Augen wieder. »Wie bitte?«

»Er stirbt! Was soll ich noch Mühe auf ihn verschwenden?«, verteidigte der Arzt sich, und Ravons Hand schoss vor und packte den Mann an der Kehle, drückte ihn unsanft gegen die Wand.

Ravon beugte sich vor, glühenden Zorn in den hellen Augen. »Er ist ein Ritter des Herrschers. Alles, was seine letzten Stunden angenehmer und erträglicher machen kann, alles, was ihm ein wenig Würde zurückgibt, wird unternommen! Verstehst du mich?«

»Ich habe deiner Frau Medizin gegeben! Er wird keine Schmerzen haben.«

»Oh, ja«, sagte Kina bitter, Tränen füllten ihre Augen, »und notfalls soll ich ihm die ganze Flasche auf einmal geben und ihn umbringen!«

Sie schlug die Hände vor das Gesicht, weinte leise. Deutlich zeichnete sich ihr gewölbter Bauch unter dem Kleid ab. Das zweite Kind – nicht von Ravon, sondern von Arrion. Ein schwarzhaariger, kleiner Junge lebte bereits in der Festung, lernte Laufen und Sprechen und war das Ebenbild seines leiblichen Vaters. Bei aller Zuneigung, die Ravon ehrlich für Kina empfand, zu dem Schritt hatte er sich niemals überwinden können. Arrion hatte die ehelichen Pflichten an seiner Statt erfüllt.

Ravon stieß den Arzt von sich und gegen die Tür zum Sterbezimmer. »Versorge seine Wunden, Arzt, wenn du diese Nacht überleben willst.«

Das Zimmer erfüllte der Pesthauch nach Blut und menschlichen Ausscheidungen. Lange nicht alle stammten von Arrion.

Nachdem der Arzt seinen Patienten versorgt hatte, machte Kina sich daran, den Ritter zu waschen. Sein Haar stank nach dem Urin der Seeräuber. Das Gesicht war voller Blutspritzer und Schmutz.

Sie wusch Arrion, wechselte das Bettzeug, deckte ihn mit frischen, sauberen Laken zu und horchte die ganze Zeit auf seine Atmung.

Sobald sie meinte, dass die tiefen Atemzüge mühsamer klangen, holte sie die Glasflasche mit der schmerzstillenden Medizin, sog eine Dosis in einen Strohhalm, mittels dessen sie dem Ritter den bitteren Sirup einflößte.

Er lag in tiefer Bewusstlosigkeit, und sie hoffte, dass er aus dieser nicht erwachte, bis er starb. Es war besser für ihn, nicht die Ruine, die sein Körper war, bewusst zu sehen.

Arrion überlebte die Nacht, ohne sich ein einziges Mal gerührt zu haben. Nur seine Atemzüge und hin und wieder das Flattern seiner Lider bewiesen, dass noch Leben in ihm war.

Ravon trat mit dem ersten Morgenlicht in das Sterbezimmer, sah auf seinen Kommandanten und erkannte erschrocken, dass dieser immer noch atmete. So sehr er den Tod des Ritters fürchtete, so sehnte er ihn doch herbei, damit Arrion seinen Schmerzen entrinnen konnte.

Kina stand auf und kam ihrem Mann entgegen. Er nahm sie in die Arme, fühlte den Kopf müde gegen seine Schulter sinken. Er liebte Kina wie eine Schwester, und in diesem schrecklichen Moment waren sie sich näher denn je zuvor.

»Wie hat er die Nacht verbracht?«

»Ruhig, weil ich ihm alle zwei Stunden von der Medizin gegeben habe. Die Männer warten auf dich, Ravon. Ich bleibe bei ihm.«

»Du brauchst deinen Schlaf, Kina. Du trägst sein Kind unter dem Herzen. Geh schlafen, ich bleibe bei ihm. Sag mir nur, was ich zu tun habe.«

»Du bist mir ein guter Ehemann, Ravon. Es tut mir leid, dass es sein Kind ist und nicht deines.«

»Ich bin dankbar, dass du Kinder haben kannst. Ich habe mich oft gefürchtet, wie sehr du mich verachten musst.«

»Wie könnte ich das? Du behandelst mich mit Respekt und Freundlichkeit. Du beschützt mich. Bis auf das Eine bist du ein guter Ehemann. Ich weiß, dass du mich niemals so lieben kannst, wie du Männer – wie du Arrion liebst. Das ist in Ordnung, denn du hast es mir nie verschwiegen. Du bist ein guter Vater, Ravon. Ich bin froh, dass ich dich habe.«

Er streichelte ihr über das Haar, drückte sie kurz an sich und ließ sich dann erklären, was er zu tun hatte, bis das Herz in Arrions Brust endlich den aussichtslosen Kampf aufgab.

Kina hatte Honigwasser auf die Anrichte neben dem Bett gestellt. Sie befürchtete, dass der Ritter verdursten müsste, wenn er doch noch ein oder zwei Tage leben sollte. Durst tat weh, und sie wollte jedes Leiden vermeiden.

Ravon verbrachte den Tag in dem durch Vorhänge leicht verdunkelten Zimmer. Immer wieder tastete er nach dem Puls des Ritters, lauschte auf die Atmung, flößte ihm mittels Strohhalmen Medizin und Wasser ein.

Als es dunkel genug war, dass er die Öllampe auf der Anrichte entzünden musste, lebte Arrion immer noch. Und Ravon hatte die Überzeugung gewonnen, dass allen ärztlichen Prognosen zum Trotz sein Freund tatsächlich überleben wollte.

So war er nicht überrascht, als Arrion am vierten Tag die Augen öffnete.

Zuerst sah der Ritter verwirrt um sich, bis er das Zimmer zu erkennen schien. Dann ein Blick zu Ravon, der still an der Seite des Bettes saß und ehrfürchtig auf den Ritter sah.

»Wasser«, brachte Arrion heiser hervor, und Ravon sprang auf, holte den Becher von der Anrichte und beugte sich über den Schwerverletzten, um ihn zum Trinken leicht anzuheben.

Eine immer noch stark geschwollene Hand, teilweise mit Verbänden umhüllt, krallte sich in den Umhang des Hauptmannes, als Arrion sich nur mit reiner Willenskraft nach oben zog und mit der anderen Hand nach dem Becher griff. Er besaß kein Gefühl in seiner Hand, und hätte Ravon den Becher nicht festgehalten, wäre dieser zu Boden gefallen.

»Langsam«, murmelte Ravon, aber Arrion hatte das Wasser schon ausgetrunken. Frischer Schweiß perlte auf seiner Stirn, auf den Wangen und an seiner Kehle.

»Mehr.«

»Später. Wenn du jetzt zu hastig trinkst, wirst du alles erbrechen.« Er musste den Becher fast gewaltsam aus den geschwollenen Fingern befreien und Arrion zurück auf das Bett drücken. »Spare deine Kraft, Arrion. Es ist ein Wunder, dass du lebst.«

Ein wacher Blick aus kobaltblauen Augen traf ihn. »Wie schlimm?«

Sie waren Soldaten. Jeder von ihnen war im Kampf verletzt worden, hatte Männer in den sicheren Tod schicken müssen. Beide waren nach gewonnenen Schlachten gegen die Seeräuber durch das Lazarett gegangen, hatten in Agonie Liegende getröstet und ihnen vorgemacht, dass alles wieder gut werden würde.

Sie hatten Stümpfe gesehen, aufgerissene Leiber, hatten Mut gemacht und Lob ausgesprochen für Heldentaten, die mit dem Tod oder einem Dasein als Krüppel bezahlt wurden.

Ravon erkannte, dass er Arrion weder belügen noch ihm etwas vormachen konnte.

Er wollte es, von ganzem Herzen wünschte er sich das. Er wollte den geschundenen Körper vorsichtig in die Arme nehmen, Arrions Kopf an seiner Brust fühlen und ihm lauter dumme Lügen ins Ohr flüstern. Die einzige Wahrheit, die er in sich hatte, war das Einzige, das er ihm auch jetzt noch verheimlichen wollte.

»*Niemand hat erwartet, dass du die erste Nacht überleben würdest*«, hörte er seine eigene Stimme wie aus weiter Ferne. *Er wollte diese Worte nicht aussprechen, aber Arrion war der Ritter von Kyelle.* Mittlerweile war er wach genug, um seine Schmerzen zu spüren. Bei vollem Bewusstsein hatte er erlebt, was die Seeräuber ihm angetan hatten. Eine zuckersüße Lüge würde er von sich stoßen, selbst wenn er daran glauben wollte.

»*Wie schlimm?*«, erklang die heisere Stimme erneut.

Es tat weh, in diese strahlenden Augen zu sehen, die selbst jetzt noch so viel Kraft signalisierten.

»*Ich glaube, dass du leben wirst. Aber nicht, dass du jemals wieder stehen oder gar gehen kannst. Deine Hände sind zerstört. Du wirst niemals wieder eine Waffe halten können.*«

»*Ein Krüppel. Und wofür hast du mich dann gerettet, Ravon? Sag nicht, dass du das nicht gleich erkannt hast. Warum habe ich das Seeräuberschiff lebendig verlassen?*«

Ravon sank in sich zusammen. Die gleichen Fragen hatte er sich selbst gestellt – mehr als einmal. Warum hatte er Arrion nicht gnädig auf den blutigen Deckplanken getötet? Der Mann war bewusstlos gewesen und hätte es nicht einmal gemerkt, wenn ein scharfer Dolch ihm die Kehle durchschnitten hätte.

Aber das hatte Ravon nicht über sich bringen können. Er wusste nicht, ob ein anderer Mann in seiner kleinen Truppe diese Gnade hätte walten lassen können.

Der Strom der Erinnerungen verebbte, wurde blasser. Noch immer hielt Neve Arrion im Arm, sich seiner Nacktheit und Nähe nicht bewusst.

Das waren nicht alles Arrions Erinnerungen. Sie erkannte, dass ihre Kräfte immer weiter wuchsen. Sie hatte wissen wollen, wie er den Seeräubern entkommen war. Er mochte sich vieles aus Andeutungen und Erzählungen zusammengereimt haben. Aber woher wusste er von den Gesprächen zwischen Ravon und Kina? Bis vor wenigen Tagen hatte er nicht einmal verstanden, dass Ravon in ihn verliebt gewesen war und keinerlei Interesse an Frauen gehabt hatte.

Welche Schleusen hatte Neves immer weiter wachsende Macht da geöffnet? Schadete sie Arrion damit, dass sie sein Weltbild erweiterte, ihm Dinge zeigte, die er nicht gewusst hatte?

Sie hielt ihn fest und wartete, dass er wieder normal atmete, dass das Zittern seiner zum Kampf angespannten Muskeln nachlassen würde.

Das erklärte die Narben an seinen Händen, die Male, die auf seinem Rücken waren.

Und es erklärte seinen brodelnden Hass, den sie fast noch vor seinem Leid gefühlt hatte.

Die Seeräuber hatten ihn gefoltert, um ihren nächsten Angriff auf Festung und Stadt erfolgreich durchführen zu können. Er hatte ihnen nicht ein Wort gesagt und war dafür durch die kochenden Schlammseen der Unterwelt gesandt worden.

Für jeden Mann war das Wort *Kastration* ein Anschlag auf die Integrität des eigenen Körpers, eine Gewalttat, die für eine Frau beinahe unvorstellbar war. Aber für Arrion? Den Vater der ungezählten Bastarde, der ein Mädchen aus Kyelle nur hatte anlächeln müssen, um es dahinschmelzen zu lassen?

»Wie lange hat es gedauert, bis du wieder gehen konntest?«, fragte Neve sanft.

Endlich hob Arrion den Kopf aus ihrem Schoß und starrte sie für einen Moment nur verständnislos an.

»Wie lange, Arrion?«

»Ein halbes Jahr, glaube ich. Niemand hat geglaubt, dass ich es schaffe. Ich selbst habe es nicht geglaubt. Neve, ich will diese Bilder nicht in meinem Kopf haben!«

Sie streichelte ihm über das wirre Haar, das sich unter ihren Fingern matschig und nass anfühlte.

Unter ihren Händen spürte sie seinen Zorn, der unter einer hauchdünnen Schicht von Verzweiflung darauf lauerte, wieder ans Tageslicht brechen zu können.

»Du wirst die Bilder wieder in den Hintergrund drängen, Arrion.«

Er atmete tief ein. Es zerriss ihr fast das Herz, wie er um seine Fassung rang, seine Kräfte sammelte.

Mühelos wie immer stemmte er sich aus ihrem Schoß hoch, nur um ihr danach wieder näherzukommen. Sein warmer Atem streifte ihre Wange. »Ich weiß, wie ich die Bilder wieder loswerde. So wie ich es immer getan habe. Du wirst mir helfen?«

»Wenn ich kann.«

»Du kannst, Neve. Wenn irgendjemand es kann, dann du.«

Er streckte eine Hand aus, streichelte über Neves Wange, und unter dem Schleim toter Fischschuppen spürte sie die Hornhaut, die er vom Stiel der Kriegsaxt bekommen hatte. Unter dem toten Glibber spürte die Geistersängerin Arrions Körperwärme.

Ja, er hatte recht. Sie konnte ihm helfen, wenn sie nur das Fischproblem bewältigten.

»Ich gehe jetzt brav und wasche mich«, sagte er unvermittelt und stand auf. Er langte nach einem Soldatenumhang, den er sich um die schmale Hüfte schlang.

Neve stand ebenfalls auf, holte die Seife aus ihrem Bündel und blieb vor ihm stehen. »Ich komme mit.«

»Du willst nur aufpassen, dass ich mich auch hinter den Ohren wasche.«

»Und dir zusehen, Arrion. Ja, das will ich. Außerdem denke ich, dass Jat schneller unter dem Mantel hervorkriechen wird, wenn wir beide weg sind. Wie konntest du sie nur so schockieren?«

Er zuckte die breiten Schultern. »Im Normalfall erziele ich eine andere Wirkung auf Mädchen, wenn ich nichts anhabe.«

Ja, das konnte sie sich lebhaft vorstellen. Aber weder sie noch Jat waren für Arrion normale Mädchen. Entgegen ihren ersten Befürchtungen interessierte er sich überhaupt nicht für die blonde Rittertochter.

Sie gingen nebeneinander zum Fluss, ohne einander zu berühren. Nach wie vor war das widerlich, gleichgültig, welchen Trost sie aus der Nähe des anderen schöpften.

Neve suchte sich einen flachen Stein am Flussufer und blickte über das Wasser, bis sie sicher war, dass es ungefährlich war, zu Arrion hinüberzusehen.

Sein Ego war groß genug, und sie war sich vollkommen sicher, dass der Ritter auch mit dem niederschlagenden Erleben seiner Erinnerungen schneller fertig werden würde, als ihr lieb sein konnte.

»Warum ist der Fluss hier so wild?«

»Das hängt mit der Überraschung zusammen, die ich dir zeigen will.« Er beugte sich vor, tauchte den Kopf unter und riss ihn dann mit einem Ruck wieder hoch, sodass die schwarze Lockenflut auf seinen Rücken klatschte.

»Das hier ist der letzte Punkt, an dem wir den Fluss betreten können. Weiter flussaufwärts ist es einfach zu gefährlich.«

»Die Strömung wird stärker?«

»Ich habe einen Menschen gesehen, der weiter oben ins weiße Wasser gefallen ist. Es hat ihn zermalmt und in Fetzen gerissen. Ich weiß, dass du keine Befehle von mir entgegen nehmen magst: Diesen wirst du befolgen müssen.«

»Ich weiß nicht, ob ich mich auf deine Überraschung freue, wenn sie so gefährlich ist.«

Er lachte. »Sie ist wundervoll, warte nur ab. Ich bin in ihrer Umgebung aufgewachsen und sollte mich an den Anblick gewöhnt haben. Aber dem ist nicht so. Es wird dir gefallen, Geistersängerin. Jetzt solltest du die Augen zumachen.«

»Warum?«

»Weil ich jetzt aus dem Wasser komme und dein Zartgefühl nicht verletzten will.«

»Ich habe das Zartgefühl einer Hure.«

Er blieb wie angenagelt stehen. Das Wasser schäumte um seine Hüften, und sie sah erneut die schwarze Haarlinie, die zu seinem Bauchnabel hinauf verlief.

»Wer hat dir diesen Schwachsinn eingeredet?«

»Niemand.« Sie biss sich auf die Unterlippe. Sie wollte wegrennen und wünschte sich verzweifelt, sie hätte nichts gesagt.

»Ich verdächtige Jat. Verdammt, ich sollte das prüde Miststück weiter oben in den Fluss werfen. Nur weil sie errötend die Knie zusammenpresst, wenn sie nur zwei Kaninchen im Wald rammeln sieht, hat sie kein Recht, ihre kranken Moralvorstellungen auf alle Frauen zu übertragen. Was waren dann die Mädchen von Kyelle? Und Ravons Frau Kina? Auch Huren?«

Sie spürte, wie Röte auf ihren Wangen brannte.

»Mach jetzt die Augen zu, Neve.« In seiner Stimme lag ein unartiges Lächeln.

Neve schloss die Augen. Jetzt lachte er, aber sie fühlte sich wohl dabei.

Der Fisch schmeckte unerwartet lecker. Jat beeindruckte Neve und Arrion mit ihren Kochkünsten. Sie war in gehobener Gesellschaft aufgewachsen, und offenbar war ihre hausfrauliche Erziehung von Fachleuten übernommen worden. Wahrscheinlich die gleichen Idioten, die ihr strenge Moralgrundsätze und Prüderie in das Hirn gehämmert hatten.

»Wie weit mag es noch bis zur Grenze sein, Arrion?«, fragte Neve, als sie sich satt auf ihre Matte sinken ließ.

Ihr war aufgefallen, dass er zwar wenig aß, aber mittlerweile bei jeder Mahlzeit ein oder zwei Happen probierte. Er wurde immer echter, sie bildete sich das nicht nur ein.

Lag es an ihr, wie sie vermutete? Er hatte sie als Energiequelle gefunden, und je stärker sie wurde, desto lebendiger wurde er? Es war eine mögliche Erklärung.

»Eine knappe Woche, wenn uns nichts dazwischen kommt. Die Jahreszeit ist die Beste, um im Gebirge zu marschieren. Meine kleine Überraschung liegt jenseits der Grenze. Danach wird das Terrain schwieriger, bis wir uns der Rebellenfestung nähern.«

»Ich weiß nicht, ob ich dort willkommen sein werde«, warf Jat ängstlich ein.

»Dein Vater weigerte sich, die Grenze zu überschreiten und das Rebellennest auszuräumen. Für diese Befehlsverweigerung wurde er aus seiner Festung abgerufen. Das ist auch den Rebellen zu Ohren gekommen, Jat. Solche Gerüchte verbreiten sich schneller, als dem Herrscher lieb sein kann. Und dein Vater ist für seine Entscheidung gestorben.«

Sie zerpflückte nervös ein Stück Brot zwischen den Fingern. Überzeugt schien sie nicht. Aber die Alternative bestand darin, dass sie hier alleine gelassen wurde – mit den Schergen des Herrschers auch auf ihren Fersen. Neve als Geistersängerin stellte zwar das primäre Ziel dar, aber selbst jemand wie Jat konnte sich doch vorstellen, dass jede Frau Freiwild für die Soldaten war.

»Ich hoffe, dass du recht hast. Aber auch du bist ein Ritter des Herrschers. Hast du keine Angst?«

Arrion warf Neve einen belustigten Blick zu, bevor er artig antwortete: »Nicht wirklich. Was meinst du denn, wer die Rebellen sind? Bauern und Handwerker? Zum Teil bestimmt. Aber sie werden sich hauptsächlich aus der Armee über die Grenze geflüchtet haben. Bauern und Handwerker bekommen eher selten den Zorn eines gekränkten Herrschers zu spüren. Jeder Rekrut hingegen weiß, dass der kleinste Fehler ihm die Vierteilung einbringen kann. Zähl doch *bitte* mal zwei und zwei zusammen, Jat. Die Herzogin wird kaum ein Pack ungewaschener, kampfunerprobter Bauern mit einer ihrer eigenen Festungen beschenkt haben. Da sitzt eine Armee. Und wenn bis jetzt noch kein Ritter da ist, um sie anzuführen, kannst du dir vorstellen, wie ich empfangen werde.«

Arrion führte sie sicher durch das Gebirge. Neve konnte spüren, wie wohl er sich hier fühlte. Kein Wunder, da er hier aufgewachsen war und nun in seine Heimat zurückkehrte.

Sie sah sich zum ersten Mal wirklich um. Sie war über diese Grenze oft genug von einem Reich in das andere gewechselt. Alle Acht Reiche hatte sie zuerst mit ihrer Mutter und später alleine bereist.

Nie zuvor hatte sie ihre Gabe und die damit verbundene Einsamkeit als Last empfunden. Ja, an dem Tag, an dem ihre Mutter sich von ihr getrennt hatte, hatte sie geweint und die Gesetzmäßigkeiten, die ihre Gabe mit sich brachte, bitterlich verflucht.

Sie war geboren worden, um gequälten Seelen Frieden zu schenken. Dazu war sie sechzehn Jahre lang von Balan erzogen und ausgebildet worden. Aber die Trennung war hart gewesen. So plötzlich stand sie alleine da, sah in der Ferne nur noch ihre flüchtende Mutter. Sie hatte immer gewusst, dass dieser Tag kommen würde. Wissen war aber eine Sache – Erleben eine andere.

Zehn Jahre Einsamkeit, die nicht durch die Ankunft der ersehnten Tochter gemildert wurde. Nun war Arrion an ihrer Seite, der für sie den leichtesten Weg suchte, der Wache hielt, während sie schlief. Zum ersten Mal konnte sie sich einfach nur umsehen, ohne selbst wachsam sein zu müssen.

Noch folgte der kaum erkennbare Pfad, auf dem Arrion sie führte, dem Fluss. Das Wasser war wild, weiß und trug Schaumkronen auf seinen Wellenkämmen. Der im Weideland so friedliche, träge dahin fließende Strom war kaum wiederzuerkennen. Jetzt verstand sie die Warnung erst richtig: Wer in dieses weiße Wasser fiel, war verloren. Selbst

Arrions Bärenkräfte konnten nicht ausreichen, den tobenden Fluss in einem Stück wieder zu verlassen.

Neve war neugierig, was die Ursache für dieses wilde Wasser sein konnte.

Als der Pfad sich vom Fluss fort wand und das Rauschen des Wassers hinter ihnen immer leiser wurde, bedauerte sie es zutiefst.

Zwei Mal an einem Tag mussten sie sich tiefer ins Unterholz zurückziehen, da Patrouillen die Gegend unsicher machten.

Ihre kleine Gruppe kam immer näher an die Grenze, und der neue Kommandant der Grenzfestung nahm seine Aufgabe ernst. Er wusste ja genau, dass sein Vorgänger abberufen worden war. Was mit Jats Vater tatsächlich geschehen war, konnten sich wohl nicht einmal die Soldaten seiner Garnison vorstellen. Wahrscheinlich vermuteten sie, dass er gevierteilt worden war, als er nicht zu ihnen zurückkam.

Nach einem weiteren Tag erblickte Neve eine Grenzstele, die einsam auf einer steinigen Ebene stand.

Arrion atmete tief durch. »Endlich, die Grenze.«

Neve betrachtete die Stele genauer, als sie langsam an ihr vorbeigingen. Dies war der entscheidende Schritt. Jats Vater hatte die Grenze anerkannt und sie nicht überschritten – trotz des Befehls des Herrschers. Es stand zu vermuten, dass der Nachfolger sich eher dem Befehl als der Unverletzbarkeit der Grenze verpflichtet fühlte.

Was Neve vor wenigen Wochen noch als Schwelle zu einer normalen Welt erschienen war, war nicht mehr so schützend, wie sie gehofft hatte. Auch dahinter konnten Patrouillen des Herrschers ihr Unwesen treiben, konnte er seine Soldaten auf die Jagd nach Geistersängerinnen geschickt haben.

Die Welt veränderte sich mit jedem Schritt, den Neve machte, und sie hatte keine Ahnung, wohin ihr Weg sie führen würde.

Neve spürte den Geist.

Sie hob die Hand, und Arrion blieb sofort stehen. Sein Schild schwenkte zur Seite, um auch Jat, die nicht aufgepasst hatte, aufzuhalten.

»Was?«

»Ein Geist. Ich spüre seinen Schmerz. Meine Gabe – meine Aufgabe. Ihr bleibt hier zurück.«

»Ich lasse dich nicht alleine durch die Gegend strolchen. Wo ein Geist ist, können Soldaten sein. Zurzeit sind sie es, die die meisten Geister produzieren.«

»Nein. Er ist alleine. Seit zwei oder drei Tagen tot. Arrion, lass mich. Du fühlst seine Schmerzen und seine Verzweiflung nicht. Ihr beide bleibt hier.« Sie sah dem Ritter direkt in die strahlend blauen Augen. »Es ist gefährlich. Mein Gesang kann andere Seelen mit sich ziehen.«

Er hob den Kopf, seine Kiefermuskeln spannten sich an. Sie wusste, woran er dachte. An die Kerker unter der Burg von Seyverne, als sie für Jats Vater gesungen hatte.

»Gut. Aber ich mache mir trotzdem Sorgen.«

»Ich weiß. Ich zeichne einen Schutzkreis für euch beide.«

»Könnte ich einfach tot umfallen?«, fragte Jat nervös, die überhaupt keine Ahnung hatte.

»Möglicherweise«, log Neve skrupellos. Sie zeichnete den Schutzkreis schnell und gab ihren Begleitern dann einen Wink, in das Innere zu treten. »Bleibt hier, bis ich zurück bin.«

»Und wenn es eine Falle ist?«, fragte Arrion natürlich, bevor er die Anweisung befolgte.

»Ich weiß nicht. Aber ein Geist kann nicht lügen, und dieser schreit vor Kummer und Schuld. Er sendet nichts über andere Soldaten. Und selbst wenn die Soldaten meinen, Fallen für mich oder andere Sängerinnen stellen zu können, indem sie sich gegenseitig umbringen, weiß doch keiner von ihnen, ob nach Hunderten von Erschlagenen auch nur ein einziger Geist da ist.«

Sie aktivierte den Kreidekreis, und Arrion warf seine letzte Frage ein, bevor er sie gehen ließ. »Schwarze Sänger sind nicht in der Nähe?«

»Nicht ein Einziger. Sonst würde ich euch beide nicht hier zurücklassen. Versuche einfach, es zu akzeptieren, Arrion: Dies ist meine Aufgabe. Nur dafür wurde ich geboren.«

Sie drehte sich resolut um, bevor er ihr noch einmal ins Gewissen reden konnte. Dabei verstand sie ihn durchaus, verdammt!

Aber sie musste es tun, und Arrion hatte auf Distanz zu bleiben. Selbst ein Kreis schützte ihn nicht vollkommen vor ihrem Gesang. Arrion durfte ihr nicht folgen.

Also ging sie alleine weiter, wie sie es zehn einsame Jahre lang getan hatte.

Immer deutlicher wurde das kummervolle Wimmern der verlorenen Seele. Sie entdeckte Rüstungsteile und eine in ein Gebüsch gezerrte Leiche. Körperteile. Noch einen Toten.

Etwas Fahles waberte mitten auf dem Weg.

Neve warf Kreide in einem Kreis um sich herum. Sie öffnete nur die Faust, in der sie das Pulver hielt, und wie von alleine tanzte der Staub aus ihrer hohlen Hand und bildete einen schützenden Kreis um sie herum. Die Kreide schimmerte bereits in der Luft, und die Linien um Neve herum glühten sanft, kaum dass die Kreide den Boden berührte.

Langsam sollte ich mir Sorgen machen, wie weit meine Kräfte noch wachsen wollen. Irgendwann, wenn ich Zeit dafür habe. Noch habe ich nur Angst, aber ich werde bald ein zitterndes Nervenbündel sein, wenn sich das noch weiter steigern wird.

»Halt! Wer da?«, wehte eine schwache, kaum zu hörende Stimme zu ihr.

»Ich heiße Neve. Ich bin Geistersängerin. Ich spüre deinen Kummer.«

»Geistersängerin! Du bist in Gefahr!«

Sie packte unwillkürlich den Stock fester, schöpfte Atem, um notfalls nach Arrion zu schreien. Er konnte die glühenden Linien des aktiven Kreises überschreiten. Der Kreis war nur dazu da, das zu schützen, was sich in seinem Inneren befand.

»Wo ist die Gefahr?«

»Überall! Sie töten Sängerinnen! Sie sind wahnsinnig.«

Neve entspannte sich ein wenig. Diese Nachrichten kannte sie bereits. Die Seele hatte sie nicht vor einem Hinterhalt warnen wollen.

»Es ist gut. Ich stehe unter einem mächtigen Schutz. Ich danke dir, dass du mich gewarnt hast.«

»Sie haben mich erschlagen. Meine Kameraden haben mich erschlagen. Sie haben zwei Sängerinnen festgenommen. Sängerinnen sind von den Göttern berührt. Sie sind unberührbar. Niemand darf einer Sängerin etwas tun.«

»Ich bin hier, um dir zu helfen. Aber ich bin für jede Hilfe dankbar, die du mir und meinen Schwestern geben kannst.«

»Deswegen bin ich hier!«

Das Wabern schien ein Gesicht zu bekommen: Jung, viel zu jung, um Soldat zu sein. Aber er war ein Soldat des Herrschers – hier, jenseits der Grenze im Vierten Reich der Herzogin.

»Du bist hiergeblieben, um mich zu warnen?«, fragte Neve fassungslos nach.

»Sängerinnen dienen den Göttern. Meine Kameraden wollten den Sängerinnen wehtun. Sie haben sie geschlagen. Ich habe gesagt, sie dürfen das nicht. Sängerinnen sind unberührbar. Der Ritter hat gesagt, dass Sängerinnen unberührbar bleiben. Aber er wurde nach Seyverne gerufen und ist nicht zurückgekehrt.«

»Jats Vater?«, fragte Neve mehr sich selbst, die nicht wusste, welchen Namen der Ritter getragen hatte.

»Als er abreiste, hat er uns aufgetragen, uns an die Gebote der Götter zu halten. Sie haben mich erschlagen, als ich die Sängerinnen verteidigen wollte.«

»Ich danke dir, dass du meinen Schwestern helfen wolltest.«

»Pflicht! Pflicht vor Göttern ist wichtiger als Pflicht vor Herrscher oder Hauptmann. Sie haben die Sängerinnen zum Dorf an den Fällen gebracht. Von dort wollen sie zur Festung. Sie warten auf andere Patrouillen. Du hast einen Beschützer?«

»Ich habe den besten Beschützer, den ein Mensch nur haben kann.«

»Kann er dich vor Schwarzen Sängern beschützen?«

»Das kann er. Er hat ein Dutzend von ihnen in Seyverne getötet.«

»Vielleicht haben die Götter ihn dir gesandt. Du rettest die Sängerinnen?«

»Ich rette meine Schwestern. Ich danke dir. Ich danke dir, dass du ihnen helfen und mich warnen wolltest. Du hast so lange auf den Übergang in die andere Welt gewartet.«

»Göttliches Gebot. Du bist eine Sängerin. Du bist wunderschön. Singst du für mich?«

»Ich singe für dich«, sagte Neve leise und mit Tränen des Mitleids und der Dankbarkeit in den Augen.

Dieser einfache, blutjunge Soldat hatte Neve soeben ihren Glauben an die Menschheit zurückgegeben. Sie schloss die Augen, holte Luft und begann, für den Soldaten zu singen.

Noch trug die Welt Edelsteine wie diesen jungen Burschen in ihrer Krone. Noch war nicht alles verloren.

Neve sang und spürte die Kraft, die über die Linien des Kreises zum Soldaten floss. Die Sängerin fühlte seinen Kummer und seine Verzweiflung schwinden – und dann war er fort.

Neve atmete tief auf, öffnete die Augen und wirbelte herum, um zu Arrion und Jat zurückzurennen.

Das Dorf an den Fällen – dort waren vielleicht noch zwei ihrer Schwestern am Leben. Und sie hatte eine Waffe zur Hand, mit der immer noch niemand rechnen konnte. Arrion und Jat standen nebeneinander im Kreidekreis und sahen ihr erwartungsvoll entgegen.

»Ihr könnt herauskommen. Er ist bereits in der anderen Welt. Arrion: Er ist absichtlich ein Geist geworden. Vor zwei oder drei Tagen haben Soldaten hier zwei Sängerinnen verhaftet.«

»Sie haben sich im Vierten Reich offenbar zu sicher gefühlt. Welche Uniformen?«

»Die des Herrschers! Verträge interessieren ihn nicht mehr, fürchte ich. Es waren Männer aus der Festung von Jats Vater. Die Jagd auf Sängerinnen geht auch außerhalb des Reiches weiter. Der Geist blieb hier, um andere Sängerinnen zu warnen.«

Er hob die dunklen Augenbrauen, sagte aber für den Moment nichts. Dann fragte er ruhig: »Wo sind deine Schwestern?«

»Er sagte, sie wären zum Dorf an den Fällen gebracht worden.«

»Das Dorf an den Fällen«, echote er, und in seine Augen trat ein Ausdruck, den sie nicht ganz deuten konnte.

»Sagt dir das etwas?«

»Und ob. Aus diesem Dorf bin ich als Fünfzehnjähriger weggerannt, weil meine Mutter heiratete.«

»Sie war Witwe?«, fragte Jat tugendsam wie immer.

»Nein, sie war der Schandfleck des Dorfes.«

»Kanntest du deinen Vater?«, fragte Neve ahnungsvoll.

»Nein. Aber so wie man meine Bastarde leicht erkennt, dürfte man seine ebenso leicht finden.«

Arrion klang nicht bitter. Bewusst oder unbewusst – er hatte es seinem ungekannten Erzeuger nachgemacht. Keiner Frau hatte er je länger als eine Nacht gehört. Ausnahmen wie Ravons Ehefrau bestätigten diese Regel nur. Ihr hatte er nach eigener, glaubhafter Schilderung immerhin drei Kinder in den Schoß gepflanzt. Aber nie hatte Arrion wirklich einer Frau sein Herz geschenkt. Sein Vater war genauso gewesen. Oder seine Mutter war das Opfer einer Vergewaltigung geworden. Hatte Arrion das jemals in Betracht gezogen? Ja, sie war überzeugt, dass er das getan hatte. Das würde seine Enthaltsamkeit erklären, wenn eine Frau ihn wirklich ablehnte. Akzeptierte er es – weil sein Vater es nicht getan hatte?

»Dann kannst du uns ja sicherlich dorthin bringen, nicht wahr? Arrion?«

Er sah auf sie herab, und endlich erschien das Lächeln in den kobaltblauen Tiefen wieder. »Ja, Neve?«

»Holst du meine Schwestern da bitte heraus?«

»Mit dem größten Vergnügen, Mädchen.«

Neve ließ ihm diese Bezeichnung durchgehen, denn sie war sich mittlerweile fast sicher, dass er sie nicht mehr wie früher verwandte. Wenn er nun *Mädchen* zu ihr sagte, klang es wie eine Liebkosung.

Jat warf natürlich ein: »Das wird bestimmt sehr gefährlich!«

»Ja«, sagte Arrion mit jenem unartigen Raubtierlächeln, das Neve so gerne sah. »Das wird es.«

»Du scheinst Gefahr zu mögen.«

»Wieso ich? Ich würde niemals Hand an eine Geistersängerin legen – mit einer Ausnahme natürlich.« Er lachte leise und behaglich auf, und Neve bekam eine wohlige Gänsehaut.

Wie konnte Jat nur so dumm sein und ihm beständig solche Steilvorlagen liefern? Wo hatte das blöde Ding ihre Augen gehabt, als Arrion die beiden Patrouillen in Rekordzeit dem Erdboden gleichgemacht hatte?

»Vielleicht sollte Jat ein wenig zurückbleiben?«, schlug Arrion vor, als sie dem Fluss wieder näherkamen, der an ihrer Seite immer wilder wurde, während ein leises Donnern die Luft erfüllte.

»Warum? Hast du Sorge um sie?«

»Ich habe Sorge, dass sie dumm im Weg herumsteht und sich so in Gefahr bringt – oder dich, Neve. Ob sie auf einen Baum klettern kann?«

»Das wage ich zu bezweifeln.«

»Lass uns hoffen, dass eine deiner Schwestern ihr gegenüber Muttergefühle entwickelt, damit wir sie ein wenig vom Hals haben. Wie kann eine Frau nur so dämlich sein?«

Neve lachte leise, warf einen Blick über die Schulter zurück zu Jat, die ihnen beharrlich, aber mit allen Anzeichen der Furcht nachkam.

Der Pfad, dem sie folgten, seitdem Neve den Geist erlöst hatte, machte plötzlich einen Bogen weg vom schäumenden Fluss. Arrion folgte dem Weg, als hätte er den Ort seiner Kindheit nie verlassen. Aber mehr als die Hälfte seines Lebens hatte er im Dienste des Herrschers verbracht. Wenn er wirklich schon mit fünfzehn Jahren in die Armee aufgenommen worden war, dann war es kein Wunder, dass er mit nur zweiundzwanzig Jahren Rittertitel und das Kommando der Festung über Kyelle erhalten hatte. Zuerst war Neve das unverschämt jung vorgekommen. Ritter wie Jats Vater hatten den Titel meistens erst mit dreißig oder mehr Jahren bekommen. Wenn ein Soldat so lange im Heeresdienst überlebte, musste er gut sein.

Sie seufzte lautlos: Natürlich, es war Arrion. Für den galten normale Maßstäbe nicht.

Vor ihnen kam das Dorf in Sicht. Es war nur eine Ansammlung schäbiger, grasbedeckter Hütten, die sich auf einem Felsplateau zusammenkauerten, als ob sie frieren würden.

Wiesen, Wald und Buschwerk leuchteten grün und saftig. Aus Feldsteinen errichtete Mauern grenzten Viehweiden rund um das Dorf ein. Die Gärten der Häuser waren mit Gemüse bestellt. Die Ansiedlung sah friedlich aus – bis auf die beiden Soldaten, die am Dorfeingang auf einer Mauer hockten. Ihre Waffen lehnten neben ihnen. Die Männer aßen Brot oder Trockenfleisch.

Wie viele mochten noch im Dorf sein?

Sie hatte Arrion und Jat den Weg entlanggeführt, auf dem ihr zweiter Kreidekreis den Ort markierte, an dem sie den Geist getroffen hatte.

Arrion hatte insgesamt vier Leichen gefunden. Wie groß waren solche Gruppen normalerweise? Und wie groß mochten sie sein, wenn man sie in Feindesland ausschickte?

Wie hatten die Dorfbewohner die Soldaten von jenseits der Reichsgrenze empfangen? Wie würden diese Menschen auf Arrions Ankunft reagieren? Konnten sie in ihm einen Befreier sehen? Oder nur einen weiteren Schergen des Herrscherreiches?

»Bleibt ein wenig zurück«, sagte Arrion freundlich.

»Ja, ich weiß. Sonst werden wir schmutzig. Wir folgen dir in respektvollem Abstand«, versprach Neve.

»Nicht zu respektvoll. Ich habe keine Lust darauf, dass sie mich zu umgehen versuchen und dich zu fassen bekommen.«

»Nur so viel Abstand, dass wir nicht schmutzig werden, ja doch! Sie haben uns übrigens entdeckt.«

»Nicht zu übersehen«, murmelte Arrion undankbar und packte den Axtstiel fester. Er atmete einmal tief durch, dann *rannte* er los.

Spontanes Mitleid mit den Soldaten überkam Neve. Wer konnte denn auch damit rechnen, dass dieser riesige Kerl so schnell sein konnte?

Er war bei den Männern, bevor sie Alarm schreien konnten. Zweimal blitzte die Axt gen Himmel, und beim zweiten Mal war sie bereits triefend rot.

»Götter«, flüsterte Jat erschüttert.

»Unterstehe dich, wieder ohnmächtig zu werden. Wir müssen ihm nämlich nachgehen. Wenn ich ein halbwegs schlauer Soldat wäre, würde ich nämlich auch versuchen, den Ritter zu umgehen und eines der Weiber hinter ihm zu packen.«

»Bitte nicht.«

»Nein, ich finde das auch nicht so lustig. Arrion wird dann sehr schnell sehr zornig – und ich sehr blutig, weil er solche möglichen Geiselnehmer natürlich immer direkt neben mir erschlagen muss.«

Sie erreichten die beiden Toten, und Jat klammerte sich an Neves Arm fest, schloss die Augen und ließ sich über das blutige Wegstück führen.

Für einen boshaften Moment war Neve tatsächlich versucht, ihre Gefährtin quer über einen Leichnam gehen zu lassen. Ihr angeborener Respekt gegenüber den Toten hinderte sie an so einer unfreundlichen Handlung – und das Wissen, dass Jat dann garantiert wieder ohnmächtig werden würde. Das Arrion zu erklären, traute sie sich dann doch nicht ganz zu.

Es hatte zwar keiner dieser beiden Erschlagenen einen Alarmruf brüllen können, aber ganz lautlos war Arrions Attacke nicht gewesen – möglicherweise hatte einer der Soldaten im Dorf auch eher zufällig zu seinen Gefährten gesehen.

Was auch immer der Grund war: Aus allen Hütten kamen Soldaten gerannt. Wie ein Rudel hungriger Wölfe stürzten sie sich dem einzelnen Mann entgegen, der ohne Vorwarnung zwei der ihren niedergemacht hatte.

Jat schlug sich die Hände vor das Gesicht, als die Axt ihre erste vollständigen Kreisbahn beendete. Körperteile flogen in alle Richtungen. Die Schreie der nur Verwundeten gellten durch die klare Luft. Blut spritzte gegen Häuserwände.

Drei Männer, die etwas langsamer gewesen waren als ihre übereifrigen Kameraden, stoppten im vollen Lauf ab, starrten auf das, was sich vor ihren Augen abspielte, und warfen sich herum zur Flucht – auf Neve und Jat zu.

Doch Arrion hatte sie gesehen.

Neve beobachtete, wie der muskulöse Arm mit der Axt nach oben zuckte. Die Sängerin packte Jat und sprang beiseite, bevor die Fliehenden sie erreichten und die Axt durch die Luft auf sie zuraste. Kopf über Stiel drehte die Waffe sich mit einem dumpfen Wummern und schlug mit einem entsetzlichen Knirschen in einen der Männer ein.

Von der Wucht der Waffe wurde der Soldat von den Füßen gehoben und vorwärts geschoben, sodass er die beiden anderen überholte. Er war schon tot, als er auf dem staubigen Boden aufschlug. Seine Kameraden nahmen sich nicht die Zeit, dies zu begaffen. Sie rannten um ihr Leben.

Und Arrion war ihnen bereits auf den Fersen.

Die Soldaten hetzten an der Leiche vorbei, die schlaff auf dem Boden aufgeschlagen war. Hinter ihnen kam Arrion herangeflogen. Es gab kein anderes Wort. Neve presste sich gegen eine Hauswand und sah ihm mit leuchtenden Augen zu, wie er trotz Schild und schwerer Panzerung die Dorfstraße entlangrannte. Es war unglaublich.

Dabei gab er nicht einen Laut, nicht einen Kampfschrei von sich, während er immer noch beschleunigte. Im Vorbeilaufen packte er den aufragenden Stiel der Axt, zerrte die Waffe alleine durch seinen Schwung aus dem Leichnam und rannte weiter. Er ereilte die beiden Männer. Dann war es auch schon vorbei.

Neve war sich inzwischen sicher, dass dieser kampferprobte Hüne notfalls auch mit einem ganzen Heer fertig werden würde. Sie stieß sich von der Wand ab, gegen die sie sich gepresst hatte, um der fliegenden Axt nicht im Weg zu sein. Eilig trat sie zur Hüttentür und klopfte höflich an, als Arrion sie noch nicht ganz erreicht hatte.

»Neve!« Er rannte los, um bei ihr zu sein, ehe die Tür geöffnet werden konnte.

»Geistersängerin, unberührbar, schon vergessen?«, schnappte sie zurück, als er zu ihr aufschloss.

Sie konnte nichts dafür, aber wenn er so blutbespritzt und nach frischem Schweiß duftend vor ihr stand, wurden ihr regelmäßig die Knie weich. Wenn nur das Fischproblem nicht wäre, wenn er nur kein Geist wäre.

Hinter der Tür meinte sie, Bewegung und geflüsterte Worte wahrzunehmen. Aber niemand öffnete.

Arrion klopfte an, und zwar so heftig, dass die Tür in ihren Angeln erzitterte. »Hier ist eine Geistersängerin. Sie ist es gewohnt, dass man sie gastfreundlich empfängt. Alternativ steht auch ein Ritter vor eurer Tür, der notfalls bereit ist, auch ohne Gastfreundschaft einzutreten!«

»Arrion!«

»Das war diplomatisch, Neve. Ich habe ihnen eine Alternative zu einer eingeschlagenen Tür angeboten. Stell dich nicht mädchenhaft an, verdammt!«

Die Tür öffnete sich einen Spalt, nachdem im Haus deutlich hörbar Möbel gerückt worden waren. Ein vor Angst graues Gesicht mit erschrockenen Augen erschien in dem Türspalt. Eine alte Frau, deren Hand am Türblatt zitterte. Die Menschen hatten sich verängstigt verbarrikadiert.

»Ich bin wirklich Geistersängerin. Hab keine Angst vor mir.«

»Die Soldaten?« Die Frage war fast nur ein Flüstern.

Neve lächelte beruhigend und wies auf Arrion. »Sind nicht mehr am Leben. Kannst du mir bitte helfen? Ich hörte, dass die Soldaten zwei Sängerinnen hierher brachten.«

Ein Kopfnicken.

»Es kommen noch mehr Patrouillen. Es wäre schlau, wenn du dich bewegst, damit ich mir einfallen lassen kann, ob und wie ich dieses Dorf verteidige«, schnappte Arrion, der der Meinung schien, dass Neves freundliche Geduld hier verschwendet war.

Die Tür schwang weiter auf. Die Frau war alt, zitterte am ganzen Körper und schien nur durch drohende Gefahr zu so viel Mut gezwungen zu sein.

»Siehst du, geht doch«, sagte Arrion zu Neve. »Wo sind die Gefangenen?«

»Die Soldaten haben das Große Haus zu ihrem Quartier gemacht. Dort sind sie.«

Neve wollte nachfragen, welche der grasbedeckten Hütten die Bezeichnung *Großes Haus* verdient hätte, aber Arrion nickte nur und marschierte los.

»Danke«, sagte Neve, fand, dass das nicht reichte, und setzte hinzu: »Hab keine Angst mehr. Der Herrscher macht Jagd auf Geistersängerinnen – und auf den Ritter dort. Wir sind auf eurer Seite.« Sie wandte sich um, Arrion zu folgen, blieb stehen und drehte sich noch einmal zu der Alten. »Er ist wirklich gut! Sag bitte den anderen Dorfbewohnern Bescheid. Ihr könnt bestimmt helfen.« Dann rannte sie Arrion hinterher.

Das *Große Haus* war eine windschiefe Hütte wie alle anderen. Hier hielt Arrion sich nicht mit Anklopfen auf: Er trat die Tür ein. Ein Schmerzensruf wurde dahinter laut, und wie eine Schlange wirbelte der große Ritter zur Seite und packte den Menschen, der sich hinter der Tür in Sicherheit geglaubt hatte:

Ein junger Soldat, der nun mit vor Angst hervorquellenden Augen in das Gesicht so weit über sich starrte. Der Adamsapfel hüpfte, als er krampfhaft schluckte.

Irgendwo im Dunkel der Hütte, das nur durch das Feuer der zentralen Kochstelle beleuchtet war, schluchzte eine Frau auf.

Neve hastete an Arrion vorbei, der eine Hand nach ihr ausstreckte und sie festhielt. »Wer weiß, was noch im Dunkel lauert, Neve. Du bleibst hinter mir.« Er wandte nicht einmal den Kopf, aber der deutlich veränderte Tonfall machte klar, dass die nächsten Worte dem Soldaten galten. »Und du lässt am besten alles fallen, was ich als Waffe ansehen könnte. Ich breche dir schneller das Genick, als du denkst.« Er nahm den

Jungen mit, der auf Zehenspitzen neben ihm hertrippeln musste, um nicht erwürgt zu werden.

Arrion stieß einen Holzscheit ins Feuer und leuchtete mit dieser provisorischen Fackel in den dunklen Winkel, aus dem das erschrockene Aufschluchzen gekommen war.

Dort kauerten zwei Frauen. Die Ältere hatte sich schützend vor die Jüngere geschoben, als würde ihr Alter ausreichen, dort Respekt einzufordern, wo normalerweise ihr Status als Geistersängerin genügt hätte.

»Hab keine Angst, Sängerin. Neve, komm her. Sie sind hier, und sie leben. Wo steckt Jat?«

»Ich habe keine Ahnung. Vielleicht liegt sie wieder irgendwo ohnmächtig herum.«

Ganz kurz bebten Arrions Schultern, dann trat er einen Schritt beiseite.

»Schwestern«, sagte Neve sanft, »ich hatte so gehofft, dass wir rechtzeitig bei euch sein würden. Ich bin Neve, Tochter der Balan. Dies ist Ritter Arrion. Die Soldaten sind geschlagen.«

Die ältere Frau streckte zögernd eine Hand nach Neve aus, und Neve ergriff diese mit beiden Händen.

»Ich bin Kaan, dies ist meine Tochter Zeta. Ich hatte alle Hoffnung aufgegeben. Die Soldaten sagten uns, dass alle Geistersängerinnen in die Hauptstadt Barinne gebracht werden sollen. Wir wissen überhaupt nicht, was los ist.«

»Es gibt Schwarze Sänger, die im Auftrag des Herrschers eine Armee von Geistern aufstellen. Sie versuchen, das durch Folter und Magie zu erreichen. Ich habe einen Mann erlöst, der so verwandelt werden sollte.«

»Götter. Das ist ein Verbrechen! Jede Seele hat ein Anrecht auf Frieden.«

Neve nickte. »Habt ihr vom Ritter von Kyelle gehört?«

Ein synchrones Kopfnicken, dann sagte Kaan leise: »Aber der Ritter von Kyelle ist auf natürliche Weise entstanden. Er ist eine ruhelose Seele, die von sich aus beschlossen hat, dort zu bleiben und zu kämpfen.«

Neve warf einen schnellen Blick zu Arrion. Er stand nur ganz ruhig da und hörte zu. Das war besser als die Beschreibung als *Monster*, die Jat so gerne verwandte. Sie bemerkte, wie Zeta ihm einen raschen Blick zuwarf, in dem eindeutig Dankbarkeit lag. Gut, die junge Frau sah ihn also auch.

Warum das so war, wusste Neve nicht. In der derzeitigen Lage war es fast egal.

»Auf dem Weg hierher begegnete ich einem Geist, der mir sagte, dass ihr hier seid. Er sagte auch, dass es noch mehr Patrouillen gibt, die in den nächsten Stunden oder Tagen eintreffen sollen.«

Kaan stand auf, klopfte den Staub von ihren Röcken und straffte die hagere Gestalt. »Wir waren dabei, als der junge Soldat von seinen eigenen Kameraden getötet wurde. Sein Mut hat mir Zuversicht gegeben, dass nicht alle Soldaten solche Bestien sind.« Sie funkelte den jungen Mann, den Arrion immer noch im festen Griff hatte, zornig an.

»Schwestern, die Frage ist, was wir jetzt machen«, sagte der große Ritter.

Neve sah ihn an. »Kannst du die anderen Sängerinnen auch retten, falls die Soldaten sie gefangen haben? Arrion, bitte?«

»Da du ein Problem hast, Neve, das du vielleicht mithilfe anderer Sängerinnen lösen kannst, und da wir jede Hilfe gegen die Kreaturen der Schwarzen Sänger gebrauchen können: Oh ja, ich will jede Sängerin retten, derer ich habhaft werden kann.«

Sie lächelte ihn an. »Danke. Ich wusste, dass ich auf dich zählen kann.«

Ein unartiges Lächeln funkelte in Arrions Augen, aber er sprach nicht aus, was sie beide dachten: Unter Hunderten von Geistersängerinnen musste doch bitte eine sein, die das Fischproblem aus der Welt schaffen konnte!

»Dann wollen wir beginnen.« Er reichte die Axt an Neve weiter, die unter dem Gewicht leicht in die Knie ging, zog seinen Dolch und hielt dem jungen Soldaten die Klinge an die Kehle. »Zieh dich aus.«

»Arrion!«

»Ihr seid Geistersängerinnen. Ihr wisst, wie ein Mann ohne Kleidung aussieht. Wir brauchen seine Uniform und Rüstung. Und wir brauchen die der Erschlagenen. Da ich eine Vorliebe für dich hege, Neve, darfst du seine Uniform anziehen. Das ist die Einzige, die keine Blutflecken aufweist.«

Der Soldat starrte in gnadenlose kobaltblaue Augen und öffnete gehorsam Riemen und Schnallen, um sich – im stählernen Griff des Ritters – stückchenweise aus seiner Bekleidung zu schälen.

»Zeta, bist du schon alt genug, um auf eine Tochter zu hoffen?«, fragte Arrion höflich.

»Nicht wirklich«, sagte Kaan trocken.

»Dann darf Zeta Stricke suchen, mittels derer wir den Burschen hier dingfest machen. Schneller, Junge, wenn du diesen Tag überleben willst.«

Zeta warf noch einen interessierten Blick auf den Soldaten, was diesem das Blut ins Gesicht trieb, dann verließ sie eindeutig bedauernd und zögerlich das Große Haus.

»Wie sieht dein Plan aus, Arrion?«, fragte Neve, die die Rüstungsteile zu sich heranholte und überlegte, wie sie das alles anlegen sollte.

»Wir verkleiden die Bauern als Soldaten, räumen die Leichen von der Straße, kippen Wasser und frischen Sand auf die Blutflecke und erwarten die nächste Patrouille.«

»Die Idee gefällt mir«, sagte Kaan grimmig. »Und du meinst, du wirst mit einer ganzen Patrouille fertig?«

»Du solltest mal nach draußen sehen, Kaan«, meinte Neve grinsend.

»Erstaunlich«, sagte die ältere Frau und hob die Hose des jungen Soldaten auf, schüttelte sie aus und reichte sie an Neve weiter. »Dein großer Ritter wird dich ja wohl schon ohne Hose und Röcke gesehen haben, nicht wahr, Kleine?«

»Ich schon«, warf Arrion kalt ein, »der Bengel hier nicht. Und so lange ich es verhindern kann, wird er nicht auf Neve glotzen. Warte mit der Rüstung, Mädchen, bis ich dir helfen kann.«

Neve hatte Mühe, das nicht zu bändigende Kichern zurückzuhalten.

In diesem Augenblick kamen Zeta und Jat in die Hütte, und Neve erstickte fast vor unterdrücktem Lachen, als Kaan zwischen die Mädchen und den nackten Soldaten trat, um den jungen Damen jeglichen Blick auf anstößige männliche Anatomie zu verwehren.

»Ah, die Stricke, wie schön.«

»Mädchen, geht raus«, befahl Kaan und wandte sich dann an Arrion. »Kann ich helfen?«

»Wenn du gute Knoten machen kannst? Ich will nicht, dass er herumhüpft und seine Kameraden warnt.«

»Ich kann sehr gute Knoten machen!«

Neve trat auf den Soldaten zu. »Ich habe mit dem Geist deines erschlagenen Kameraden gesprochen. Ihr seid als feige Mörder über ihn hergefallen, weil er sich an göttliches Gebot halten wollte. Die Schwarzen Sänger schaffen eine Armee von Monstern. Das alles im Namen des Herrschers. Ich verachte dich.«

»Wir hatten den Befehl ...«

»Ein Soldat entscheidet, ob ein Befehl richtig oder falsch ist. Dein Kamerad hat es getan. Er hat mit seinem Leben dafür bezahlt, und ich habe für ihn gesungen. Er hat meine Achtung, du und deinesgleichen nicht. Wenn Arrion dich am Leben lässt, ist er gnädiger, als ich es wäre.«

»Man bringt normalerweise keine Gefangenen um«, sagte Arrion entschuldigend.

»Was macht man dann mit ihnen?«

»Man nimmt entweder keine Gefangenen, oder man schickt sie in die Hauptstadt. Verdammt, da hast du mich.« Eine ganz unschuldige Miene zu diesen harten Worten. Doch Neve sah das Lächeln in Arrions Augen lauern.

»Knote ihn irgendwo an, Arrion. Und dann hilf mir mit der Rüstung.«

Kaan lachte unterdrückt. Für sie war die Erleichterung greifbar, dachte Neve. Sie sah den großen Ritter, hörte das Geplänkel zwischen ihm und Neve. Bei so starker Selbstsicherheit konnte diese ja nur ansteckend wirken.

Der nackte und vor Angst zitternde Soldat wurde an einem Stützbalken angebunden.

Arrion kontrollierte die Stricke und kam dann zu Neve zurück. »Du kannst Hose und Hemd anbehalten. Das Kettenhemd erspare ich dir. Es wiegt einfach zu viel, und du sollst dich noch bewegen können.«

Er klaubte den bunten Waffenrock der Armee des Herrschers aus dem Kleiderstapel und half Neve, in den dicken Wollkittel zu gelangen. Die Ärmel musste sie umkrempeln, und der untere Saum des Waffenrockes endete knapp unter ihren Knien.

»Das geht«, behauptete Arrion und hob den Brustpanzer des Soldaten an. »Ob das hier gehen wird, müssen wir sehen. So ein Panzer ist nicht wirklich leicht.«

Neve und Kaan hielten das Rüstungsteil an der richtigen Position, während Arrion geübt alle Riemen verschnallte.

»Ich hab hier richtig gut Platz drin«, beschwerte Neve sich leise.

»Sei dankbar, sonst wäre dein Busen jetzt wieder platt gedrückt. Wo ist der Helm? Da!« Er drückte ihr den Augenhelm auf den Kopf und verschloss den Kehlriemen, prüfte den Sitz und vor allem den Gesamteindruck, nachdem er zwei Schritte zurückgetreten war. »Ja, das wird gehen. Lass den Helmriemen gerne offen. Falls du das Ding schnell loswerden willst, kannst du es einfach beiseite werfen. Kannst du dich noch bewegen?«

Sie machte einige Schritte. Die Rüstung war schwer. »Ich denke, es wird gehen, wenn ich nicht gerade durch das Dorf rennen muss.«

»Die Beinschützer wirst du nicht tragen. Sie würden dich nur behindern. Ich habe nicht vor, dich mitten ins Kampfgetümmel zu lassen.«

»Weil ich sonst schmutzig werde?«

»Genau richtig, Neve. Gut. Wir räumen jetzt schnellstmöglich das Dorf auf, sammeln die übrigen Rüstungen und Uniformen ein und sehen uns an, wen wir noch alles verkleiden können.«

»Mich«, sagte Kaan ganz ruhig. Ihre Augen funkelten kriegerisch. »Die Schweine haben meiner Tochter die ganze Zeit gesagt, was sie heute Abend erwarten würde. Ich will, dass sie sterben. Wenn meine Verkleidung dazu beitragen kann, werde ich sogar Hosen anziehen.« Sie sah Neve interessiert an. »Wie ist das so ganz ohne Röcke?«

»Solange ich mir vorne nichts hineinstopfen muss, damit ich als Junge durchgehe, ist es auszuhalten.«

»Gut, dann will ich jetzt Hosen haben!«

Sie bemächtigte sich der Beinkleider des Soldaten, der sie aus angstgeweiteten Augen anstarrte, zog das ungewohnte Kleidungsteil unter ihren langen Röcken an und ließ diese dann zu Boden fallen. »Ich sehe aus wie eine fette Kuh!«

»Das tust du nicht, Kaan!«, behauptete Neve sofort, die nichts anderes gedacht hatte, als sie ihre erste, knallrote Männerkleidung angezogen hatte.

»Wenn ihr fertig mit Jammern seid: Draußen wartet Arbeit auf uns. Ich hoffe, dass Jat sich nützlich gemacht hat. Oder Zeta. Wir brauchen die Hilfe der Dorfbewohner.«

»Ist das mein Stichwort?«, fragte die blutjunge Sängerin von der Tür aus.

»Das ist es«, sagte ihre Mutter sanft.

Zeta machte große Augen angesichts der Hose, sagte aber nichts dazu, sondern sprudelte eine unzusammenhängende Meldung hervor: »Die Dorfstraße ist von Leichen geräumt. Die Frauen waschen Blut von den Häuserwänden. Was müssen wir noch machen?«

»Wo ist Jat?«

»Die junge, blonde Frau? Sie liegt in einer der Hütten, weil ihr schlecht geworden ist. Sie wollte helfen, sagte sie. Ist aber umgefallen, als sie über Gedärme stolperte. Ein paar alte Frauen kümmern sich um sie.«

»Ich habe nichts anderes erwartet«, seufzte Arrion.

Zeta lächelte ihn vertrauensvoll an. »Darf ich auch eine Hose und eine Uniform tragen? Ich verspreche, dass ich gehorsam bin und nur das mache, was ich soll.«

Neve spürte den Stich der Eifersucht. Aber sie sagte sich, dass Zeta noch zu sehr Kind war, um in Arrion etwas anderes als ein väterliches Objekt der Bewunderung zu sehen. Er war mehr als doppelt so alt wie sie – oder noch viel älter, doch sie zählte jetzt nur sein Lebensalter. Zeta war ein Kind, das gerade aus entsetzlicher Gefahr gerettet worden war – von einem Ritter in blutbespritzter Rüstung, der nun offensichtlich ihr Held geworden war.

Arrion selbst hatte Neve gesagt, dass er sich niemals an Kindern vergreifen würde. Gleichgültig, wie Zeta ihn nun anhimmelte – das Mädchen war geschützt vor einem gebrochenen Herzen. Damit war auch Neves Seelenfrieden gesichert.

»Frag deine Mutter«, war Arrions Ratschlag, bevor er seine Axt packte und die Hütte verließ, Neve in seinem Kielwasser.

»Ist das nicht typisch Jat?«, fragte sie draußen, während sie Mühe hatte, mit ihm Schritt zu halten. Die Rüstung war verdammt schwer. Neve konnte sich glücklich schätzen, dass er ihr Kettenhemd und Beinschützer erspart hatte.

»Absolut. Und du warst eifersüchtig auf sie.«

Neve blieb wie angenagelt stehen. »War ich nicht!«

»Und wie du das warst, Mädchen. Du hast mir fast den Kopf abgerissen, als ich Jat *Mädchen* nannte. Ich weiß, dass du auf mich scharf bist, und ich kann es vollkommen verstehen und vergebe dir alles. Ich will dich doch auch, und wir werden sehr viel Spaß zusammen haben. Sobald wir die anderen Patrouillen niedergemacht und gegebenenfalls weitere Sängerinnen befreit haben, wirst du mit so viel Unterstützung bestimmt eine Lösung für das Fischproblem finden. Ich vertraue dir da blind.« Er grinste und marschierte weiter.

Neve stand einen Moment lang nur zornbebend da. Er dachte nur daran, wie er sie am besten flachlegen könnte! Vielleicht sollte sie ihm vormachen, dass sie das Fischproblem beseitigt hätte? Sein entsetzter Gesichtsausdruck, wenn er sie bestieg und es mit einem gefühlten Walkadaver zu tun bekam, würde sie für die ekelhaften Nebenerscheinungen dieses Versuchs vollkommen entschädigen! Sie straffte die Schultern und rannte ihm zornbebend nach.

Frauen saßen vor den Hütten und wuschen Uniformen, die so blutbespritzt waren, dass jeglicher Täuschungsversuch an diesem Anblick scheitern musste.

»Da, sieh dir an, was du angerichtet hast!«, zischte Neve.

Arrion zuckte nur seine breiten Schultern. »Ich hatte diesen Plan noch nicht erdacht, als ich die Idioten erschlagen habe. Aber das wird. Hiermit ernenne ich dich zu meinem Hauptmann – die Bezeichnung Hauptfrau würdest du mir bestimmt übel nehmen, nicht wahr?«

»Und wie!«

»Gut, Hauptmann Neve: Suche die Männer dieses Dorfes, die unter vierzig sind. Wähle die Kräftigsten von ihnen aus und sieh zu, dass sie Rüstungen und Uniformen anziehen. Ich kümmere mich um den Rest.«

»Welchen Rest?«, rief Neve ihm noch nach, aber er war schon davon.

»Er ist so stark«, seufzte Zeta neben ihr.

»Er ist ein Idiot!«

»Mama hat mir erlaubt, Hosen und Rüstung zu tragen. Hilfst du mir, Neve?«

Neve sah in das junge, vor Aufregung glühende Gesicht hinab, und ihr Zorn schmolz. Zeta hatte die gleichen meerwassergrünen Augen und Sommersprossen wie sie. So hätte ihre eigene Tochter aussehen können. Aber dies war Kaans Tochter. So sehr Sängerinnen sich gegenseitig als Schwestern ansahen, so achteten Mütter doch liebevoll und ein wenig eifersüchtig auf ihre Nachfolgerinnen.

»Ich helfe dir. Und ich will, dass du im Ernstfall dicht bei mir bleibst. Wir haben nicht mehr zu tun, als Tarnung zu sein. Arrion erledigt den Rest. Hilf mir, Blut von den Rüstungen zu waschen und sie zu sortieren. Wir brauchen nur die Helme und die Panzer. Den Rest verstecken wir irgendwo.«

»Klar! Und dann kriege ich eine Hose!«

Neve zuckte die Schultern. Warum nicht? »Du kriegst jetzt gleich eine Hose. Darin kann man sich nämlich besser als in Röcken bewegen.«

»Oh, wirklich? Das ist so lieb von dir, Neve. Danke!«

Eine Patrouille näherte sich dem Dorf an den Fällen.

Die Männer wussten, dass hier Verbündete auf sie warteten. Sie sahen nicht die Jungen, die im Gebüsch versteckt Wache hielten. Sie hörten Vögel schreien, aber da sie aus vielen Dörfern des Reiches zusammengezogen worden waren, um die Grenzfestung zu verstärken, kannten sie sich mit den Tieren des Gebirges nicht aus und dachten sich nichts dabei.

Als das Dorf in Sichtweite kam, sahen sie vertraute Uniformen und nicht einen einzigen Dorfbewohner. Das Pack hockte ängstlich in seinen Hütten, mussten die heranmarschierenden Soldaten denken.

Arrion stand einsatzbereit im Schatten des Großen Hauses.

Der warnende Vogelschrei hatte ihn informiert, wie weit entfernt die nahende Truppe war, aus welcher Richtung sie kam.

Der lange Fellumhang lag in der Hütte. Jetzt und mit einer solchen gegnerischen Übermacht hatte der große Ritter seine Ausrüstung auf das Wesentliche reduziert, um sich bestmöglich bewegen zu können.

Neve stand dicht hinter ihm und lugte an ihm vorbei nach draußen.

»Wie viele mögen es sein?«

»Genug, um mir in den Rücken fallen zu wollen. Du bleibst im Hintergrund, Neve. Komm nicht wieder auf die Idee, mir mittels Wanderstab helfen zu wollen. Ich kann das alleine.«

»Das weiß ich.«

»So allwissend, Neve?«

»Ich vermute mal ganz stark, dass die Seeräuber nicht in Zweiergrüppchen angegriffen haben, Arrion. Sei brav, mach die Bande platt und befreie meine Schwestern.«

»Sei unbesorgt, ich weiß, was auf dem Spiel steht«, antwortete er anzüglich und zwinkerte ihr zu.

Sie enthielt sich einer Antwort. Seine Selbstsicherheit war beeindruckend, und sie wusste, dass sie selbst daran schuld war. Sie hatte Arrion niemals eine klare Absage erteilt. In diesem Moment war sie stark versucht, ihm endlich deutlich kundzutun, dass sie selbst ohne Fischproblem keinerlei Interesse an ihm hatte. Aber die Sorge um ihn im bevorstehenden Kampf hielt sie davon ab.

Weder Kaan noch Zeta hatten bemerkt, dass er kein Mensch war. Wenn er immer echter wurde, wurde er dann auch verletzlich?

»Arrion?«

Er sah sich ungeduldig zu ihr um.

»Bitte sei vorsichtig, damit du nicht verletzt wirst.«

»Den Gedanken hatte ich auch schon, Neve, keine Sorge. Ich lass mir nichts Wichtiges abhacken.«

Ihre Augen verengten sich. Sie tippte ihm auf die Schulter. Jetzt sah er fast schon genervt aus, und sie grinste zufrieden.

»Und pass bitte auf, dass du nicht so viele Rüstungen und Uniformen verdirbst, ja? Wir brauchen die noch.«

»Verdammt, Mädchen, halt jetzt die Klappe!«

Sie hörten die Schritte der Soldaten auf der ungepflasterten Dorfstraße.

Zwei Männer des Dorfes standen vor einer Hütte, getarnt in Uniform und Panzer der Armee. Sie hoben grüßend jeder eine Hand, und die Geister der Unterwelt brachen los.

Aus jedem Fenster, aus jedem Hauseingang flogen Steine auf die hereinmarschierenden Waffenträger.

Arrion katapultierte sich aus dem Schatten des Großen Hauses und fuhr wie eine fleischgewordene Naturgewalt zwischen die vollkommen überrumpelten und verwirrten Gegner. Zwei von ihnen waren bereits von Steingeschossen zu Boden gesandt worden.

Die Axt zog zischend einen Halbkreis durch die Luft. Ihr Schwung wurde nur minimal gebremst, als die Klinge durch einen Hals fuhr und in dem Schädel eines zweiten Soldaten endete.

Neve stand mit vor Sorge klopfendem Herzen vor der großen Hütte. Egal, was dieser arrogante Kerl sagte: Bevor ihn jemand von hinten abstach, würde sie zur Stelle sein.

Dass er ein guter Kämpfer war, wusste sie schon lange. Nicht umsonst gab es Legenden über ihn. Dass er mehr als nur schnell und agil war, trotz schwerer Rüstung und seiner eigenen Masse, überraschte sie mittlerweile auch nicht mehr. Aber dass dieser unmögliche Mann sich wirklich Mühe gab, keine Panzer entzwei zu schlagen, keine Uniformen mehr als notwendig zu beschädigen, war wirklich die Höhe. Das hatte sie doch nur gesagt, um ihn zu ärgern!

Er wirbelte leichtfüßig herum, und die Axt beschrieb einen zweiten, tödlichen Halbkreis, bevor Arrion sich duckte, um einem Hieb zu entgehen. Währenddessen gingen hinter ihm drei Körper zu Boden. Die dazugehörigen Köpfe rollten über die Erde.

Arrion flog vorwärts wie ein Pfeil, der von der Sehne schnellt, sprang hoch, und die Axt fand unbeirrbar wie immer ihr Ziel, spaltete einen Schädel bis zum oberen Rand des Brustpanzers. Gleichgültig, Helme hatten sie genug.

Zwei Männer standen noch – und drei Frauen, Geistersängerinnen.

Der größere Soldat sprang mit gezücktem Dolch auf Arrion zu, der der Axt in der Rückhand Schwung mitgab. Krachend fuhr die geschwungene Klinge von unten gegen den Brustpanzer und spaltete diesen, während der Axtkopf höher und höher getragen wurde. Der Soldat wurde von der Wucht des Hiebes zurückgeschleudert. Als er rücklings auf den Boden schlug, war er bereits tot.

Der letzte Soldat blieb einen Moment lang inmitten des Schlachtfeldes stehen, bevor er seine Waffen von sich warf, sich den Helm vom Kopf riss und vor Arrion auf die Knie fiel.

Neve trat aus dem Schatten des Hauses und schloss zu ihrem Ritter auf.

Eine der fremden Sängerinnen trat einen Schritt auf den Soldaten zu und legte ihm die Hand auf die Schulter. »Verschone diesen Jungen. Er hat uns nichts Böses getan. Ich rette lieber ein Leben, bevor ich einem Geist vorsinge. Wir sind Geistersängerinnen. Bitte hab Mitleid.«

Neve zerrte sich im Gehen den Helm vom Kopf. Ihr Pulsschlag beschleunigte sich rasant. Zehn Jahre waren vergangen, aber sie hätte dieses stolze, anmutige Gesicht mit der geraden Nase unter einer Wolke rotgoldener Locken überall wiedererkannt. »Mutter!«

Balans Hand fiel von der Schulter des Soldaten, ihr Mund öffnete sich zu einem perfekten, kreisrunden O der Überraschung. Sie rang einmal nach Atem und rannte dann auf ihre Tochter zu. Die langen Röcke raschelten und wickelten sich fast um ihre Beine, aber sie erreichte Neve und umarmte die Tochter beinahe schmerzhaft.

Arrion betrachtete diese Szene der Wiedervereinigung für einen Moment, bevor er den Soldaten zu sich heranwinkte – knapp und herrisch, aber erfolgreich.

Der junge Mann stand auf und trat gehorsam auf den großen Ritter zu.

Balan spürte wohl die Bewegung hinter sich, ließ Neve los und wandte sich um. »Bitte, hab Mitleid.«

»Ich erschlage keine Gefangenen«, sagte Arrion.

Rund um sie herum arbeiteten schon die Dorfbewohner. Sie sammelten Steine ein und schleppten sie zurück in die Häuser für die nächste Patrouille. Erschlagene wurden außer Sicht gezerrt, Rüstungen abgenommen, Uniformen von den Toten gezogen.

Mitten in dieser Betriebsamkeit erschien Jat, blass und leidend, hielt sich am Türstock fest und starrte mit großen, entsetzten Augen auf das Schlachtfeld.

»Jat!«, rief der junge Soldat.

Sie hob den Kopf, lächelte, und der Mann wollte losrennen – auf sie zu. Er kam nicht weit, denn er prallte gegen Arrions Bein, dessen Knie ihn hart in der Magengrube traf, ging zu Boden und landete bäuchlings im blutdurchweichten Dreck der Straße. Er keuchte, als der Klingenkopf mit Schwung auf seinen Panzer gestellt wurde.

Jat kreischte und flüchtete unerwartet nicht in eine Ohnmacht, sondern kam mit rauschenden Unterröcken angerannt.

Balan wollte ebenfalls vorstürmen, aber Neve hielt sie auf und sagte nur sanft: »Arrion.« Sie wusste, dass dies ausreiche, den Soldaten vor einem plötzlichen Ableben zu bewahren.

Einen Moment verharrten alle so.

Verzweifelt rang Jat die Hände und schien jeden Moment losheulen zu wollen. Still wie eine Statue stand Balan neben ihrer Tochter.

Arrion hob langsam die Axt und stellte den Klingenkopf neben dem Soldaten auf den Boden.

»Neve, schaff die anderen Sängerinnen in Sicherheit.« Er stieß den regungslos daliegenden Soldaten mit dem Fuß an. »Willst du dich nützlich machen?«

Ein verzweifeltes Kopfnicken war die Antwort.
»Gut. Wie viele Patrouillen noch?«
»Zwei.«
»Wie heißt du?«
»Torin, Ritter.«
»Steh auf, Torin. Jat, steh nicht rum wie ein Huhn, wenn es donnert. Du kennst den Mann?«
Sie nickte und rang weiterhin die Hände. Tränen schimmerten in ihren hellen Augen.
Arrion warf einen fragenden Blick zu Neve, die trotz seines Befehls immer noch abwartend dastand, eine Hand auf Balans Arm. Schließlich nickte Neve und gab ihre Mutter frei.
Sofort trat Balan zu Jat, legte der zitternden Schönen einen Arm um die Schultern und wartete ab, bis Arrion einen Schritt von seiner Beute zurücktrat. Dann zog sie Torin auf die Füße und folgte Neves Zeichen, sich mit ihren beiden Schützlingen in das Große Haus zurückzuziehen.
Die beiden übrigen Geistersängerinnen folgten. Nur die ältere von beiden, eine Greisin jenseits der Achtzig blieb kurz bei Neve und Arrion stehen. »Gut gemacht. Wie kommt es, dass ein Ritter des Herrschers auf dieser Seite der Grenze Jagd auf Patrouillen des Herrschers macht? Ich will mich nicht beschweren, aber ich bin verwundert.«
»Der Herrscher hat Schwarze Sänger. Er hat die Jagd auf alle Geistersängerinnen eröffnet. Arrion stand mir zur Seite, als ich angegriffen wurde«, erklärte Neve knapp.
Die Alte sah zu dem Ritter auf, lächelte und klopfte ihm lobend auf die Schulter. Sie zog die Hand blitzschnell zurück, starrte auf ihre Finger und wischte sich die Hand in den Röcken ab. »Darüber sprechen wir später. Ich werde nichts ausplaudern, aber ich bin neugierig. Und ich bin gespannt, wie du die beiden anderen Truppen niedermachen wirst, Ritter Arrion. Sehr gespannt.« Sie wandte sich um und humpelte an ihrem Wanderstab zur Hütte, blieb stehen und drehte sich noch einmal halb um. »Kyelle, nicht wahr? Die Festung über der Fördestadt? Ich erinnere mich. Wir sprechen später darüber – später, in Ruhe und nur wir drei.«
Neve sah ihr fassungslos nach.
Arrion trat dicht hinter sie. »Sie hat es gemerkt.«
»Das hat sie. Und sie weiß sogar, woher du stammst.«

»Sie war irgendwann auch mal jung.«

»Arrion!«

»Du weißt, wie ich war. Tu jetzt bloß nicht prüde.«

»Du hast keine von ihnen je geliebt«, schleuderte Neve ihm entgegen. Es war so dumm, eifersüchtig zu sein, aber sie konnte nicht aus ihrer Haut. Sie wusste genau, dass er sich niemals nur auf eine Frau beschränken könnte. Und das tat weh.

»Für die Nacht, in der sie sich mir öffneten, habe ich sie geliebt. Jede Einzelne von ihnen – mit ganzem Herzen. Ich ging zu ihnen nach einer Schlacht, um die Bilder von Blut und Eingeweiden aus meinem Hirn zu bekommen.«

»Das kann ich sogar verstehen.«

»An der Zahl meiner Bastarde konnte man meine erfolgreichen Schlachten ebenfalls ablesen.« Er sah unschuldig auf sie herab, nur die tanzenden Unterweltgeister in seinen Augen verrieten ihn.

Ein Vogelschrei erklang hinter ihnen.

»Geh, Neve. Steh irgendwo als Soldat herum, aber komme nicht in die Gefahrenzone.«

Noch ein Vogelschrei ertönte. Arrion lächelte.

Es war das Raubtierlächeln, das seine Feinde zu fürchten gelernt hatten, bevor er sie erschlug.

In den letzten Wochen war er Neve meistens anzüglich, oft humorvoll und erstaunlich menschlich und verletzlich erschienen. Selbst den Kampf hatte er bislang offenbar niemals ganz ernst genommen, sondern sich mit beinahe jungenhafter Begeisterung ins Getümmel geworfen. Krieg und Gewalt waren seine zweite Natur. Jetzt sah sie, dass er fast siebzig Jahre lang für den Falschen gekämpft hatte – aus Schuldgefühlen und Dank des Eides, den er als sehr junger Mann einem Herrscher geschworen hatte, der Arrion ebenso bedenkenlos geopfert hätte wie alle anderen seiner Untertanen.

Arrions Welt, so begriff Neve angesichts seines Raubtierlächelns, das die Augen kalt und tückisch aufleuchten ließ, stand ebenso Kopf wie ihre. Aber er würde niemals daran verzweifeln, sondern immer mit aller Kraft daran arbeiten, seine früheren Fehler zu bereinigen. Er hatte für den Falschen gekämpft und getötet – jetzt tat er es für die Sängerinnen und vor allem für Neve.

Wehe jenen, die dieses Tier entfesselt hatten, diesen Kriegsgott und diese menschliche Urgewalt. Sie konnten einem leidtun – beinahe, nur beinahe. Neve hatte den Sänger in der Kerkerzelle nicht vergessen, seine Drohungen und seinen Sadismus. Arrion räumte mit genau solchen Monstern auf, die Gewalt mit der Gleichgültigkeit der Machtbesessenen begingen, um weitere Monstern zu schaffen.

Mit einem Mal packte sie die obere Kante von Arrions Brustpanzer, zog sich halb hinauf und Arrion halb herab und stellte sich auf Zehenspitzen. »Sei bitte vorsichtig, Arrion«, flüsterte sie in sein Ohr, bevor sie ihn freigab und zum Eingang des Großen Hauses rannte, um dort Position als vermeintlicher Soldat zu beziehen.

Gleichzeitig zog Arrion sich in den Schatten der nächsten Hütte zurück.

Hinter Neve stand Zeta und zappelte aufgeregt hin und her. In jeder Hand hielt sie einen faustgroßen Stein und wartete nur auf einen Schädel, gegen den sie ihre Geschosse abfeuern konnte.

»Dir scheint das Spaß zu machen«, meinte Neve.

»Und wie! Die Hose scheuert an den unmöglichsten Stellen. Neve, deine Mutter hat mich gefragt, ob ich deine Tochter bin. Wo ist deine Tochter? Ist ihr etwas passiert?«

»Ich habe keine Tochter.«

»Oh, das tut mir leid.«

»Mir auch, Zeta. Aber ich kann es im Augenblick nicht ändern. Vielleicht ist meine Zeit einfach noch nicht gekommen. Und jetzt und hier bin ich froh, dass ich keine Siebenjährige an meinen Rockzipfeln hängen habe.«

»An deinem Hosenbund«, korrigierte Zeta grinsend.

Das machte es irgendwie leichter. Neve lächelte, nickte und legte Zeta einen Arm um die Schultern, um sie kurz, aber liebevoll an sich zu ziehen.

Sie hörte die marschierende Truppe, die sich dem Dorf näherte. Aber es hatte zwei Vogelschreie gegeben. Auch die zweite Patrouille befand sich im Anmarsch.

Es stand zu befürchten, dass vor dem Eintreffen der zweiten Gruppe Soldaten nicht genug Zeit blieb, die Spuren der ersten kleinen Schlacht zu beseitigen. Das bedeutete, dass das Element der Überraschung nicht länger auf ihrer Seite war.

Neve ertappte sich dabei, dass sie nervös immer wieder in beide Richtungen der Dorfstraße sah. Welche Truppe kam zuerst? Und wie schnell danach würde die Zweite folgen?

Ihre Sorge um Arrion wurde beinahe greifbar.

Bislang war er in keinem Scharmützel verletzt worden. Weil er ein Geist war? Oder weil die Kombination seiner Fähigkeiten, seiner enormen Geschwindigkeit und Kraft mit einer gehörigen Portion Glück bislang ausgereicht hatte?

Konnte Arrion verletzt werden?

Als er noch in seiner Festung hockte und bei jedem Seeräuberangriff Hunderte von Gegnern hatte, bevor sie bei ihm auftauchten: Nein, ganz bestimmt nicht. Aber jetzt? Er war mittlerweile ständig für alle Menschen sichtbar. Er wurde immer echter, sodass es ihm sogar gelungen war, eine Gruppe erfahrener Geistersängerinnen zu täuschen. Mit Ausnahme der Greisin, die es auch erst durchschaut hatte, nachdem sie ihn berührt hatte. Das war der Auslöser gewesen, zwei und zwei zusammenzuzählen, sich des Mannes zu erinnern, der sie in Kyelle eine Nacht lang geliebt hatte. Da hatte sie den Namen Arrion, das Aussehen, die exotischen Farben, die Körpergröße mit ihren Erinnerungen verglichen und war auf eine Lösung gekommen, die so unwahrscheinlich war, dass sie Tatsache sein musste.

Der Trupp, dessen marschierende Füße Neve eben noch gehört hatte, kam ins Dorf. Neve hob grüßend die Hand. Ihr Gruß wurde erwidert von Männern, die dachten, dass alles in schönster Ordnung wäre. Männer, die nach einem Einsatz in ein scheinbar gesichertes Dorf zurückkehrten, das sie in den Händen ihrer Kameraden dachten.

Trügerische Sicherheit.

Steine flogen aus Fenstern und Hauseingängen. Zeta schleuderte ihre beiden Wurfgeschosse und jubelte nach jedem Treffer. Neve klammerte sich an ihrem Wanderstab fest, wünschte sich ein Schwert herbei, von dem sie nicht wusste, wie damit umgehen, als Arrion aus dem Schatten sprang.

Das Sonnenlicht glitzerte auf seiner Rüstung, auf dem Schild, auf der mächtigen Klinge der Kriegsaxt.

Er war so schnell!

Neve hielt sich am Stab fest. Ihr Herzschlag beschleunigte sich unwillkürlich, als Adrenalin in ihre Adern strömte und ihre Muskeln aufheizte.

Arrion flog in den Trupp, so schnell, dass sie seinen Bewegungen kaum mit den Augen folgen konnte.

Blut spritzte, zwei Köpfe rollten. Die Axt raste in einen perfekten Windmühlenschlag. Wie Stahlseile standen Arrions Muskeln an Armen und Beinen hervor, als er weitersprang, die Axt nach oben zwang, dass Neve fast die Luft gequält kreischen hörte, der Waffe Schwung mitgab und sie in einen Gegner krachen ließ.

Auch er musste wissen, dass der zweite Trupp womöglich jeden Moment im Dorf erscheinen konnte. Er musste wissen, dass sie keine weiteren Rüstungen oder Uniformen brauchten und das Element der Überraschung ihm nur noch in diesem Scharmützel zur Seite stehen konnte.

An Neves Körper lief der Schweiß in Strömen herab, färbte das Hemd an der Brust und unter den Achseln dunkel, wurde vom Stoff zwischen ihren Schulterblättern und entlang der Wirbelsäule aufgesogen.

Sie konnte den Blick nicht von Arrion nehmen. Die Axt kam mit einem Ruck frei, schien fast ein Eigenleben zu führen, aber Neve spürte Arrions rasche, tiefe Atemzüge in ihrer Brust, schmeckte Seeluft auf der Zunge und am Rachen, kalte Luft, die feucht und salzig war.

Die Axt beschrieb erneut einen Kreis, und der letzte Gegner sank zu Boden. Diese Patrouille hatte keine Gefangenen gebracht.

Einen Moment lang blieb Arrion keuchend in der Mitte des Schlachtfeldes stehen. Dorfbewohner strömten bereits aus den Hütten, um Leichen und Wurfgeschosse zu bergen, als sie alle den zweiten Trupp sahen.

Die Soldaten griffen schreiend an. Die Situation war eindeutig für sie. Und obwohl der Ritter in der Mitte des Schlachtfeldes eine Rüstung trug, die ihn als Diener des Herrschers markierte, wussten sie, dass sie es mit einem Feind zu tun hatten. Die Leichenteile zu seinen Füßen waren Beweis genug.

»Das sind zu viele!«, rief der junge Torin. Er stieß Balan beiseite, ergriff ein Schwert, das am Boden lag, und sprang über die Türschwelle. Neve versuchte noch, nach ihm zu greifen. Der Junge trug keine Rüstung! Er war nichts als ein wandelnder Kadaver, wenn er so in den Kampf eingriff!

Irgendwo hinter ihr kreischte Jat, und Neve vernahm das angenehme Geräusch einer kraftvoll ausgeteilten Ohrfeige. Kaan oder ihre eigene Mutter, dachte Neve benommen, bevor sie selbst losrannte.

Sie kam nicht weit, denn als sie Arrion erreichte, gab es kein Schlachtfeld mehr, nur noch eine Straße voller Toter. Die Dorfbewohner waren Torins Beispiel gefolgt. Es waren nicht viele taugliche Männer unter ihnen, aber diese wenigen hatte Neve mit Rüstungen und Waffen ausgestattet. Sie sollten Tarnmanöver und Ablenkung in einem sein, und nun rannten sie, um Arrion gegen eine vermeintliche Übermacht beizustehen.

Der letzte Gegner sank zu Boden, und vier Geistersängerinnen standen kreidebleich und fassungslos inmitten der Leichen. Sie starrten Arrion an wie eine Erscheinung, ohne zu ahnen, wie richtig sie damit lagen.

Neve riss sich den Helm vom Kopf, senkte den Wanderstab und begann erneut eine Erklärung. »Ihr seid in Sicherheit. Ich bin Neve, Tochter der Balan. Ich bin Sängerin wie ihr. Kommt mit mir. Ihr seid nicht die Ersten, die wir den Soldaten des Herrschers entreißen konnten. Hier entlang.« Sie wies auf die Hütte.

Hinter sich hörte sie das mittlerweile vertraute Geräusch, als die Axt zu Boden fiel. Im nächsten Augenblick wurde sie äußerst grob an der oberen Kante der Rückseite ihres Panzers gepackt und mit einem Ruck rückwärts gegen eine weitere Rüstung geknallt. Arrions Brust.

Sein warmer Atem streifte ihre Wange, seine ekelhaft feuchten, stinkenden Haare fielen in ihr Gesicht. Fischgestank hüllte sie ein. »Neve, was habe ich dir gesagt?«

»Dass ich aus dem Kampfgetümmel bleiben soll. Und das hab ich getan. Lass mich los, Arrion!«

»Du bist mitten hineingestürmt!« Er atmete rascher, sein Griff lockerte sich nicht im Geringsten.

»Bin ich nicht. Als ich da war, waren alle schon tot. Hör auf, mich zu beuteln, verdammt! Das scheppert jedes Mal, wenn ich gegen dich knalle.«

»Ich sollte dir den Hals umdrehen!«

Endlich ließ er sie los, und sie wirbelte herum, um in seine Zorn sprühenden Augen zu starren. »Tu es doch! Mal sehen, was dann passiert!« Hitze kochte in ihren Eingeweiden. Sie war fassungslos, wie er hatte wagen können, sie wie einen jungen Hund zu schütteln, sie seine Kraft spüren zu lassen.

Ernüchtert richtete er sich gerader auf. Und schwieg.

Sie baute sich vor ihm auf, stemmte eine Hand in die Hüfte und starrte zu ihm auf. »Mach dir nicht immer ins Hemd, Arrion. Ich habe zehn Jahre lang auf mich alleine achtgegeben.« Seine zur Schau getragene Seelenruhe machte Neve nur noch zorniger.

»Und ich habe siebenundsiebzig Jahre als Mensch und Geist gegen Seeräuber gekämpft, Mädchen.« Sein Lächeln blitzte auf, endlich nahm er den Helm ab. »Tu das nie wieder. Bitte.«

»Ich hatte Angst um dich.« Ihr Herzschlag beruhigte sich unvermutet.

»Ja, und es ist eine tolle Idee, dass ich Sorge um dich haben muss, wenn ich mich mit Soldaten schlage. Das ist nicht hilfreich. Ich hätte dich treffen können, das nur nebenbei. Lass die anderen aufräumen. Wir sollten für das Erste unsere Ruhe haben. Raus aus dem Panzer, und dann komm mit.« Er hob seine Axt auf, ging zur nächsten Hütte und legte auf der Bank davor Brustpanzer, Schild und Helm ab, bevor er Neve zu sich winkte, die immer noch leicht fassungslos von diesem plötzlichem Wechsel war. Mittlerweile sollte sie es gewohnt sein, dachte sie.

Er benahm sich wie ein verdammtes Kindermädchen! Es kribbelte in ihrem Bauch, und sie kämpfte dieses Gefühl nieder. Hatte Arrion erkannt, dass sie seine Energiequelle war? Hatte er den Verdacht, dass er sich in einen formlosen weißen Klecks zurückverwandeln würde, wenn sie starb? Oh, verdammt. Sie wollte solche Gedanken nicht in seinem Schädel. Da sollten ganz andere hinein.

Kaan trat aus der Hütte und sah für einen Moment still zu ihnen.

»Wir sind gleich wieder da«, sagte Arrion knapp.

Neves Kopf schwirrte, dass er jetzt einfach das Dorf verlassen wollte - wenngleich nur für einen Moment. Es verwirrte sie. Aber sie hielt still, während er ihr aus dem Panzer half. Dann ging er ohne weitere Aufforderung zwischen zwei Hütten hindurch, und sie folgte. Durcheinander und besorgt.

Ihr Weg führte durch dichten Wald, an bestellten Feldern vorbei, bis sie meinte, ein dumpfes Donnergrollen zu hören.

Sie näherten sich dem Fluss, das war das Einzige, das offenkundig war.

Neve roch es: frisches, klares Wasser, das hier noch wilder war als nur wenige Meilen weiter flussabwärts. Das Donnern bildete eine massive, rauschende Wand von Geräuschen. Neve wurde langsamer.

War das Arrions Überraschung? Neve war sich nicht sicher, was sie davon halten sollte. Und warum wollte er sie ihr unbedingt jetzt zeigen? Im Dorf warteten die Sängerinnen auf sie.

Arrion bemerkte, dass sie nicht mehr folgte, und wandte sich halb um. »Komm, Neve.«

Sie setzte sich wieder in Bewegung. Er drückte Zweige aus dem Weg, wartete, bis sie dicht hinter ihm war, bevor er das feuchte Grün wieder losließ.

Weiter weg vom Dorf, auf das Donnern zu führte er sie.

Dann ließen sie die letzten Bäume hinter sich und fanden sich am steinigen Ufer des Flusses wieder, der weiß schäumend und wild nur wenige Schritte vor ihnen vorbeirauschte wie ein wildes Tier auf der Jagd oder der Flucht.

Neve blieb mit offenem Mund und geweiteten Augen stehen.

Der Geist des jungen Soldaten hatte diese Siedlung das Dorf an den Fällen genannt.

Aber mit einem solchen Naturschauspiel hatte Neve nicht gerechnet. Noch weniger damit, dass Arrion sie hierher führen würde und dies seine Überraschung war. Das hätte Neve ihm niemals zugetraut.

Er hatte von atemberaubender Schönheit gesprochen, und das war es.

Atemberaubend und wunderschön.

Sie stand dicht neben ihm und starrte flussaufwärts.

Dort stürzte der Fluss in die Tiefe.

Wasserfälle, so groß und schön, wie sie noch nie welche gesehen hatte. Die Abbruchkante beschrieb die Form eines Sichelmondes. Es glich einem Tal, an dessen drei Seiten Wasser in schneeweißen Kaskaden herabstürzte. Wie ein Kessel, in dem das Wasser blendend weiß herumwirbelte, bevor es an der vierten Seite den Ausweg in den Fluss fand.

»Arrion …«

»Ich bin hier aufgewachsen. Aber ich bin niemals gegen ihre Schönheit abgestumpft. Weiter oben ist eine Felsplattform direkt an den Fällen. Die werde ich dir auch noch zeigen. Keine zwei Schritte von der Sturzkante entfernt. Gefallen sie dir?«

»Es ist das Schönste, das ich jemals gesehen habe.«

»So geht es mir auch. Es ist so rein. Ich wollte sie dir unbedingt noch heute zeigen. Nach all dem Blut und Tod ist das hier der friedlichste Anblick, den ich kenne – außer einer Frau natürlich, deren Haar über den Boden unter ihr fließt.«

»Mach diesen Moment nicht kaputt, Arrion.« Doch selbst wenn er es darauf angelegt hätte, diesen Anblick und dessen Wirkung hätte Arrion niemals zerstören können. Neve atmete tief durch. »Können wir noch ein wenig bleiben?«

»Nicht mehr lange. Die Nacht bricht schnell herein im Gebirge.«

Neve stand da und starrte auf die Wasserfälle. Konnte sie je genug bekommen von diesem Naturschauspiel? Selbst Arrion, der hier fünfzehn Jahre gelebt hatte, war niemals von diesem Anblick satt geworden.

Sie hätte ewig hier stehen können. Aber als die Dämmerung blau über den Fluss sickerte, stieß Arrion sie sanft mit dem Stiel der Axt an. »Zeit zurückzugehen. Die Sängerinnen warten auf uns.«

»Ich will sie wiedersehen.«

»Das wirst du. Komm, Neve.«

Sein Lächeln war weder spröde noch aufreizend. Er hatte ihr einen weiteren Blick in die Tiefe seiner Seele gestattet, und zum ersten Mal sah sie etwas Schönes, Friedvolles, Reines darin.

Im Dorf brannten bereits Fackeln auf der Straße, Kerzen in den Hütten. Alle Türen standen einladend offen. Der Duft nach bratendem Fleisch lag in der Luft. Auf dem Dorfplatz flackerte ein großes Feuer, über dem ein Schwein am Spieß briet. Rundherum hatten sich Dorfbewohner und Sängerinnen versammelt, saßen auf Bänken, die eilig hinausgetragen worden waren.

Balan entdeckte die beiden Rückkehrer als Erste. Sie sprang auf, reichte ihren Becher an eine Frau neben sich und rannte auf ihre Tochter zu, um sie noch einmal zu umarmen. »Wir haben uns so viel zu erzählen, Neve. Wir haben Jat ausgefragt. Aber sie ist so zerfahren, dass mir der Kopf von ihren Schilderungen schwirrt.« Sie lächelte Arrion scheu an und zog Neve sanft mit sich.

Diese lächelte. Sie konnte sich genau vorstellen, was im Kopf ihrer Mutter herumgeisterte. Der Ritter war hünenhaft, gut aussehend und offenkundig an ihrer Tochter interessiert. Balan war in erster Linie Geistersängerin, aber in zweiter Linie eine Mutter, die ihre Tochter nach einem ganzen Jahrzehnt wiedergefunden hatte. Jeder Mann war in ihren Augen plötzlich ein potenzieller Besteiger, und wahrscheinlich hatte sie Angst davor. Aber wie jede Sängerin hatte auch Balan sich vielen Männern hingegeben und musste wissen, dass Neve nichts anderes getan hatte.

Mit plötzlicher Klarheit erinnerte Neve sich an solche Begebenheiten. Wie sie sich ganz klein auf ihrer Matte zusammengerollt hatte, während ein fremder Mann mit ihrer Mutter auf der anderen Matte beschäftigt gewesen war. Sie erinnerte sich an leises Stöhnen, mitunter vor Lust, mitunter vor Schmerz. Aber es war keine zweite Tochter der Balan zur Welt gekommen. Daran hatte nicht einer der Fremden etwas geändert.

Was befürchtete ihre Mutter? Dass sie dieselben Geräusche nachts hören musste, wenn ein Mann sich mit ihrer Tochter vergnügte? Ein Mann wie Arrion?

Neve traten Tränen in die Augen. Am liebsten hätte sie ihre Mutter angeschrien, die so besitzergreifend war und Arrion auf diese abschätzende Art ansah.

Was erwartete sie denn? Seitdem die Gabe über sie gekommen war, kannten Sängerinnen nichts anderes als raschen, unverbindlichen Sex, weitere Wanderung, bis sie den nächsten Fremden in sich aufnahmen, um ihre Töchter zu bekommen.

Neve wischte sich eine Träne von der Wange. Mit einem Mal war es egal, was Arrion gesagt hatte. Sie war eine Hure, wie auch ihre Mutter eine solche war – wie sie alle.

Dann war Arrion mit einem Mal neben ihr, legte einen Arm um ihre Mitte, der sich kalt, tot und schwabbelig anfühlte. Ihr Ritter zog sie mit einem Ruck aus Balans Reichweite an seine Seite, wo er sie sofort wieder losließ.

Neve war dankbar für seine Nähe. Ahnte er, was in ihrem Kopf vorging? Oder hatte er nur gesehen, wie sie heimlich die Träne fortwischte?

Ihre Mutter gab den stummen Zweikampf auf. Sie wusste, dass sie verloren hatte. Die Jungfräulichkeit und Unschuld ihrer Tochter war lange dahin. So war das Schicksal einer Sängerin. Bloß hatte Neve keine Tochter vorzuzeigen, die der Lohn für all das gewesen wäre.

Neve ging zwischen diesen beiden Polen ihrer Welt zum Feuer. Man machte Platz für sie und Arrion, und sie war froh, dass zwischen ihr und ihrer Mutter die Greisin und eine andere Sängerin saßen.

Balan ging zurück auf ihren Platz und ließ sich schwer auf die Bank fallen.

»Das ist ein guter Mann, den du da bei dir hast«, sagte die Alte, legte eine knochige Hand auf Neves Unterarm und drückte freundschaftlich zu. »Lass dich nicht verrückt machen, Kleine. Deine Mutter meint es nicht böse. Wir unterhalten uns morgen. Ganz in Ruhe. Kein Grund, sich den hübschen Kopf zu zerbrechen.«

»Verzeih, Schwester, ich weiß nicht einmal deinen Namen.«

»Wie denn auch, in all dem Kampf und Durcheinander? Ich bin May. Ich hatte eine wunderschöne Tochter, die ich in Kyelle empfangen habe. Meine erste Nacht nach der Trennung von meiner Mutter. Und ich hatte Glück, für mein erstes Mal einen Mann getroffen zu haben, der nicht nur an sich dachte.«

Neve starrte sie an. Ein Kloß steckte in ihrer Kehle, aber May sah Arrion an. »Ich nannte sie Aryana. Ich weiß nicht, wo sie ist, ob sie noch lebt. Ich bete, dass sie in Sicherheit ist oder ihren Frieden hat. Sie hatte schwarzes Haar und leuchtend blaue Augen. Morgen, Neve, reden wir. Heute Abend feiern wir den Sieg über die Soldaten, die Befreiung dieses Dorfes. Ich habe nur noch drei Zähne, aber ich will von diesem duftenden Braten essen, bis ich Bauchweh bekomme.« Sie streichelte über Neves Wange und sah der jungen Sängerin in die Augen. »Hab keine Angst, Neve. Die alte May ist da, alles wird gut.«

Neve sah in das faltige Gesicht und spürte die stumme Einladung. Sie nahm die tröstende Umarmung gerne an, schmiegte sich in die Arme der alten Frau und ließ sich festhalten. Ihr war schwindelig, sie war müde, hungrig und wollte nur noch schlafen.

Über ihren Kopf hinweg vernahm sie noch einmal Mays Stimme. »Du warst tüchtig heute, Ritter. Ich glaube, dass die Götter dich gesandt haben. Du hast an nur einem Tag zehn Sängerinnen befreit. Wir sind selten. Ich habe noch nie so viele meiner Schwestern auf einen Haufen gesehen.«

»Sängerinnen sind unberührbar. Wenn der Herrscher sich etwas anderes denkt, muss er lernen, dass er falsch liegt.«

»Und wer könnte es ihm besser beibringen als du, Arrion?« May lachte. Ein glucksendes, gemütliches Lachen. Nur vor wenigen Stunden musste sie selbst Todesangst ausgestanden haben. Das schien nun vergessen.

Nach einer ungestörten Nacht trat Neve fröstelnd aus der Hütte, kuschelte sich in ihren Mantel und betrachtete das kleine, jetzt friedliche Dorf versonnen.

Sie hatte gut geschlafen. Arrion hatte dicht bei ihr am Feuer gesessen, den Fellumhang um die Schultern, Schleifstein in der Hand und einen Wassereimer neben sich, um die Klinge seiner Kriegsaxt zu schärfen. Unter einem solchen Schutz konnte sie ja nur gut schlafen und süße Träume haben.

Auch Mays Nähe hatte Neve gutgetan. Nichts hatte sie der Greisin erklären müssen. Sie hatte alles von alleine erfasst. Neve war froh, dass Balan den restlichen Abend am Lagerfeuer auf Distanz geblieben war.

Die Dorfbewohner kamen aus ihren Hütten, grüßten Neve freundlich und machten sich an die Versorgung der Tiere und die Verrichtungen der vielen Arbeiten, die in einer so kleinen, einsam gelegenen Gemeinschaft erledigt werden mussten, damit alle den kommenden Winter überlebten.

Wo steckte Arrion?

Er war nicht mehr in der Hütte gewesen, als Neve aufgewacht war.

Sie streckte eine mentale Hand aus, suchte ihn und spürte seine Präsenz. Sie erschauerte. Wieder etwas Neues, und sie hatte es so selbstverständlich getan, als hätte sie es von klein auf gelernt.

Welche Überraschungen hielt die Gabe noch für sie bereit? Neve atmete tief ein: der Kreidekreis bei dem Geist des erschlagenen Soldaten. Sie hatte einfach die gemahlene Kreide in die Luft geschleudert, und diese hatte ganz alleine einen Kreis gezeichnet, der nach seiner Vollendung aufgeglüht hatte. Was lauerte noch? Sie bekam es langsam mit der Angst zu tun. Je mehr Kräfte sie selbst entwickelte, desto echter wurde Arrion.

Ihre eigene Mutter hatte bislang nicht erkannt, dass sie einem Geist gegenüberstand! Wie konnte Balan so blind sein? Wie Kaan und die anderen Frauen?

War das der Weg, das Fischproblem zu beseitigen? Wurde Arrion immer echter, sodass am Ende ihrer Kräfteentwicklung der Geschmack nach faulendem Fisch, das Gefühl von verwesenden Fischleibern verschwand? War das ihr Weg, ihre Bestimmung?

Neve wusste es nicht. Sie wusste gar nichts mehr, außer dass sie ihre Gabe zunehmend unheimlicher fand und sich sehnlichst wünschte, ebenso behütet und unschuldig aufgewachsen zu sein wie die dumme Jat.

Sie straffte energisch die Schultern und ballte die Fäuste. Dieses törichte Jammern führte zu gar nichts!

Also folgte sie dem neu erwachten Gespür, um Arrion zu finden.

Das Donnern der Wasserfälle wies Neve den Weg durch den dichten, tropfnassen Wald. Arrion hinterließ keine Fußspuren, denen sie hätte folgen können, aber sie spürte, wo er war. Sie folgte ihm wie einem Leuchtfeuer in stürmischer See. Wasser tropfte auf sie nieder, obwohl über dem Dorf hinter ihr die Sonne schien.

Der Wald öffnete sich, und Neve stand für einen Augenblick wie geblendet da und konnte nur starren.

Er hatte recht gehabt. Wieder einmal hatte Arrion recht gehabt.

Die Sonne schien noch immer. Ein Regenbogen spannte sich als vollständiger, formvollendeter Bogen über den Fällen.

Der Fluss, dessen Verlauf sie hierher gefolgt waren, tobte wild, lief über Stromschnellen, die sein smaragdgrünes Wasser bereits weiß und zu Schaum schlugen, bevor es sich über die Kante des Falles über einhundert Ellen hinab in die Tiefe stürzte. Das von der Mondsichel zu drei Vierteln umschlossene Becken des Falles enthielt brodelndes, weißes Wasser, Gischt und Schaum.

Neve starrte auf das Naturschauspiel, auf den Regenbogen, hörte das Donnern der Wassermassen, bis sie begriff, warum es regnete: Über dem Becken stand eine Gischtsäule von mehr als zweihundert Ellen Höhe, die sich langsam um sich selbst zu drehen schien. Sie war die Ursache für den Regenbogen. Der Wind wehte über den Fluss hinweg in Neves Richtung und trug mit sich einen Gischtregen, der den Wald tränkte und auf Neve herabfiel.

Und der Arrion vollständig durchnässt hatte.

Er befand sich auf einer Felsenplatte, die direkt am Rand des schäumenden Wasserfalls sogar ein kleines Stück über das wilde Wasser hinausragte. Still wie eine Statue stand er da, den Blick starr auf das Wasser gerichtet, das den Boden unter seinen Füßen vibrieren ließ.

Neve atmete tief ein. Götter! War so etwas erlaubt? Durfte ein solches Prachtexemplar wirklich frei herumlaufen?

Die armen Mädchen in der Stadt!

Er hatte nackt und spottend vor ihr gestanden, und sie hatte sich die Augen zugehalten, weil sie sein Verhalten unmöglich gefunden hatte. Er hatte ebenso nackt in ihren Armen gelegen, als die Erinnerungen, die er jahrzehntelang erfolgreich verdrängt hatte, ihn in die Knie gezwungen hatten.

Er war jetzt nicht nackt – und gleichzeitig doch.

Seine Rüstung lag im Lager, er trug nur knielange Hose und ein einfaches Hemd, war barfuß und verharrte still im Gischtregen.

Die rabenschwarze Lockenmähne triefte. In eigenwilligen Kringeln und Strähnen fiel das lange Haar auf seinen Rücken und auch in sein Gesicht. Wassertropfen glitzerten in seinem Haar, auf seiner nackten, sonnengebräunten Haut.

Sonnenlicht ließ die Feuchtigkeit funkeln, verwandelte den Gischtnebel in eine leuchtende weiße Wolke. Arrion sah überirdisch aus. Dazu kam, dass er wie Arrion aussah.

Der Stoff klebte wie eine zweite Haut an ihm, enthüllte und betonte mehr, als seine Nacktheit das gekonnt hatte.

Neve rang nach Atem, ballte die Fäuste, sah und wusste, dass er perfekt war. Ein Athlet, der nicht eine Unze Fett auf dem Leib trug. Jeder Muskelstrang zeichnete sich hart und konturiert unter dem Stoff ab. Die nasse Hose spannte über seinem Hintern, folgte den Linien von Pobacken und Oberschenkelmuskulatur. Auch die Narben, die sich durch den nassen Stoff als hellere Linien und Flecken abzeichneten, konnten diesen grandiosen Anblick nicht mindern. Sie gehörten zu ihm. Hatten das aus ihm gemacht, was er war. Und durch das Hemd sahen diese blassen Schemen sogar aufregend aus.

Sie hätte hier ewig stehen können, verstand Neve später. Aber Arrion spürte ihre Nähe offenbar. Unvermittelt drehte er sich um. Die kobaltblauen Augen leuchteten wie von einem inneren Feuer erhellt. Es tat beinahe weh, in diese blauen Tiefen zu sehen.

Neves Blick ging tiefer.

Oh ja.

»Arrion.«

Sie trat auf die Felsplattform und ging ihm entgegen, während er nur dastand und sie ansah. Ein vernünftiger Mensch hätte ihm die Augen aus dem Schädel gehackt, dachte Neve. Sie war ganz eindeutig sehr unvernünftig.

»Neve.« Seine Stimme, tief und sanft, fühlte sich auf ihrer Haut an wie Seide.

Neve blieb direkt vor ihm stehen, sah in seine Augen und wünschte sich weit weg und doch genau hierher.

Ohne sie zu berühren, senkte er langsam den Kopf zu ihr herab. Seine Lippen waren halb geöffnet, und ein Schauder überlief Neve. Für einen Moment zuckte noch einmal Verstand durch ihren Schädel. »Ohne Zunge«, flüsterte sie, kurz bevor seine Lippen ihre berührten.

Er lachte leise auf, sein warmer Atem strich zärtlich über ihr Gesicht, duftete nach ihm, nach Mann und Begehren.

Neve schloss die Augen und sah gerade noch, dass Arrion dies ebenfalls tat. Unter dem schimmernden Regenbogen der Wasserfälle trafen ihre Lippen sich.

Brechreiz überrollte Neve, und Arrion sprang zurück, während er sie gleichzeitig von sich stieß.

Verfaulte Tintenfische. Tausende von ihnen.

»Götter! Das ist nicht fair!«, stieß er hervor, und dieses Mal übergab auch er sich.

»Das ist zum Kotzen!«, würgte Neve hervor, und mit einem Mal lachte er wieder. Sie hätte ihn umbringen können.

»Im wahrsten Sinne des Wortes. Neve, du musst dir etwas einfallen lassen.«

»Warum ich? Das ist ekelhaft!«

»Wer von uns beiden ist die Geistersängerin? So geht es nicht weiter. Frag die alte May. Die weiß, wie gut ich bin. Sie muss uns helfen können.«

Neve atmete keuchend ein. Sie hoffte auf May, aber sie wusste nicht, ob die alte Frau wirklich helfen konnte. Manchmal wusste sie nicht einmal, ob sie überhaupt mit Arrion schlafen wollte, selbst wenn das Fischproblem endlich beseitigt war. Sie sehnte sich danach, ihn endlich in die Arme schließen zu können und zu überprüfen, was an seinen selbstgefälligen Prahlereien dran war. War er so gut, wie er behauptete? Bei all der Übung? Götter, er war wahrscheinlich noch besser, als er selbst wusste! Was hatte May gesagt? Ein Mann, der nicht nur an sich selbst dachte.

Aber Neve wusste auch, dass sie von einem Geist keine Schwangerschaft erwarten konnte.

Zerrissen von Zweifeln, Verlangen und der Gewissheit, dass sie für Arrion nur eine Eroberung mehr, eine weitere Frau auf einer langen Liste, ein neuerlicher Beweis seiner Männlichkeit sein konnte, wurde sie patzig.

»Ich will und brauche eine Tochter. Und sie wird nicht von dir sein.«

»Du willst es vor meinen Augen mit einem anderen treiben? Ich verbiete es dir!« Sein Gesichtsausdruck verhärtete sich, die Kiefermuskeln spannten sich an. Seine gesamte Körperhaltung wirkte wie vor einem Angriff.

Sie lachte nur, obwohl es ihr schwerfiel und wehtat.

Arrion plusterte sich regelrecht auf. »Ich werde danebenstehen und ihm sagen, wie mies er es macht. Es wird dir keinen Spaß machen. Der Kerl kann das nicht. Glaub mir, Mädchen.«

»Aber du bist ein verfaulender Fisch!«

»Bin ich nicht!«

»Und wer hat da eben über den Wasserfällen gekotzt? Ich habe jetzt noch das Gefühl, dass Hunderte von winzigen Tintenfischsaugnäpfen in meinem Hals stecken. Finde dich damit ab, Arrion, oder geh endlich in die andere Welt!« Tränen brannten in ihren Augen, während sie zwei Schritte weiter von ihm wegstolperte. Alles, nur das nicht.

Er packte ihren Arm und riss sie zurück. »Mädchen, du vögelst dich seit zehn Jahren durch die Acht Reiche. Denkst du nicht, dass mindestens einer dieser Kerle es mal hätte schaffen müssen? Neve, vielleicht kannst du keine Kinder bekommen. Hast du daran mal gedacht?«

Sie riss sich los. »Ich bin eine Sängerin, Arrion. Es ist mein göttlich bestimmtes Los, mindestens eine Tochter zu gebären, der ich alles beibringen kann. Verstehst du das nicht? Ich kann kein normales Leben führen, mich als Magd irgendwo verdingen oder einen Bauern heiraten. Immer höre ich eine Seele klagen, und ich muss ihrem Ruf folgen. Das Jammern eines jungen Geistes spüre ich auf hundert Meilen. Meine Gabe zwingt mich, dem Ruf zu folgen, Mitleid zu haben und helfen zu wollen. Kein Mann würde mit einer wie mir leben können. Ich bin immer in Bewegung und immer einsam. Soll ich für den Rest meines Lebens keusch sein, die Knie zusammennehmen, nur weil es dir nicht passt, dass ein anderer mich besteigt?«

»Ich will nicht, dass dir jemand wehtut.« Seine Stimme war tiefer, sanfter und leiser geworden. »Neve, ich will nicht, dass irgendjemand einfach über dich rüber steigt, weil er es schon immer mal mit einer Sängerin treiben wollte. Ich will nicht, dass du einem Kerl wie mir in die Hände fällst.«

»Aber wenn ich mit dir schlafe, passiert doch genau das!«

Er streckte die Hand nach ihr aus, und Neve schlug sie weg, mit aller Kraft und so viel Wut, wie sie nur sammeln konnte.

Der Sänger im Kerker hatte es gesagt: Arrion *dachte nur*, dass er verfallen war. Er war von ihr abhängig, weil sie seine Energiequelle war. Neve hasste ihn, und sie liebte ihn von ganzem Herzen. Sie wollte ihn nur noch loswerden, ihm endlich den Frieden geben, den er sich verdient hatte.

Einen Moment lang wurden seine Augen dunkel vor Wut, dann ließ er die Hand sinken. »Du kannst mich haben, wenn du willst. Oder du kannst für mich singen, Neve.«

»Das ist meine göttliche Aufgabe, du Idiot!«

»Meine Aufgabe war nicht göttlich. Aber ich habe dem Herrscher einen Eid geschworen, seine verdammte Stadt zu verteidigen. Du willst mich loswerden? Jetzt sofort? Oder erst, nachdem ich dich heil zur Festung der Rebellen gebracht habe?«

Hinter ihnen fiel Wasser donnernd in das Becken. Gischt umwehte sie. Der Regenbogen war verschwunden.

»Du bist ein verdammtes Schwein, Arrion!«

»Warum? Weil du das Gefühl hast, mich auszunutzen? Weil du mich liebst? Oder hasst du mich wirklich so sehr, wie du mir gerade weismachen willst? Es ist *deine* göttliche Aufgabe. Ich bin nur ein Geist. Ich bin das, was von mir übrig geblieben ist. Es ist nicht viel, aber ich würde es dir schenken. Doch du willst es nicht.« Plötzlich lag ein Zittern in seiner Stimme.

Neve wusste, dass niemand außer ihr es wahrgenommen hätte. Sie bekam eine Gänsehaut und musste alle Kraft aufwenden, um ihre Worte nicht zurückzunehmen.

»Bitte. Sing mich aus deiner Welt. Kannst du mir garantieren, dass die Bilder in meinem Kopf mich nicht begleiten werden? Kannst du mir versprechen, dass ich in der anderen Welt nicht ständig sehen werde, wie die Seeräuber mir ins Gesicht pissen, wie sie die Messer wetzen, um mich zu kastrieren? Hört das Leid wirklich auf, oder ist das die geschönte Wahrheit, die ihr Sängerinnen euch seit Tausenden von Jahren erzählt? Du sagst, dies ist nicht meine Welt. Vielleicht hast du recht. Aber was kommt danach, Neve? Die Priester haben mir gesagt, es gibt ein ewiges Paradies für jene, die gut waren. Und ewige Verdammnis für die, die es nicht waren. War ich gut? Ich weiß es nicht. Es ist mir gleichgültig, was wird. Sing ruhig für mich. Und dann geh hin und lass dich vom erstbesten Kerl besteigen, den du finden kannst. Wenn das deine verdammte göttliche Bestimmung ist, dann tu es endlich. Nimm den Bengel Torin. Für den ist es das erste Mal. Dann kann er an dir üben, bevor er sich an Jat heranmacht.«

»Arrion, ich hasse dich.«

Er stand ganz still. Der Gesichtsausdruck war unergründlich. »Ich weiß. Und ich liebe dich, du verdammte Hure.«

Sie starrte ihn an, rang nach Atem. Jetzt einfach singen und nie wieder seine Stimme hören. Jetzt einfach singen … und sich selbst das Herz brechen. »Ich hasse dich«, brachte sie erstickt ein zweites Mal hervor.

»Dann lass mich gehen. Mach allem ein Ende. Ich will nicht mehr, Neve. Ich kann nicht mehr. Du hast mich aus den Händen der Schwarzen Sänger befreit. Sorge jetzt dafür, dass sie mich niemals wieder bekommen. Sonst machen sie ein seelenloses Monster aus mir. Das weißt du. Ihr seid genug Leute, ihr kommt durch zur Rebellenfestung. Du bist stärker als jede andere Geistersängerin. Du kannst den Herrscher besiegen und seine Sänger vernichten. Sing, Neve. Bitte sing.«

Sie weinte und schüttelte stumm den Kopf.

»Du hasst mich. So sehr, dass du deine Aufgabe mir gegenüber nicht erfüllen willst? Ich kann eine der anderen fragen. Aber ich dachte, wenigstens das hätte ich verdient.«

Neve schlang die Arme um den Oberkörper. Ein Schluchzen zerriss sie fast. Sie wandte sich ab, bekam keine Luft mehr und wollte nur noch alleine gelassen werden.

»Neve?«

Die Gischt der Fälle mischte sich mit ihren Tränen. Jeder Atemzug tat weh. Gleich würde er gehen – zu ihrer Mutter, zu Kaan oder May. Wahrscheinlich zu May. Sie war die Einzige, die Arrion als Mensch gekannt hatte. Sie würde Mitleid haben und sich seiner Seele erbarmen.

Neve hörte seine Schritte, die sich beinahe lautlos von ihr entfernten.

»Arrion!« Sie fuhr panisch herum und sah nur seinen breiten Rücken, die Narben unter dem durchnässten Hemd. Aber er war stehengeblieben. »Keine Tochter, Arrion. Ich will keine Tochter mehr haben. Verlass mich nicht!«

Ganz langsam drehte er sich um.

Sie rang nach Atem, richtete sich auf und streckte die Hand nach ihm aus.

Er kam zu ihr zurück – wie ein geprügelter Hund, der Angst vor weiteren Schlägen hat, der nicht weiß, was er falsch gemacht hat. Aber er kam zu ihr zurück.

»Ich liebe dich, Arrion.«

Er fiel vor ihr auf die Knie, und es brach ihr fast das Herz. Sie trat einen Schritt näher zu ihm, legte die Hand in seinen Nacken und zog ihn an sich. Kalt und schwer drückte sein Kopf gegen ihren Bauch.

»Du sollst deine Tochter haben, Neve.«

»Ich will sie nicht mehr. Ich brauche sie nicht mehr. Ich will, dass du bei mir bleibst, Arrion.«

»Ich bleibe.«

Sie streichelte über nasse, schwarze Locken. In diesem Moment erfüllte sie tiefer Frieden.

Arrion umarmte sie, und es war egal, dass es sich anfühlte wie die Fangarme eines Kraken. Er war ihr Arrion. Sie brauchte ihn nicht zu teilen. Und niemals sollte er sie teilen müssen.

»Lass uns zurückgehen«, flüsterte Neve in der zärtlichen Umarmung.

Er stand auf und zog sie einmal kurz, aber fest an sich. »Ich liebe dich, Neve.«

»Ich weiß, Arrion. Ich weiß nicht, womit ich das verdient habe, aber ich bin glücklich.« Sie sah zu ihm auf und zwinkerte die letzten Tränen fort, streichelte über seine breite Brust und wünschte sich nichts mehr, als dass das Gefühl von toten Fischen unter ihrer Hand sich in das von warmen, festen Muskeln verwandeln würde. Hatten sie es sich nicht verdient? Konnten Götter so grausam sein?

Arrion beugte sich noch einmal zu ihr herab, als wollte er sie küssen, aber sie spürte nur seinen warmen Atem in ihrem Gesicht, als er seine Stirn an ihre legte. Nur für den Moment standen sie so da, und es tat so gut.

»Wir sollten zurückgehen«, bestätigte er schließlich.

Jede Silbe ein warmer Lufthauch auf ihrem nassen Gesicht.

»Komm mit mir. Wir haben so viel zu tun. Du hast dich in eine Geistersängerin verliebt. Das hast du nun davon. Wir Sängerinnen sind alles, was zwischen den Acht Reichen und dem Herrscher steht. Wir müssen seine Armee von Schwarzen Kriegern verhindern. Dich kriegen sie nie wieder in ihre Fänge, das verspreche ich.«

Auf halbem Weg zum Dorf saß May auf einem umgestürzten Baumstamm.

Sie sah auf, als sie die Schritte hörte, die von den Wasserfällen kamen.

Ein Lächeln huschte über das faltige, alte Gesicht, das mit einem Mal erahnen ließ, wie sie als junge Frau ausgesehen haben musste.

»Kommt her, meine Lieben. Ich habe euch Mäntel mitgebracht. Und etwas zu essen. Hier haben wir unsere Ruhe und können uns aussprechen.«

Sie klopfte einladend auf den Platz neben sich, und Neve folgte der Aufforderung umgehend. Arrion nahm im Schneidersitz vor dem Baumstamm Platz, und May warf ihm einen Mantel zu. »In nasser Kleidung, Arrion, hast du keine Geheimnisse mehr vor uns. In meinem Alter muss ich das nicht mehr sehen.«

»Du hast ihn gekannt?«, fragte Neve.

»Er ist der Ritter von Kyelle, der vor über sechzig Jahren im Kampf gegen die Piraten fiel, nicht wahr? Vater meiner Tochter Aryana?«

Arrion nickte nur, und May atmete tief auf.

»Wir bauen auf dich, May, dass du uns irgendwie helfen kannst«, sagte Neve, und Arrions Lächeln beschleunigte ihren Herzschlag. Verschwunden waren sowohl die geschlagene Kreatur als auch der vor Männlichkeit nahezu triefende Verführer, den er sonst so gerne markierte. Da war nur noch der Mann, den sie von Herzen liebte.

»Wie kann ich helfen? Geht es darum, dass du noch keine Tochter hast?«

»Auch ...«

»Dann befassen wir uns zuerst damit. Als gestern Arrion gegen die Soldaten gekämpft hat, ist mir aufgefallen, dass du mit ihm gekämpft hast.«

»Wie meinst du das? Ich bin doch erst kurz vor Schluss auf die Straße gelaufen und habe deswegen furchtbaren Ärger bekommen.«

Sie sah Arrions raubtierhaftes Lächeln aufblitzen, das erheiterte Funkeln in seinen leuchtenden Augen.

»Nein, nicht wirklich. Du hast mit ihm geatmet. Mädchen, ich konnte sehen, wie dir der Schweiß herunterlief.«

Neve entsann sich dunkel ihres nassen Hemdes. Aber mit Arrion geatmet? Die Erkenntnis überfiel sie, dass sie für einen Moment lang wirklich das Gefühl gehabt hatte, sie würde im Gleichtakt mit Arrion nach Luft ringen, ihr Herz würde ebenso schnell wie seines schlagen. Doch das war Unsinn! Natürlich hatte sie sich vollkommen auf ihren Ritter konzentriert ... und mit ihm geatmet.

Sie wischte sich nasse Haarsträhnen aus dem Gesicht und blickte May fragend an, die lächelnd nickte und ihr die Hand tätschelte.

»Sagte ich doch.« Dann wechselte sie so abrupt das Thema, dass Neve beinahe schwindelig wurde. »Ich muss diese Frage stellen, Neve: Hast du versucht, schwanger zu werden? Schau Arrion nicht an. Wenn nur die Hälfte der Geschichten über ihn wahr sind, die ich so gehört habe, bevor ich mich von ihm entjungfern ließ, dann hat er mehr Frauen gehabt, als du Männer an dich herangelassen haben kannst. Du hast keine Tochter, was bei einer Geistersängerin deines Alters ungewöhnlich ist. Hast du es versucht?«

»Ich habe es versucht. Immer wieder. Ich habe mit so vielen Männern geschlafen, dass ich mich schämen sollte.«

»Unsinn«, sagte Arrion sanft.

May nickte bestätigend. »Wir sind auf uns allein gestellt, wenn unsere Mütter sich von uns trennen, Neve. Wir besitzen die Gabe, und wir werden dafür belohnt, dass wir alleine durch die Acht Reiche wandern und Seelen erlösen. Bevor ich hierher kam, um auf euch zu warten, habe ich mit deiner Mutter gesprochen. Balan ist vollkommen verzweifelt, weil du keine Tochter hast. Aber ich habe auch mit Jat gesprochen. Ich *sehe* Arrion, ich kann ihn hören, ich habe ihn berührt – was ekelhaft war, darüber will ich später nachdenken. Neve, du bist anders.«

»Was hat Jat dir gesagt?«, fragte Arrion und beugte sich dabei leicht vor.

»Sie ist das dämlichste Ding, das ich jemals getroffen habe. Sie kann nicht bei einem Thema bleiben – außer dass sie Torin unsterblich liebt. Das kommt in jedem dritten Satz vor. Ich war kurz davor, ihr einen Kübel kaltes Wasser über den Kopf zu gießen. Ihr seid auf Schwarze Sänger gestoßen, so viel habe ich aus ihr herausbekommen.«

»Schwarze Sänger, die Arrion in ein Gefängnis aus Schwarzer Gewalt einsperrten und ihn zurück nach Kyelle bringen wollten – mit mir und meinen noch zu zeugenden Töchtern als Geiseln.«

»Wie bitte?«, schnappte Arrion entgeistert.

»Der eine, für dessen Tod ich mich besonders bei dir bedankt habe. Weißt du noch?«

Er nickte.

»Der war es. Ich habe ihn so gehasst!«

»Du hast Arrion aus der Falle der Sänger geholt?«

Neve nickte und lächelte.

»Und sie hat mich quer durch die Burg von Seyverne bis zu sich geführt, nebenbei nach Sängern Ausschau gehalten und mich notfalls geschützt.«

»Notfalls geschützt?«, echote May fassungslos.

»Längstens für zehn Atemzüge. Das war alles, was ich konnte«, sagte Neve beinahe entschuldigend.

»Oh. Sonst noch etwas? Irgendetwas mehr, was deine Mutter dir *nicht* beigebracht hat?«

»Ja, stimmt. Ich warf die Kreide in die Luft bei dem jungen Soldaten, der mich warnen wollte, und sie bildete alleine einen Kreis.«

»Und wir haben uns ohne Worte verständigt. In der Burg. Ich habe dich klar und deutlich in meinem Kopf gehört«, warf Arrion ein.

Mays Augen wurden immer größer und runder.

»Ja, das haben wir. Und ich musste so aufpassen, dass mein Herz nicht versuchte, im Gleichtakt mit deinem zu schlagen. Es wäre zersprungen vor Anstrengung. Was war noch? Ja: Ich bin Arrion zu den Wasserfällen gefolgt – wie einem Leuchtfeuer.«

»Leuchtfeuer gefällt mir«, meinte er mit seinem frechen Raubtierlächeln, das die kobaltblauen Augen funkeln ließ.

»Und da wunderst du dich, dass du keine Tochter hast?«

Beide sahen May an, warteten auf eine nähere Erklärung.

»Deine Gabe, Neve, ist zu groß. Eine so gewaltige Gabe kann nicht an Töchter weitergegeben werden. Du hast beinahe göttliche Macht, Kind. Die Götter gestatten das – in Notfällen. Die Sänger und ihre geplante Armee von Schwarzen Kriegern sind eindeutig ein solcher. Aber stell dir vor, du vererbst diese Gabe an zwei Töchter, und die bekommen jede wieder Töchter. Irgendwann wäre das Gleichgewicht der Macht gestört, wenn in den Acht Reichen eine Armee von übermächtigen Geistersängerinnen das Leben und Sterben diktiert. So mächtige Sängerinnen, wie du eine bist, treten nicht oft auf. Und wenn es sie gibt, bleiben sie kinderlos.«

»Du bist dir da sicher?«, fragte Arrion. Neve war ihm dankbar, denn er fragte um ihretwillen.

»Es gibt keine Geschichtsbücher über die Sängerinnen. Ich kann dir keine Beweise für diese Behauptung liefern. Aber es gibt manchmal mündliche Überlieferungen, Geschichten, die am Lagerfeuer von der Mutter erzählt werden. Balan hat auch nur Neve, nur eine Tochter. Warum? Weil Neves Geburt bereits eine Verstärkung der Gabe bedeutete. Noch so eine Tochter, und das Gleichgewicht wäre gestört gewesen. Ich habe keine Beweise, aber ich bin mir sicher.«

»Du nimmst eine schwere Last von mir, May. Danke«, sagte Neve leise.

»Es gibt so etwas wie eine Bestimmung. Dessen bin ich mir sicher. Es war kein Zufall, dass du zu Arrion gegangen bist.«

»Sie war nicht die Erste«, warf der Ritter ein. »Aber sie war die Erste, die bis zu mir vordringen konnte.«

»Die Städter haben andere Sängerinnen vertrieben oder sogar ermordet. Ich bin durch Kyelle spaziert, und die Leute haben mich nicht einmal angesehen. Es war ein ganz komisches Gefühl. Als ob ich unsichtbar für sie wäre.«

»Vielleicht warst du das. Deine Gabe tut alles, um dich zu schützen, damit du dein Ziel erreichen kannst.«

»Was ist das Ziel? Meine Welt steht Kopf, May. Ich weiß nur eines sicher.« Sie lächelte Arrion an, und sein antwortendes Lächeln war ebenso liebevoll wie ihres.

»Ich denke, dass ihr beide in gewisser Weise füreinander bestimmt seid.«

»Hab ich es nicht immer gesagt?«, meinte Arrion mit seinem unschuldigsten Augenaufschlag, dem das Lächeln jede Unschuld nahm.

»Nein, nicht so. Du hast das nur dauernd gesagt, weil du mich unbedingt flachlegen wolltest!«

»Und habt ihr?«, warf May rasch ein.

»Wie denn?«, gab Arrion entrüstet zurück. »Wenn wir uns küssen, kotzen wir. Es ist, als ob man einen vergammelten Fisch ableckt. Sie fühlt sich an wie … Ihr Busen fühlt sich an wie eine in der Sonne halb gebackene Qualle!«

»Wie bitte?«, schnappte Neve.

»Ich bin sicher, dass er sich nicht wirklich so anfühlt, Neve. Es ist ein sehr hübscher Busen. Wie du weißt, habe ich zahllose Vergleichsobjekte gesehen, gestreichelt und ... mehr. Aber dir geht es doch genauso mit mir!«

»Er fühlt sich kalt, glibberig, schleimig und wabbelig an. Wie ein Walkadaver, der schon von Gasen aufgebläht ist. Du hast ihn angefasst und dir die Hand abgewischt. War es für dich auch ekelhaft?«

»Ja, das war es«, antwortete May hastig.

Im Kopf der alten Sängerin wirbelte vieles durcheinander, während sie Neve und Arrion betrachtete. Götter, und die beiden liebten einander! Es war so deutlich, dass man diese Wahrheit greifen konnte. Geist und Geistersängerin, es war nicht natürlich, aber May sah es in den Blicken der beiden. Arrion und Neve hatten ihren Frieden gefunden, und nur das zählte.

»Irgendeine Idee, May?«, fragte Arrion hoffnungsvoll.

Sie schüttelte den Kopf. »Gar keine. Es tut mir leid. Vielleicht könnt ihr es eines Tages überwinden, wenn Neves Kräfte weiter zunehmen. Aber ich weiß es nicht. Noch nie habe ich einen Geist wie dich gesehen, Arrion.«

»Ja, ich weiß, die anderen sind nur formlose Kleckse.« Er stand auf, wickelte den Umhang um seine schmalen Hüften und warf Neve einen auffordernden Blick zu. »Erzähle es ihr ruhig. Aber ich will diese Bilder nicht mehr in meinem Kopf haben.«

»Was?«, fragte May. Beinahe bedauernd sah sie zu, wie die jüngere Sängerin tief Luft holte. May bemerkte die geballten Fäuste, den verzweifelten Blick, der Arrion folgte, der den Weg zum Dorf etliche Meter entlangging, bevor er sich störrisch wie ein Halbwüchsiger gegen einen Baum lehnte und die Arme vor der breiten Brust verschränkte.

Dann berichtete das Mädchen May knapp von allem, was sie über Arrion herausgefunden hatte. Sie erzählte von der Folter durch die Piraten, von seinen ermordeten Bastarden und der letzten Schlacht. Sie gab seine Empfindungen wieder, als er seine eigene Leiche gefunden hatte. Sie berichtete von den Schwarzen Sängern und deren Drohungen und Plänen.

Sie schien nicht einmal zu bemerken, wie ihr eine Träne über die Wange rollte. Als sie endete, gab sie Arrion einen knappen Wink, um ihm zu verstehen zu geben, dass er sich gefahrlos wieder nähern konnte. Aber er schüttelte den Kopf und blieb, wo er war. Die weitere Diskussion wollte er ganz offensichtlich nicht verfolgen.

May stützte das Kinn auf die Faust und dachte nach. »Er ist anders. Du bist anders. Aber ich denke, ich kenne eure Bestimmung.«

»Es wird nicht Sex sein, ich weiß. Ist er wirklich so gut, wie er behauptet?«

»Ich hatte eine Nacht mit ihm. Nur eine. Götter, ich wäre am liebsten bei ihm geblieben, nur um das noch einmal zu erleben. Ich hatte viele Männer nach ihm – das Schicksal einer Sängerin. Er ist so gut, wie er sagt, Neve. Wenn nicht sogar besser.«

»Unsere Bestimmung sind die Schwarzen Sänger und die Schwarzen Krieger, nicht wahr?«

»Warum sonst wärt ihr beide zusammengetroffen, als dieser Schrecken über uns hereinbrach? Neve, sie haben Sängerinnen geviertteilt. Deswegen sind wir ins Gebirge geflohen, um uns in der Rebellenfestung zu verstecken und irgendwie helfen zu können. Dank dir und Arrion wissen wir, dass wir alle gebraucht werden. Ganz besonders aber du. Und Arrion.«

»Es kann mir nicht gefallen.«

»Natürlich nicht.« May stand auf. »Und bis auf Weiteres werden wir drei verschweigen, dass Arrion kein Mensch mehr ist. Du wirst wissen, wann die Zeit reif ist, dieses Geheimnis zu lüften.«

»Niemand wird mir Arrion wegnehmen.«

May sah auf Neve herab und wusste nicht, was sie darauf antworten sollte. Sie sah die Entschlossenheit in den hellen Augen der jüngeren Sängerin und wusste, dass dies Neves vollkommener Ernst war. Niemand durfte zwischen sie und den Geist des Ritters kommen.

Götter, Mädchen, kannst du überhaupt ermessen, was das heißt? Du wirst altern, wie ich gealtert bin. Ich war fünfzehn, als ich mit ihm schlief, als ich meine Tochter empfing. Soll er dir beim Altern zusehen? Soll er sehen, wie du stirbst? Hast du das zu Ende gedacht? Nein, wie könntest du auch. Du bist jung und verliebt, und niemand versteht dich besser als ich. Aber was, denkst du, sagen die Götter dazu? Sie werden Arrion nicht wieder zu einem Menschen machen. Und wenn du stirbst, was wird dann aus ihm? Du hast keine Tochter, der du auftragen kannst, ihn nach deinem Tod zu erlösen und in die andere Welt zu singen. Was wird nur aus euch werden?

Sie behielt diese Gedanken für sich. Weil sie wusste, dass in der nahen Zukunft die Einheit, zu der Ritter und Sängerin geworden waren, gegen übermächtige Gegner zu Felde ziehen musste. Warum Neve den Kopf mit Gedanken an die ferne Zukunft füllen, wenn niemand wissen und sagen konnte, was morgen geschah?

Vielleicht ging die Welt unter, vielleicht würden alle Acht Reiche brennen im Wahnsinn des Herrschers, der mit Mächten spielte, die er nicht verstehen konnte. Vielleicht waren die Acht Reiche schon morgen entvölkert, und mehr Geister als nur der Arrions blieben zwischen den Welten gefangen – für ewig.

»Wenn du als Jungfrau in die Ehe gehen willst, solltest du dich jetzt ebenso dämlich prüde aufführen wie bisher«, sagte Arrion als Erstes nach seiner Rückkehr in das Dorf.

Jat lief hochrot an, krallte eine Hand in den Stoff über ihrem Busen und rückte tatsächlich ein Stück von Torin ab, der wie ein zahmes Lamm neben ihr saß. Der junge Soldat sprang auf, als hätte er sich den Hintern auf der Holzbank verbrannt, und salutierte vor Arrion.

»Und wenn ich du wäre, würde ich sehen, ob ich sie flachlegen kann, bevor sie es sich anders überlegt.«

»Das verstößt gegen meine Ehre!«

»Solange sie einverstanden ist und ihren Spaß hat, hat das nichts mit deiner Ehre zu tun.«

Jat flüchtete sich in einen hysterischen Anfall und an den mütterlichen Busen Balans, die dem Ritter einen hasserfüllten Blick zuwarf.

Arrion grinste, drehte sich zu Neve herum und wartete deren Urteil mit Fassung ab.

»Du bist furchtbar, Arrion. Absolut furchtbar.« Aber sie lachte ihn an – auf die natürliche, ehrliche Art, die ihr eigen war.

Arrion lehnte die Kriegsaxt gegen eine Hüttenwand und wartete, bis alle ihn ansahen. Es dauerte nicht lange.

Neve lächelte. Er verströmte Autorität wie Frühlingsblüten ihren Duft. Es war für ihn zur zweiten Natur geworden, Befehle zu erteilen. Und er zweifelte nie auch nur einen Moment lang daran, dass sie ausgeführt wurden – zu Recht.

»Wir brechen morgen früh auf zur Festung der Herzogin, die sie den Rebellentruppen zur Verfügung gestellt hat. Wer mitkommen will, ist willkommen. Torin, wenn du es vorziehst, dich uns nicht anzuschließen, kann ich das verstehen. Auch ich habe dem Herrscher einmal einen Eid geleistet.«
»Der dir verdammt gleichgültig zu sein scheint.«
»Ich war für ihn eine Waffe, und er hat mich ausgebeutet und Verbrechen gegen die Götter begangen. Ich weiß nicht, wie viele Sängerinnen auf seinen Befehl hin schon ermordet wurden, und ich denke, wir werden es niemals erfahren. Aber damit ist Schluss. Sängerinnen sind unberührbar, und das wird der Herrscher spätestens dann lernen, wenn ich seinen Palast in Schutt und Asche lege.«

Torin nahm Haltung an. »Jat berichtete mir, was auf den Befehl des Herrschers ihrem Vater angetan werden sollte. Ich bin bei dir, Arrion. Deinen Befehlen kann ich folgen, ohne Brechreiz in der Kehle zu haben.«

Arrion nickte zufrieden und stellte dann die Frage: »Was ist mit dem anderen Soldaten?«

»Ich weiß es nicht. Vielleicht sollten wir ihn laufen lassen. Aber selbst ohne Waffen und Stiefel könnte er einen Außenposten vor uns erreichen und so den Herrscher warnen.«

»Und wenn wir ihn mitnehmen, wird er sich redlich bemühen, uns ein Klotz am Bein zu sein.«

»Wird er nicht«, mischte eine junge Stimme sich ein, und Zeta trat furchtlos vor – immer noch in Hosen und der Uniform der Armee des Herrschers. »Ich habe ihm klargemacht, dass er die Wahl hat: Unter deiner Axt enden oder mit uns kommen und sich benehmen.«

»Zeta, ich habe nicht die Angewohnheit, Gefangene zu erschlagen.«

»Macht doch nichts – das weiß er ja nicht! Aber welche andere Möglichkeit gäbe es? Ihn gefesselt in der Hütte lassen, bis Wildtiere ihn auffressen oder er verdurstet? Da wäre es gnädiger, wenn du ihm den Kopf abschlägst. Er will mit uns kommen. Er hat Angst vor dem Herrscher, weil er weiß, welche Strafe auf Soldaten wartet, die nicht erfolgreich sind. Er wird wohl niemals ein guter Rebell werden, aber er wird dir einen Eid schwören, dass er nicht im Weg stehen wird.«

Arrions Kiefermuskeln spannten sich an, während er dieses Angebot überdachte, dann nickte er Torin zu. »Hol ihn. Und gib ihm Kleidung. Zeta sollte ihn so gar nicht sehen.«

»Ich bin schon dreizehn! In zwei Jahren werde ich mir Männer aussuchen, um eine Tochter zu bekommen. Ich bin kein kleines Mädchen mehr!«

Arrion hob vielsagend die Augenbrauen, und Kaan beeilte sich, ihre Tochter zu sich zu nehmen, während Neve erstickt kicherte. So eine Rede hatte Arrion bestimmt noch nicht zu hören bekommen.

Torin kehrte mit dem Gefangenen zurück.

Der Mann wartete gar nicht erst eine Aufforderung ab, sondern ließ sich auf die Knie sinken, sah kurz zu Arrion auf und senkte dann den Blick. »Ich schwöre, dass ich dir gehorchen werde. Verlange nur bitte nicht, dass ich meine Kameraden bekämpfen soll. Ich bin kein Rebell, aber ich werde dir treu sein, wenn du Gnade walten lässt.«

»Das reicht mir. Du wirst morgen mit uns kommen. Und denke immer daran: Brich deinen Eid, und du bist tot, bevor du deinen Verrat noch ganz zu Ende gedacht hast.«

Die Dorfbewohner hatten geschlossen entschieden, die Sängerinnen und den sie alle schützenden Ritter zu begleiten.

Nicht ganz zu Unrecht fürchteten sie eine Strafexpedition seitens der Grenzfestung, da ausgerechnet in ihrem kleinen Dorf ganze vier Patrouillen verschwunden waren. Es erschien ihnen sicherer, das Dorf vorerst aufzugeben.

Weidetiere wurden freigelassen, Vorräte auf Karren geladen, Kleinvieh in Körbe gepackt und ebenfalls verladen. Alte und Schwache wurden auf die Karren gehoben, und im Morgengrauen verließ ein bunter Trupp das Dorf.

Arrion und Neve führten den Zug an. Der Weg wand sich nach oben, und noch einmal konnte Neve die Wasserfälle sehen. Wie der Strom grün und schaumig geschlagen über Stromschnellen auf die Sturzkante zurauschte, der Regenbogen sich über den Fällen erhob und die Gischtwolke sich langsam um ihre eigene Achse drehte, mit feinem Regen das in Windrichtung gelegene Land benetzte.

»Als ob es ein Wohnort der Götter wäre«, sagte sie leise.

»Der Legende nach soll der Weltdrache hier baden. Aber ich glaube es nicht. Die Fälle würden ihn in Stücke reißen.«

»Der Weltdrache?«

»Eine alte Sage meines Volkes. Ein Gefährte der Götter. Ich weiß nicht, ob es ihn jemals wirklich gab. Aber wenn er meinte, im Becken der Fälle baden zu können, dann gibt es ihn jetzt auf jeden Fall nicht mehr.«

Sie lachte begeistert auf angesichts dieser Respektlosigkeit. Auf so eine Idee konnte doch wirklich nur Arrion kommen!

»Ich mag es, wenn du lachst.«

Sie sah auf und lächelte. »Wie ich mich in jemanden wie dich verlieben konnte, verstehe ich immer noch nicht.«

»Du wirst es verstehen, wenn wir irgendjemanden finden, der das Fischproblem beseitigt. Ist das nicht typisch Frau? Ich wette mit dir, dass May nur nicht helfen wollte, weil sie dir keine Nacht mit mir gönnt.«

»Kannst du dich an sie erinnern?«

»Nein, keine Chance, Neve. Ich kann dir nicht einmal sagen, wie viele Bastarde ich wirklich hatte. Sie haben die Kleinen rund um meinen Scheiterhaufen verbrannt, und es erschienen mir so unendlich viele. Und doch weiß ich, dass sie lange nicht alle erwischt haben. Ravons drei Kinder haben die Schlacht ebenso überlebt wie mehr als zwei Dutzend andere Bastarde. Der Landstreifen zwischen Festung und Stadt war landwirtschaftlich genutzt, und in den Jahren, die ich dort für den Herrscher gekämpft habe, konnte ich die Kinder dort hin und wieder beobachten. Ich sah sie heranwachsen.«

»Und hast dich gefreut, dass die Beweise deiner Potenz auch weiterhin die Welt bevölkern.«

»Aber natürlich. Und sie haben weitere Kinder gezeugt, die schwarze Haare und blaue Augen haben. Ich habe der Stadt mein Siegel aufgedrückt.«

»Du weißt nichts über deinen Vater? Gar nichts?«

»Nur dass er ein Schwein war. So bin ich niemals mit einem Mädchen umgegangen. Glaubst du mir das?«

»Das glaube ich dir. Ich habe *Nein* gesagt, und du hast es akzeptiert. Das ist Beweis genug.«

»Mein edleres Selbst. Aber irgendwelche Vorzüge, die du jetzt genießen kannst, muss ich ja haben.«

Sie lachte so laut, dass sie fast über ihre eigenen Füße stolperte. Arrion grinste, half ihr aber nicht. Die Berührung war ihm auch jetzt noch zuwider. Nur wenn es gar nicht anders ging, berührte er Neve.

»Meine Mutter hasst dich.«

»Ach? Erzähl mir etwas Neues. Verdammt, was will sie? Sie weiß besser als ich, welches Leben Sängerinnen führen. Sie sollte froh sein, dass du an einen Meister geraten bist.«

»Das weiß sie ja nicht«, meinte Neve streng.

»Ich bin nicht willens, es ihr zu beweisen. Es gibt nur noch dich. Und ich will dich – mehr denn je, seit ich weiß, dass es nur noch dich gibt. Es *muss* jemanden geben, der das Fischproblem beseitigt. Vielleicht müssen wir nur noch ein wenig abwarten, bis deine Kräfte soweit zugenommen haben, dass du es lösen kannst.«

»Vielleicht.« Sie hoffte es von Herzen. Dann drängten jedoch die dringlichen Probleme ihres Weitermarsches nach vorn. »Wie gut kennst du dich hier aus?«

»Überhaupt nicht. Der Wasserfall war die Grenze des Dorfes. Von dort aus habe ich die Grenze überschritten und mich der Armee des Herrschers angeschlossen. Aber so eine Festung sollte ja nicht allzu schwer zu finden sein, nicht wahr?«

»Wir werden auf Patrouillen stoßen!«

»Wenn der Anführer der Rebellen kein Schwachkopf ist, ganz bestimmt.«

Sie entfernten sich immer weiter vom Fluss, und Neve spürte leichtes Bedauern, diesen wundervollen Ort hinter sich zu lassen. Sie wollte sich für immer an den Anblick der Fälle erinnern, vor deren grandioser Kulisse Arrion still wie eine Statue gestanden hatte, wie ein fleischgewordener Frauentraum.

Sie kamen langsam voran. Die Karren eigneten sich für die engen Gebirgspfade nicht wirklich.

Schon nach einem Tag wünschte Neve sich sehnlichst einen Engpass, der von Gespannen nicht bewältigt werden konnte, damit sie den ganzen Ballast zurücklassen mussten.

Aber das Hindernis kam nicht. Stattdessen trafen sie auf eine Wachmannschaft der Rebellen.

Alleine die Anwesenheit von Frauen, Kindern, Ochsenkarren und Bauern verhinderte ein Gemetzel, sagte Arrion später, als die erste Aufregung sich gelegt hatte.

Genau vor Neve und Arrion schlugen Pfeile in den Boden. Neve hatte das Gefühl, in fauligem Fisch ersticken zu müssen und tatsächlich von einem toten Wal plattgewalzt zu werden, als Arrion ohne jede Vorwarnung herumwirbelte. Er prallte hart gegen sie, brachte sie zu Fall und schützte sie mit seinem Körper vor den Geschossen.

Keinen Wimpernschlag lang hatte er gezögert, und dieses Mal stützte er sich nicht über ihr ab. Er lag mit seinem vollen Gewicht – und dem der Rüstung – auf ihr. Sein Atem flog warm über ihr Gesicht, und sie konnte eine Ader an seinem Hals pochen sehen, während sie zu totaler Bewegungslosigkeit unter ihm verdammt war.

»Wenn ich aufstehe, ist der Schild über dir. Mach dich klein hinter ihm, dann kann dir nichts passieren.«

Sie war zu fest an den Boden gedrückt, jeder Atem aus ihr gepresst, als dass sie ihm hätte antworten können. Sie nickte nur schwach und betete, dass er endlich aufstehen würde. Ganz definitiv, könnten sie jemals das Fischproblem lösen, dann würde dieser riesige Kerl *nicht* oben liegen!

Dieser Gedanke trieb ihr Lachtränen in die Augen und ließ sie halb erstickt kichern, als Arrion seine Muskelmassen hochwuchtete, dabei das metallene Rund auf Neve ablegte.

Sie umklammerte die obere Kante des schweren Schildes, zerrte die schützende Metallplatte weiter nach oben, zog die Beine an und kam vorsichtig auf die Knie, dann in die Hocke und hielt sich an den Lederriemen fest, die feucht von Arrions Schweiß waren.

Ganz vorsichtig lugte sie um die Kante des Schutzes, und da stand ihr Ritter, hatte die Kriegsaxt vor sich auf dem Boden gelegt und nahm den Helm ab.

»Wir kommen in Frieden. Ich habe Geistersängerinnen und Flüchtlinge bei mir. Ich bitte darum, dass das Feuer eingestellt bleibt. Mit wem kann ich sprechen?«

»Wer bist du?«, hallte eine verzerrte Stimme aus den Felswänden.

»Ich bin Ritter Arrion.«

Nur Neve spürte, wie er die Worte *von der Festung über Kyelle* verschluckte.

»Du bist ein Ritter des Herrschers!«

»Ich bin von meinem Eid befreit seit dem Tag, an dem er die Jagd auf Sängerinnen eröffnete. Mich begleiten freiwillig elf Sängerinnen. Vom Kind bis zur Greisin. Sie unterstehen meinem Schutz und möchten zur Festung der Herzogin. Es sind mehr Soldaten notwendig als ich, um sie vor dem Herrscher zu schützen.«

»Bleib da stehen. Ich komme hinab. Und mache keine falsche Bewegung, Ritter Arrion. Meine Bogenschützen werden keinen weiteren Pfeil zur Warnung verschwenden.«

»Das wäre ja auch schön blöd«, murmelte Arrion so leise, dass nur Neve ihn hörte.

Über die Schulter spähte Neve nach hinten: Ihr ganzer Trupp hatte dicht an den Felswänden Deckung gesucht. Alle, die vorher auf Karren gesessen hatten, hockten nun unter den Fahrzeugen. Die Tiere stampften nervös an den Deichseln.

Niemand war verletzt worden. Das war der Unterschied zwischen den Rebellen und den Truppen des Herrschers. Letztere hätten erst einmal so viele Verdächtige niedergemacht, bis es sicher schien, sich den Fremden zu nähern – und vielleicht auch die eine oder andere Frage beantwortet zu bekommen. Aber das war nebensächlich.

Neve drehte sich behutsam hinter der Deckung, die der Schild ihr gab. Drei Männer traten in ihr Gesichtsfeld. Keine Uniformen, aber Rüstungen, die gut und gepflegt aussahen. Zwei Wächter, ein Anführer.

»Wo sind die Sängerinnen?«

»Sicher unter meinem Schutz – freiwillig. Ich vertraue dir mehr als jedem Soldaten des Herrschers. Du darfst mit den Frauen sprechen. Du alleine – ohne Waffen. Ich nehme meine Verantwortung ernst.«

Der Anführer legte tatsächlich Schwert und Dolch auf den Boden. Neve war angenehm überrascht. Dies war ein Verhalten, wie sie es kennengelernt hatte, bevor sie nach Kyelle gekommen war. Respekt, so simpel, aber es tat gut.

Sie stand auf und legte den Schild dabei auf den Boden. Dann trat sie vor, sandte eine beruhigende Nachricht an Arrion, ohne gleich zu merken, was sie da tat. Aber er sollte wissen, dass sie näherkam, dass sie keine Angst hatte.

»Ich bin die Sängerin Neve, Tochter von Balan.«

»Wir haben von den Verbrechen gegen die Sängerinnen im Reich des Herrschers gehört. Ihr seid auf der Festung Carlynne willkommen, Sängerin.«

»Wir sind nur dort willkommen, wo auch die Dorfbewohner und unser Beschützer Ritter Arrion willkommen sind.«

Der Mann warf einen schnellen Blick zur Seite. Was sah er? Nur die verhasste Rüstung eines Ritters im Dienste des Herrschers? Oder besaß er genug Hirn, um zu erkennen, dass die Sängerinnen ihnen eine Naturgewalt gebracht hatten? Hatten sie in der Festung Carlynne einen Ritter? Und wenn ja: Hatten sie einen Ritter wie Arrion? Wohl kaum!

Arrion überragte die drei Männer leicht. Er war eine ganz andere Gewichtsklasse. Das mussten diese Männer sehen.

»Ich kann nicht für Ritter Gavyn sprechen. Aber ich weiß, dass jeder willkommen ist, der gegen den Herrscher ist und uns unterstützen, zu uns gehören möchte. Ich persönlich garantiere freies Geleit für den Ritter, falls Ritter Gavyn auf seine Hilfe verzichten möchte.«

»Dann wird dein Ritter auch auf meine Hilfe verzichten müssen«, sagte Neve zuckersüß, »und das kannst du ihm sagen, bevor wir noch die Festung Carlynne betreten. Sag ihm bitte auch, dass Ritter Arrion und ich *gemeinsam* mindestens ein Dutzend Schwarzer Sänger getötet haben. Ein Dutzend. Wir haben gemeinsam ihren Versuch beendet, einen Schwarzen Krieger zu erschaffen. Ritter Arrion und ich gehören zusammen. Frag meine Schwestern: Ich bin die mächtigste Sängerin, die diese Welt seit einer langen Zeit gesehen hat. Ohne meinen Ritter gehe ich nirgendwo hin. Und ohne ihn und ohne mich werdet ihr untergehen, wenn der Herrscher seine Armee der Schwarzen Krieger über die Grenze schickt. Wir kommen als gesamte Gruppe – oder wir kommen gar nicht. Arrion, wir werden hier rasten, bis dieser Soldat uns die Nachricht seines Ritters bringt.«

»Natürlich, Neve, wie du wünschst.«

Er wandte sich um, ließ die drei Männer stehen, seine Axt am Boden liegen, ging dicht an ihr vorbei, und sie spürte die stumme Botschaft, dass er nicht wirklich über ihre Anweisung erfreut war.

Aber wer befehlen wollte, musste vorher gelernt haben zu gehorchen. Niemand wusste das besser als Arrion.

Er ordnete die Rast an, holte die Leute unter den Karren hervor und beruhigte sie.

Der Anführer der Patrouille starrte Neve noch einen Moment lang fassungslos an, sah Arrion nach, der von einer Frau mit kurzen Haaren und in einer Hose, mit dreckigem Hemd Befehle entgegennahm. Er beschloss weise, diese Frau nicht zu provozieren. »Ich werde deine Nachricht ausrichten. Ich – ich persönlich – werde wiederkommen und dir Ritter Gavyns Antwort bringen. Ich verabschiede mich für den Moment von dir, Geistersängerin. Es wird einige Stunden dauern, bis ich wieder da bin.«

»Und nimm deine Männer auf den Felsen mit, bitte. Ich will nicht, dass jemand übereifrig versucht, Arrion einen Pfeil in die Kehle zu jagen.«

»Das wird nicht geschehen. Ich werde sie trotzdem abziehen. Ganz wie du wünschst.«

Es tat gut, den Respekt wieder zu spüren, wenngleich dieser Mann übereifrig schien. Besser, als sie verächtlich als Hure zu bezeichnen und aus einem Kreidekreis zu zerren. Besser, als sie in eine Zelle zu werfen, ihr mit Vergewaltigung zu drohen und so fest in den Schritt zu packen, dass sie die nächsten zwei Tage kaum hatte gehen oder sitzen können.

Neve wartete, bis die Männer außer Sicht waren, bevor sie sich zum hastig errichteten Lager umdrehte. Die Dorfbewohner saßen eng beieinander und hatten offenkundig Angst, wie es mit ihnen weitergehen sollte. May war bei ihnen – ebenso die kleine, freche Zeta. Gemeinsam beruhigten sie die aufgeregten Menschen.

Neve ließ ihren Blick weiter schweifen, bis sie ihre Mutter sah, die neben Jat und Torin saß und wie eine Anstandsdame wirkte.

Neve fand das lächerlich. Am Tag des Abschieds hatte Balan ihr mit dieser Trennung auch zu verstehen gegeben, dass Neve jetzt alt genug war, um sich mit jedem dahergelaufenen Kerl einzulassen. Sie war sechzehn gewesen. Jat war dreiundzwanzig.

Was versuchte Balan da?

Neve ein schlechtes Gewissen einzureden, das war es.

Sie wurde zornig. Ihre Mutter sollte nur nicht glauben, dass ihr die Blicke entgangen waren, die Balan Arrion zuwarf. Die Mutter war eifersüchtig. Auf wen?

Auf ihre Tochter, die ein solches Prachtexemplar von Mann im Schlepp hatte?

Auf Arrion, der das Werkzeug zur Schwängerung ihrer Tochter zwischen den Beinen hatte? Hatte die Frau eine Ahnung, mit vielen Männern Neve bisher geschlafen hatte? Immer auf die Belohnung wartend und hoffend? Und was ging es Balan überhaupt an?

Neve ging los, trat dicht vor ihre Mutter und sagte mit erzwungener Ruhe: »Kann ich dich einen Moment sprechen, Mutter? Natürlich nur, wenn du sicher bist, dass die beiden da nicht sofort im nächsten Gebüsch verschwinden.«

»Neve! Nicht jede Frau lebt wie wir und wird erzogen wie wir. Jat befindet sich in einer sehr schwierigen Lage.«

»Sie kann ihre Keuschheit sehr gut alleine verteidigen. Kommst du mit mir? Oder wollen wir uns vor dem versammelten Lager aussprechen? Ganz wie du möchtest.«

Balan stand hastig auf, strich ihre Röcke glatt und folgte Neve dann zur Seite, wo Felsbrocken am Rande des Weges lagen und Schatten und einen Sitzplatz versprachen.

»Nun, was hast du mir zu sagen, Mutter?«

»Ich erkenne dich nicht wieder, Neve. Ich weiß nicht, warum du so feindselig bist – auch Jat gegenüber.«

»Jat ist dumm wie ein Huhn. Ich habe sie seit einigen Tagen am Hals, und ich bin froh, dass jemand anderes sich um sie kümmert. Warum bin ich feindselig? Denke nach, Mutter. Alles, was ich bislang von dir bekommen habe, sind besorgte Blicke und stumme Fragen, warum ich keine Tochter, aber Arrion an meiner Seite habe. Ich bin nicht blind. Ich sehe, wie du ihn ansiehst.«

»Wir Sängerinnen binden uns nicht fest, Neve.«

»Und warum nicht? Weil du das so beschlossen hast? Arrion und ich lieben uns. Das hat nichts mit den vielen Kerlen zu tun, mit denen ich geschlafen habe. Wir lieben uns, und wohin ich gehe, wird er mir folgen.«

»Warum hast du keine Tochter, Neve? Als ich dich zuerst sah, dachte ich, Zeta wäre deine Tochter. Dann dachte ich, du hättest deine Tochter in den Wirrungen des Herrscherreiches verloren.«

»Das macht dich wirklich zornig, nicht wahr? Dass ich in deinen Augen versagt habe.«

»Nicht zornig, nein. Ich mache mir Sorgen. Und ich muss mich fragen, was du falsch gemacht hast. Wie hast du die Götter verärgert?«

Neve schloss die Augen und sandte eine stumme Botschaft: *Arrion, bitte komm zu mir.*

Das Echo erfolgte im gleichen Herzschlag: *Ich bin sofort bei dir.*

Sie öffnete die Augen wieder. »Du denkst, die Götter haben mich bestraft?«

»Neve, ich liebe dich. Du bist meine einzige Tochter. Wenn die Götter aus irgendeinem Grund böse auf dich sind, dann will ich dir helfen. Vielleicht ist es auch meine Schuld. Vielleicht habe ich dir etwas falsch beigebracht.«

»Ich werde keine Tochter haben. Die Götter sind nicht zornig auf mich, Mutter. Ich habe nichts falsch gemacht. Stattdessen schenkten die Götter mir etwas.«

Balan sah auf, als Arrion dicht zu ihnen trat und besorgt auf Neve herabsah. Neve wusste genau, wie einschüchternd er alleine aufgrund seiner Masse und Größe wirkte. Das Gesicht ihrer Mutter lag in seinem Schatten, und doch hatte er nichts Bedrohlicheres getan, als neben Neve zu treten.

»Ist er das Geschenk der Götter, Neve? Tochter, mach die Augen auf. Für eine Sängerin ist kein Mann …«

»Nein, Mutter. Aber Arrion und ich gehören zusammen. Wir haben gemeinsam Schwarze Sänger besiegt. Das war uns nur gemeinsam möglich. Du kannst nicht alles verstehen, weil du nicht alles weißt.«

Sie streckte eine schmale, sommersprossenbedeckte Hand aus und legte sie flach auf Arrions Panzer. Sie schloss die Augen, und unter ihrer Hand begannen glühende Linien, sich auf dem Metall der Rüstung zu formen. Wie Pflanzentriebe kamen sie hervor, wanden sich, formten Schlingen, Schlaufen und bizarre Muster.

Arrions Atmung beschleunigte sich nicht einmal. Durch Panzer, Kettenhemd und Lederrüstung fühlte Neve seinen Herzschlag, während die feurigen Linien sich über dem ganzen Panzer ausbreiteten.

»Dies schützt ihn vor den Schwarzen Sängern. So gerüstet kann er gefahrlos gegen sie antreten, ohne dass sie ihm Seele und Verstand aus dem Schädel ziehen. Schwarze Sänger sind mächtig, Mutter. Auf andere Art mächtig als wir Sängerinnen. Ihre Magie ist bösartig und lebensverachtend. Sie haben keinen Respekt vor den ruhelosen Seelen, sondern machen sie zu Werkzeugen ihrer Machtgier. Ich sah einen solchen Schwarzen Krieger. Ich sah Jats Vater, als er noch lebte, und er war eine zerbrochene Hülle. Er wollte nicht sterben, weil er Angst hatte, ein Monster zu werden. Aber wir haben ihn erlöst und gerettet. Ich will die Sänger besiegen. Dafür gaben die Götter mir Kraft. Dafür muss ich auf meine Tochter verzichten, Mutter. Denn diese Gabe ist zu groß.«

Sie nahm die Hand von Arrions Brust, und er sah an sich herunter, um ziemlich anklagend zu sagen: »Mädchen, das ist peinlich. Ich kann nicht so glitzernd herumrennen. Wie sieht das denn aus?«

»Ravon hätte es gefallen«, bemerkte Neve mit einem jungenhaften Grinsen. Sofort sah sie ihre Heiterkeit in seinen Augen reflektiert. Wie hatte sie daran zweifeln können, dass sie füreinander bestimmt waren? »Und es sieht besser aus als mein Blut in deinem Gesicht.«

»Darüber kann man geteilter Meinung sein.«

Balan ließ sich schwer auf einen der Felsen sinken.

»Götter«, sagte sie leise und starrte Neve an. »Götter«, wiederholte sie, »Neve, wie bist du an diese Kräfte gekommen? Sind die einfach so ... Ich weiß nicht.«

»Sie kommen, wenn ich sie brauche. Dann finde ich heraus, was ich kann. Mutter, ich *weiß*, dass ich keine Kreide mehr brauche, um einen Kreis zu zeichnen. Ich *weiß*, wie ich Arrion und mich schützen kann, sodass wir gemeinsam gegen unsere Gegner antreten können. Vertrau mir. Und vertraue Arrion.«

Balan sah zu dem hochgewachsenen Ritter auf und gab sich einen Stoß. »Ich will es versuchen.«

»Aber du bist eifersüchtig.«

»Ein wenig. Als ich dich verließ, Neve, warst du immer noch mein kleines Mädchen. Ich habe dich geboren, großgezogen und alles gelehrt, was ich weiß. Offenbar war es nichts im Vergleich zu dem, was du selbst gelernt hast. Ich weiß, dass ich dich durch unsere Trennung dazu gezwungen habe, wie ich zu sein. Ich wollte so gerne mehr Töch-

ter haben, an die ich die Gabe weiterreichen kann. Ich weiß, dass auch du jahrelang auf eine Tochter gehofft haben musst. Es tut mir so leid.«
»Es muss dir nicht leidtun, Mutter. Arrion und ich gehören zusammen. Nichts wird uns trennen. Und wir werden gemeinsam kämpfen, um diese Welt und die Acht Reiche und alle verlorenen Seelen zu retten.«
»Ich will helfen.«
»Wir brauchen jede Hilfe, Mutter. Wirklich jede. Ich hoffe, dass die Rebellen das genauso sehen.«

Neves Hauptmann kehrte wie versprochen persönlich zurück. Neben ihm ging eine hünenhafte Gestalt in voller Rüstung. Eine Rüstung, die Arrions nicht unähnlich sah. Neve ging also davon aus, dass der Ritter Gavyn sich in diese Schlucht bequemt hatte, weil er entweder neugierig oder beeindruckt war.

Ritter und Hauptmann legten ihre Waffen demonstrativ ab, bevor sie näherkamen.

»So ein Jammer«, murmelte Arrion, lehnte seine Kriegsaxt gegen einen der Karren, ließ Schild und Helm auf dem Wagen und trat dann dicht hinter Neve auf die beiden neuen Besucher zu.

Sie fühlte sich etwas unwohl, dass er nicht als Bollwerk und Schutzschild vor ihr Stellung bezog. Aber sie sagte sich, dass er die Reflexe eines jungen Gottes besaß und notfalls sehr schnell vor sie treten würde, um sie zu schützen.

Ritter Gavyn blieb stehen und musterte Neve, bevor er seinen Helm abnahm und Neves Atem stocken ließ.

Leuchtend blaue Augen – nicht so dunkel und farbintensiv wie Arrions, eher Kornblumen denn Kobalt – und kurz geschnittenes, dichtes schwarzes Haar. Dazu seine hochgewachsene, breitschultrige Gestalt.

Sie rechnete verzweifelt. Es konnte keiner von Arrions Söhnen sein. Arrion war seit fast siebzig Jahren tot. Aber ein Enkel? Götter, ein Enkel?

Das denke ich auch, vernahm sie ganz deutlich Arrions Stimme in ihrem Kopf.

Sie biss sich fest auf die Unterlippe.

»Ich bin Ritter Gavyn von der Festung Carlynne. Du bist die Geistersängerin Neve, die Schwarze Sänger besiegt haben will?«

Es waren Arrions Augen. Der gleiche Spott. Aber der blitzende Humor fehlte, das allzeit bereite Lächeln, das die winzigen Fältchen in den Augenwinkeln vertiefte.

Frag ihn, ob sein Großvater in Kyelle unter mir gedient hat. Vielleicht stopft es ihm das Maul, schlug Arrion in ihrem Kopf vor.

Drei Schritte zurück, Arrion.

Sie hörte die Rüstung leise klirren, das Knarren des Leders, seine kaum hörbaren Schritte.

Sie lächelte Gavyn an, breitete die Arme aus, und vom Himmel fiel wie ein gestürzter Regenbogen ein schimmernder, glühender Kreis um sie herum. »Ich bin die Geistersängerin Neve. Ich bin eure einzige Chance gegen den Herrscher und seine Armee der verlorenen Seelen. Und wohin ich gehe, geht Ritter Arrion, der ein Dutzend der Sänger erschlagen hat, während er unter meinem Schutz stand. Wir kommen als Gruppe, oder wir kommen gar nicht.«

Gavyn hatte einen raschen Schritt zurück gemacht, als der Regenbogen zu Boden fiel. »Du bist wirklich mächtig, Sängerin. Aber was ist mit ihm? Er ist ein Ritter des Herrschers.«

»So wie dein Großvater dem Herrscher gedient hat?«, fragte Neve zuckersüß zurück.

Das hatte ich nicht ernst gemeint, Neve!

Gavyn lächelte mit einem Mal. »Gut. Ja, du hast recht. Mein Großvater diente als Hauptmann in Kyelle, bevor die Festung fiel. Dein Ritter ist willkommen, wie auch mein Großvater willkommen war, als er vor der Willkür des Herrschers floh. Erlaubst du, dass meine Männer deinen Begleitern helfen? Mit den schweren Karren sind wir fast eine Tagesreise von der Festung Carlynne entfernt.«

Sie nickte und trat beiseite. Im Gleichschritt mit ihr, als wären sie eine Person, folgte Arrion geschmeidig dieser Bewegung und starrte Neve dabei tief in die Augen. Sie sah Fassungslosigkeit in seinem Blick, wie sie Gavyn vor all seinen Männern hatte ins Gesicht schleudern können, dass auch er aus einer Familie stammte, die dem Herrscher gedient hatte.

Du hast gehört, was er gesagt hat? Sein Großvater war Hauptmann, als die Festung fiel?

Das habe ich gehört, Arrion. Und ich musste sehr aufpassen, dass ich nicht laut lachte. Ravon, natürlich.

Gavyn ist der Sohn meines Bastards. Neve, wenn du es doch noch versuchen möchtest, eine Tochter zu bekommen, dann mach es mit ihm. Er ist kein ganz junger Mann mehr, er muss ein wenig Erfahrung erworben haben. Und er ist von mir!

Ich werde dich gleich küssen, du Schwachkopf. Dann kotzt du und kannst keinen Unsinn mehr von dir geben.

»Ich wäre nicht abgeneigt, es noch einmal zu versuchen«, sagte er leise und mit einem so verführerischen Lächeln, dass ihre Knie weich wurden.

»Aber ich!«

»May sagt, wenn es jemand überwinden kann, dann du.«

»Aber nicht seit dem Frühstück!«

Er lachte leise auf, und es trieb ihr eine Gänsehaut über den Rücken.

»Komm, du Schwachkopf. Ich will gerne vor Einbruch der Dunkelheit in Carlynne sein.«

»Keine Chance, wenn es wirklich noch so weit ist. Die Karren halten uns auf. Aber ich denke, in der Festung wird man sich über die Aufstockung der Vorräte freuen. Gastgeschenke sind eine gute Idee. Komm, geh mit mir.«

Sie fiel neben ihn in Schritt, als der erste Karren vorbeirumpelte. Zwischen ihnen herrschte schweigendes Einverständnis. Neve fühlte sich so wohl wie noch nie. Ängste, dass es nicht ewig so gehen konnte, flackerten kurz in ihr auf, aber sie schob sie beiseite. Es gab so viel Wichtiges zu bedenken. Vor ihnen lag eine tödliche Auseinandersetzung mit dem Herrscher und seinen Schwarzen Sängern.

Das war ihre Bestimmung, dafür hatten die Götter sie ausgesucht und sie als einzige Sängerin befähigt, zu Arrion zu gelangen. Das sah sie so klar vor sich wie nichts zuvor in ihrem Leben – außer ihrer Liebe zu Arrion. Er liebte sie ebenso sehr, das wusste sie. Zum ersten Mal in seinem langen Dasein wollte er einer Frau treu sein, und sie zweifelte nicht daran, dass er dies wirklich schaffen konnte. Sie trug diese Gewissheit in ihrem Herzen und bezog daraus Kraft, wie Arrion aus ihr Kraft bezog.

Alle Puzzlesteine fügten sich fugenlos ineinander zu einem Mosaik, das sie jählings sehen und verstehen konnte.

Carlynne erhob sich hoch auf einem Felsenvorsprung. Ein schmaler Pfad, beinahe zu schmal für die Karren der Dorfbewohner, wand sich in engen Kehren wie der Leib einer Schlange nach oben.

Jeder Angreifer würde schon lange ausgemacht werden, bevor er vor den Toren der Festung stand.

»Verteidigen kann jeder Idiot diese Festung. Sie zu halten, ist erheblich schwerer«, sagte Arrion.

»Warum?«

»Es gibt keinen anderen Nachschubweg als diesen. Meine Festung war mit der Stadt verbunden. Wenn der Seeweg versperrt war, konnten wir aus dem Hinterland Vorräte beziehen. Oder über den Seeweg, falls das Hinterland unter Belagerung stand. Hier ist nur dieser eine Weg. Wenn man diesen abriegelt, lässt man die Leute in der Festung einfach verhungern. Sie werden einen Brunnen haben, aber von Wasser alleine bleibt keine Garnison lange stehen.«

»Also müssen wir hoffen, dass der Herrscher seine Armeen nicht hierher wirft.«

»Genau das. Lieber diktiere ich ihm Bedingungen, als mich von ihm irgendwo einsperren zu lassen.«

»Wo würdest du gerne gegen ihn kämpfen?«

»Vor den Toren der Hauptstadt Barinne. Ich würde seine Stadt einkreisen, alle Nachschublinien abschneiden und ihn notfalls aushungern, während wir seine Armee niedermachen.«

Neve überdachte diese Äußerung. Sie war die Erste, die zugeben würde und musste, dass sie von militärischer Strategie keine Ahnung hatte. Also war es wichtig, dass Gavyn auf Arrion hörte!

»Ich sorge dafür, dass Gavyn dich in den Kriegsrat aufnimmt, falls er das noch nicht vorhat.«

»Und wie willst du das bewerkstelligen, Mädchen?«

»Indem ich die Bombe platzen lasse, wer du wirklich bist.«

»Willst du etwas Komisches hören?«

»Immer.«

»Die letzten Jahrzehnte alleine in der Festung verblassen für mich irgendwie. Ich kann es schlecht beschreiben. Aber sie werden immer unwichtiger, und manchmal erscheinen sie mir wie ein Traum.«

»Du wirst immer echter, ich weiß. Deswegen habe ich auch Angst um dich, wenn du dich in einen Kampf stürzt. Du könntest verletzt werden.«

»Ich vermute, dass ich kein zweites Mal sterben kann. Mach dir also nicht zu viele Sorgen. Ich war nicht nur ein sehr guter Liebhaber, Neve. Ich war ein überragender Kämpfer. Nicht umsonst bin ich mit knapp über zwanzig bereits Ritter geworden und bekam mein eigenes Kommando. Ich bin gut, und ich kann gut auf mich alleine aufpassen, solange du mir nur die Sänger vom Leib hältst.«

»Aber selbstredend.«

Er sah auf sie herab, ein Funkeln in den leuchtenden Augen. »Ich will dich haben, Neve. Ich will. Sieh zu, dass ich meinen üblichen Siegespreis bekommen kann, nachdem der Herrscher Geschichte ist. Du findest einen Weg.«

»Wir werden sehen. Und wenn du denkst, dass du mit Blut und Eingeweiden beschmiert über mich herfallen darfst, hast du dich schwer geirrt!«

»Dass du immer so ungefällig bist, Mädchen.«

Sie lachte laut auf, und der Ton trug weit in der menschenfeindlichen Umgebung des Gebirges.

Weiter vorne drehte Gavyn sich halb um und lächelte.

Er erreichte das große Torhaus der Festung als Erster. Hörner erklangen, das Tor wurde geöffnet, die vordere Zugbrücke über eine tiefe Schlucht herabgelassen.

Soldaten, Karren und Sängerinnen passierten die Brücke und gelangten so in ein zweites Kastell, von dem aus die zweite Zugbrücke direkt in den Festungshof führte.

Unwillkürlich trat Neve dichter an Arrion heran, der sich aufmerksam umsah und innerhalb kürzester Zeit – dessen war sie sicher – diese Festung mit jener über Kyelle verglich und garantiert seine eigene Festung besser fand.

Gavyn kam zu ihr und lud sie freundlich ein, ihm zu folgen. »Ich führe dich gerne herum.«

Keine schlechte Idee, dachte Arrion, und Neve nahm die Einladung an.

Er fand dann doch bald einiges an diesem Vorschlag auszusetzen, denn Gavyn beschränkte sich auf die Bereiche der Festung, von denen er hoffen konnte, dass sie eine Frau und Sängerin interessieren konnten.

Als Letztes stieß er eine Tür auf und wies auf ein relativ großes Zimmer. »Deine Räume, wenn du magst.«

»Danke«, sagte Neve leicht erstaunt, und Arrion drängte ruchlos zwischen ihr und Gavyn hindurch in den Raum, wobei er nur sie berührte. Als ob ein gewaltiger, toter Lachs an ihr vorbeiglitt.

Er lehnte die Axt gegen das Fußende des Bettes, warf Helm und Schild auf die Decke und blieb demonstrativ neben dem somit kriegerisch belegten Lager stehen.

Gavyn erwiderte den kalten blauen Blick mit leicht zusammengekniffenen Augen, wünschte Neve einige Stunden der Erholung und versprach, einen Diener zu schicken, der sie am nächsten Morgen in den Speisesaal führen würde. Dann nickte er Arrion knapp zu und entschwand.

»Was bildet dieser Kerl sich ein?«, zischte Arrion, kaum dass die Tür ganz zu war.

»Wer wollte mich vorhin mit ihm verkuppeln?«, fragte Neve grinsend zurück.

»Blöder, eingebildeter Kerl. Nur weil Ravon sein Großvater war, bildet er sich sonst etwas darauf ein«, fluchte Arrion, während er Schild und Helm vom Bett hob, die Bettdecke zurückschlug und sich dann aus seinem Panzer schälte. Er zog das schwere Kettenhemd über den Kopf und ließ es klirrend und rasselnd zu Boden fallen.

Neve sprang aufs Bett und hüpfte ein wenig auf und ab. »Ein echtes Bett! Kannst du ermessen, wie viele Jahre es her ist, dass ich in einem echten Bett geschlafen habe? Und es ist breit genug, dass wir nebeneinanderliegen können, ohne uns zu berühren!«

»Worin liegt deiner Meinung der Reiz darin? Neve, ich *will* doch mit dir schlafen, verdammt! Nein, ich werde brav auf dem Sessel neben der Feuerstelle über dich wachen. Sonst versuche ich es doch noch, dich zu vernaschen, und muss wieder kotzen. Die Götter sind Schweine!« Er zog den Sessel näher an das flackernde Feuer und entdeckte dann eine weitere Tür.

Neve setzte sich auf die Bettkante und zog zuerst die Schuhe aus. Gehen im Gebirge war beschwerlich, fand sie.

»Ein Balkon – na ja, mehr ein Wehrgang. Ich lasse die Tür auf. Das Feuer qualmt. Du brauchst frische Luft.«

Sein Blick hing wie gebannt auf Neve, die sich das Hemd über den Kopf zog und dann Anstalten machte, sich aus der Hose zu winden.

»Mädchen ...«

Sie verharrte, die Beinkleider auf Höhe der Knie, und ließ sich auf das Bett zurückfallen, um den Stoff ganz abzustreifen.

»Armer Arrion. Aber mir kam eben eine geniale Idee!«

»Du willst noch einmal probieren, ob das Fischproblem endlich weg ist?«, fragte er hoffnungsvoll.

»Genau!«

»Wie bitte?« Er war beschäftigt gewesen, die Schnallen der Lederrüstung zu lösen, um sich vom Anblick so viel nackten, prallen Fleischs abzulenken. Jetzt warf er das Lederhemd zu Boden und starrte Neve fassungslos an.

Sie sprang auf und eilte zu ihrem Bündel, zerrte hastig die Schnüre auf und holte die Flasche mit dem Kräuterschnaps hervor. »Das Zeug hatte ich als Mundspülung benutzt nach deinem ersten Versuch, mich zu küssen.«

»Was heißt *Versuch*? Ich *habe* dich geküsst!«

»Und ich habe gekotzt. Pass auf, Arrion: Ich nehme jetzt einen Schluck von dem Zeug, spüle meinen Mund damit aus und nehme dann einen zweiten Schluck, den ich im Mund behalte. Du machst das Gleiche!«

»Und du meinst, das geht?«

»Wer von uns beiden will dauernd probieren, ob es geht? Wer weckt mich in aller Frühe, indem er fast auf mir liegt und mir erzählt, wie niedlich ich aussehe, wenn ich schlafe?«

»Du siehst niedlich aus, wenn du schläfst.« Er stand auf und kam zu ihr.

Götter, sie wollte mit ihm schlafen! Sofort, hier und jetzt, bis ihr Verstand benebelt war. Sie wollte wissen, wie gut Arrion war, wie es sich anfühlte, mit einem Mann zu schlafen, der nicht in erster Linie an sich dachte, der Sex zu einer Kunst erhoben hatte, weil er so viel Übung gehabt hatte. Sie wollte ihn besitzen, in sich fühlen und niemals wieder gehen lassen.

Sie nahm einen Schluck von dem Schnaps und ließ die brennende Flüssigkeit in ihrem Mund kreisen, gurgelte und schluckte. Ihre Kehle brannte. Das Gemisch war dafür gedacht, ihr über ihr monatliches

Unwohlsein hinwegzuhelfen. Aber wenn es dank seines scharfen, brennenden Geschmacks einen kurzen Kuss möglich machte, würde sie die nächsten Tage unentwegt Kräuter sammeln!

Sie nahm einen zweiten Schluck und behielt diesen im Mund. Dann reichte sie die Flasche an Arrion, der die gleiche Prozedur nachmachte.

Er verkorkte die Flasche, warf sie hinter sich auf den Sessel und kam einen langen Schritt auf Neve zu.

Eindeutig zu kalte, glibberige Hände legten sich auf ihre Schultern. Sie legte den Kopf leicht in den Nacken und schloss die Augen. Ihre Hände entwickelten ein Eigenleben, tasteten sich vor und krallten sich in den Stoff von Arrions Hemd.

Sie spürte seinen Atem auf dem Gesicht, roch scharfen Schnaps und zitterte vor Angst, dass es wieder nur ein sehr kurzer, fischiger Kuss werden würde.

Seine Lippen waren kalt, aber für einen Moment fühlten sie sich fest an, keine Fischschuppen auf ihnen. Sie schmeckte nur den Schnaps, öffnete ihre Lippen leicht, hielt sich an Arrion fest und erhaschte einen Schimmer, wie es war, sich von ihm küssen zu lassen.

Aromatisches Gebräu floss von Mund zu Mund, schmeckte nach Kräutern, Honig und scharfem Alkohol.

Neve küsste zurück, fühlte Arrions Zunge, und mit einem Mal verwandelte die süße Flüssigkeit sich in schimmelige, tranige Fischgalle.

Neve quietschte auf, Arrion stieß sich rückwärts von ihr weg, wirbelte herum und krachte durch die Tür auf den Balkon.

Sie spuckte Fischtran auf den Fußboden, würgte und schaffte es ganz knapp vor dem Erbrechen, die Flasche auf dem Sessel zu erreichen, den Korken herauszuzerren und einen großen Schluck zu nehmen. Brennende Süße.

Auf dem Balkon würgte Arrion und kotzte wahrscheinlich gerade über die Brüstung. Neve hoffte, dass der Balkon über die Schlucht ragte und nicht über den Innenhof der Festung.

Der Gedanke war zu viel. Neve brach in Tränen aus und lachte gleichzeitig beinahe hysterisch.

»Gib mir das Zeug, verdammt«, keuchte Arrion, der mühsam ins Zimmer zurückgekommen war. Er war kreidebleich vor Ekel.

Sie reichte ihm kichernd die Flasche. Er war schweißnass.

»Das war das Ekelhafteste, was mir bislang mit dir passiert ist. Ich habe das Gefühl, es wird schlimmer statt besser!«

Sie lachte immer noch, sah, wie seine Augen sich leicht weiteten, und wurde sich bewusst, dass sie nackt war. Es machte ihr nichts mehr aus. Wenn er sie nicht so sehen durfte – wer dann?

»Geh ins Bett oder zieh dir was an, Neve.«

»Tu nicht so prüde, Arrion«, keuchte sie. Sie bekam bereits Seitenstiche vor Lachen. Tränen liefen ihr über das Gesicht.

»Ich bin nicht prüde. Aber ich werde garantiert nicht deinem Busen zugucken, wie er auf und ab hüpft, weil du lachst. Geh ins Bett. Ich bin heute Nacht nicht scharf auf eine weitere schreckliche Erfahrung, aber dieser Anblick geht wirklich fast über meine Kräfte.«

Sie sprang erstickt kichernd ins Bett und zerrte die Decke über sich, rollte sich auf die Seite und drehte ihm den Rücken zu, um ungestört weiter kichern zu können. Sie würde gleich Schluckauf bekommen vor Lachen. Ihr Bauch tat schon weh, und sie bekam kaum noch Luft.

Die Matratze gab unter seinem Gewicht nach, als er sich über sie beugte, wobei er rücksichtsvoll seine langen Haare aus ihrem Gesicht fernhielt. »Für einen Moment war es schön, Neve.«

»Ich weiß. Aber der Moment war zu kurz, Arrion!« Sie richtete sich ruckartig auf, stieß mit der Schulter gegen seine Brust und bekam vor Ekel eine Gänsehaut. Sie raffte die Decke keusch bis an ihr Kinn. »Arrion, geht der Balkon auf den Innenhof der Festung?«

»Darauf habe ich nun wirklich nicht geachtet. Soll ich nachsehen? Ist das wichtig?«

»Ich hatte nur Angst, dass du auf jemanden gekotzt haben könntest!«

Er lachte, und sein Atem war warm und roch nach Honig und Kräutern. »Du bist so wundervoll, Neve. Wo warst du nur all mein Leben?«

»Noch nicht geboren, mein Ritter. Oh, was hätten wir für Spaß gehabt. Was hätte ich für wundervolle Töchter empfangen …« Sie begann zu weinen, schlug die Hände vor das Gesicht und trauerte etwas nach, das es niemals hätte geben können.

Für einen Moment weinte sie still, dann fühlte sie Arrions Hand, die ihr zärtlich und behutsam über die Wange strich. Sie warf sich vorwärts, schlang einen Arm um seinen Nacken und weinte sich an seiner Brust aus. Es war egal, dass er sich anfühlte wie etwas Schleimiges aus den

Tiefen des Meeres. Er war ganz alleine ihr Arrion. Es tat so gut, ihn nahe zu wissen. Niemand würde an ihm vorbei kommen. Und Gavyn war ein selbstgefälliger Idiot!

Wie auch die Festung über Kyelle besaß Carlynne eine große Halle, die als Speisesaal, Ort für Kriegsrat und derzeit als Schlafraum für zahllose Flüchtlinge genutzt wurde.

Als Arrion und Neve dort ankamen, mussten sie über Strohlager, schlafende Kinder und drei wiederkäuende Ziegen steigen, um die langen Tischreihen rund um das Feuer zu erreichen.

Balan und May saßen nebeneinander an einem der Tische, und als Balan ihre Tochter sah, winkte sie ihr zu, sich zu ihr zu setzen. Sie hatte sogar einen Platz für Arrion freigehalten, was Neve als gutes Zeichen wertete, dass ihre Mutter über die Beziehung ihrer Tochter mit einem hünenhaften Ritter langsam hinwegkam.

Dass eine Geistersängerin beschlossen hatte, eben diesem Ritter für die Nacht Quartier in ihrem Zimmer zu bieten, hatte garantiert schon die Runde durch die ganze Festung gemacht.

Neve war es gleichgültig. Nein, eigentlich war es ihr nicht egal. Es erfüllte sie mit einem warmen Gefühl des Stolzes. Arrion hatte so viele Frauen gehabt, und auch jetzt zog er Blicke auf sich. *Ihr* Arrion. Es war fast zu schön, um wahr zu sein. Abgesehen von dem Fischproblem.

May beugte sich vor und flüsterte Neve fast unhörbar ins Ohr: »Ich habe diskret Erkundigen bei anderen Sängerinnen, die vor uns hier angekommen sind, eingezogen: Keine von denen ist mit dem Problem zwischen euch vertraut. Es tut mir so leid, Neve.«

»Ich werde einen Weg finden. Hab trotzdem lieben Dank, dass du dich umgehört hast. Wie ist die Stimmung in der Festung ansonsten? Plant Gavyn, den Herrscher direkt anzugreifen, oder will er sich hier für die nächsten Jahre verschanzen, wie sein Vater und Großvater es vor ihm getan haben?«

»Ich fürchte, damit liegst du richtig. Er ist vorsichtig. Zurzeit sieht er zu, dass er reichliche Vorräte und viele Geistersängerinnen horten kann. Stell dir vor, Neve, es sind mehr als fünfzig Sängerinnen hier! So viele habe ich noch nie auf einmal gesehen.« Sie warf einen raschen Blick zu Arrion. »Und nicht eine hat es bisher gemerkt.«

»Was gemerkt?«, fragte Balan.

Neve sandte eine Bitte um Erlaubnis an Arrion, und als er nickte, beugte sie sich zu ihrer Mutter hinüber. »Ich war nicht ganz ehrlich mit dir, Mutter. Kennst du die Legenden über den Ritter von Kyelle?«

»Wer kennt die Legenden nicht?«, gab Balan mit einem Lächeln zurück.

»Ich kenne sie nicht«, sagte Arrion schlicht, »und ich wäre dankbar, wenn sie mir mal jemand erzählen würde.«

»Halt dich da jetzt heraus, Arrion!«, sagte Neve leicht gereizt und sah gleichzeitig, wie die Augen ihrer Mutter sich weiteten, als Balan Arrion zum ersten Mal nicht mit den Augen einer besorgten Mutter, sondern mit denen einer Geistersängerin ansah.

Arrion, Ritter der Festung über Kyelle. Wer seine Sagen kannte, hatte auch seinen vollen Namen und Titel schon einmal gehört.

Jetzt zählte Balan zwei und zwei zusammen und sah das erste Mal *richtig* hin. Ihr Atem beschleunigte sich, an ihrer Stirn pochte eine Ader. »Neve ...«

»Ja. Er ist Arrion von Kyelle, *der* Arrion von Kyelle. Deswegen jagten uns die Schwarzen Sänger. Sie wollen ihn wieder in der Festung haben und dort anketten. Mutter, wir müssen sie aufhalten. Und wenn Gavyn nicht Mann genug ist, das in Angriff zu nehmen, wird Arrion diese Festung und diese Truppen übernehmen.«

»Neve, er ist so ... *echt!*«

»Niemand weiß das besser als ich. Und so wie Arrion mich schützt, schütze ich ihn. Er kann Schwarze Krieger vernichten, und ich kann ihn vor den Grausamkeiten der Sänger abschirmen. Aber wir brauchen mehr als einen Ritter, um den Herrscher zu schlagen und den Wahnsinn im Keim zu ersticken.«

»Ich würde trotzdem gerne wissen, was es für Legenden über mich gibt«, murmelte Arrion wie ein verstocktes Kind.

»Danke, Arrion, dein Selbstbewusstsein ist auch so schon groß genug.«

»Neve, er sieht nicht aus wie ein Geist. Wie willst du *beweisen*, dass er einer ist? Ich kann es selbst kaum glauben.«

Ich könnte sie küssen, vielleicht glaubt sie es dann.

»Arrion!«

Er lächelte, und sie hätte ihn ohrfeigen können.

»Was?«, fragte Balan verwirrt.

»Wir können uns mitunter ohne Worte verständigen. Und es wird mehr und immer deutlicher.«

»Telepathie? Neve, wächst deine Gabe immer noch?«

»Jeden Tag, Mutter. Immer, wenn ich etwas brauche, ist es da, und niemand muss mir erklären, wie ich es benutzen soll. Ich bin sicher, wenn Gavyn nur einen Atemzug lang meine Worte bezweifelt, wird mir ein Weg erscheinen, wie ich Beweise liefern kann.«

»Wehe, wenn ich schwebe oder zu einem unförmigen Klecks werde«, schnappte Arrion.

Sie lachte auf und bemerkte gar nicht, wie jedes Gespräch bei diesem Laut in der Halle zu einem abrupten Ende kam, wie jeder sich umdrehte und zu ihr sah. Sie sah nur das belustigte Funkeln in den kobaltblauen Tiefen von Arrions Augen.

Gavyn betrat die Halle und nahm seinen Platz an einem quer gestellten Tisch ein. Er sah sich suchend um und entdeckte Neve schließlich.

Sie nickte ihm freundlich zu, blieb aber auf ihrem Platz. Wenn er sie am Ehrentisch hätte haben wollen, hätte er das früher sagen können.

Gavyn stand wieder auf und wandte sich an die Versammelten in der Halle: Flüchtlinge, Sängerinnen, Soldaten, Diener und Ziegen. »Freunde! Heute Nacht ist uns ein entscheidender Schlag gegen die Eindringlinge aus dem Reich des Herrschers gelungen. Unsere jüngsten Gäste haben vier Patrouillen des Herrschers zerschlagen, die in das Reich unserer geliebten Herzogin eingedrungen waren. Heute Nacht haben wir eine weitere Patrouille aufgerieben. Wir haben Gefangene gemacht, die wir jetzt verhören. Wir werden alles über die Pläne des Herrschers herausfinden.«

Neve hatte genug gehört. Sie stand auf und spürte, wie Arrion sich im gleichen Moment hinter ihr erhob.

»Ritter Gavyn. Ich danke für deine Gastfreundschaft. Aber du musst dir nicht die Mühe machen, die Soldaten des Herrschers zu verhören oder gar zu foltern. Sie gehorchen seinen Befehlen, weil sie die Strafe für Misserfolg kennen. Der Herrscher lässt jeden vierteilen, der ihm vermeintlich im Weg steht. Er lässt Sängerinnen hinrichten, Ritter und Soldaten, die ihn enttäuscht haben.«

»Meine Liebe, so sehr ich dich als Sängerin schätze und von deinen Fähigkeiten angetan bin, so wirst du doch mir als Ritter dieser Festung die Verantwortung für meine Männer nicht abnehmen können. Ich muss entscheiden, wie wir an wichtige Informationen herankommen. Und ich muss entscheiden, wie wir darauf reagieren.«

»Aber ich kenne die Bedrohung. Ich war im Kerker der Burg von Seyverne. Einer der Schwarzen Sänger bedrohte mich, und ich habe erfahren, was ihre Pläne sind.« Neves Stimme blieb ruhig, aber sie wurde zornig. Er behandelte sie wie ein kleines Kind! Wie eine ... Frau.

»Du warst in der Hand Schwarzer Sänger?« Er klang spöttisch und sehr väterlich. Wie alt mochte er sein? Knapp über vierzig, schätzte sie. Ein Grund mehr, warum er nicht erkannte, dass Arrion ein so viel besserer Ritter war als er.

»Du bist der Enkel Ravons, der in der Festung über Kyelle unter dem Kommando von Ritter Arrion gekämpft hat. Als der Ritter von Seeräubern gefoltert wurde, hat Ravon ihn befreit. Nach dem letzten großen Angriff fand Ravon die Leiche seines Ritters und ließ sie in die Stadt tragen, um sie dort zu verbrennen.«

Gavyn nickte. Er sah verwirrt aus. Alleine sein Wissen, dass er die Sängerinnen brauchte, vermutete Neve, hielt ihn davon ab, ihr den Mund zu verbieten.

»Ich war in der Festung von Kyelle, weil ich den Schmerz des Ritters spürte. Man versuchte, mich an der Erfüllung meiner Pflicht zu hindern. Als Ergebnis dieses Versuchs konnte ich den Geist des Ritters nur von der Festung erlösen – ihn aber nicht in die andere Welt singen.« Sie trat einen Schritt beiseite, um möglichst jedem im Saal freien Blick auf Arrion zu geben, der sie alle überragte – auch seinen Enkel. »Dies ist Ritter Arrion von Kyelle, vor siebenundsechzig Jahren im Kampf gegen die Seeräuber gefallen.«

Gavyns Gesicht verzog sich zu einem ungläubigen Grinsen.

Neve schloss die Augen und packte jenen glühenden Faden der Energieverbindung, über die sie in den letzten Wochen oft nachgedacht hatte, die sie jetzt erstmals sah, und drückte den Faden in ihrer Faust zusammen. Sie unterbrach die Verbindung zu Arrion fast vollkommen – aber nur fast, weil sie ihn nie wieder auf den Status eines formlosen Klecksesreduziert sehen wollte.

Neve, was tust du?

Ich mache dich nur für einen Moment unsichtbar, Arrion. Vertrau mir und sieh dir Gavyns dummes Gesicht an.

Sehenswert, gab er zu.

Ich weiß. Es ist nicht für lange. Ich will, dass sie alle fassungslos glotzen.

»Wo? Wo ist er?«, rief Gavyn und sprang über den Tisch.

Neve wusste genau, was jetzt in Gavyn tobte: Von einem Augenblick auf den nächsten war der Ritter verschwunden. Die Sängerin hatte darauf bestanden, ihn in die Festung zu bringen. Gavyn hatte es ihr gestattet, obwohl er ein ungutes Gefühl dabei gehabt hatte. Er hatte die Konkurrenz in dem scheinbar Jüngeren gewittert, hatte Größe und Kraft gesehen, die sogar ihm selbst überlegen waren. Er hatte den Fremden nicht in seiner Festung haben wollen, aber er hatte nachgegeben, weil er die Sängerinnen brauchte. Neve stand für alle Sängerinnen. Die Frauen sahen zu ihr auf. Diese Frau besaß eine Ausstrahlung, die Gavyn sonst nur von großen Feldherren kannte. Jeder bemerkte das. Gespräche verstummten, wenn Neve lachte. Jeder sah sich nach ihr um. Sie hatte sich selbst als die mächtigste aller Sängerinnen bezeichnet, und die anderen Geistersängerinnen sahen das ganz offensichtlich genauso.

In der großen Halle herrschte absolute Stille, als Gavyn sie durchquerte. Alle Augenpaare waren auf die Stelle gerichtet, wo eben noch ein hünenhafter Ritter neben Neve gestanden hatte.

Neve ließ Gavyn, dem fast die Augen aus den Höhlen zu quellen schienen, bis auf fünf Schritte an sich herankommen. Dann lockerte sie ihren stählernen, mentalen Griff.

Sie brauchte nicht zur Seite zu blicken. Das allgemeine Aufatmen und gleichzeitig das Aufbranden vieler Stimmen sagten ihr deutlich, dass Arrion wieder für alle sichtbar war.

Mach das nie wieder, Mädchen!

Ich verspreche es. Aber schau dir sein Gesicht an!

Gavyn war wie angenagelt stehengeblieben. »Der Ritter von Kyelle?«, fragte er leise. Seine Stimme ging im allgemeinen Gemurmel beinahe unter.

Neve schnappte Brocken der Legenden auf, die sie selbst auf dem langen Weg nach Kyelle in Gasthäusern und an Rastplätzen vernommen hatte. Wenn Arrion mehr über die Geschichten wissen wollte, die man sich beinahe siebzig Jahre nach seinem Tod noch über ihn erzählte, musste er nur dem Stimmengewirr für kurze Zeit zuhören. Ihm würde der Kopf schwirren!

Wie viel war Wahrheit, wie viel Sagenbildung? Es war nicht wichtig. Seinen Ruhm und seinen Ruf hatte ihm niemand nehmen können. Respekt vor einem unbeugsamen Ritter, vor dessen Pflichterfüllung und Leistungsfähigkeit war in all jenen Legenden enthalten – lebte in diesem Augenblick in diesem Saal.

»Der Ritter Arrion von Kyelle«, bestätigte sie sanft.

Gavyn sank auf die Knie.

Sie hatte gehofft, dass Ravon seinem Sohn und dieser seinem Sohn Verehrung für Arrion in die Schädel pflanzen würde. Aber so viel hatte sie nicht zu erhoffen gewagt.

Waren alle blind in diesem Saal? Konnte keiner rechnen? Sah niemand die Ähnlichkeit zwischen diesen beiden hochgewachsenen Männern?

War es nur für sie so offensichtlich, weil sie in jedem Ausdruck in Gavyns Gesicht, in jeder Geste und jeder Bewegung den Mann sah, den sie liebte?

»Mein Großvater Ravon von Kyelle diente unter dir, Ritter Arrion. Er sprach von dir immer mit dem größten Respekt und der Verehrung, die man für Helden empfinden darf. Du hast stets deine Pflicht getan. Selbst über deinen Tod hinweg. Niemand hat dich nach dem Fall der Festung in Kyelle erreichen können, um dir von den Verbrechen der Herrscher erzählen zu können. Du bist befreit – von Kyelle und deinem Eid gegenüber dem Herrscher.«

»Es gibt nur noch einen Eid, dem ich folge«, sagte Arrion ruhig, und jegliches Stimmengemurmel erstarb schlagartig. Seine tiefe Stimme erreichte jeden im Saal. Er klang vollkommen entspannt und selbstsicher.

Neve stand ganz still neben ihm und spürte die Autorität, die so ruhig und gelassen klingen durfte, weil sie echte Macht bedeutete, weil Arrion hier und jetzt befehlen konnte, was er wollte. Alle würden ihm gehorchen – blind und voll Vertrauen in einen der größten Ritter, den es je im Herrscherreich gegeben hatte.

Er war ein Held, er war Legende, und er war ein Geist.

»Wirst du uns helfen?«

»Ich habe geschworen, die Sängerin Neve zu beschützen. Frage dich, Gavyn, was sie oder ich in den Händen der Schwarzen Sänger für eine Katastrophe bedeuten. Ich helfe euch nicht. Ich werde euch anführen, damit ich meine Sängerin beschützen kann.«

Gavyn stand wieder auf und sah Arrion einen Moment lang schweigend an.

Neve bebte vor Anspannung. Hatte Arrion den Bogen überspannt? Andererseits: Wie konnte er das? Er war der Geist eines legendären Ritters, der nach seinem Ableben im Alleingang Horden von Seeräubern von der Stadt ferngehalten hatte. Er war der Kommandant gewesen, unter dem Gavyns vermeintlicher Großvater gedient hatte.

»Bei den Göttern, Arrion. Du wirst uns anführen. Ich werde dir dienen, wie mein Großvater dir gedient hat. Was brauchst du?«

»Eine Karte des Herrscherreiches. Wie viele Männer hast du? Welche Ausbildung, welche Ausrüstung? Können wir auf weitere Verbündete hoffen?«

Balan mischte sich leise ein: »Die Grenzfestung, die Jats Vater gehalten hatte: Sie werden zu uns kommen. Wir haben Jat und die Geschichte, was aus ihrem verehrten Ritter geworden ist. Wir können Torin und Jat mit einem kleinen Geleit losschicken.«

Neve drückte liebevoll die Schulter ihrer Mutter. Endlich war Balan zu Verstand gekommen und machte sich nützlich.

Ihre Mutter lächelte sie an. »Und ich werde mitgehen. Kein Widerspruch bitte, dass ich mich damit gefährde. Ich fühle, dass ich das tun muss.«

»Mutter, wenn das gelingt, muss Jat sich den anderen Frauen anschließen. Wir können sie nicht mitnehmen.«

»Nein, das können wir nicht. Sie ist nicht wie wir, ich weiß.«

Arrion nickte Gavyn zu. »Sorge für eine Eskorte. Ich brauche einen Raum, in dem ich mich mit deinen Hauptmännern besprechen kann. Neve wird ebenso dabei sein wie du.«

Gavyn schlug sich mit der geballten Faust auf die Brust. »Ja, mein Ritter!«

Mit einem Mal hallte der ganze große Saal von diesem Ruf wider. Alle Soldaten, Bogenschützen, Hauptmänner und Reiter waren aufgesprungen und gaben mit diesem einfachen Ausruf ihren Treueid ab. Die

Sängerinnen leisteten keinen Eid, doch Neve spürte instinktiv, dass die Frauen zumindest im Stillen das Versprechen abgaben, Neve zu folgen und zu helfen.

Neve hatte gewusst, dass er ein großer Stratege sein musste. Aber bislang hatte sie fast ausschließlich den schrecklichen Kämpfer, den unverschämten Verführer und hin und wieder den verletzlichen Mann gesehen.

Diese Seite ist neu an ihm, fand Neve, während sie in einem Sessel am großen Tisch bequem die Beine untergeschlagen hatte und Arrion beobachtete.

Das war er gewohnt: Dienstbeflissenheit, absoluten Gehorsam und exakte Antworten auf jede seiner Fragen. Und die freche Sängerin, die ihm beständig Kontra gab, saß nur ruhig da, sah ihm zu und genoss den Anblick seiner gelassenen Selbstsicherheit und Autorität.

Seine Stimme, in der so oft Lachen, unterdrückte Wut oder aufreizender Spott und flirrendes Tändeln lagen, war ruhig, sachlich und deutlich tiefer, als wenn er Neve neckte.

Die Stimme eines Ritters, der eine ihm unbekannte Truppe in die Hand nahm und ein Heer schmiedete, das wie sein verlängerter Arm in die Reihen der Feinde schlagen sollte, das der Ausdruck seines Willens werden sollte.

Sie war fasziniert. Wäre sie noch nicht in ihn verliebt – jetzt wäre sie ihm endgültig verfallen.

Neve.

Sie stand auf und kam an seine Seite. Ein Flickenteppich von Karten bedeckte den Tisch. Er wies auf die größte Stadt. »Barinne. Hauptstadt des Reiches, Wohnsitz des Herrschers. Wir marschieren entweder quer durch das verdammte Reich, um die Stadt zu erreichen, oder wir folgen der Grenzlinie, gehen durch zwei andere Reiche und schlagen von dieser Seite zu.«

»Was würdest du normalerweise machen?«

»Es geht nicht nur um normale Strategie. Wir haben es mit den Sängern und vor allem den Schwarzen Kriegern zu tun. Wie viele haben sie bislang geschaffen? Und wo sind die?«

Sie biss sich auf die Unterlippe. Er hatte recht. Dieser Angriff erforderte nicht nur sein strategisches Geschick. Ihre Meinung war hier wichtig, weil Neve als die ungekrönte Anführerin der Sängerinnen galt.

»Wie schnell können wir uns bewegen, wenn wir das Gebirge verlassen haben?«, fragte sie zurück.

»Das hängt davon ab, wie viele Truppenteile des Herrschers sich uns anschließen. Je mehr wir sind, desto langsamer werden wir. Kommen wir an Pferde? Das sind Faktoren, die ich dir nicht sicher nennen kann. Wir werden Belagerungsmaschinen brauchen. Diese werden uns zusätzlich bremsen.«

»Der Herrscher weiß, wo du bist. Die Sänger können dich orten. Es ist gleichgültig, ob wir uns außen herum heranschleichen oder geradewegs hindurchgehen. Beide Wege haben Vorteile. Der Größte aber, denke ich: Wenn wir quer durch das Reich marschieren, haben Soldaten und auch Ritter die Möglichkeit, sich uns anzuschließen.«

»Das denke ich auch. Also wählen wir den direkten Weg.«

Kein Widerspruch aus den Reihen der Hauptmänner. Kein Einwurf von Gavyn.

Sie alle legten ihr Leben und das ihrer Soldaten und aller Flüchtlinge in die Hände des Paares, das wusste, wie man Schwarze Krieger und die Sänger bekämpfen konnte.

»Deine Mutter, Jat, Torin und der zweite Soldat sind vor einer Stunde aufgebrochen. Bete, Neve, dass sie Erfolg haben. Die Besatzung der Grenzfestung könnte der Schlüssel zu unserem Erfolg sein.«

»Abmarsch?«, fragte Gavyn.

»Morgen früh bei Sonnenaufgang. Die Flüchtlinge sollen sich zur nächsten Festung der Herzogin aufmachen. Wir können keine Mannschaft zur Verteidigung der Burg hierlassen. Wir brauchen jeden Mann.« Arrion sah auf Neve herab, die seinen Blick vertrauensvoll erwiderte. Er lächelte. »Und vor allem brauchen wir jede Frau. Nur die Sängerinnen können die Schwarzen Krieger endgültig besiegen.«

Er beugte sich zu ihr herab, und ihr Herzschlag beschleunigte sich. Wenn dieser Idiot sie vor versammelter Mannschaft küsste, um dann wieder das große Würgen zu bekommen, war das mehr als dämlich!

Aber seine Lippen berührten ihre nicht. Sie spürte ihre Nähe, durch eine hauchdünne Luftschicht nur von ihr getrennt, und sie spürte, dass sein Mund ebenso warm war wie der ihre. Sie roch das Meer vor Kyelle in seinen Atemzügen.

Dann hob er den Kopf wieder. »Also los!«

Die Hauptmänner salutierten und rannten aus dem Raum, nur Gavyn blieb stehen. »Ritter Arrion, auf ein Wort.«

Arrion nickte, sah dann fragend in Neves Richtung, und Gavyn schüttelte den Kopf. »Ich denke nicht, dass du vor der Sängerin Geheimnisse hast. Ich weiß, dass alles, was ich zu dir im Vertrauen sage, bei ihr gut aufgehoben ist.« Er atmete tief durch und stellte dann eine Frage in den Raum, die wie eine Feststellung klang. »Ich glaube, Ravon war nicht wirklich der Vater meines Vaters, nicht wahr?«

»In jeder Hinsicht bis auf eine war er der Vater. Deine Großmutter hat ihn geliebt, und er war ein guter Vater für drei Kinder.«

»Von denen ihm nicht eines ähnlich sah.«

»Nicht eines, ich weiß.«

»Deine Kinder, Ritter Arrion?«

»Meine. Er war ein vorbildlicher Vater und ein fürsorglicher Ehemann – ein sehr guter Soldat und mein Freund. Nur das eine konnte er nicht. Ist das ein Grund, ihn zu verdammen?«

»Nein, das ist es nicht. Aber als ich dich das erste Mal sah, war ich überzeugt, dass wir verwandt sein müssen. Du bist mein Großvater.«

»Was mir sehr lächerlich vorkommt, weil ich mindestens zehn Jahre jünger bin als du. Und es verschafft dir auch keine besondere Rücksichtnahme oder gestattet dir, meine Befehle anders zu befolgen als jeder andere hier. Ich war nie ein Vater, und ein Großvater bin ich schon gar nicht.«

Gavyn nickte, lächelte und salutierte. »Danke, Ritter Arrion.« Dann verließ er den Raum.

»Du warst sehr still, Neve«, meinte Arrion.

»Ich war diplomatisch. Soll er doch denken, dass Ravon unfruchtbar war. Ich finde das netter, als ihm um die Ohren zu schlagen, dass sein vermeintlicher Großvater am liebsten den leiblichen Großvater gevögelt hätte.«

»Du sollst das lassen!«

Sie lachte zu ihm auf. »Aber warum nur? Verträgst du keine Wahrheiten, Arrion?«

»Auf die Enthüllung dieser speziellen Wahrheit hätte ich wirklich gut verzichten können!«

Es war ein eindrucksvoller wenngleich bunter Zug, der die Festung Carlynne im Morgengrauen verließ.
Den Weg hinunter wand sich ein Band von Soldaten in unterschiedlichen Rüstungen. Nicht einer von ihnen trug eine Uniform. Die ganze Nacht hatten Schmiede in den Werkstätten gearbeitet. Ersatzwaffen, Proviant, Wasser und Ausrüstungen waren auf schweren Wagen verladen. Sängerinnen saßen zwischen Kisten und verschnürten Bündeln.
Auch ihre Welt hatte sich verändert.
Der Angriff durch die Schwarzen Sänger, von deren Existenz bis zu Neves Eintreffen keine der Schwestern etwas geahnt hatte, stellte alles auf den Kopf. Die göttliche Gabe war herabgewürdigt und entstellt worden zu einem Mittel, Waffen zu schaffen und verlorene Seelen zu seelenlosen Kämpfern zu machen. Ausbeutung und brutale Gewalt verdrängten das friedliche Werk der Sängerinnen. Und keine von ihnen verstand, wie das hatte passieren können.
Neve ging zu Fuß. Sie fand, dass die Zugtiere bereits genug Last zu bewältigen hatten, und sie genoss es, neben Arrion herzugehen, dem alle folgten. Zeta hatte sich ihnen angeschlossen und lief so unbeschwert und unermüdlich neben ihnen her, dass Neve sich geschämt hätte, auf einem der Wagen Platz zu nehmen.
Das Mädchen blieb immer wieder stehen, bis einer der Karren sie eingeholt hatte, unterhielt sich mit dem Fahrer, mit nebenherlaufenden Knechten, mit Sängerinnen, streichelte die schweren Tiere und lief dann leichtfüßig los, um wieder zu Neve und Arrion aufschließen zu können.
Im Gegensatz zu allen anderen, die Arrion voller Ehrfurcht ansahen, wirkte Zeta fröhlich und unbeschwert und behandelte ihn wie den großen Bruder, den keine Sängerin jemals hätte haben können. Neve verfügte natürlich über keine genaue Kenntnis, wie man mit einem großen Bruder umging, aber sie fand, dass diese Umschreibung passte. Das Mädchen verhielt sich ihr gegenüber wie eine kleine Schwester – vertrauensvoll, mitunter keck, immer fröhlich. Und genauso ging sie mit Arrion um. Da war kein Schimmer von verliebter Schwärmerei, wie junge Mädchen sie

mitunter für einen bedeutend älteren Mann entwickeln. Er war ihr Held, das war deutlich, immerhin hatte er sie tatsächlich gerettet.

»Wie ist das, ein Geist zu sein?«, fragte Zeta, während sie in Hosen und flatterndem Hemd neben Arrion herhüpfte, um mit seinen langen Schritten mithalten zu können.

»Zurzeit erkenne ich keinen Unterschied zu der Zeit vor meinem Tod«, antwortete er geduldig.

Sah auch er Zetas Ähnlichkeit mit Neve, fragte die Sängerin sich. Sie empfand mütterlich für dieses lebhafte Kind. Das waren nicht die Gefühle einer großen Schwester. So hätte ihre Tochter vielleicht ausgesehen, die die Götter ihr nun vorenthalten mussten, da die Gabe immer noch wuchs.

»Ja, aber, wie war es vorher?«

»Ich muss dich enttäuschen, Zeta. Die Frage kann ich dir kaum noch beantworten. Diese Zeit vergesse ich immer mehr.«

»Aber das sind mehr als sechzig Jahre!«

»Zu gütig, mich daran zu erinnern, wie alt ich schon bin.«

Neve lachte erstickt auf.

Zeta grinste jungenhaft und vollkommen respektlos. »Aber hast du dich verloren gefühlt? Wir Sängerinnen wandern durch die Gegend, und wenn wir eine Seele finden, erlösen wir sie. Wolltest du erlöst werden?«

»Nein, aber das hat bei mir andere Gründe als bei anderen Seelen, denke ich.«

Er warf einen Hilfe suchenden Blick zu Neve. Mit so jungen Frauen, die man noch nicht einmal als solche bezeichnen konnte, besaß er keinerlei Erfahrungen. Wenn, dann hatte er sie aus der Ferne gesehen, während sie den Helden bewundert hatten. Zeta mochte noch so dankbar sein, sie war trotzdem neugierig und voller Wissensdurst. Respekt kam bei ihr erst in zweiter Linie. Im Augenblick sah sie Arrion als Studienobjekt.

»Arrion ist anders als jeder Geist, den ich zuvor getroffen habe«, sagte Neve sanft.

»Ja, das ist mir schon klar!«, sagte Zeta.

Und jetzt kommt ein Aber, dachte Neve sich.

»Aber er ist der erste Geist, mit dem man richtig reden kann. Er heult nicht die ganze Zeit, und ihm tut auch nicht alles leid.«

Vielleicht tut es mir eines Tages leid, wenn ich sie jetzt erdrossele?, sandte Arrion einen stummen Hilfeschrei.

Neve schüttelte verweisend den Kopf. Zeta bemerkte es und schoss einen schnellen Blick zu Arrion. »Nerve ich dich? Das tut mir leid. Aber ich muss noch so viel lernen!« Sie hopste neben ihm her und griff mit einem Mal vertraulich nach seiner Hand. So schnell, wie sie ihn berührt hatte, zog sie die Finger auch wieder zurück. »Was ist das?«

»Normal, fürchten wir«, antwortete Neve.

»Aber das ist grässlich! Ich dachte, ihr beide …«

»Nein, so weit sind wir noch nicht.«

»Glaubst du, dass das weggeht?« Während dieser Frage hatte sie ganz schnell die Seiten gewechselt und ging nun dicht neben Neve her.

»Ich weiß es nicht.«

»Ich hoffe es«, sagte Zeta ehrlich, »und wenn es etwas gibt, das ich tun kann, dann helfe ich. Hast du die älteren Sängerinnen schon gefragt?«

»Das hat May für mich getan.«

»Vielleicht weiß einer der Schwarzen Sänger etwas! Wir müssen nur einen von ihnen zu packen bekommen und verhören.«

»Ob das eine gute Idee ist? Vielleicht sagt er uns absichtlich die Unwahrheit. Du weißt, dass sie Arrion und mich fürchten müssen.«

»Ich denke darüber nach«, versprach Zeta ernsthaft und fiel wieder ein Stück weit zurück. Sehr wahrscheinlich, um sich umgehend mit ihrer Mutter zu besprechen.

»Es tut mir leid«, sagte Neve einfach.

»Stell dir vor, sie wüsste von Ravons Vorliebe. Das wäre noch um einiges schlimmer.«

Sie sah zu ihm auf und kicherte los.

»Womit ich das verdient habe«, seufzte Arrion schicksalsergeben.

Eine Woche später lagerte ein gigantisches Heer auf der windabgewandten Seite einer Hügelkette. Bäume boten Schutz, Tausende Zelte leuchteten von innen wie eine Perlenkette von Glühwürmchen. Lagerfeuer prasselten, überall roch es nach bratendem Essen. Wachen patrouillierten zwischen den Zelten und auf einer Außenlinie des Lagers.

Neve saß vor ihrem Zelt am Lagerfeuer, streckte die müden Beine aus und lehnte sich entspannt zurück.

Arrion war irgendwo in diesem Ameisenhaufen, kontrollierte seine Leute, erteilte Befehle und machte alleine durch seine Anwesenheit allen Soldaten Mut.

Die letzten Tage waren lebhaft gewesen. Kaum über die Grenze ins Reich des Herrschers gekommen, war ihre – vormals Gavyns – kleine Armee auf jene Soldaten gestoßen, die einst unter dem Befehl von Jats Vater gestanden hatten. Torin und Balan hatten sie zum Treffpunkt geführt. Ihren neuen Ritter hatten die Männer einhellig abgesetzt, als Jat von den Leiden ihres Vaters berichtet hatte. Dann hatten sie sich vollständig auf den Marsch gemacht, kaum dass Balan von Arrion erzählte. Es war so leicht gewesen!

Mit einem Mal war Arrions Heer doppelt so groß.

Und dabei war es nicht geblieben.

Götter, es war wie eines der Kinderspiele: Man stellte kleine Holzplättchen in einer langen Reihe auf. Stieß man das Erste an, kippte es das Nächste um, bis alle Plättchen lagen. Man konnte es nicht aufhalten. Neve hatte nie verstanden, was daran Spaß machen sollte. Etwas aufbauen, um es danach zu zerstören? Aber so war es ihnen bislang auf dem Marsch durch Feindesland ergangen.

Sie kamen noch nicht einmal auf Sichtweite an eine der Festungen heran, und plötzlich stand ein Trupp marschbereit vor ihnen, schwor Arrion die Treue und schloss sich dem stetig wachsenden Heer an. Aus Dörfern rannten Halbwüchsige herbei, kamen Bauern, um Futter für die Zugtiere zu bringen, wurden körbeweise Brot und Kohl herangetragen.

Neve wusste, woran es lag, während selbst jemand wie May oder Gavyn noch offenen Mundes staunte: Seitdem Arrion nach Kyelle gekommen war, hatte die Legendenbildung begonnen. Der Ritter, der gegen Übermacht um Übermacht gewann, der seine Stadt schützte. Der Geist des Ritters, der immer weiterkämpfte. Ausgenutzt und ausgebeutet von einem Herrscher, der weitere Krieger nach Arrions Vorbild schaffen wollte und die Grenzen der Götter dabei überschritt.

Eines Tages würde sie Arrion die Legenden erzählen, die über ihn die Runde machten. Eines Tages würden sie einen wandernden Barden finden, der ihm die Ballade von Arrion von Kyelle vorsang. Eines Tages …

Neve zog die Beine an, umschlang diese mit den Armen und bettete ihre Wange auf ihr Knie.

In Neve knisterte Macht, die mit jedem Atemzug wuchs. Es war, als hätte sie ihr ganzes Leben nur auf diesen Moment hin gelernt und mehr und mehr verstanden. Als hätte all das sie nur auf die Begegnung mit Arrion und ihr gemeinsames Schicksal vorbereitet.

Sie war behaglich müde und erwog, einfach ins Zelt zu krabbeln. Arrion würde sie schon wecken, wenn das Abendessen fertig war. Sie strich sich eigenwillige Löckchen aus dem Gesicht und gähnte, streckte sich genüsslich und erstarrte mit geweiteten Augen.

Ein Herzschlag, zwei. Dann begann ihr Puls zu rasen.

Arrion!

Als Antwort auf ihren mentalen Ruf hörte sie einen Schrei in der Kette der Wachposten.

Arrion!

Sie wusste nicht, was es war. Sie wusste nur, dass er nicht einfach zur Quelle der Unruhe laufen durfte – nicht ungeschützt.

Arrion! Verdammt, beweg deinen Hintern zu mir!

Aus der von Feuern flackernden Dunkelheit tauchte er auf. Sie sah das Metall seines Panzers den Lichterschein reflektieren, die Klinge der Axt tödlich glitzern und sprang auf.

»Wir werden angegriffen!«, fauchte er ungehalten. Sein Platz war in der ersten Kampfeslinie, und sie wusste es.

Sie streckte die Hand nach ihm aus, legte sie flach auf den Brustpanzer, und die feurigen Linien schossen unter ihren Fingerspitzen hervor, kringelten über das schimmernde Metall, bildeten Schleifen, Muster, rot glühende Kreise. »Ein Schwarzer Krieger. Sänger. Soldaten«, keuchte sie, während ihr Schweiß über den Rücken lief.

Weitere Schreie aus der Linie der Wachposten.

»Sänger? Wie viele?«

»Sie kommen nicht an dich heran, wenn du so schön glitzerst. Kümmere dich nicht um die Sänger, Arrion. Du darfst dich mit dem Krieger schlagen. Ich bin bei dir. Ohne mich wirst du ihn nicht besiegen.«

Er legte den Schildarm um sie – kalt und wabbelig – und zerrte sie in halsbrecherischem Tempo durch das Lager, immer bergab, immer in Gefahr, dass sie sich einfach überschlugen.

Sobald sie stolperte, fing er sie ab. Seine Finger gruben sich hart in ihre Seite, der Schild war eine sie schiebende Wand.

»Wo?«, fragte er und klang nicht einmal außer Atem, als sie die letzte Fackelreihe erreichten. Alles stank nach Rauch.

Neve tastete vorwärts. Die Sänger waren leicht zu finden. Aber wo war der Schwarze Krieger?

Dann hörte sie ihn – irgendwo vor sich, aber sie konnte ihn nicht mental ertasten. Tierisches, rasselndes Atmen erfüllte sie mit Angst. Der Gedanke an Flucht hämmerte in ihr, brüllte ihr zu, Arrion mit sich zu ziehen, irgendwohin in Sicherheit, irgendwohin, wo dieser Albtraum aus Schwärze ihn nicht erreichen konnte. Sie wollte hier nur noch weg. Aber Arrion hielt sie fest, und als sie nicht antwortete, ließ er die Axt fallen, packte Neve an den Schultern und schüttelte sie. »Wo ist er? Mädchen, verdammt! Wo?«

Hinter ihm glomm etwas rot auf. Neve stieß einen Schrei aus und schleuderte aus beiden Händen einen grauen Regenbogen, der im Dunkeln weder schimmerte noch leuchtete, der nur ein Band aus zwölf verschiedenen Graustufen war.

Arrion wirbelte herum. Die Axt hatte er schon wieder in der Faust.

Sie hörte seinen Atemzug, spürte ihn in sich selbst, wie ihre Lunge sich blähte, um so viel Luft wie möglich in sich aufzunehmen, so viel Luft, wie in Arrions Lungen passte. Schweiß strömte aus Neves Poren.

Sie roch Arrions Schweiß, als seine gewaltigen Muskeln sich angesichts des Gegners aufheizten. Sie spürte seinen Herzschlag in ihren Schläfen, ihrer Kehle, ihrer Brust.

»Oh, Scheiße«, stieß er leise hervor, atmete diese drei Silben beinahe nur aus.

Dann rannte er los, auf einen Gegner zu, von dem sie noch nicht wussten, wie er zu besiegen war.

Über ihm wandelte sich der graue Regenbogen in ein silbrig schimmerndes Band.

Neve atmete tief ein, griff mit beiden Händen Luft, formte sie, schleuderte sie, und im matten Lichtschein des Silberbogens konnte sie endlich den Schwarzen Krieger ausmachen.

Eine Geburt aus Albträumen, Schwarzer Gewalt und Grausamkeit. Ein Monster auf zwei Beinen, mit langen Krallen an den riesigen, schaufelförmigen Händen.

Arrion rannte genau auf dieses Biest zu.

Die geschleuderte Luft wandelte sich in einen goldenen Ring, der zu Boden sank und schimmernde, rot glühende Linien in den Boden brannte: Der Kreis, der Arrion und die Bestie umgab, bis Neve den Schwarzen Krieger in die andere Welt singen konnte.

»Tötet die Sänger!«, schrie sie über das Prasseln des Kreises hinweg.

Etwas Großes, Dunkles rannte an ihr vorbei, und im ersten Moment hatte sie das Gefühl, dass es Arrion sein musste, dass er gegen zwei Gegner auf einmal kämpfen wollte, bis sie verstand, dass es Gavyn war, der sich in den Kampf warf, der einen ganzen Trupp gegen die Schwarzen Sänger führte.

Der Silberbogen begann zu verblassen, und Neve griff mit mentalen Händen nach ihm, drückte ihn herab, schleuderte ihn auf den Schwarzen Krieger. Sie keuchte vor Anstrengung, während Arrion in einem rasenden Lauf den Kreis durchquerte.

Schien er auch unverwundbar im Kampf gegen gewöhnliche Menschen, der Schwarze Krieger war wie er ein Geist.

Neve warf einen zweiten Silberbogen, einen dritten und vierten. Viel Licht spendeten sie nicht, aber Arrion brauchte jeden Schimmer.

Der erste Bogen kam herab und verwandelte sich in ein Netz, das sich über den Schwarzen Krieger legte. Neve rang nach Atem und wäre beinahe rückwärts getaumelt vor Anstrengung. Aber hinter ihr waren Hände, die sie stützten. Stimmen, die leise murmelnd zu singen begannen. Sie spürte die Wärme der Körper ihrer Schwestern. Wusste nicht, wer hinter ihr stand. Sie nahm jeden Hauch von Kraft, der ihr zur Verfügung gestellt wurde. Sie brauchte jedes Quäntchen Energie, während sie für zwei Körper atmete und die Silberbögen am Leuchten hielt. Und sie bekam diese Kraft von ihren Schwestern, konnte freier atmen und sich aufrichten, als ihr Körper diese Macht in sich aufnahm.

Der Schwarze Krieger kreischte auf, als das Netz ihn berührte – im gleichen Augenblick, in dem Arrions Axt einen Silber schimmernden Bogen beschrieb und in eine geschuppte Schulter einschlug.

Er spürte, wie der Kreis sich um ihn und das Monster schloss. Neves glühende Linien, die die Schwarzen Sänger draußen hielten. Aber er fühlte Neves Nähe, als wäre sie direkt hinter ihm.

Sein Gegner türmte sich unförmig vor ihm auf, aber niemals zu unterschätzen. Etwas dergleichen hatte Jats Vater werden sollen. Das war das Ergebnis eines Versuchs, Geister wie Arrion zu schaffen, die bedingungslos den Befehlen des Herrschers gehorchten und dessen Gegner erschlugen.

Der Kreis fraß sich rot glühend in den Boden.

Arrion rannte immer noch, denn das leuchtende Rund war groß, und der Ritter musste seinen Gegner erst noch erreichen, der durch Silberbogen und Neves Licht für den Moment geblendet war.

Um die albtraumhafte Gestalt herum lagen die Leichen erschlagener Soldaten, glimmende Reste von Fackeln, verbogene Waffen, von Krallen zerfurchte Rüstungen.

Arrion sprang über einen Kadaver hinweg, der ausgeweidet auf dem Boden lag, die Finger in die Erde gekrallt, das weiße Gesicht eine Maske des Schreckens.

Neve sandte weitere Silberbögen, die milchiges, weiches Licht spendeten.

Arrion wollte ihr schon die Nachricht senden, dass sie ihre Kraft nicht mit diesen Bögen verschwenden sollte, als der Erste sich zu einem grobmaschigen Netz formte und langsam wie Schneeflocken herabsank.

Arrion verstand, wich leichtfüßig einer riesigen, krallenbewehrten Hand aus und sprang vor, als das Netz die Schultern des Kriegers berührte. Die Axt zuckte nach oben und zurück, und mit einem leisen Aufschrei, mehr ein Keuchen, ließ Arrion die scharfe Doppelklinge herabsausen, in feindliches Fleisch krachen.

Außerhalb des Kreises hörte er einen Schrei, dann das kalte Scheppern von Rüstungen, als Männer seiner Armee vorbeirannten, um die Sänger niederzumachen. Aber jemand hatte schon geschrien, als seine eigenen Leute erst noch unterwegs gewesen waren.

Wem hatte der Hieb in die Schulter des Schwarzen Kriegers wehgetan? Einem Sänger?

Er zerrte die Axt frei, entkam nur knapp einem weiteren Klauenhieb und glitt auf menschlichen Eingeweiden aus. Eine gewaltige Pranke folgte ihm. Die Krallen gruben sich tief in den Erdboden, als Arrion im letzten Augenblick beiseite rollen und wieder auf die Füße springen konnte.

Sein Herzschlag raste. Er stieß sich ab, schleuderte den Schild von sich und holte zum nächsten Hieb beidhändig aus, brachte die Axt in einem schimmernden Bogen herab, der in der Wirbelsäule seines Gegners endete, genau zwischen den Schulterblättern platziert. Arrion schoss Blut entgegen, das nach faulenden Fischen und Wahnsinn roch.

Knochensplitter flogen, als der Ritter die Axt mit einem Ruck befreite und zum zweiten Schlag ausholte.

Der Schwarze Krieger wirbelte herum.

Arrion stieß einen Fluch aus, brachte die Axt keuchend herab und traf den Unterarm des Schwarzen Kriegers, bevor dieser ihm mit schauerlichem Kreischen die Krallen in die Brust hieb. Der Panzer hielt diesem Angriff knapp stand, aber vier tiefe Klauenspuren zogen sich vom oberen Rand herab.

Arrion wurde durch die Wucht des Schlages zurückgeworfen, landete hart zwischen Leichenteilen neben seinem Schild, rang nach Atem, während vor seinen Augen Tausende von Sternen tanzten.

Der zweite Silberbogen, der als Netz herabkam.

Erheblich langsamer als beim ersten Mal kam Arrion wieder auf die Füße, atmete keuchend tief ein, schwang die Axt weit über die linke Schulter nach hinten, sprang vor und gab der Waffe Schwung mit. Er wirbelte in einen Windmühlenschlag, der den Schwarzen Krieger an der Kehle traf, als das zweite Netz auf diesen hinabfiel.

Ein Sturzbach von schwarzem Blut ergoss sich auf Arrion.

Der Kreis glühte auf, zog sich zusammen, noch ein Silberbogen stürzte vom Himmel.

Die Klaue des Schwarzen Kriegers raste von der Seite auf Arrion zu, und dieser musste die Axt loslassen, um dem Schlag halbwegs zu entgehen.

Eine brennend kalte Kralle fuhr mühelos durch Kettenhemd und Ärmel der Lederrüstung, zog eine blutige Linie über Arrions Oberarm, und weit hinter ihm schrie Neve auf.

Arrion taumelte zurück, stolperte wieder über einen Leichnam und ging schwer zu Boden. Zwischen seinen Fingern quoll Blut hervor, Neves Schrei hallte in ihm wider. Tödliche Schwäche kroch in seine Muskeln, seine Sicht verschwamm. Er rang um sein Bewusstsein, als plötzlich alle Kraft aus seinen Muskeln zu schwinden schien.

Ein Damm brach in ihm, als er Reserven mobilisierte, von denen er nicht gewusst hatte, dass er sie noch besaß. Er hatte die Piraten gehasst, die ihn tagelang gefoltert hatten, die ihm sein Augenlicht und seine Männlichkeit hatten nehmen wollen. Sie hatten seine Bastarde getötet, nur weil die kleinen Kinder ihm ähnlich sahen. Sie hatten seine Festung eingeebnet. Und jetzt sandte der gleiche Herrscher, für den er all das klaglos auf sich genommen hatte, ihm diesen Feind!

Der Herrscher tat Neve weh!

Zorn loderte wie eine weiße Flamme auf, als ein neuer Silberbogen am Nachthimmel erschien und zwei weitere als Netze herabsanken.

Arrion schrie, sprang auf und flog vor. Seine Hand am Gürtel zerrte den Dolch aus der Scheide. Er raste heran wie eine entfesselte Naturgewalt, wie eine Flutwelle, die alles in ihrem Weg zerstörte. Er sprang hoch, beide Hände am Dolchheft weit über seinen Kopf erhoben, sah die rot glühenden Augen des Monsters und stieß mit aller Kraft zu, als die beiden Netze den Schwarzen Krieger einhüllten, umschlangen und zu Boden zerrten.

Gallertartiges Blut quoll Arrion aus der Augenhöhle entgegen, in die sein Dolch bis zum Heft eingedrungen war.

Arrion, aus dem Kreis!

Er warf sich herum, ließ Schild und Axt liegen, wo sie waren, und rannte um sein Dasein – raus aus dem Kreis, der sich zusammenzog, dessen Glühen ihn blendete.

Mit letzter Kraft, vollkommen außer Atem, blutend und erschöpft sprang er über die leuchtende Linie, die auf ihn zuraste, unter ihm hinwegbrannte, den Schwarzen Krieger enger und enger umschloss.

Arrion landete hart, fiel vornüber auf die Knie und dann vollkommen zu Boden, warf die Arme über den Kopf, als über ihn hinweg silberne Bögen zogen und das Gekreisch des Schwarzen Kriegers die Nacht erfüllte.

Er wusste nicht, ob er jemals wieder würde aufstehen können.

Neve fühlte, wie vier Krallen – nur getrennt durch eine dünne, schützende Schicht – über ihren Brustkorb kratzten. Sie rang angsterfüllt nach Luft, und hinter ihr sangen ihre Schwestern, die sie stützten, die ihr Kraft gaben, ohne zu verstehen, was sie taten.

Als etwas Kaltes über ihren Oberarm fuhr, schrie Neve auf. Brennender Schmerz und dann Blut, das an ihr herablief.

Beinahe verlor sie den Kontakt zu Arrion, erkannte sie verzweifelt, als der Schmerz ihre Sinne benebelte. Zitternd vor Anstrengung packte sie mit beiden mentalen Händen den rot glühenden Draht, der sie mit ihm verband, konzentrierte sich auf Arrions Herzschlag.

Sie schleuderte mit beinahe letzter Kraft einen fünften Silberbogen und zwang die beiden, die noch in der Luft hingen, auf das Monster herab.

Hände legten sich auf ihren Arm. Grober Stoff, der auf die blutende Wunde gepresst wurde. Sie wollte diese Hände abschütteln, weil es so wehtat, aber Arrions Wut überflutete sie wie am ersten Abend vor den Toren Kyelles.

Noch einmal rang sie keuchend nach Atem, um Arrion mehr Kraft zu geben, ballte die Fäuste und sandte ihm fast alles, was sie noch hatte.

Die silbernen Netze senkten sich. Sie konnte Arrion kaum gegen die schwarze Masse des anderen Geistes ausmachen. Aber sie spürte, dass der Schwarze Krieger vor Schmerz aufbrüllte und in sich zusammensank – halb von ihren Netzen gezogen, halb von Arrion gefällt.

Arrion, aus dem Kreis!

Jetzt konnte sie ihn im Licht des fünften Silberbogens sehen, wie er blitzartig herumwirbelte. Sie zog die Linien auf dem Boden enger, um den Weg für Arrion abzukürzen, um ihn schneller aus der Gefahrenzone zu bekommen und den Schwarzen Krieger zu Bewegungsunfähigkeit unter vier Netzen zu verdammen.

In ihrer geballten Faust sammelte sich Licht, und Neve hielt es fest, bis Arrion aus dem Kreis flog und zu Boden ging. Dann schleuderte sie einen zweiten Schutzwall – um Arrion herum, um ihn vor dem Gesang zu schützen.

Bleib genau da und rühr dich nicht!

Neve holte tief Luft, dieses Mal ohne die Anstrengung, für Arrion zu atmen. Um sie herum taten es ihr mehr als fünfzig Kehlen gleich.

Neves Stimme erhob sich als Erste, süß, hell, glockenklar. Der Chor der Sängerinnen folgte ihr nur einen Herzschlag später in den Gesang.

Langsam schritten sie vorwärts, auf zwei glühende Kreise, auf einen Schwarzen Krieger zu, der unter silbernen Netzen gefangen und zu Boden gedrückt war. An einem Ritter in schimmernder Rüstung vorbei, der still da lag, geschützt durch glühende Linien auf dem Erdboden und seiner Rüstung. Er hob den Kopf, aber Neve sah es kaum, spürte es nur. *Bleib genau da und rühr dich nicht!*

Er sank in sich zusammen und blieb still in seinem Schutzkreis liegen, während um ihn herum der Gesang aufstieg und die gefolterte Seele des Schwarzen Kriegers besänftigte.

»Hab keine Angst mehr«, sagte Neve sanft zu der riesigen Gestalt unter den Netzen. »Hab keine Angst mehr. Wir sind da. Wir helfen dir.«

Die Antwort war wortloses Kreischen. Die Kreatur hob flehend eine klauenbewehrte Hand, schien sich vor dieser Geste selbst zu erschrecken, Angst zu haben, die erlösenden Sängerinnen zu verjagen. Das Wesen jaulte verzweifelt auf.

»Hab keine Angst mehr«, wiederholte Neve und überschritt die Linie des glühenden Kreises. »Niemand wird mehr in deinem Kopf sein, niemand dir mehr wehtun. Es ist alles gut. Du bist nicht schuld.«

»Wollte töten«, kam es undeutlich von den Lippen des Schwarzen Kriegers.

»Ich weiß. Es ist nicht deine Schuld. Ich singe für dich, du armes Geschöpf. Hab keine Angst mehr. Alles ist gut.«

Sie hockte sich neben die gefallene Kreatur und sang.

»Mehr wie ich da«, flüsterte der Schwarze Krieger, bevor seine Gestalt durchscheinend wurde.

Ich weiß, sandte Neve ihm einen letzten Gedanken, *ich helfe auch ihnen.*

Die Silberbögen zerfielen zu weißem Rauch, während der unförmige Körper sich auflöste, da die geschundene Seele befreit war.

Der Feuerring verblasste, und Neve sank vor Erschöpfung zu Boden. Sie stand am Rande einer Ohnmacht, aber sie wusste, dass sie noch gebraucht wurde.

Gavyn trat aus der Dunkelheit in das Schimmern des letzten Silberbogens und legte ihr behutsam seinen Mantel um die Schultern.

»Die Sänger?«, fragte sie schwach.

»Geben eine gute Mahlzeit für Aasfresser ab. Neve, was war das? War das ein Schwarzer Krieger?«

Sie nickte müde, wischte sich wirre, schweißnasse Löckchen aus dem Gesicht und bat leise: »Hilf mir auf. Ich muss zu Arrion.«

Warme, starke Hände griffen ihr unter die Arme und zogen sie auf die Beine. Dankbar lehnte sie sich gegen eine eindeutig warme und nicht schwabbelnde männliche Schulter. Jede Wette, dass Arrion sich noch besser anfühlen würde, wenn das Fischproblem endlich beseitigt war? Wenn es zu beseitigen war. *Götter, macht, dass es weggeht! Rein zufällig brauche ich eine warme Männerschulter, und Gavyns reicht mir nicht. Es muss Arrions sein. Götter, ich liebe ihn. Tut doch etwas!*

Gavyn führte sie zu dem kleineren Kreis.

Darf ich mich jetzt wieder rühren? Was macht der Kerl da neben dir?

»Es geht dir also gut, Arrion. Das beruhigt mich.«

Neve zog die Energie aus dem Kreis ab, als Arrion sich aufsetzte und vorwurfsvoll zu ihr aufsah, immerhin lag Gavyns Arm um ihre Mitte.

»Ja, ich liebe dich auch, Arrion. Lauf und hol deine Waffen. Ich habe Hunger und bin furchtbar müde. Wir treffen uns bei meinem Zelt.«

Begleitet von allen Sängerinnen, geführt und gestützt vom Enkel des Mannes, den sie liebte, kehrte Neve siegreich ins Lager zurück.

Tote wurden geborgen, Verwundete versorgt, Fackeln und Lagerfeuer neu entzündet, Wachen aufgestellt.

Gavyn brachte sie zu ihrem Zelt und half ihr, sich auf die Matte zu setzen.

»Lass mich deinen Arm sehen, Sängerin.«

»Es ist nicht so schlimm«, behauptete sie, obwohl sie die Zähne zusammenbeißen musste, als er den Stoffstreifen von der Wunde zog.

Es war schlimm. Im Schein des Lagerfeuers und zweier eilig von Balan herbeigetragenen Kerzen konnte sie sehen, dass der schwarze Krieger ihr eine tiefe Wunde geschlagen hatte. Ein Echo der Verletzung, die die Kreatur Arrion zugefügt hatte.

Gavyn säuberte den Riss, als neben ihm ein blutiger Schild und eine vollständig rot gefärbte Axt auf den Boden krachten. Arrion riss sich den Helm herab und schleuderte diesen von sich. Seine kobaltblauen Augen schossen Blitze.

»Es ist gut, Arrion«, sagte Neve ganz ruhig, und der Funken sprühende Blick heftete sich fest auf ihr Gesicht. »Fang nicht mit solchem Unsinn an, Arrion«, sagte sie sanft. »Komm her und lass uns deine Wunde sehen.«

»Wie bist du verletzt worden?«, fragte er, ohne seine Haltung auch nur einen Deut zu ändern.

»Mit demselben Schlag, der dich traf. Für einen Moment dachte ich, ich verliere dich. Setz dich hin, Arrion. Lass Gavyn sehen, wie schwer du verletzt bist.«

Er wandte den Kopf mit einem Ruck ab, starrte Gavyn für einen Moment an, bevor er die Schnallen des Brustpanzers öffnete.

Neve sah erschrocken die vier tiefen Rillen auf der Vorderseite des Panzers. Hätte er nur das Kettenhemd oder gar nur die Lederrüstung getragen, hätte der Schwarze Krieger ihn ausgeweidet.

Arrion ließ den Panzer zu Schild und Axt fallen und zerrte sich das Kettenhemd über den Kopf. Dabei fiel Neve auf, dass er seinen rechten Arm nur eingeschränkt bewegen konnte.

Gavyn hatte es noch vor ihr erkannt und stand auf, um Arrion Knappendienste zukommen zu lassen. »Licht«, befahl Gavyn über dem Klirren und Rasseln des Kettenhemdes. Er legte eine Hand auf Arrions Schulter, um das zerfetzte Leder der Unterrüstung von der Wunde zu schieben, und zuckte angeekelt zurück.

Arrions humorloses Raubtierlächeln funkelte in seinem blutverschmierten Gesicht. »Ich weiß. Glaub mir, Gavyn, ich weiß. Du fühlst dich nicht einmal ein kleines bisschen besser an.«

»Es war nur so unerwartet«, murmelte Gavyn beschämt.

»Dass sie zu mir gehört und nicht zu dir?«

»Arrion, lass das«, sagte Neve leise. Sie hatte einfach nicht die Kraft, jetzt auch noch mit seiner Eifersucht umzugehen – und auch nicht die Geduld dazu.

Arrion setzte sich vor Neve auf den Boden, ohne den Blick von Gavyn zu nehmen. Sie sog schmerzhaft Luft ein, als sie den Riss sah, der über seinen Oberarm lief. Götter, das hätte ihn den ganzen Arm kosten können!

»Wir müssen deine Rüstung verbessern«, sagte sie, während Gavyn ihr Wasserschüssel und Verbandrolle reichte.

Balan und Zeta hielten Kerzen, sodass deren Licht Neve nicht blendete.

»Verdammt, das glaube ich auch«, sagte Gavyn erschüttert. »Das war der erste Schwarze Krieger, den ihr gesehen habt?«

»Wir haben Jats Vater erlösen können, bevor er sich vollkommen verwandelte. Ich sang ihn in die andere Welt, ehe das passieren konnte. Aber jetzt wissen wir sicher, wie sie zu schlagen sind.«

»Mädchen, mach die Augen auf. Das war nur einer, und es hat mich fast einen Arm gekostet!«, unterbrach Arrion sie ungehalten.

»Das war der Erste, Arrion. Jetzt wissen wir, wie sie sind. Glaub mir, ich überlege mir weitere Schritte. Der Erste ist, dass ein Schmied deine Rüstung verbessern muss, bevor wir auf den nächsten Schwarzen Krieger stoßen.«

Seine Kiefermuskeln zuckten kurz, als sie Erde und Lederfetzen aus der Wunde wusch. Er war über und über voll Blut, sodass sie die Verletzung erst beim Auswaschen Stück für Stück entdecken konnte.

»Ich verbinde das«, sagte Gavyn und nahm ihr die Verbandrolle aus der Hand. »Dein Arm schmerzt dich.«

»Ich hörte dich schreien, Neve.« Arrions Augen waren wieder dunkler, sein Blick intensiv und voller Sorge.

»Als das Biest dich erwischte, wurde mein Arm aufgerissen. Ein Echo, wenn du so willst.«

»Ich muss also mich schützen, damit dir nichts mehr passieren kann.«

»Das musst du. Ich glaube nach wie vor nicht, dass du noch einmal getötet werden kannst. Aber ich kann es. Und dann? Ich habe dich fast verloren in diesem Kampf.«

»Danke, habe ich gemerkt.«

Sie hob die Hand und strich behutsam nasse, klebrige Locken aus seinem Gesicht. Dieses Mal konnte sie sich einreden, dass sie sich nicht so anfühlten, weil er ein Geist war. Er sah aus, als hätte jemand einen Eimer Blut über ihm ausgegossen.

»Gavyn, wir haben doch Schmiede in unserem Tross?«

»Haben wir. Arrion, komm bitte mit. Wir müssen deine Rüstung in Ordnung bringen – und verbessern.«

Langsam stand Arrion auf, beugte sich noch einmal zu Neve herab und krallte eine blutige Hand in deren Umhang. »Denk nach, kleine Sängerin. Was ich tun kann, tue ich. Das weißt du.«

»Ich weiß. Geh mit Gavyn. Ich bin müde und will schlafen, bevor ich einfach umfalle.«

Neve träumte von Schwarzen Kriegern. Von Arrion, der auf seinem Turm stand und über das Meer sah, immer einsatzbereit, immer wartend auf die nächste Flotte, die seiner Stadt zu nahe kam. Von Arrion, der vom Blut des Schwarzen Kriegers durchnässt wurde, dem das eigene Blut von den Fingern tropfte.

Sie träumte von einer Schmiede, deren Blasebälge die Esse zum Glühen brachten. Vom roten Licht beschienen: Arrion und Gavyn.

Selbst in ihrem Traum konnte sie beide deutlich unterscheiden. Das lag nicht nur daran, dass Blut des Gegners aus Arrions Haar tropfte, dass seine Augen kobaltblau in einem blutigen Gesicht leuchteten.

Es tat weh, in diese Augen zu sehen. Es tat weh, daran zu denken, was ihm geschehen würde, wenn sie starb. Und das würde sie – eines Tages, irgendwann. Was dann? Was wurde aus Arrion?

Sie hörte seine Stimme im Traum. Seine und Gavyns, während der Hammer des Schmiedes an einer verbesserten Rüstung arbeitete, auf Metall hämmerte.

Arrions Wunde hatte schrecklich ausgesehen. Ihr Herz schmerzte vor Mitleid, während die Verletzung an ihrem Oberarm wieder zu bluten begann.

»Mein Ritter, ich bitte dich um Verzeihung.«

»Wofür?« Er klang so zornig. Sie war alles, was er hatte.

»Offensichtlich bist du der Meinung, dass ich der Sängerin Neve zu nahe getreten bin.«

Meine Neve, hämmerte es in ihr. Arrion glühte vor Eifersucht. Sie wollte ihn trösten, aber sie wusste, dass sie das nicht konnte.

»Ich wäre dir dankbar, wenn du ihr in Zukunft weniger nahe treten würdest«, zischte Arrion in ihrem Traum.

»Mein Ritter«, sagte Gavyn.

Arrion wandte mit einem Ruck den Kopf und starrte Gavyn hasserfüllt an.

Sein Enkel schluckte schmerzhaft, blieb aber mit allen Anzeichen der Gelassenheit stehen. »Mein Ritter Arrion«, wiederholte er eindringlich, »ich diene dir, und ich diene ihr. Bitte verwechsle meine Fürsorge nicht mit etwas anderem. Eine Fürsorge, die ich für jeden in diesem Heer habe, der sie braucht. Ich habe dich gegen etwas kämpfen sehen, was ich mir in meinen schlimmsten Träumen nicht hätte vorstellen können. Ich bewundere dich, mein Ritter. Bitte unterstelle mir nichts Falsches. Du weißt, dass nichts und niemand zwischen dich und Neve treten kann.«

Arrions Kopf sank nach vorne. Zum ersten Mal, seit der zweite Kreis sich um ihn herum aufgelöst hatte, sah Neve ihm die Erschöpfung an. Der Kampf gegen den Schwarzen Krieger hatte ihm alles abverlangt.

»Nichts und niemand«, echote er leise.

»Vor allem niemals ich«, bestätigte Gavyn sanft und legte eine Hand auf Arrions unverletzte Schulter. »Niemals ich, Großvater.« Das Letzte flüsterte er, sodass nur Arrion und die träumende Neve ihn hören konnten.

Neve lächelte im Schlaf, streckte die Hand nach Arrion aus und berührte warme Haut, darunter festes Fleisch. Das fühlte sich so gut unter ihrer Hand an.

Sie drehte sich um und schlief weiter.

Neve schmollte, aber das konnte keinen der beiden Ritter erweichen, die der Meinung waren, sich nun vereint um ihr Wohlergehen kümmern zu müssen. Gavyn hob sie auf einen der Karren, Arrion reichte ihr seinen Mantel.

»Es geht mir gar nicht so schlecht«, behauptete Neve.

»Lügnerin«, sagte Arrion mit einem Lächeln, »lass dir gesagt sein, dass meine Wunde über Nacht verheilt ist, als wäre sie niemals da gewesen. Demnach hast du nun beide – oder eine ganz besonders Schlimme. Nein, du wirst heute gefahren. Einer von uns beiden wird beständig auf dich aufpassen, komme also nicht auf dumme Gedanken, Mädchen.«

Gavyn entrollte eine seiner Landkarten auf Neves Schoß und wies auf die nächste größere Stadt. »Wir sollten sie mittags erreichen.«

»Ich habe nachgedacht«, behauptete Arrion. »Neve, meine Hauptfunktion gestern war es doch, ihn zu beschäftigen und vom Lager fernzuhalten, während du ihn mit den Netzen angenagelt hast. Ist das richtig?«

»Ich fürchte, das ist es. Und ich denke, du bist der Einzige, der eine greifbare Chance gegen einen Schwarzen Krieger hat.«

»Der Kreis, ist der am Boden oder auf den Ritter fixiert?«, fragte Gavyn.

»Auf den Ritter – glaube ich. Ich habe das gestern auch zum ersten Mal gemacht. Meine Gabe wächst und wächst, und ich weiß von einem Moment auf den anderen nicht, was ich bewirken kann.«

»Aber wenn ein neuer Teil der Gabe in dir auftaucht, weißt du sofort, wie du ihn nutzen sollst, richtig?« Arrion, der kobaltblaue Blick hellwach, als wäre er etwas auf der Spur.

»Ja, so war es bislang immer.«

Die beiden Ritter wechselten einen Blick. Neve verstand, dass diese beiden Männer erheblich mehr gemeinsam hatten als Ravons Ehefrau Kina – der eine als Geliebte, der andere als Großmutter.

»Bogenschützen?«, schlug Gavyn vor.

»Wären einen Versuch wert. Der Schwarze Krieger war zu schnell und wendig, als dass wir mit einer Balliste oder einer Steinschleuder große Erfolgsaussichten hätten. Aber wenn ein Pfeilregen ihn nicht ausreichend beschäftigt, muss ich vor.«

»Und dann darf nicht ein Pfeil mehr fliegen, klar. Wie schnell war er tatsächlich? Ich habe lange nicht alles gesehen, da ich damit beschäftigt war, die Sänger und ihre Begleittruppe auszulöschen.«

»Wie schnell bist du?«

»Nicht so schnell wie du«, gab Gavyn mit einem Lächeln zu.

»Dann versuch es bitte gar nicht erst. Ich bin zehn Jahre jünger als du, ich bin schneller, größer und schwerer – und ich habe eine Sängerin in der Hinterhand, die mit mir atmet. Ich weiß nicht, ob Sterbliche gegen einen Schwarzen Krieger bestehen können. Die Leichen, über die ich gestern fiel, sagen mir, dass die Männer es nicht konnten.«

»Weil sie nicht mit einem solchen Angriff rechnen konnten. Lass es uns beim nächsten Krieger zuerst mit den Bogenschützen versuchen. Und ich suche mir eine Truppe Freiwilliger. Du bist unser Trumpf, Arrion. Wenn Bogenschützen und vorbereitete Soldaten keine Chance haben, das Monster zu beschäftigen, musst du in den Kampf eingreifen.«

Neve stützte das Kinn in die Faust und hörte dieser Lagebesprechung der besonderen Art interessiert und wachsam zu. Bislang hatte sie nichts entdeckt, was auf einen Denkfehler hinweist.

»Es ist einen Versuch wert«, sagte Arrion vorsichtig.

»Wir *müssen* es zumindest versuchen«, erwiderte Gavyn energisch. »Du selbst hast gesagt, dass dieser eine Gegner dir alles abverlangt hat.

Wie viele wird der Herrscher vor Barinne stehen haben? Ein Dutzend? Noch mehr? Wir wissen es nicht. Aber jeder Krieger, den er uns nun entgegenwirft, ist einer weniger vor Barinne und einer mehr, an dem wir unsere Strategien üben können. Ich habe noch eine Frage: Was hatte die glitzernde Rüstung gestern zu bedeuten, Neve?«

Arrion lachte leise auf.

»Sie schützt ihn vor dem Einfluss der Schwarzen Sänger. Ich lasse nicht zu, dass die ihn in die Finger bekommen. Leider half der Zauber offenbar nicht gegen die Gewalt des Schwarzen Kriegers.«

»Wer weiß, was dir bis zum nächsten Krieger einfällt«, sagte Arrion zärtlich. »Du versetzt mich immer wieder in Erstaunen. Gut, Gavyn, sage den Bogenschützen Bescheid und suche dir deine Freiwilligen zusammen. Du hast recht, es ist einen Versuch wert.«

Ein Flüchtlingszug kam ihnen entgegen, bevor die Stadt noch zu sehen war.

Menschen in Panik, mit nicht mehr Gepäck als der Kleidung, die sie auf dem Leib trugen. Rauchgeruch hing an ihnen, Angst stand in jedem Gesicht.

Angesichts der Soldaten flüchteten etliche der Stadtbewohner in das Unterholz. Aber Gavyn hatte eine kleine berittene Truppe zusammengestellt, die zu den Flüchtlingen aufschloss und ihnen versicherte, dass es nichts zu befürchten gab.

»Dieses Heer gehorcht nicht dem Herrscher. Wir stehen unter dem Kommando von Ritter Arrion von Kyelle. Kommt mit uns, bitte. Berichtet, was geschehen ist.«

Viel musste nicht berichtet werden. Die Rauchsäule über der Stadt, die in der Ferne zu erblicken war, sagte schon fast alles.

Neve kletterte ungehorsam vom Wagen, als die Flüchtlinge mit Essen und Wasser versorgt wurden. Alle Blicke hingen gebannt an der schwarzen Wolke über der Stadt.

Lass mich raten, einer der Schwarzen Krieger hat alles vernichtet, was sich in seinem Weg befand? Die Sänger konnten ihn nicht kontrollieren?

Arrion drehte sich zu ihr um, als er ihre Stimme in seinem Kopf vernahm. Er nickte nur, dann räusperte er sich leise und sagte: »Drei. Drei

Krieger. Sie versuchen, den einen mittels der beiden anderen zu bezwingen. Als diese Leute flohen, ging gerade alles in Trümmer. Die Sänger haben die Kontrolle über alle drei Schwarzen Krieger vollkommen verloren.«

»Es lebt keiner der Sänger mehr«, antwortete sie bestimmt.

»Du kannst sie auf diese Entfernung spüren?«

»Nein. Aber ich weiß, wie es mir ergangen ist, als du verletzt wurdest. Denk nach, Arrion. Als du deinen Gegner gestern das erste Mal getroffen hast. Was war da?«

»Ich hörte einen Schrei.« Seine Augen weiteten sich, als ihm klar wurde, worauf sie hinaus wollte. »Aber ich dachte, da wären schon Leute von uns, um sie niederzumachen.«

»Nein, so schnell waren sie nicht. Einer der Sänger schrie, weil er die gleiche Wunde erhielt wie die, die du dem Krieger geschlagen hast. Stelle dir drei Schwarze Krieger im Kampf gegeneinander vor. Die Sänger wurden regelrecht zerfetzt, glaube mir. Die Sänger sind tot, während die armen Seelen gegeneinander kämpfen und vollkommen außer Kontrolle sind. Wir müssen sie erlösen. Ich spüre ihren Schmerz bis hierher.«

»Wir locken sie dir unter das Netz, Neve.«

»Es ist möglich, dass ich sie nacheinander fesseln muss. Es ist möglich, dass sie gezielt die Sängerinnen angreifen, weil sie außer sich sind vor Schmerz und Verzweiflung. Es ist schon mehr als eine Sängerin von einer verwirrten Seele in den Wahnsinn getrieben worden. Das waren bislang immer formlose Kleckse. Die drei in der Stadt sind anders.«

»Keiner von denen kommt an eine Sängerin heran, Neve. Ich verspreche es. Gavyn!«

»Mein Ritter?«

»Wir lassen die Karren hier. Wir brauchen Bogenschützen. Und wir brauchen deine berittene Truppe.«

»Die sind bestimmt schnell genug. Die Frage ist, wie die Pferde sich verhalten, wenn …«

»Nicht so, Gavyn. Jeder Reiter nimmt eine Sängerin hinter sich auf. So sind sie auf jeden Fall schneller als die Schwarzen Krieger. Diese Frauen sind die Einzigen, die die Krieger erlösen und uns alle retten können. Ich lasse nicht zu, dass einer Sängerin auch nur ein Haar gekrümmt wird. Rein zufällig glaube ich an Götter, und ich bin davon überzeugt, dass die Sängerinnen unberührbar sind.«

Ach, wirklich?, fragte Neve spöttisch in seinem Kopf, *das konnte ich gar nicht glauben, als du auf mir lagst und mich schon wieder küssen wolltest!*

Er sah sie mit geweiteten Augen an. »Machst du das absichtlich, Neve?«

Sie kicherte und schnappte nach Luft, als diese kleine Erschütterung ihrem Arm wehtat. Der Ausdruck empörter Unschuld in seinen leuchtenden Augen war zu schön gewesen.

»Du hebst sie auf ein Pferd, Gavyn. Und sei vorsichtig mit ihrem Arm. Obwohl sie das eigentlich nicht verdient!«, gab er die letzten Instruktionen, bevor er sich daran machte, die neuen Rüstungsteile anzulegen.

Es war immer noch keine starre Rüstung, in die er nur mit der Hilfe zweier Knappen kommen würde. Aber es war erheblich mehr Metall, das ihn nun schützte – und somit auch Neve.

»Wie viel schwerer ist das?«, fragte sie besorgt um seine Geschwindigkeit und Agilität, die seine besten Verbündeten im Kampf mit einem Schwarzen Krieger waren.

»Noch spüre ich wenig Unterschied. Nach ein paar Runden mit einem von ihnen werde ich das Gewicht merken. Aber wir versuchen ja erst einmal, was die Biester zu Bogenschützen und Gavyns Truppe sagen, bevor ich mich womöglich in den Kampf stürzen muss, nicht wahr?«

»Ich liebe dich, Arrion.«

Er sah zu ihr auf, wie sie da hinter ihrem persönlichen Reiter auf dem Pferderücken saß – unkeusch im Herrensitz, während andere Sängerinnen, die Röcke trugen, seitwärts auf dem Pferd sitzen und sich sehr am Reiter festklammern mussten.

»Ich weiß, Neve. Hab keine Sorge. Dieses Mal passiert dir nichts.« Dann wandte er sich an den Reiter: »Mögen die Götter Gnade mit dir haben, wenn ihr etwas geschieht.«

»Ja, mein Ritter Arrion«, sagte der Mann kreidebleich.

»Mach ihm nicht zu viel Angst«, meinte Gavyn praktisch.

»Er darf vor mir sehr viel Angst haben, solange er nicht in Panik verfällt, sobald er einen der Schwarzen Krieger sieht.«

Neve sah zur Rauchwolke über der Stadt, meinte Bewegung zwischen den brennenden Häusern zu sehen. Mehr Flüchtlinge, oder die Schwarzen Krieger, die alles zerstörten, was sie sahen, weil niemand sie mehr kontrollierte.

Wie hatten die Sänger sich das gedacht? Hatten sie wirklich etwas Derartiges schaffen wollen? Wie viel hatte der Herrscher dabei zu sagen gehabt? Wollten sie tatsächlich Kämpfer wie Arrion schaffen? Oder waren die Schwarzen Krieger in ihrer derzeitigen Form das gewünschte Endergebnis der Bemühungen der Sänger?

Arrion war keine hirnlose Kampfmaschine. Wollten sie jemanden schaffen, der wie er nachdachte und moralische Werte besaß? Oder reichten ihnen die Schwarzen Krieger als stumpfe Waffen, sollten sie niemals mehr sein als stupide Ungetüme?

Neve verstand diese Männer nicht. Sie verstand nicht, woher deren Macht gekommen war und warum sie diese so grausam einsetzten – nicht zum Wohle der verlorenen Seelen, sondern zur Ermordung von Soldaten, um absichtlich ruhelose Geister aus ihnen zu machen. Das widersprach allem, was Neve wusste und als richtig empfand.

Die Bogenschützen formierten sich in vier Reihen hintereinander. Neves Reiter hatte sein Pferd etwas weiter nach vorne treten lassen. Er wusste, wen sein Reittier trug, und dass er dieser Sängerin ermöglichen musste, ihre silbrigen Netze über die Schwarzen Krieger zu werfen. Und dass er sie besser zu hüten hatte als jeden Schatz dieser Welt.

Vor ihnen türmten sich die Wehranlagen der Stadt auf. Das große Tor stand offen. Kein Flüchtling hatte es hinter sich verschlossen. Wozu auch? Rechts des Tores war eine gewaltige Bresche geschlagen. Türme ragten als brennende Ruinen auf. Überall lagen Leichen.

»Ich kann versuchen, einen von ihnen herauszulocken. Wenn sie nicht gerade dabei sind, sich gegenseitig die Schädel einzuschlagen«, schlug Arrion vor.

»Das sollte besser ein Reiter übernehmen. Er ist schneller als du«, gab Gavyn zur Antwort.

»Das ist mir auch recht.«

»Ich suche einen Freiwilligen!«, brüllte Gavyn. Gleich fünf Reiter trieben ihre Pferde an und ließen sie vortreten.

Arrion hob die Hand, und die Pferde wurden angehalten.

»Es sind drei. Nach den Berichten der Flüchtlinge ist einer darunter, der sich vom Bann der Sänger befreit hat und die beiden anderen angriff. Den will ich noch nicht hier sehen. Denn er kann einen der beiden anderen beschäftigen, sodass wir es hier nur mit einem Gegner zu tun haben.«

Arrion!

Die fünf Pferde scheuten, die Bogenschützen schrien eine Warnung und sandten, ohne auf einen Befehl zu warten, den ersten Pfeilschauer über die Köpfe der Reiter und Fußsoldaten hinweg.

Durch das Stadttor trat ein Schwarzer Krieger. Beinahe noch größer und ungeschlachter als der vom Vorabend. Das Wesen blieb stehen, als es die Pfeile heranschwirren hörte, und warf sich dann mit katzenhafter Geschwindigkeit und Agilität zurück, die die Wucht seines Körpers Lügen straften.

»Willst du es versuchen, Gavyn?«

»Ich will, mein Ritter.«

Die Bogenschützen bekamen Signal, weitere Befehle abzuwarten.

Arrion, er leidet Qualen! Geh du zu ihm. Versuche, ob er mit dir spricht.

»Gavyn, warte.«

»Was?«

»Neve sagt, er will vielleicht mit uns sprechen.«

»Das ist eine Kreatur Schwarzer Magie!«

»Das war der von gestern Abend auch, und er hat um Erlösung gebettelt, als er verstand, dass Sängerinnen da sind. Ich habe Neve gespürt, als sie meine Festung betrat. Ich wusste, was sie war.«

Der Schwarze Krieger trat wieder aus der Deckung des Torbaus, schien einen Augenblick abzuwarten.

Neben Arrion sprang Neve vom Rücken des Pferdes.

»Mädchen!«

»Er sucht Erlösung. Arrion, geh und sprich mit ihm. Er kann dir helfen. Sei diplomatisch und geh schon.«

Sie sah, wie seine Finger den Stiel der Axt fester packten. Ja, er hatte einem solchen Gegner schon gegenübergestanden. Und er hatte furchtbare Dresche bezogen.

»Ich kann verstehen, wenn ...«

»Sag es nicht. Denke es nicht einmal. Ich habe keine Angst!«, zischte er vernichtend und ging los.

Neve sah ihm nach, wie er sich aus dem Tross löste. Sie sammelte Licht in beiden Händen und fühlte Arrions Herz in ihrer Brust schlagen.

»Bist du dir sicher, Neve?«, fragte Gavyn besorgt.

»Ich fühle seinen Schmerz und seine Verzweiflung. Es kann sein, dass er wahnsinnig ist. Aber er weiß, dass Sängerinnen hier sind.«

Gavyn atmete tief durch und starrte dann auf Arrion, der sich ohne Hast weiter entfernte. Sprungbereit wie ein großes Raubtier, einsatzbereit und mit angespannten Muskeln.

Mit einem Mal löste der Schwarze Krieger sich aus dem Schatten der Mauer und kam langsam – streckenweise auf allen Vieren, wobei die messerlangen Krallen seiner Hände tief in den Boden eindrangen – auf Arrion zu.

Neve schloss die Augen und öffnete ihre Augen in Arrions Kopf.

Ich bin bei dir.

Ich weiß. Ich glaube, ich kann es auch spüren, wie verzweifelt er ist.

Sei vorsichtig. Er ist unberechenbar.

Sie kamen dem Schwarzen Krieger immer näher, der seine eigene Geschwindigkeit nun verringerte, sich halb aufrichtete und Arrion aus rot glühenden Augen anstarrte.

»Sängerin!«, bellte das Wesen, und Arrion und Neve atmeten gleichzeitig auf.

»Ich bin mit Sängerinnen hier.«

»Hass im Kopf. Will nicht.«

»Wo sind die beiden anderen?«

»Will nicht!«

»Die Sängerinnen werden dir helfen. Sie werden dich erlösen. Aber in der Stadt sind noch zwei Schwarze Krieger. Wir brauchen deine Hilfe.«

»Sängerin!«, gellte die Kreatur und sprang los.

Arrion wich dem nur auf Masse ausgerichteten Angriff im letzten Augenblick aus, und der Schwarze Krieger wirbelte herum. Jetzt stand er zwischen Arrion und dem Heer, mit dem Rücken zu den Sängerinnen.

»Hinter dir«, stammelte das riesenhafte Wesen.

»Was?«

Arrion! Hinter dir!

Er wagte einen Blick über die Schulter. Es behagte ihm nicht, den Krieger vor sich auch nur einen Augenblick aus den Augen zu lassen.

Aber Neves Warnruf überstimmte alle seine Erfahrungen und Instinkte.

Da waren sie. Die beiden anderen Schwarzen Krieger, sie kamen rasch und zielgerichtet näher.

Arrion atmete tief ein, dann wandte er sich an den dritten Schwarzen Krieger: »Du willst erlöst werden? Dann tu etwas dafür! Wenn die beiden mich niedermachen, stirbt meine Sängerin. Dann kannst du dir deine Erlösung in den verdammten Hintern stecken!«

»Sängerin! Unberührbar. Ich helfe.«

»Jetzt klingst du vernünftig.«

»Sie nicht töten kann.«

»Ringe ihn zu Boden. Den Rest macht die Sängerin.«

Gavyn kommt.

Arrion fasste den Axtstiel fester und bezog neben dem Schwarzen Krieger Position. Das Vieh überragte selbst ihn deutlich. Er atmete langsam und bewusst aus, während er das Gefühl hatte, dass der Boden unter seinen Füßen bebte. Er atmete wieder tief ein und rannte los.

Über ihm breitete sich ein silbern schimmernder Regenbogen aus.

Neben ihm rannte eine Kreatur aus Albträumen machthungriger Sänger. Sie hatte wieder auf alle Viere gewechselt.

Der Boden bebte tatsächlich, als zwei Schwarze Krieger zusammenprallten. Blut spritzte, ein glühender Kreis fiel vom Himmel und umschloss beide Kämpfer.

Ein zweiter Kreis fiel herab, schimmerte einen Moment mit allen Farben des Regenbogens über den Wasserfällen, stürzte zu Boden, und Arrion übersprang die leuchtende Linie, die seinen Gegner einschloss.

Baumgroß türmte der Schwarze Krieger sich vor ihm auf.

Es waren Geister.

Geister wie er, aber durch Gewalt und Magie zu Wahnsinn und Bösartigkeit getrieben.

»Du kannst erlöst werden.«

Das Biest brüllte und sprang vorwärts, ließ lange Klauen durch die Luft schneiden.

Arrion wich im letzten Moment aus, indem er sich zu Boden warf, herumrollte und wieder auf die Füße sprang.

»Du musst mich nicht bekämpfen. Sängerinnen können dich befreien!«

Dem folgenden Hieb entkam er noch knapper, warf sich vorwärts, zog den Kopf ein und rannte unter dem Klauenschlag hinweg, wobei er sich dicht an seinem Gegner hielt.

Er hörte Gavyns Freiwilligentruppe heranrennen. Jetzt befand er sich im Rücken des Gegners, der die Soldaten sah und auf diese zustürmen wollte.

»So nicht, mein Freund«, zischte Arrion und riss die Axt in die Höhe, um sie nur einen Herzschlag später in den Rücken des Schwarzen Kriegers krachen zu lassen. Keine Zeit, die Wirkung dieses Schlags abzuwarten. Arrion zog die Axt frei und holte erneut aus, während der Schwarze Krieger sich aufbäumte und kreischte, dass nicht nur Arrion die Ohren klingelten. Die Axt raste wieder in stinkendes, gallertartiges Fleisch. Blut strömte den Rücken herab, floss zwischen senkrecht aus der Wirbelsäule ragenden Schuppenstacheln zu Boden.

Arrion zerrte an der Axt, bekam den doppelten Klingenkopf wieder frei, und kleinere Knochenstücke schwammen im Blut.

Sein Gegner wirbelte herum.

Im letzten Moment konnte Arrion den Schild hochreißen, da er den Schlag kommen sah. Der fürchterliche Hieb krachte auf das stählerne Rund. Schmerz raste bis hoch in die Schulter, das Schlüsselbein hinauf, unter das Schulterblatt bis zur Wirbelsäule. Arrion wurde von den Füßen gefegt und außerhalb des Kreises geschleudert. Der Aufprall presste jeglichen Atem aus ihm. Aber die Verbindung zu Neve war unbeschadet geblieben.

Er spürte ihr Herz in seiner Brust, schmeckte ihren Atem, roch ihren Schweiß und hörte ihre Stimme: *Lass ihm keine Zeit zum Nachdenken! Den anderen habe ich fast am Boden, Arrion! Die beiden anderen erlöse ich gemeinsam. Beschäftige diesen!*

Dieser Gegner war noch ungefesselt, und Gavyns Trupp war heran, allen voran Arrions Enkel, der jetzt in tödlicher Gefahr schwebte. Warum war der alte Mann mitgekommen, verdammt? Er war zu langsam!

Arrion stemmte sich mit einem Keuchen wieder auf die Beine, stöhnte leise, als er dabei auch den linken Arm belasten musste, und hoffte verzweifelt, dass nichts gebrochen war, weil Neve den gleichen Preis bezahlte wie er. Seine Finger waren taub und kalt, und er musste einen Moment keuchend stehenbleiben, bevor er sich zu einem weiteren Angriff sammeln konnte.

Hastig löste er die Riemen von seinem linken Arm. Den Schild konnte er im Augenblick ohnehin nicht einsetzen, da der ganze Arm ein einziger Schmerzschrei war.

Wann hatte er das letzte Mal solche Schmerzen gespürt? Im Kampf auf dem Turm seiner Festung. Als er noch lebte. Als er die finale Schlacht gegen die Seeräuber gekämpft hatte, bevor er wie ein Schwein abgestochen worden war, indem ein Seeräuber ihm einen Dolch in die Kehle gerammt hatte.

Arrion griff nach dem, was ihn als Krieger immer ausgemacht hatte, aus dessen Abgründen er seit jeher – als Lebender, als Geist, als Neves Ritter – Kraft hatte beziehen können, wenn die Muskeln überlastet jeden weiteren Dienst verweigern wollten.

Sein Hass, sein Zorn. Immer brodelnd unter der Oberfläche, die letzte Reserve, wenn nichts mehr zu gehen schien.

Heiß wie eine weiße Stichflamme kam dieser uralte Verbündete ihm zur Hilfe.

Arrion flog vorwärts, ließ die Axt am langen Arm von hinten über den Kopf nach vorne rasen. Krachend schlug der gebogene Waffenkopf wieder in den Rücken des Schwarzen Kriegers ein. Blut spritzte. Schuppen und Knochenteile flogen Arrion entgegen, als er sich an der Axt nach oben zog, auf seinen Gegner hinauf, der mit langen Armen und rasiermesserscharfen Krallen nach ihm griff, den Störenfried in seinem Rücken spürte und ihn doch nicht ganz erreichen konnte.

Stahl knirschte auf Knochen, als Arrion die Axt aus der blutenden Wunde zerrte, mit sich hochriss, für einen Moment scheinbar schwerelos auf den Schultern des Schwarzen Kriegers stand, die Waffe hoch über dem Kopf mit beiden Händen haltend. Einen Wimpernschlag lang eine Statue gegen das helle Sonnenlicht, und dann kam die Axt hinab, mit so viel Wucht, Kraft und loderndem Zorn in dem Schlag, dass Arrion vor Anstrengung keuchte.

Für einen Moment funkelte goldenes Licht um ihn herum. Er sah keine Sterne, das Schimmern umgab ihn, und er hörte den Gesang der Sängerinnen – nur einen Atemzug, nachdem Neve einen Schutzschild auf ihn geworfen hatte, damit der Gesang ihn nicht mitziehen konnte.

Unter ihm ging sein riesenhafter, schwarzer Gegner zu Boden, da die Axt ihm den Schädel bis zur Halswirbelsäule gespalten hatte.

Langsam faltete die Kreatur sich zusammen. Arrion stand lässig auf den breiten Schultern des Schwarzen Kriegers, eine Hand am Axtstiel, seinem einzigen wirklichen Halt. Die Waffe steckte so tief in den Knochen, dass er noch nicht wusste, ob er sie wieder herausziehen konnte.

Getötet hatte er seinen Gegner nicht, das wusste er. Er konnte nichts töten, was schon tot war. Aber für den Augenblick war der Schwarze Krieger gefällt und handlungsunfähig.

Die Reste des Kopfes schlugen auf dem blutgetränkten Boden auf. Arrion sprang vorwärts, zerrte die Axt mit sich und konnte sie nicht einen Fingerbreit verrücken. Er hörte tief im Trümmerfeld des Kopfes Knochen auf Metall schaben, aber Blut hatte den Axtstiel glitschig gemacht. Arrion bekam die Waffe nicht frei, bis ein zweites Paar Hände an ihm vorbeigriff und Gavyn ihm zu helfen versuchte.

»Der steht gleich wieder auf. Sieh zu, dass du außer Reichweite kommst.«

»Sobald du deine Waffe wieder hast!«

Es kreischte in den Knochen des gefallenen Schwarzen Kriegers. Mit einem Ruck kam der doppelte Klingenkopf frei, und zwei Ritter fielen rücklings auf den blutgetränkten Boden.

Der Schwarze Krieger stemmte sich wutbrüllend in die Höhe.

Der Gesang der Sängerinnen endete. Zwei Schwarze Krieger waren erlöst. Nur noch einer war da – gefährlich und erneut handlungsfähig.

Arrion sprang auf die Beine, zerrte Gavyn hinter sich, und die Klauenhand des Schwarzen Kriegers zuckte nach vorne.

Kein Schild, um diesen Hieb abzufangen. Stattdessen flog die Axt nach oben und dann nach vorne, als würde sie ein Eigenleben führen. Der Hieb endete in einem Blutschauer, als die scharfe Klinge der Bestie alle Finger abschlug. Das Heulen und zornige Kreischen des Schwarzen Kriegers zwang Arrion beinahe in die Knie.

Er spürte das Leid, die Qual und Angst.

Götter, hatte er sich für Neve genauso angefühlt? Wie hatte sie das durchgestanden? Wie hatte sie sich durchringen können, *trotzdem* zu ihm zu kommen?

Aber er hatte keinen Atem mehr zu verschwenden, um Frieden und Erlösung anzubieten. In diesem Moment konnte er nur weiterkämpfen, aus dem Reservoir seines Zornes Kraft schöpfen. Es war nicht mehr für lange, das wusste er sicher. Er sah die Silberbögen am Himmel über dem Schwarzen Krieger schweben. Der Gesang war verstummt. Zwei der gequälten Seelen waren bereits in der anderen Welt. Blieb nur noch dieser hier.

»Schild«, sagte Arrion, und Götter, bejubelt den Verstand dieses Mannes, Gavyn zerrte den eigenen Schild vom Arm, zog ihn über Arrions schmerzenden Unterarm und verschnallte die Riemen, alles innerhalb von bloßen Momenten, während der Schwarze Krieger vor ihnen noch sein Leid hinausbrüllte, sein Blut verspritzte.

Arrion, aus dem Kreis.

Aber in diesem Moment schlug der Schwarze Krieger zu. Arrion konnte nicht hinaus, warf sich zwischen den Klauenhieb und Gavyn, wehrte den Schlag keuchend vor Schmerz und Anstrengung mittels des Schildes ab und brachte die Axt in einem Blut spritzenden Bogen herunter in das, was wohl ein Handgelenk war. Sehnen rissen, Blut spritzte, und Gavyn schlang beide Arme um die Mitte seines Großvaters und stürzte zusammen mit diesem aus dem Kreis hinaus.

Netze fielen vom Himmel und drückten den Schwarzen Krieger zu Boden.

Bleib liegen, Arrion. Bleib genau da liegen.

Gavyn wollte aufstehen, aber Arrion hielt ihn fest. »Keine Bewegung, wenn du mich nicht erlöst sehen willst.«

Gavyn erstarrte in der Bewegung. Golden schimmernd brannte sich der Schutzkreis um sie in den Boden.

Der Gesang stieg hell und klar in den strahlend blauen Himmel, während Gavyn das Gefühl haben musste, von einem stinkenden Walkadaver in den Erdboden gedrückt zu werden.

Arrion ließ den Kopf schwer nach vorne sinken und hielt sich an Gavyn fest. Trotz des Schutzkreises hatte er das Gefühl, dass das Lied an ihm zerrte, ihn von der Erde anheben und fortreißen wollte.

Endlich verstummten die Sängerinnen, und es herrschten Ruhe und Frieden. Arrion atmete schaudernd aus und lockerte seinen stählernen Griff.

»Tut mir leid«, murmelte er und wartete nur auf Neves Signal, dass er aus dem Kreis kommen durfte.

Gavyn sah aus, als würde er jeden Moment erbrechen. Arrion war zu erschöpft, um sich noch daran zu stören, dass er scheinbar auf einer

Bootsladung verwesender Makrelen lag, die seit Tagen in der Sonne faulten. Der Gestank störte ihn kaum noch.

»Du kannst aufstehen. Auch diese arme Seele ist befreit«, sagte Neve sanft. Endlich die Stimme, die ihm Erlösung versprach.

Arrion stieß sich ab, rollte herum und kam mit klirrender Rüstung auf dem Rücken zu liegen. Er blinzelte im klaren Sonnenlicht und sah zu Neve auf, die lächelnd auf ihn herabsah.

Er reckte sich und lächelte müde zurück. »Ich glaube, ich werde dir auf dem Karren ein wenig Gesellschaft leisten. Die Seeräuber waren keine so anstrengenden Gegner.«

»Jammer nicht, Arrion. Das passt nicht zu dir. Wo hast du schon wieder deinen Schild gelassen?«

»Bist du verletzt worden?«

»Nein, dieses Mal nicht. Ich bin böse gegen das arme Pferd geworfen worden, als der Schwarze Krieger dich durch die Gegend gekugelt hat, aber mir ist nichts geschehen. Gavyn, kann bitte irgendjemand Arrions Schild suchen gehen?«

»Auf jeden Fall«, verkündete der Ritter und rappelte sich hastig auf. Instinktiv wischte er über seine Rüstung, als wollte er Waleingeweide beseitigen. Er gab einem Soldaten mittels eines Winks zu verstehen, dass Arrions Schild zu suchen wäre.

»Wir sollten hier rasten«, schlug Arrion vor, bevor er sich aufsetzte und müde die Arme um die angezogenen Beine schlang.

»Es sind noch zwei Tagesreisen bis nach Barinne.«

»Und es kann uns nicht schaden, wenn wir die Ereignisse dieses Kampfes besprechen und nach weiteren Lösungswegen suchen. In und vor Barinne wird die Hauptmacht der Geisterarmee stehen. Dort können wir nicht darauf hoffen, dass die Biester sich gegenseitig an die Kehle gehen und ihre Sänger töten.«

»Du bist ein elender Schwarzseher, Arrion!«, beschwerte Neve sich.

»Ja, ich gehe immer vom Schlimmstmöglichen aus. Man lebt länger, wenn man nicht auf den Zufall und das Glück hofft.« *Und manchmal stirbt man auch auf der Plattform eines Turmes, weil man alles gegeben hat, das Unvermeidliche abzuwenden,* dachte er, ohne diese Nachricht an Neve zu senden. Es musste die Erschöpfung sein, die ihn so dunklen Gedanken nachhängen ließ.

»Dann gebe ich den Befehl, hier das Lager aufzuschlagen. Ich werde Männer in die Stadt schicken. Vielleicht finden sie noch Überlebende. Oder weitere Vorräte.«

Neve wartete, dass Gavyn davonging, um die Befehle zu erteilen. Sie trat zu Arrion und ließ sich vor ihm im Schneidersitz nieder. »Ist alles in Ordnung mit dir?«, fragte sie.

Sie sah, wie seine Schultern sich hoben, der Panzer nach vorne gedrückt wurde, als er tief einatmete. »Ich weiß nicht. Einen Moment lang wollte ich loslassen, Neve.«

»Trotz des Schutzkreises?«, fragte sie alarmiert.

»Nein. Weil ich es wollte. Weil ich deiner Stimme folgen wollte, wenn sie mir den Weg weist. Neve, was geschieht mit mir, wenn dir etwas passiert?«

Sie erstarrte, als sie ihre eigenen Sorgen von seinen Lippen vernahm. Sie hatte die letzte Nacht kaum geschlafen, weil sie nicht wusste, was ihm geschehen würde, weil sie den Gedanken nicht zu Ende denken konnte, was aus ihm werden würde, wenn sie als seine Energiequelle nicht mehr da war.

Sie hatte wachgelegen und sich den Kopf zermartert, was er genau gewesen war, bevor sie seine Festung betreten und die Ordnung seines Daseins in Stücke gerissen hatte.

Er war ein Schatten, ein weißer, formloser Klecks gewesen, der nur dann zu so etwas wie Leben erwachte, wenn er die Seeräuber zu Hunderten erschlagen konnte, wenn er das tat, worin er seiner Meinung nach schändlich versagt hatte.

Aber war dieses Gefühl des Versagens noch in ihm? Oder nährten ihn jetzt nur sein Hass und sein Zorn, wenn sie nicht mehr als Quell seines Daseins bestand? Wie lange reichten diese beiden gewaltigen Gefühlsbrände? Wie viel konnte er nur mit seinem Zorn bewältigen?

Die Seeräuber, die ihn gefoltert und mit Blendung und Kastration bedroht hatten, die es beinahe geschafft hatten, ihn zu brechen, die ihn zu einem halben Jahr als Pflegefall verdammt hatten, waren lange tot und vergessen. Wie viel Hass konnte Arrion noch in sich haben?

»Ohne dich bin ich nichts mehr, nicht wahr?«

»Ich weiß es nicht. Tatsache ist, dass du Kraft aus mir beziehst – ohne mich zu schwächen oder mir zu schaden. Die Übergänge sind verschwommen. Ich spüre deinen Hass immer noch brennen. Aber ich weiß nicht, wie weit diese Kraft dir reichen kann, wenn ich nicht mehr da bin.«

»Ich will nicht, dass du mich alleine lässt, Neve. Ich will nicht ohne dich sein. Ich liebe dich, kleine Sängerin. Schon vergessen?«

»Dann werde ich dich mit meinem letzten Atem vorausschicken, bevor ich dir folge, Arrion.«

Sie sah es in den kobaltblauen Tiefen, ohne dass einer von ihnen es aussprechen musste: *Was, wenn du das nicht mehr kannst? Was dann?*

Barinne – Hauptstadt des Reiches, Standort des Herrscherpalastes, mehrere Städte in einer. Weiß und glatt türmte sich die Stadtmauer auf. An jeder der fünf Ecken erhob sich trutzig eine Burg. In der Mitte der befestigten Stadt ragten die schlanken Türme des Palastes auf, jede Zinne von Fahnen und Wimpeln gekrönt.

»Ach du je«, sagte Neve leise.

»Du hast die Hauptstadt noch nie gesehen?«

»Nein, noch nie. Wie viele Soldaten mögen sie da drin haben? Mehr als wir?«

»Nein. Ich schätze, dass wir doppelt so viele Männer haben wie sie. Aber sie haben Stadtmauern, Burgen und Wehranlagen. Und natürlich haben sie Schwarze Krieger, während du nur einen Geistritter in deinem Heer hast.«

»Dein Heer, Arrion.«

»Ich gebe die Befehle, und Gavyn sorgt dafür, dass jeder kapiert, was ich will. Aber es ist dein Heer, Neve. Du hast uns alle hierher gebracht. Deine Gabe – ohne die haben wir nicht den Schimmer einer Aussicht auf Erfolg.«

»Was geschieht jetzt?«

»Wir bauen uns rund um die Stadt herum auf – in sicherer Entfernung von ihren Türmen und Burgen. Ich habe bislang auch noch nie eine Belagerung durchgeführt. Aber keine Sorge, der Herrscher und die Schwarzen Sänger werden sich nicht auf Monate des Stillhaltens einlassen. Bevor auch nur ein Mensch innerhalb der Mauern verhungert, werden sie die Schwarzen Krieger herausschicken. Falls sie schlau sind, schicken sie uns alle auf einmal. Du wirst gut zu tun haben, Neve. Wir haben keine Ahnung, wie viele es sind.«

»Vielleicht sind sie jetzt gerade damit beschäftigt, noch mehr von ihnen zu erschaffen. Sie haben so viele Soldaten und Ritter in der Stadt.«

Arrion atmete tief ein. »Daran habe ich noch gar nicht gedacht.«

»Zeit für eine Lagebesprechung mit Gavyn und den Hauptmännern?«

»Ganz dringend. Bring von den Sängerinnen mit, wen du magst. Aber ich will, dass die Katapulte in Stellung gehen und das Bombardement der Mauern beginnen.«

Während Zuggespanne die Katapulte in Reichweite zogen, Soldaten Gräben aushoben und Bäume fällten, um Verschanzungen zu errichten, hinter denen sie bei einem Ausfall des Gegners halbwegs sicher waren, rannte Neve Arrion nach, der das im Entstehen begriffene Lager mit langen Schritten durchmaß.

Der schwarze Pelzumhang wehte beinahe hinter Arrion her, so rasch und zielsicher bewegte er sich. Das schwere Fell folgte jedem seiner Richtungswechsel, während er seine Hauptleute alarmieren ließ. Er blieb abrupt stehen und wirbelte zu Neve herum. »Die Sänger wissen, dass ich da bin, nicht wahr? Wie dringend, denkst du, wollen sie mich jetzt noch bekommen?«

»Wir haben gesehen, dass sie ihre Kreaturen nicht ständig unter Kontrolle haben. Im Kerker unter Seyverne sagte der Sänger mir, dass sie überzeugt sind, dich kontrollieren zu können. Arrion, sie kennen die Legenden um dich, und sie haben in gewisser Weise versucht, ihre Schwarzen Krieger ebenfalls durch Folter und Grausamkeit zu erschaffen.«

»Aber zwischen der Folter durch die Piraten und meinem Tod lagen mehrere Jahre. Denkst du, ich wäre *so etwas* geworden, wenn ich auf dem Piratenschiff gestorben wäre?«

»Nein, auf keinen Fall.«

»Wo liegt dann der Unterschied, Neve? Bin ich so weit von den Schwarzen Kriegern entfernt?«

Sie lächelte, wickelte sich eine seiner schmierigen Haarsträhnen um zwei Finger und zog Arrion näher an sich heran. »Dummkopf, denkst du, ich könnte mich in einen Schwarzen Krieger verlieben?«

»Ich will, dass du das Fischproblem verschwinden lässt. Ich will dich, Neve, und ich will dich jetzt.«

Sein Atem war auf ihrem Gesicht, sie sah das Funkeln der dunklen Augen. Wie lang seine Wimpern waren!

»Ich liebe dich, Arrion. Ich werde dich vor den Sängern beschützen. Die bekommen dich niemals wieder in ihre Fänge.«

»Denk nicht an die Sänger, Mädchen. Ich weiß, dass die kein Problem mehr darstellen. Denk an den ekelhaften Fisch. Ich bin nach einer erfolgreichen Schlacht ein klein wenig Belohnung gewohnt.«

»Und du hast schon so viel für mich gekämpft«, sagte Neve leise, der das Wort *Mädchen* angenehm in der Seele brannte.

»Schön, dass wir uns da einig sind, dass ich mir eine Belohnung verdient habe.«

»Kannst du mir einen Sänger lebend bringen?«

»Wozu?«

»Ihre Magie ist eine andere als meine. Vielleicht kann ich etwas über ihn herausbekommen. Ich werde keinem seiner Worte glauben, aber möglicherweise, wenn ich ihm nahe bin … Verstehst du, Arrion?«

Arrion beugte sich näher zu ihr herab. »Was immer du willst, Neve.«

Nur noch Haaresbreite trennte ihre Lippen, und Neve musste alle Selbstbeherrschung aufbringen, diese winzige Distanz nicht zu überwinden. Vielleicht hatte sich seit dem letzten Versuch etwas verändert, aber sie wollte nicht wieder kleine gammelige Tintenfische in ihrer Kehle fühlen. Sie wollte Arrion küssen, ihn aus seiner Rüstung zerren und endlich warme Haut unter ihren Fingern und Lippen spüren. Sie wollte, dass er sie an sich riss, dass er endlich mit ihr schlief. Aber das Risiko war zu groß, dass sie gleich beide wieder kotzten, wenn sie der Versuchung nun nachgab.

»Jetzt noch nicht«, flüsterte sie, atmete die gleiche Luft, die er ausgeatmet hatte, und wollte ihn so sehr, wie sie das selbst bislang noch nicht verspürt hatte. Es brannte wie eine Feuersbrunst in ihrer Seele.

»Ich bringe dir einen Sänger. *Lebendig* muss ja nicht heißen, dass es ihm gut geht.«

Sein Atem kitzelte ihren Gaumen, war in ihr, und Neve machte entschlossen einen Schritt zurück.

»Wir schaffen das noch, Arrion. Irgendwann, irgendwie.«

»Ich hoffe, Neve.«

»Ich finde einen Weg.«

Hinter ihnen flogen die ersten Katapultgeschosse auf die Mauern und Türme von Barinne zu. Und sie standen hier wie ein frisch verliebtes, doch allzu keusches Pärchen Halbwüchsiger. Die Bogenschützen harrten in Deckung hinter Palisadenzäunen aus, die sie vor feindlichem Antwortfeuer schützen sollten. Irgendwo rannte Gavyn herum und erteilte Befehle. Irgendwo bereiteten sich Balan und die anderen Sängerinnen auf ihren Einsatz vor, der jeden Augenblick notwendig sein konnte. Neve stand vor Arrion und verlor sich in dessen Lächeln und seinen dunkelblauen Augen.

»Ich liebe dich«, sagte sie, bevor sie daran ersticken musste.

»Du wirst mich noch mehr lieben, wenn ich dir erst bewiesen habe, dass ich nicht übertreibe, Neve. Und jetzt lass uns diese Schlacht gewinnen, bevor ich dich doch noch küsse und wieder das Würgen bekomme.«

Sie lachte auf und bemerkte immer noch nicht, wie jedes Gespräch in ihrer Angriffslinie verstummte, wie Männer und Frauen sich nach ihr umsahen und lächelten, weil ihr Lachen so ansteckend war.

Arrion fiel es auf, aber er schwieg.

Die Katapulte arbeiteten ununterbrochen. Die Angreifer warteten. Hinter den Mauern von Barinne schien sich nichts zu rühren.

»Sie sind da«, sagte Neve. »Ich fühle sie.«

»Vielleicht sollte ich mal losgehen und sie aus der Reserve locken?«, schlug Arrion vor.

»Nein, sie kommen von ganz alleine.«

»Und je mehr wir die Mauern zerschießen, um so leichter haben wir es möglicherweise«, sagte Gavyn. Er stand hinter Arrion und Neve und betrachtete nicht unzufrieden die Zerstörungen, die die Katapulte bislang angerichtet hatten.

»Worauf wartet der Herrscher?«, fragte Arrion angespannt.

Die Mauern gaben streckenweise bereits nach. Es war noch keine Bresche geschlagen, aber immerhin waren bereits zwei Türme eingestürzt. Das Bombardement dauerte seit Stunden an, und noch immer zeigte sich niemand.

»Ich wüsste gerne, was in den Kellern der Burgen vor sich geht.« Arrion starrte nachdenklich zur Festung, auf deren Mauern sich das Feuer derzeit konzentrierte.

»Sobald wir die Mauern so mürbe gemacht haben, dass wir einen Teil des Heeres dorthin schicken können, werden wir es herausfinden.«

»Das dauert mir zu lange. Ich denke, wir fordern den Herrscher jetzt auf, sich zu ergeben.«

Gavyn entfuhr ein überraschtes Lachen. »Das tut er nicht.«

»Nein, aber er wird denken, dass wir ihn für schwach halten. Derzeit langweilen unsere Männer sich. Hattest du jemals ein so großes Heer unter deinem Kommando?« Als Gavyn den Kopf schüttelte, nickte Arrion und fuhr fort: »Ich auch noch nicht. Aber ich weiß, dass es nicht gut ist, wenn Männer sich langweilen. Wir schicken einen Unterhändler – mich. Neve, kannst du den Trick mit dem Glitzern bitte aufführen? Ich denke, dass die Sänger nur auf mich lauern. Ich würde gerne ihre dummen Gesichter sehen, wenn sie an deinem Zauber abprallen.«

»Du nimmst einen Geleitschutz mit dir«, sagte Gavyn bestimmt.

»Männer, die getötet werden können, Gavyn. Ich bin schon tot, vergiss das nicht. Was meinst du, Neve?«

»Ich fühle die Schmerzen und die Verzweiflung der Schwarzen Krieger. Es tut mir selbst weh. Je schneller wir das beendet haben, desto besser.« Sie streckte die Hand aus und legte sie flach auf Arrions Panzer. Sie fühlte die Energie, die durch ihre Finger floss. Erstaunlicherweise strengte sie das überhaupt nicht an. Es kostete sie keine Kraft und schmälerte ihre eigene Energie nicht im Geringsten.

War das göttliche oder zumindest gottgleiche Macht? Wenn dem so war, warum konnte sie das Fischproblem dann nicht einfach mit einem Fingerschnippen aus der Welt schaffen? Weil die Götter nicht planten, ihr die dazu notwendige Gabe zu verleihen? Weil es der göttlichen Ordnung der Dinge widersprach, wenn eine Sterbliche sich in einen Geist verliebte? *Ich warne euch, Götter. Nein, ich werde nicht größenwahnsinnig. Aber er gehört mir alleine, und ich werde ihn besitzen. Ich will, dass es wahr wird.*

Er sah an sich hinab und murrte leise: »Daran werde ich mich nie gewöhnen. Aber gut, es hält die Schwarzen Sänger auf Distanz. Gavyn: Bogenschützen und Ballisten, falls sie Schwarze Krieger auf mich hetzen.

Neve, sag den Sängerinnen Bescheid. Mit ein wenig Glück kriegen sie etwas zu tun.«

Er griff nach Axt, Helm und Schild und machte sich auf den Weg aus dem Lager hinaus auf die breite Straße, die zum Haupttor führte.

Über ihn hinweg flogen immer noch die Geschosse der Katapulte. Hinter ihm knarrten Holzräder, als die Ballisten in Angriffsposition geschoben wurden.

Jede Balliste stellte eine überdimensionierte Armbrust auf Rädern dar und verschoss ganze Bündel von Pfeilen. Das sollte selbst einem Schwarzen Krieger imponieren.

Neve ließ sich auf ein Pferd helfen, schloss die Augen und öffnete sie in Arrions Kopf wieder.

Zehn Jahre war sie durch die Reiche gelaufen, und niemals hätte sie gedacht, dass solche Fähigkeiten in ihr schlummerten. Manchmal machte es ihr Angst. Mehr Angst, als sie vor sich selbst zugeben wollte.

Arrion erweckte durchaus glaubwürdig den Eindruck, vollkommen unbelastet von Furcht oder auch nur im Geringsten beeindruckt zu sein von der turmstrotzenden Großartigkeit, auf die er zuging.

Barinne war nicht umsonst Hauptstadt und Wohnsitz des Herrschers. Jede andere Ansiedlung, die Neve auf ihren Wegen durch die Acht Reiche bislang gesehen hatte, verblasste neben Barinne zu einem Nichts. Daran änderten auch die Schäden nichts, die der Beschuss mittlerweile verursacht hatte.

Noch immer feuerten die Katapulte weiter Steine auf Barinnes Mauern.

Nach einem halben Tag Dauerbeschuss waren alle Katapulte so gut eingestellt, dass Arrion tatsächlich ungefährdet die Straße auf das Torhaus zu entlanggehen konnte.

Neve lächelte.

Er trug eine Standarte der Herzogin, unter deren Banner sich die gesamte Revolution geschart hatte. Ein zweiter, roter Stoffstreifen flatterte im Wind – das Zeichen eines Unterhändlers. Arrion hatte sich sogar von seinem schwarzen Pelzmantel getrennt und trug stattdessen einen blutroten Umhang, der ebenfalls im Wind wehte und wie ein zweites Banner wirkte.

Neve hob den Blick, sah durch Arrions Augen, die die Wehrgänge absuchten, die nach Bewegung auf den Zinnen Ausschau hielten.

Für wie ehrenhaft hielt der Herrscher sich noch selbst? Glaubte er wirklich, dass er ein anständiger Mensch war? Würde er einen Unterhändler beschießen lassen?

Sie befürchtete es. Sobald die Sänger erkannten, wer da auf die Stadtmauern zukam, konnte der Herrscher den Befehl zum Angriff geben. Arrion rechnete damit, sie spürte das Adrenalin in seinen Venen, die einsatzbereit aufgewärmten Muskeln unter der Rüstung.

Er blieb knapp außerhalb der Reichweite eventueller Bogenschützen stehen, rammte die Standarte in den Boden und wartete gelassen ab. Der Kopf der Kriegsaxt ruhte neben Arrions rechtem Fuß, der Schild war halb gesenkt. Das blutrote Banner flatterte im Wind.

Neve hob die Hand, hinter ihr wurden Befehle gerufen, die Katapulte standen still. Straff gespannte Seile ächzten. Die leergeschossenen Katapulte wurden eilig neu beladen und gespannt. Wenn wirklich jemand so dumm sein sollte, auf den Wehrgängen aufzutauchen und Arrion als Zielscheibe zu missbrauchen, würden alle Katapulte auf einmal ihre Last abwerfen. Wer auch immer dann auf dem Wehrgang gestanden hatte, würde sich in Fleischfetzen und Knochensplitter verwandeln.

Irgendwo sang ein Vogel. Hunderttausende Männer hielten angespannt den Atem an, starrten über die kleine Ebene auf die ferne Gestalt im scharlachroten Mantel neben der Standarte des Unterhändlers.

Neve hielt Ausschau mit allen Sinnen. *Hinter dem Tor. Schwarze Sänger.*

Schade, dann sehe ich ihre dummen Gesichter nicht.

Sie hob die Hand und presste sie fest auf ihre Lippen, um nicht laut zu lachen. Armer Arrion, nun konnte er nicht einmal sehen, wie verzweifelt die Sänger vom Schutzschild abprallten, den sie auf ihn gelegt hatte. Wenn er schon mit einer glitzernden Rüstung herumlaufen musste, wäre das doch das Mindeste gewesen, oder?

Eine kleine Pforte im großen Tor schwang langsam auf.

Neve spürte, wie Arrion tief einatmete. Nicht vor Überraschung. Ihn konnte man nicht überraschen, das wusste sie mittlerweile. Er war immer auf alles gefasst.

Aber dies war eine angenehme Wendung. Zumindest würde sie das so lange sein, bis Arrion seine Forderung nach Kapitulation und Abdankung des Herrschers überbracht hatte.

Niemals würde der Herrscher abdanken! Seine Grausamkeiten waren Legion. Schon zu Arrions Lebzeiten hatte der Herrscher – Vater oder Großvater des jetzigen, Neve war sich nicht sicher – seine Soldaten bei einem Versagen mit der Vierteilung bestraft.

Was ein Versagen war, lag alleine im Ermessen des Herrschers, und er verteilte Todesstrafen mit einer Großzügigkeit, die ihm ansonsten vollkommen abging.

Ein Ritter – ein menschlicher – trat durch die kleine Pforte. Ebenso gerüstet und bewaffnet wie Arrion. Er blieb vor der Pforte stehen, bis diese sicher hinter ihm verriegelt war. Arrions Heer war diesem Mann nicht nahe genug, um ihn wirklich als mehr als ein metallisches Blinken wahrzunehmen.

Aber Neve sah ihn durch Arrions Augen, und sie erfasste auch, wie Arrion den fremden Ritter abschätzte.

Älter als er selbst – wenn man die Daseinsjahre als Geist abzog, was Arrion beständig tat. Diese verlorenen Jahrzehnte sah ihm niemand an, da er kein normaler Geist war.

Ein erfahrener Ritter, möglicherweise der Kommandant einer der fünf Burgen von Barinne. Gute Rüstung, aber viel zu sauber, als hätte er mehr Zeit, die Panzerung zu putzen, als sie in eine Schlacht zu tragen.

Einen Moment standen sie sich so still gegenüber, zwei Statuen im matten Licht der Nachmittagssonne.

Dann gab der Ritter sich einen Ruck, schlug sich mit der geballten Faust an die gepanzerte Brust und kam vorwärts.

Er hatte den traditionellen Gruß der Armee verwandt. Neve fand, dass das nach Imponiergehabe aussah, aber vielleicht lag es daran, dass Arrion das noch nie in ihrer Gegenwart getan hatte.

Sie konnte sich vorstellen, warum der Fremde diesen Gruß gesandt hatte: *Sieh her, ich bin Ritter des Herrschers wie du. Ich achte dich, bitte achte mich. Ich achte dich als Unterhändler, bitte achte mich.*

Der Mann tat ihr leid. Was immer seine Befehle waren, er würde sie nicht befolgen können. Was das für ihn bedeutete, war bekannt.

Arrion senkte den Schild vollkommen, aber sein Griff um den Axtstiel lockerte sich nicht für einen Moment.

»Ich bin Ritter Fiorn. Der Herrscher schickt mich, damit ich herausfinde, was dieser Angriff zu bedeuten hat.«

»Es tut mir leid, Fiorn. Wir wissen beide, wie die Strafe des Herrschers aussieht, wenn er ein Versagen vermutet. Du wirst ihm keine guten Nachrichten bringen können. Ich bin Ritter Arrion von Kyelle.«

Neve hörte, wie Fiorn entsetzt einatmete. Dummkopf, hatte er die Sänger nicht gesehen, wie sie versuchten, Arrions habhaft zu werden? Wie sie gescheitert waren?

Arrion fuhr ruhig fort: »Richtig. *Der* Arrion von Kyelle. Ich fiel vor siebenundsechzig Jahren im Dienst des Herrschers. Nach meinem Vorbild versuchen die Schwarzen Sänger, andere unbesiegbare, tote Krieger zu schaffen. Sie töten deine Männer, nachdem sie diese gefoltert haben. Aber sie häufen Misserfolge aufeinander, weil Grausamkeit und Schwarze Magie keinen Ritter wie mich schaffen können. Wie viele dieser Kreaturen haben sie dort hinter den Mauern?«

»Das kann ich dir nicht sagen, und du weißt das – wenn du wirklich der Geisterritter von Kyelle bist.«

Arrion lächelte, und Neve wusste genau, dass es sein Raubtierlächeln war, das die blauen Augen böse aufblitzen ließ. »Und wie soll ich dir das beweisen?«

Ich kann es, Arrion. Soll ich?

Er glaubt mir, Neve. Aber er hat Angst vor dem Herrscher. Armer Kerl.

»Du bist als Unterhändler hier, Bruder.«

»Jetzt ja. Aber ich komme als Ritter und Anführer eines Heeres wieder, wenn der Herrscher unsere Forderungen nicht erfüllt.«

Fiorn flüsterte: »Du weißt, dass er keine Forderungen erfüllen wird.«

»Ich weiß. Wir fordern seine Kapitulation. Du bist der Nächste, den sie in die Keller der Schwarzen Sänger schleifen werden, um ein Monster aus dir zu machen. Sag dem Herrscher, dass wir bereits vier dieser Kreaturen in die andere Welt geschafft haben – und dass eine von ihnen mich in meinem Kampf sogar unterstützt hat. Ich stehe unter dem Schutz der Geistersängerinnen. Mich bekommt er nie wieder zu fassen. Siebenundsechzig Jahre lang haben er und seine Vorgänger mich als Waffe missbraucht und Sängerinnen ermorden lassen, die mich erlösen wollten.«

»Frag nicht, wie viele Sängerinnen er hier hat hinrichten lassen. Frag nicht.« Fiorns Stimme war leiser geworden, mühsam unterdrückte Wut vibrierte in ihr – und tödliche Angst vor dem, was der Herrscher noch vorhaben könnte. Aber er hielt sich an seinem Eid fest.

»Das ist meine Aufgabe als Unterhändler. Mein Rat: Töte dich, bevor sie dich greifen und in die Keller zerren. Ich habe gesehen, was aus dem Ritter der Grenzfestung gemacht worden ist. Das möchtest du nicht erleben.«

»Nein, ganz bestimmt nicht. Aber ich werde deine Forderungen dem Herrscher überbringen. Mein Eid bindet mich. Bitte versteh das. Bitte verschone die Bevölkerung, wenn das irgendwie möglich ist.«

»Ich sehe mich als Befreier – nicht als Mörder von Frauen und Kindern, Bruder.« Ein Lächeln klang in Arrions ruhiger Stimme mit.

»Danke. Und noch eine Bitte: Sollte ich ruhelos als Geist wandern, dann flehe ich dich an, dass du die Sängerinnen nicht hindern wirst, ihre Aufgabe zu erfüllen.«

»Sehe ich so aus, als ob ich eine Sängerin an irgendetwas hindern würde? Friede mit dir.«

»Friede mit dir, Bruder.« Ritter Fiorn nickte Arrion zu, wandte sich ab und ging zurück zur Pforte, die für ihn das Tor zum Tod bedeuten mochte.

Arrion zerrte die Standarte aus dem Boden, wartete, bis die Pforte sich hinter Fiorn rasch geschlossen hatte, und ging zurück zu seinem Heer, das ihn unter Jubel empfing.

Neve öffnete ihre eigenen Augen wieder und glitt vom Pferderücken. Der Reiter griff nach ihrem Arm und gab Acht, dass sie diesen hastigen Abstieg heil überstand. Sie lief Arrion entgegen. »Der Mann tut mir leid.«

»Mir auch, Neve, mir auch. Er wird die Nachricht überbringen, und wenn er schlau ist, rammt er sich den eigenen Dolch ins Auge, bevor der Herrscher einen Wutanfall bekommt – und die Sänger ein neues Versuchsobjekt. Wir warten jetzt zwei Stunden. Wenn bis dahin niemand vor das Tor tritt, geht der Beschuss in voller Stärke weiter. Wo ist Gavyn?«

»Bei den Ballisten. Er wollte persönlich dort sein, falls wir sie gebraucht hätten. Der Gedanke gefiel ihm gar nicht.«

»Wir werden sie auf jeden Fall noch einsetzen. Der Herrscher kapituliert nicht. Das ist das Einzige, das wir wirklich sicher wissen.«

Neve fiel neben Arrion in Schritt, als er zu den Geschützen aufstieg, die hinter einer weiteren Palisade standen und von Mannschaften von jeweils vier Soldaten betreut wurden. Es waren so viele Kriegsmaschinen, wie selbst Arrion sie noch nie versammelt gesehen hatte. Auch ihr

Heer übertraf bei Weitem alles, was er oder Gavyn gewohnt waren. Ohne tüchtige Hauptmänner, die alles regelten, für Nachschub, Proviant und Geschosse sorgten, ohne dass ein Ritter ihnen dazu lang und breit Befehle erteilen musste, ging bei einem so großen Heer gar nichts mehr.

Neve musste streckenweise laufen, um mit Arrion Schritt zu halten. Sie sah die Blicke, die sie und er auf sich zogen. Sie beide waren das Herz dieser riesigen Armee. Sie wusste es, sie spürte es mit jeder Faser, sah es in jedem fremden Augenpaar, das für einen Moment auf ihr und Arrion ruhte.

Niemand hier schien es sonderbar zu finden, einer Geistersängerin und einem Geisterritter zu folgen. Im Gegenteil, es schien die Männer zu beruhigen, solch mächtige Verbündete zu haben.

Gavyn entdeckte sie und eilte näher. »Und?«

»Genau, was wir erwartet haben. Ein Ritter, der weiß, dass er sterben wird, weil er mit mir spricht und meine Nachricht überbringen wird. Es sind Sänger und Schwarze Krieger in der Stadt. Wie viele wollte er mir natürlich nicht sagen. Er bat um Gnade für die Stadtbewohner und nannte mich Bruder. Der arme Kerl.«

»Deine Befehle?«

»Wir warten zwei Stunden. Entweder sie schicken einen anderen Todeskandidaten, der mir sagen soll, dass meine Bedingungen unannehmbar sind, oder sie tun es nicht. Zwei Stunden gebe ich ihnen, dann werden die Katapulte wieder feuern. Notfalls die ganze Nacht. Du hast genug Mannschaften zum Auswechseln?«

»Ich kann jedes Katapult mit zehn Mannschaften versehen. Das einzige Problem könnte der Nachschub an Munition sein – dachte ich. Aber vorhin sind zwei Hauptleute aufgebrochen, die sich in der Gegend auskennen. Ich bin zuversichtlich, dass wir genug Material bekommen.«

»Ich denke nicht, dass wir noch lange warten müssen. Wahrscheinlich schicken sie die Schwarzen Krieger spätestens dann los, wenn wir wieder zu feuern beginnen. Aber ich denke, sie werden sie früher schicken.«

»Neve, kannst du fühlen, wie viele es sind?«, fragte Gavyn besorgt, während sein Blick auf Arrion ruhte.

Sie zuckte hilflos die Schultern. »Viele. Es ist ein Gewirr von Hilfeschreien. Ich fürchte, dass die Sänger immer mehr Männer in die Keller zerren, um sie dort zu verwandeln.«

»Also müssen wir die Sänger als Erste töten«, sagte Arrion mit dem Aufblitzen eines Lächelns, »und das geht ja erstaunlich leicht.«

»Findest du?«, gab Neve zurück, die genau wusste, wie leicht die Sänger verwundet und getötet werden konnten, auch wenn sie sich hinter Mauern versteckten. Nämlich ebenso einfach, wie sie selbst vernichtet werden konnte. Man musste nur den Geisterritter schlagen, dem sie sich zugehörig fühlte. Wie viele Sänger steuerten einen Schwarzen Krieger? Sie wusste es nicht. Sie spürte, dass zahlreiche Sänger in der Stadt waren, und es erfüllte Neve mit Befriedigung, dass selbst ein kleines Heer von denen nicht ausgereicht hatte, an ihrem Zauber vorbei Arrion berühren zu können.

»Und nur Neve kann die Netze werfen.«

»Nur Neve, richtig«, sagte Arrion leise.

Neves Augen weiteten sich. »Sie kommen«, sagte sie, und beide Ritter wirbelten herum, sahen zum Stadttor, aus dem unförmige, hünenhafte Leiber quollen.

»Feuer, Gavyn. Alle Geschütze, alles, was wir haben. Wir müssen die Sänger töten.«

»Indem wir auf die armen Krieger schießen«, sagte Gavyn leise. Seine Stimme ging im Knallen der Ballisten unter. Die Soldaten hatten auf Arrions Befehl reagiert, bevor Gavyn diesen hatte weitergeben können.

Eine eiskalte, schwielenbedeckte Hand packte Neves Unterarm, und Arrion zog sie im Laufschritt durch das Lager. Seine Rüstung klirrte und knirschte unheilvoll, und mit einem Mal war sie überzeugt, dass sie ihn in dieser Schlacht verlieren würde.

Sie wollte stehenbleiben, aber er zerrte sie weiter. Wahrscheinlich merkte er nicht einmal, dass sie sich gewehrt hatte. Er war so erfüllt vom Adrenalin. Sie roch es, sie schmeckte es unter ihrer Zunge, spürte seinen Herzschlag sich beschleunigen.

Arrion, nicht.

Aber das erreichte ihn nicht, denn es war ein Aufschrei ihrer Seele gewesen, den sie im letzten Augenblick hatte abfangen können.

Wie sollte er kämpfen, wenn er sich um sie sorgte?

Sie hatten die anderen Sängerinnen und die wartenden Pferde erreicht. Ihr Reiter half ihr in den Sattel, und sie klammerte sich an dem Mann fest, während Arrion schon nach vorne stürmte. Mit ihm zog ein ganzer Flügel des Heeres.

Die Katapulte schossen Steinbrocken mit dumpfem Wummern auf die Stadtmauern ab, und über all dem Lärm von Stein auf Stein, über dem Rufen der Soldaten, über ihrem rasenden Herzschlag hörte Neve das Knallen der sich entladenden Ballisten, die Hunderttausende von Pfeilen in die Linie der Schwarzen Krieger schossen. Ein Schwirren wie Vogelschwingen erklang aus den Reihen der Bogenschützen, die auf das Kommando ihres Hauptmannes die erste Salve Pfeile in den sich grau färbenden Himmel jagten.

Noch waren ihre Soldaten weit genug weg von Stadtmauer und Linie der Schwarzen Krieger, aber bald – sehr bald – musste jegliche Fernwaffe ruhen, damit die eigenen Männer und Arrion nicht gefährdet wurden.

»Näher, langsam«, befahl sie, und der Reiter trieb sein Pferd sanft an. Hufe klopften auf dem Boden, als die Tiere hinter den Palisaden hervortraten, jedes mit Reiter und Sängerin beladen.

Neve schloss die Augen und sammelte Licht in sich, Luft und Kraft.

Sie öffnete die Augen wieder und sah als fernes Glitzern die Linien auf Arrions Rüstung. Wie lächerlich, dass sie ihn anfangs nur für fünf Atemzüge hatte schützen können. Jetzt hielt ihr Zauber womöglich Hunderte Schwarzer Sänger davon ab, Hand an ihn zu legen.

Es waren so viele Schwarze Krieger, dass ihr Herz schmerzte. Sie hörte das Wimmern von Todesqual, die Schreie der Verzweiflung, der Trauer und des Wahnsinns in sich.

Sie griff zur Seite, spürte Zeta, Kaan und so viele Schwestern, wie sie noch nie zuvor an einem Ort versammelt gesehen hatte, fühlte deren Kraft und nahm sich davon, ohne dass ihre Schwestern dadurch Mangel litten.

In Gedanken warf sie einen Schutzkreis um Arrion, damit dieser nicht von der Wucht ihrer Sendung an die Schwarzen Krieger von den Füßen gefegt werden konnte.

Ich komme, euch zu erlösen. Ich komme mit der Gabe der Götter und will euch erlösen. Habt keine Angst. Ich bringe Frieden.

Sie fühlte in sich das Sterben der Sänger, als Pfeilhagel um Pfeilhagel in die Linie der Schwarzen Krieger einschlug. Diese armen Seelen mussten den Schmerz ertragen, damit die wahren Monster hinter diesem Schrecken fielen.

Aber konnten sie so alle Sänger töten? Wie viele waren jetzt in den Kellern und schufen neue Schwarze Krieger? Wie viele blieben noch verschont, bis Arrion mit seiner Axt in ihrer Mitte auftauchte und sie an weiteren Verbrechen auf seine endgültige Art hinderte?

Neve tastete nach ihm und fand ihn inmitten seiner Soldaten, die zusammen mit ihm auf die Schwarzen Krieger zustürmten, um deren Vorankommen zu verlangsamen, damit Neve Regenbogennetze werfen und die übrigen Sängerinnen Seele um Seele in die andere Welt singen konnten.

Bitte, Götter, lasst in dieser Linie verlorene Seelen sein, die noch so viel Verstand haben, dass sie sich gegen ihre Schöpfer richten, dass sie uns helfen, dieses Leid zu beenden.

Das Pferd ging weiter. Überall um sie herum liefen Reittiere mit ihrer Bürde der Sängerinnen. Immer näher kamen sie der Kampflinie, und Neve warf ihren ersten Silberbogen in die Luft, feuerte einen zweiten ab, einen dritten, die sich schimmernd über den Schwarzen Kriegern spannten, in sich zusammensanken, zu Netzen wurden, die sich lähmend auf die Kämpfenden legten, sie zu Boden drückten.

Als die Pferde in Galopp sprangen, spürte Neve den Hufschlag. Nun wurden die Sängerinnen näher dorthin gebracht, wo sie gebraucht wurden.

Sie warf einen zweiten Schutzkreis auf Arrion, einen Kreis, der mit ihm Schritt hielt, der verhinderte, dass er dem Gesang folgen konnte. Ihr Herz schlug schmerzhaft vor Angst um ihn.

In dieser Schlacht, das fühlte Neve sicher, endete etwas, was in der Festung über Kyelle begonnen hatte, als er ihr zum ersten Mal erzählt hatte, dass viele Mädchen auf ihn in der anderen Welt warteten, dass bisher jedes Mädchen der Meinung gewesen war, er wäre außergewöhnlich.

An jedes Wort, das Arrion zu ihr gesagt hatte, erinnerte Neve sich. An jeden Wimpernschlag, an jedes Lächeln, an jede Anzüglichkeit. An seinen Anblick auf dem Plateau an den Fällen.

Arrion!

Aber er war schon weiter gerannt, duckte sich unter einer Klaue hinweg, die ihn von Kehlkopf bis zum Bauchnabel aufgerissen, die die Rüstung zerfetzt hätte wie nasses Pergament – wenn er nicht so schnell gewesen wäre.

Er rollte über die Schulter ab, sprang so leicht wieder auf die Füße, dass es Neves Herzschlag beschleunigte, während sie Bogen um Bogen in die Luft warf.

Schwere Netze sanken herab, zerrten kreischende, um sich schlagende Schwarze Krieger mit sich, und da gingen die Tore der Stadt auf. Soldaten – normale Soldaten - stürmten heraus.

Neve sah Waffen im schwindenden Licht des Tages aufblitzen, und jetzt endlich stellten Ballisten und Katapulte ihr Feuer ein. Die Bogenschützen bereiteten sich auf ihren Einsatz im Nahkampf vor, nahmen Bögen und gefüllte Köcher mit, da diese innerhalb der Stadtmauern vielleicht noch gebraucht wurden.

Einige der Schwarzen Krieger waren von den sie kontrollierenden Sängern befreit durch die Wunden, die Pfeile und Geschosse geschlagen hatten. Sie wandten sich gegen andere Krieger.

Überall auf dem Schlachtfeld glitzerten silberne Netze, erklang der Gesang vieler Kehlen. Und immer noch stürmten Soldaten aus dem großen Tor.

Mitten im wogenden Schlachtfeld sah Neve hin und wieder die große Kriegsaxt aufblitzen. Arrion überragte jeden Gegner, und er schlug sich eine blutige Schneise in die Reihen der Soldaten, während hinter ihm die letzten Schwarzen Krieger erlöst wurden, die vor den Stadtmauern angetreten waren.

Wie viele mochten noch in der Stadt sein? Wie viele wurden gerade jetzt durch Schwarze Magie und Folter geboren?

Der Kampf war noch lange nicht vorbei.

Die Pferde folgten den Soldaten, die in Arrions Schneise nachkamen. Irgendwo da vorne im Gewühl der Menschenleiber, mitten in Blut und Tod waren auch Gavyn, der junge Torin, Soldaten aus vielen Festungen und Städten.

Noch stand das Tor offen, noch strömten Soldaten aus der Stadt auf das Schlachtfeld. Aber jeder Ritter, der ein denkendes Hirn in seinem Schädel hatte, musste erkennen, dass die Angreifer überlegen waren. Das Tor würde allzu bald geschlossen werden. Was dann? Neuerlicher Beschuss mit allen Fernwaffen, bis die nächste Reihe Schwarzer Krieger aufs Feld geschickt wurde?

Neve war den Schmerz und das Leid satt. Es tat ihr weh, die geschundenen Seelen zu sehen, denen ihr Heer noch mehr Qualen bereiten musste, um die Sänger im Hintergrund zu töten. Es dauerte lange, einen Schwarzen Krieger zu erlösen – zu lange. Die Schreie tiefster Seelenpein schmerzten sie ebenso wie die anderen Sängerinnen. Das war auf Dauer nicht zu überstehen. Und in der Stadt befanden sich noch so viele Menschen, die verwandelt werden konnten. Es musste ein Ende finden.

Das tat es – vorläufig, als Arrion das Tor erreichte, bevor es wieder verschlossen werden konnte.

Die Axt zog blutige Kreise, und je mehr Männer unter dieser Waffe fielen, desto unmöglicher wurde es für die Verteidiger, das Tor wieder zu schließen.

Die Tormannschaft floh vor dem gewaltigen Ritter, der unermüdlich schien, der jeden niederschlug, der das Tor verteidigen wollte. Von draußen rückte das Heer der Rebellen nach.

»Näher heran. Hier draußen werde ich nicht mehr gebraucht. Die Sängerinnen müssen in die Stadt«, befahl Neve, und der Reiter gehorchte, lenkte sein Pferd über eine blutige Straße, die mit den Leichen Erschlagener gepflastert war, die vom vergossenen Blut glänzte und stank.

Neve weinte lautlos.

Sie wusste, dass sie nicht schuld war an diesem Gemetzel. Auch Arrion – so weit vor ihr im Tor des Gegners – war nicht der Urheber. Aber es waren so viele Tote. Wie viele von den Erschlagenen blieben als ruhelose Seelen zurück? Wie viel Arbeit wartete in den nächsten Tagen noch auf sie? Wenn diese Schlacht gewonnen werden konnte.

Endlich befand sich der Torbau in der Hand der Sängerinnenarmee. Arrion hatte das Tor so lange gehalten, bis seine Truppen hatten nachrücken können.

Sie sah ihn. Er überragte seine Männer, und er war von oben bis unten voller Blut. Fackeln brannten rauchend im Torbau, und sogar in diesem unsteten Licht konnte Neve ihn erkennen.

Sie schloss die Augen, tastete nach ihm und spürte seinen Herzschlag und seine Atmung, sah, was er sah. Seine Stimme hallte direkt in ihr wider, als er seine Befehle gab, die Bogenschützen auf die Wehranlagen schickte, nach den Ballisten fragte. Diese mussten innerhalb der Stadtmauern aufgestellt werden, bevor das Rebellenheer von den Burgen aus niedergemacht werden konnte. Die Katapulte wurden auf die erste Burg ausgerichtet, und Steinbrocken flogen durch die heranziehende Nacht.

Die Rebellenarmee stürmte in die Hauptstadt des Herrschers.

Noch nie war Neve in einer so großen Schlacht gewesen. Es war zu viel. Sie verlor die Orientierung. Das einzig Beständige, das sie immer wieder fand, war Arrion.

Er war so weit fort von ihr wie noch nie, seit sie ihn in der Festung über Kyelle zu ihrem Kreidekreis gelockt hatte. Er war zu weit entfernt. Sie wollte ihn bei sich haben, dachte sie egoistisch und auch voller Sorge.

Aus Straßen und Gassen stürmten die Verteidiger heran, und Arrion war das Zentrum der Schlacht. Wie immer kämpfte er ganz vorne, machte seinen Soldaten durch seine reine Anwesenheit, durch seine Art des Kampfes Mut und trieb sie vorwärts.

Neve sah, dass viele Verteidiger zurückwichen. Sie sah unzählige Männer die Uniform des Herrschers über die Köpfe zerren, um sich den Angreifern anzuschließen. Aber es blieben trotzdem noch zu viele, die der Herrscher dem Rebellenheer entgegenwarf.

Sie fühlte den Schwarzen Krieger, der alles niedermachte, was ihm im Weg stand. Er machte keinen Unterschied zwischen Freund und Feind, weil er in seiner persönlichen Welt von Trauer und Verzweiflung gefangen war. Weit weg von Arrion, nahe bei ihr.

Sie hob eine Hand und warf einen Silberbogen in die Luft.

Das Pferd, auf dem auch sie saß, scheute, als der Schwarze Krieger durch die Masse der Kämpfenden brach. Blut spritzte, Verwundete schrien, ein abgeschlagener Kopf klatschte an die Schulter des panisch wiehernden Pferdes.

Arrion!

Das Pferd stieg, keilte, kreischte, und Neve klammerte sich verzweifelt an dem Reiter fest, der das durchdrehende Tier nicht mehr bändigen konnte. Der Gestank des Pferdeschweißes stieg auf.

Rot glühende Augen richteten sich auf Neve. Der Schwarze Krieger hatte sein Ziel gefunden. Er pflügte durch die Reihen seiner Gegner. Jeder atmende Mensch, der sich zwischen ihm und der Sängerin befand, war ein Gegner. Die langen Krallen packten die Menschen, schleuderten sie beiseite.

Hoch über Neve schlugen immer noch die Geschosse der Katapulte ein, und sie betete, dass irgendjemand einen Fehler machte, dass ein Steinbrocken über die Mauer segeln würde, statt in die Burgwehr einzuschlagen, dass der Stein den Schwarzen Krieger unter sich begraben und zur Bewegungslosigkeit verdammen würde, bevor er sie erreichte.

Der Reiter rutschte aus dem Sattel, als das Pferd einen Bocksprung machte, auf dem blutigen Steinpflaster ausglitt und krachend auf die Seite stürzte.

Neve schrie auf, als ihr Bein zwischen Straßenpflaster und Pferdekörper eingeklemmt wurde. Das Pferd sprang wieder auf, trat um sich in dem Versuch, irgendwo einen festen Tritt zu finden. Ein Huf zertrümmerte das Gesicht des Reiters, trieb Knochensplitter in sein Hirn. Dann war das Pferd weg.

Neve lag vor Schmerzen keuchend auf dem Straßenpflaster. Um sie herum nur Tote, Blut und der Schwarze Krieger, der unaufhaltsam näherkam.

Arrion!

Endlich vernahm sie seine Stimme als Echo: *Wo bist du? Neve?*

Arrion!

Der Schwarze Krieger blieb vor ihr stehen.

Ihr Bein war gebrochen. Sie fühlte die Knochenenden gegeneinander reiben, als sie versuchte, von dem bluttriefenden Untier vor ihr wegzukriechen. Tränen schossen ihr in die Augen, Schwärze griff nach ihr. Heiß und ölig lief ihr Schweiß über den Körper, tropfte von ihrem Kinn, während ihr gleichzeitig eiskalt vor Schmerzen und Angst war.

Krallen, von denen Blut tropfte. Der Silberbogen verblasste, sie hatte keine Gewalt mehr über den Schwarzen Krieger.

Neve! Komm da weg!

Arrion kam zu ihr. Aber er war zu langsam, sie wusste es.

»Erlösung. Sängerin«, grollte der Krieger vor ihr, während sie nach Luft rang und gegen die Ohnmacht kämpfte.

Über ihr schlugen Geschosse in die Wehranlagen ein. Irgendwo zu weit weg von ihr brach Arrion seinen Angriff auf die Verteidigungsanlagen des Palastes ab, erkämpfte sich durch Menschenmassen einen Weg zu Neve.

»Erlösung?«, wiederholte sie, klammerte sich an dem Wort fest, das auf ihre Gabe abzielte.

»Erlöse mich!« Es war ein Schrei, der ihr fast die Trommelfelle zerriss. »Erlöse mich – bitte!«

Sie sang. Es gab keinen Schutzkreis, keinen Silberbogen. Sie war alleine mit dieser gequälten Kreatur, deren Schmerz, ihrem Schmerz. Es begann zu regnen. Blut wurde vom Schwarzen Krieger gewaschen, lief in roten Rinnsalen über den gepflasterten Boden.

Neve sang, und der Schwarze Krieger kauerte still vor ihr, sah sie mit rot glühenden Augen an, während sie ihn in die andere Welt sandte. Seine grobschlächtige Gestalt wurde durchscheinend, und dann war er verschwunden.

Erleichterung, dass der Krieger sie als Sängerin erkannt und nicht auf der Stelle erschlagen hatte, mischte sich mit Schmerzen und Erschöpfung. Neve versuchte, ob sie irgendwie aufstehen konnte, aber stechendes Feuer fuhr ihr vom Bein direkt in den Magen. Ihre Sicht verschwamm, sie schmeckte Galle unter der Zunge und hätte sich vor Qual beinahe übergeben.

Dann beschleunigte sich ihr Herzschlag. Sie fühlte Arrions Nähe und wusste, dass er sie in Sicherheit bringen würde. Sie hob vor Pein keuchend den Kopf und sah Arrion, der sich einen blutigen Pfad zu ihr schlug. Nur Dummköpfe stellten sich dem Geisterritter in den Weg.

Er panzerte durch die Reihen der Soldaten, wie der Schwarze Krieger das vor ihm getan hatte. Die Axt zog Bogen um Bogen. Sie hörte seinen rasenden Atem, sah den Schweiß auf ihm glitzern, das Blut seiner Feinde, das ihn bedeckte.

Ich liebe dich, sandte sie ihm eine Nachricht, obwohl sie wusste, dass sie ihn nicht ablenken durfte. Aber dort war er, ihr Ritter in bluttriefender Rüstung. Sie spürte seine Atemzüge, hörte sein Herz in ihrem Inneren schlagen.

Komm da weg!
»Neve, weg da!«
Neve, weg da!
»Götter! Mädchen, weg da!«

Aber sie torkelte am Rande einer Ohnmacht. Ihr Kopf sank herab, die Stirn berührte fast das Straßenpflaster. Kalt drückte der Boden gegen ihren Bauch und ihre Brust, machte das Atmen schwerer. Sie verstand nicht, warum Arrion so schrie. Warum seine Stimme weit durch die Stadt hallte. Warum jeder Laut so verzweifelt in ihrem Kopf dröhnte. Warum Arrion Nachrichten auf allen verfügbaren Wegen sandte.

Ein leises Schaben und Knirschen über ihr erklang.

»Neve!«

Die Axt tobte wie etwas Lebendiges. Neve sah seine kobaltblauen Augen inmitten der fackelflackernden Dunkelheit, inmitten Blut und Erschlagener. Er kämpfte sich zu ihr durch. Alles war gut.

Sie musste sich verdrehen und halb hochstemmen, um nach oben zu sehen, als seine Stimme erneut durch die Stadt hämmerte.

Götter!

Die Katapulte!

Götter!

Neve schrie auf, krallte sich mit den Fingerspitzen in die Fugen der Pflastersteine, versuchte, sich mit dem gesunden Bein abzustoßen. Aber es war zu spät, obwohl ihr Körper instinktgesteuert um das nackte Überleben kämpfte.

Steinquader aus der vom Belagerungsfeuer erschütterten und geschwächten Wehranlage lösten sich aus ihren Mörtelfugen.

Keine Luft mehr, Todesangst schnürte Neve die Kehle zu.

Der erste Steinblock traf sie im unteren Bereich ihres Rückens, zermalmte Hüfte, Wirbelsäule und innere Organe.

Ein Schwall Blut statt eines Schreis schoss aus Neves Mund.

»Neve!«

Neve!

Ihr letzter Blick: Arrion. Götter, sie liebte ihn so sehr.

Der zweite Steinblock schlug mit alles zermalmender Wucht auf ihrem Kopf auf.

Arrion schrie.

Um ihn herum tobte der Kampf. Hinter ihm wurden die Tore des Palastes aufgebrochen, die Wachen durch schiere Übermacht niedergerannt. Irgendwo dort war Gavyn, der über den schimmernden Palastboden hetzte, das Schwert bereit, um die Acht Reiche von einem Wahnsinnigen zu erlösen.

Neve!

Arrion tobte, fluchte, brüllte seine Verzweiflung hinaus, während die Axt die letzten Gegner, die ihm noch im Weg zu stehen wagten, in Stücken zu Boden schickte.

Er kam keuchend zum Stehen, starrte auf die Felsbrocken, auf die schmale, sommersprossengesprenkelte Hand, die sich in die Fugen zwischen den Pflastersteinen einzukrallen versucht hatte. Er sah blutige Fingerkuppen, und dann verschwand der Arm in einer blutigen Masse unter viel zu großen, viel zu wuchtigen Steinquadern.

Arrion rang nach Luft, jeder Atemzug eine Anstrengung, jeder Atemzug ein kleiner Schrei.

Er schleuderte Axt und Schild von sich, riss sich den Helm vom Kopf, packte den Steinquader, der auf der oberen Hälfte des stillen Körpers lag.

Muskeln schrien vor Überanstrengung, als Arrion den Felsblock zur Seite schleuderte. Darunter war etwas, was früher einmal ein Mensch gewesen war.

»Neve!«

Gerade er sollte sehen, wann kein Leben mehr in einem Körper sein konnte. Gerade der Feldherr ungezählter Schlachten wusste besser als jeder in der sterbenden Stadt Barinne, wann er eine Leiche vor sich hatte.

Aber stöhnend vor Anstrengung und Schmerz wuchtete er auch den zweiten Brocken von dem zerschmetterten Leib, bevor er schaudernd vor dem kniete, was er geliebt hatte und das durch Mauerwerk bis zur Unkenntlichkeit zerschlagen worden war.

Er bekam keine Luft mehr. Etwas saß in seiner Brust und würgte ihn, zerquetschte sein Herz mit langen Krallen, schnürte ihm die Kehle zu.

Keine Kraft mehr zum Schreien. In seiner Verzweiflung bemerkte er kaum, dass ihm Tränen über die blutbeschmierten Wangen liefen.

Seine Hand zitterte, als er sie nach dem zermalmten Kopf ausstreckte. In rotgoldenen, kurzen Löckchen klebte Blut. Trotzdem versuchte Arrion, das zerschlagene Stück Fleisch behutsam anzuheben. Er wollte Neve im Arm halten, bis ihre Leiche ausgekühlt war – nichts davon dachte er bewusst.

Noch nie war er so alleine gewesen.

Seine Fingerspitzen berührten sanft die eingedrückte, blutbespritzte Stirn. Vorsichtig schob er die Hand zwischen Neves Wange und den gepflasterten Boden.

Er atmete keuchend vor Erschütterung aus, als der Schädel in seiner Hand sich nur verformte, statt sich in einem Stück anzuheben. Es spannte sich nur noch Haut über einer zermalmten Masse.

Zitternd zog er die Hand zurück und starrte seine blutigen Finger an.

Zwei Atemzüge lang blieb er auf den Knien, von Schmerzen geschüttelt, die nichts mit Peitschen, glühenden Eisen oder geschmiedetem Stahl zu tun hatten.

Noch nie war er so alleine gewesen.

Betäubt vor Schmerz drehte er sich auf dem nassen Straßenpflaster leicht zur Seite, bis seine Fingerspitzen das lederumwickelte Heft des Axtstiels ertasteten.

Er rang nach Atem.

Der Regen wusch Blut und Gehirnmasse aus Neves kupferfarben schimmernden Locken.

Arrion atmete tief ein, stemmte sich auf die Beine und schrie wortlosen Hass und namenlose Wut heraus. Jetzt wollte er nur noch töten. Es war gleichgültig, wer ihm vor die Axt rannte. Es war alles egal.

Solange er noch einen Rest ihrer Energie in sich trug, wollte er in den Palast. Der Herrscher würde zahlen für diesen sinnlosen, schrecklichen Tod. In Blut und mit seinem Körper.

Die Finger um den Stiel der Kriegsaxt verkrampften sich. Jeder Fingerknöchel trat kalkweiß hervor.

Er wollte nicht, dass es so endete. Nicht so, nicht in Blut und zermalmten Knochen. Nicht Neve. Er wäre für sie ein zweites Mal gestorben. Er hätte sie niemals alleine lassen, niemals auch nur einen Zoll von ihrer Seite weichen dürfen.

Langsam setzte Arrion sich im strömenden Regen in Bewegung. Das Blut wurde von der Rüstung gewaschen, während der hünenhafte

Ritter auf den Tumult rund um die Palasttore zuhielt. Zielstrebig und unaufhaltsam.

Feindliche Soldaten brachen ihren Angriff ab, als sie ihn nahen sahen. Arrion war das Einerlei. Sie wären nur zerhackte Leiber mehr auf seinem Weg in den großen Saal des Palastes. Wer ihm auswich, blieb am Leben. Wer ihm jetzt in den Weg trat, war tot.

Da vorne focht Gavyn und versuchte, Ordnung in den Angriff zu bekommen, einen Rammbock zu organisieren.

Die Männer seines eigenen Heeres – Neves Heeres – machten Arrion Platz. In diesem Moment sahen sie alle, was er war. Er roch ihre Angst.

Weit hinter sich hörte er eine Frau weinen. Eine Geistersängerin – Balan, May, Zeta, wer auch immer, die Neves Leichnam gefunden haben musste.

Auch das berührte ihn jetzt nicht mehr. Er verschloss die Ohren davor.

Arrion erreichte die große doppelflügelige Tür, schloss die Augen und trat durch das Holz des Tores. Hinter sich – ganz schwach und für ihn auch nicht weiter wichtig – hörte er überraschte Ausrufe und sogar Schreie des Entsetzens.

Noch funkelte Neves Macht in ihm, jetzt konnte er aus seinem Geisterdasein das Beste machen.

Er kam auf einen breiten Flur mit glänzenden Steinfliesen. Überraschte, entsetzte Schreie erklangen hinter ihm. Vor ihm die hastige Flucht von Männern, die gerade gesehen hatten, wie er durch das massive Holz des Portals getreten war.

Auch sie waren unwichtig.

Er wandte sich um, sah die Balken, die das Portal geschlossen hielten. Die Axt beschrieb einen kraftvollen Bogen, schleuderte Stützbalken beiseite, zertrümmerte den Riegel. Den Rest musste er Gavyn überlassen, denn hier im Palast versteckte sich irgendwo das Monster, das die Schuld an Neves Tod trug, das die Verantwortung für siebenundsechzig Geisterjahre, für den Tod einer halben Garnison und Arrions Leid übernehmen musste.

Schmerz und Trauer zerrissen Arrion fast, strömten aus jeder Pore, markierten seinen Weg sichtbar für jede Geistersängerin, die sich jetzt noch traute, seinen Sendungen zu folgen.

Einmal als sehr junger Mann war er in diesem Palast gewesen und hatte einem Mann auf dem Thron der Herrscher seinen Treueid geleistet, der ihn in der Festung über Kyelle festgehalten hatte, bis Neve zu ihm gekommen war.

Rotgoldene Locken, die sich platt und nass an eine kalkweiße Wange schmiegten.

Neve war tot, in die andere Welt gegangen, verloren für alle Ewigkeit. Der Herrscher würde dafür bezahlen.

Beinahe lautlos ging Arrion auf den großen Saal zu, hinterließ eine Tropfspur von blutigem Regenwasser auf den polierten Fliesen.

Was hinter ihm geschah, vernahm er schon nicht mehr. Alle Sinne, alles Streben war auf den einen Hals ausgerichtet, den er durchschlagen wollte, um Neves Tod zumindest ein wenig zu rächen.

Wachen standen vor dem großen Portal zum Thronsaal. Sterbliche Wachen, die so irrsinnig und blind waren, dass sie ernsthaft daran dachten, sich Arrion von Kyelle in den Weg zu stellen.

Wie ein großes Raubtier ging Arrion auf die Wächter zu, Schildarm locker an der Seite, Kriegsaxt am langen Arm beinahe den Boden berührend.

Aus den Sehschlitzen des Helmes glühten seine Augen in einem beinahe violetten Blau.

Noch immer kringelten sich die glutroten Linien über seinen Panzer, aber nun veränderten sie ihre Farbe zu einem silbernen Gleißen.

Arrion atmete tief ein und rannte los.

Viel zu schnell, viel zu leichtfüßig für einen so großen Mann, jetzt mehr denn je ein entfesselter Gott. Nicht der des Krieges – der Gott der Rache, des Blutdurstes.

Sein Verlust betäubte ihn, versetzte ihn in wilde Raserei. Er rannte auf das Tor zum Thronsaal zu, und die Wächter flohen vor ihm.

Mit einem zornigen Aufschrei und seinem vollen Gewicht prallte Arrion gegen das Portal, das nach innen aufschwang.

Er erfasste seine Umgebung mit einem Blick.

Kerzen, Kohlebecken, der Adel von Barinne, bunte Kleider, zeremonielle Rüstungen, die diese Bezeichnung nicht einmal verdienten.

Und auf dem Thron saß ein feister Kerl mit weißem Gesicht, umringt von Schwarzen Sängern.

Arrion ging weiter. Nichts und niemand konnte ihn jetzt noch aufhalten, seine Axt in den fetten Tyrannen zu schlagen, bis das Blut an die Decke des Saales spritzte. Für diesen Mann und seinesgleichen hatte Arrion Tausende von Piraten erschlagen, bis seine Seele niemals der Verdammnis der anderen Welt mehr entkommen konnte.

Neve hatte ihm die Augen geöffnet. Die Schwarzen Sänger und ihre durch Folter und Gewalt geschaffenen Krieger hatten die Wahrheit von Neves Worten nur bestätigt. Und niemals wieder würde er diese Stimme und Neves Lachen hören.

Er stieß einen Schrei aus, der die Kristallbehänge der Kronleuchter erzittern ließ.

Gleichzeitig warfen alle Sänger ihren Zauber gegen ihn und prallten an der Energie ab, die dank Neve noch schützend um Arrion lag. Die Sänger gingen in Flammen auf, standen schreiend still, von Neves Zauber gebannt, und brannten mit silbernem Feuer, während die glühenden Muster auf Arrions Rüstung sich bewegten und neue Linien zeichneten und der Ritter losrannte, um das fette Ding auf dem Thron aus dieser Welt zu schaffen.

Auf drei Seiten war der Herrscher von silbernem Feuer umgeben, das die Sänger schmolz und in schwarze Pfützen verwandelte. Auf der vierten Seite flog der Ritter heran, den der Herrscher ausgebeutet hatte, den er in Ketten zu schlagen befohlen hatte.

Wie angenagelt saß der fette Mann auf seinem Thron, die Finger um die Armlehnen gekrallt. Arrion sah all das, sah, dass er keinen vollwertigen Gegner vor sich hatte. Er roch und sah den dunklen Fleck, der sich im Schritt des Herrschers ausbreitete.

»Halt!«, keuchte der Herrscher, der von Funken der brennenden Sänger angesengt wurde, der hochrot im Gesicht war und der genau wissen musste, dass er über diesen Ritter keinerlei Kontrolle mehr hatte.

Arrion war frei. Er war kein willenloses Werkzeug. Er war ein verzweifelter Ritter, der vor wenigen Momenten den größten Verlust seines langen Daseins hatte hinnehmen müssen.

Der Herrscher kreischte, versuchte, auf die Beine zu kommen. Sein Leben lang verwöhnt und umsorgt war jetzt niemand mehr da, der ihn schützen konnte und wollte, während ein hünenhafter Krieger unaufhaltsam auf ihn zukam.

Der fette Tyrann schrie immer noch, als die Axt herabkam und sich bis zur Mitte der gebogenen Klinge im Schädel des Herrschers begrub.

Keine Schwarzen Sänger, keine durch Folter geborenen Krieger mehr. Kein Herrscher mehr, der Todesurteile mit Vorfreude aussprach.

Hier war das Ende, und es wurde durch die Axt herbeigeführt, die so viele Jahrzehnte im Dienste der Herrscher getötet hatte.

Die Linien auf dem Panzer verblassten schlagartig. Arrion wusste, dass ihm nicht mehr viel Zeit verblieb. Aber sein Werk hier war getan.

Er drehte sich langsam um. Ein hünenhafter Ritter, von Regenwasser und Blut durchnässt. Von der Axtklinge tropfte scharlachrot der Lebenssaft des Herrschers.

In diesem Moment kamen Gavyn und die Rebellensoldaten in die große Halle.

»Du bist mein Enkel, Gavyn von Carlynne. Ich empfehle, dass du dich darum kümmerst, diesem Reich wieder zu seinem alten Glanz zu verhelfen. Gehe weise mit der Macht um, die ich dir gebe.«

»Wo ist Neve, mein Ritter?«

»Tot. Ich bin verloren. Rette dieses Reich, für das ich so viele Jahre gekämpft habe, Gavyn. Enttäusche mich nicht.«

Aber die letzten Worte sprach er nur für sich, denn an Gavyns entsetztem Gesichtsausdruck konnte er erkennen, dass Neves letzte Energiefunken ihn verlassen hatten. Er war für Normalsterbliche unsichtbar und nicht zu hören. Jetzt war er ganz alleine. Das letzte bisschen Neve war verblasst.

Arrion musste eine Geistersängerin finden. Diese waren die letzten Menschen, die ihn noch sehen konnten, die ihn jetzt ins Jenseits singen konnten, da es keinen Grund mehr für ihn gab, weiter auf dieser grausamen, kalten Welt zu wandeln.

»Arrion?«, fragte Gavyn noch erschüttert, aber der große Ritter verließ zielstrebig und für alle Soldaten, Adligen und Ritter unsichtbar die große Halle.

Irgendwo mussten Balan, May oder die kleine Zeta sein. Er ahnte auch, wo genau er diese Frauen finden konnte. Er entsann sich des Weinens hinter sich. Sie waren bei Neves Leichnam.

Er blieb zitternd stehen, musste Halt an der Wand neben sich suchen. Seine Arbeit war beendet, und jetzt griffen Trauer und Schmerz mit grausamen Krallenhänden nach ihm.

Neve war tot. Diese Welt war leer und verloren. Er wollte sie verlassen – egal, was danach kam. Ohne Neve gab es keinen Grund mehr, auch nur einen Atemzug länger hier zu bleiben.

»Arrion.«

Ein keuchender Atemzug, der schmerzte.

Die Stimme war genau hinter ihm erklungen. Er hatte das Lächeln gehört, das die drei Silben seines Namens begleitete.

Von lähmender Angst erfüllt wagte er nicht, sich umzudrehen. Das konnte nicht wahr sein! Er bildete sich ihre Stimme ein, weil er nicht wollte, dass es so endete.

Aber er war ein Ritter des Reiches. Er hatte Schlachten geschlagen und Soldaten verloren. Er war mit dem Tod vertraut wie niemand vor ihm. Neve war tot.

Das Zittern erfasste seinen ganzen Körper, verdrängte beinahe die verzweifelte Sehnsucht, dass das wirklich ihre Stimme gewesen war.

Neve war tot.

Seine Finger lösten sich vom Stiel der Axt. Mit einem nahezu endgültigen Geräusch krachte die große Doppelklinge Funken stiebend auf das Marmorpflaster.

»Arrion, mein armer Arrion.«

Er erstarrte. Götter, konnte es wirklich sein?

Ganz langsam drehte er sich um, den Atem halb erstickt in der Kehle, das Herz ein wie verrückt pumpender Muskel, vollkommen außer Kontrolle.

Und da stand sie.

Die kleinen Locken eine schimmernde Corona um das sommersprossengesprenkelte Gesicht mit den leuchtenden hellgrünen Augen.

Arrion stieß einen leisen Schrei aus, der in einem Schluchzen endete. Er warf sich vorwärts, riss seine Sängerin an die breite Brust und hielt sie einfach nur fest, fühlte warmes, weiches Fleisch unter seinen Händen, feine Locken an seinem Hals, ihre Arme um seine Mitte.

Seine Hände fuhren an dem vertrauten Körper hinauf, streichelten über Schultern, den Hals, bis er diesen kleinen Kopf mit beiden Händen hielt und in Augen starren konnte, die vertrauensvoll und lächelnd zu ihm aufsahen.

»Götter, Arrion, nun mach schon!«

»Traue ich mich?«, fragte er leise, bevor er den Kopf senkte, ihren Atem auf seinem Gesicht, auf seinem Mund spürte. Ihre Hände lagen auf seinen, hielten sie fest, bis seine Lippen beinahe ihre berührten.

Neve packte eine ganze Handvoll seiner rabenschwarzen Locken. Nur noch Haaresbreite trennte ihre Lippen, er wusste es. Er fühlte ihren Atem auf seinem Gaumen, roch ihr Verlangen und ihre Sehnsucht. Sie stand auf Zehenspitzen und hielt sich an ihm fest. Nur noch ein winziges Stück, aber er wagte nicht, diesen zerbrechlichen Moment zu beenden.

Arrion wollte sie endlos einfach nur so festhalten, ihrem Herzschlag lauschen, sie atmen sehen. Ihre Finger hakten sich um die obere Kante seines Panzers, und Neve zog sich noch ein kleines Stückchen weiter nach oben. Ihre Augen leuchteten wie Frühlingslaub.

Er roch das Blut der Erschlagenen, den zarten Duft aus Neves Poren, als sie seine raue Hand behutsam in ihrem Nacken legte und ihren warmen, atmenden Körper an ihn drückte. Nie wieder wollte er sie loslassen!

Ihre Lippen waren warm, fest und schmeckten nach Adrenalin, Blut und dem Salz seiner Tränen, die zwei saubere Bahnen in das geronnene Blut auf seinen Wangen gewaschen hatten und in Neves ihm zugewandtes Gesicht gefallen waren.

Sanft glitt seine Hand über die Linie der Rückenwirbel bis zu Neves Pobacke, legte sich zärtlich auf diese Rundung. Er hatte Angst, Neve wehzutun. Scheute zurück vor seiner eigenen Kraft, die die zierliche Sängerin zerdrücken konnte. Seine Hand rutschte tiefer. Fast hob er Neve an, als er sie so fest an sich drückte, dass sie gewiss kaum noch atmen konnte. Seine Muskeln bebten vor Anstrengung, sie nicht einfach zu erdrücken.

Sie konnte einen Arm um seinen Nacken schlingen, als sie den Boden unter den Füßen verlor und Arrion sie wirklich anhob. Sie war warm, ihre Arme fühlten sich an wie Schraubzwingen. Da war nichts Kaltes, Wabbeliges mehr, nur noch Wärme, ihre Nähe, die Gewissheit von Fürsorge und die Verheißung von Verlangen, das stärker als der Tod war.

Ihm wurde schwindelig, als Neve eine Hand auf seine Brust legte und ihn sanft von sich schob.

»Was?«, fragte er, nur ein Funken Unsicherheit in den Augen.

»Schmeckst du noch Fische?« Seine Stimme klang ein wenig rau. Sein Herz raste immer noch vor Angst um sie, obwohl er sie in seinen Armen hielt.

Dieses Glück schien zu zerbrechlich, um lange anzuhalten.

Sie lächelte zu ihm herauf, und er sah sein Lächeln in ihren Augen gespiegelt.

»Wie lange geht das gut, Neve?«

»So lange, wie wir es wollen, mein wundervoller Ritter.«

Er streichelte ihr zärtlich über die Wange, folgte der Linie ihres Kiefers, ließ die Fingerspitzen über ihren Hals gleiten und legte die Hand behutsam auf ihren Busen. Warme, feste Rundung, Neves Hand auf seiner.

»Bist du meinetwillen geblieben?«

»Nicht nur, Arrion.« Sie lächelte frech zu ihm auf und zerrte an einem der Panzerverschlüsse. »Wie geht das hier auf?«

»Hier und jetzt, Mädchen?«

»Seit Wochen liegst du mir in den Ohren, dass die Götter eine Horde Schlappschwänze gegen dich sind. Nun kannst du es endlich beweisen! Und ich habe das Schlafzimmer des Herrschers gefunden!«

»Das kannst du haben«, sagte Arrion von Kyelle, hob seine Sängerin mühelos auf seine Arme und stieg die breite Treppe hinauf, die sie ihm wies.

Um sie herum hasteten Soldaten, trieben Adlige aus dem Palast. Hinter ihnen im großen Saal erklang Gavyns Stimme, aber sie verstanden die Worte nicht, weil es nicht mehr wichtig war.

Sie hatten ihren Beitrag geleistet. Nun lag vor ihnen die Ewigkeit – in dieser und vielleicht in der anderen Welt.

Neve legte den Kopf an Arrions Schulter, hielt sich an ihm fest und ließ sich die Treppe hinauftragen.

Sie brauchte es nicht auszusprechen, denn er wusste, was sie dachte. Jetzt endlich gehörte er ihr wirklich.

Danksagung

Wie immer gilt mein Dank Mama. Für die Unterstützung, den Glauben (naja, eher die felsenfeste Überzeugung) und das unermüdliche Anfeuern.

Ganz lieben Dank auch an meine tapferen Betaleserinnen: Sarah König, Felicitas Heine, Helen B. Kraft (die sich des Kobaltblauen sogar zweimal annahm), Sabrina Železný und Michaela Schechinger. Ohne Euch wäre es mir nicht möglich gewesen, den Roman guten Gewissens einzureichen. Danke für das Auffinden von Stolperfallen, Tippfehlern, für das Hochglanzpolieren und die lieben Kommentare.

Ein spezieller Dank geht an Sarah König, Heinke Luckmann und Andreas Krebs, die mich zum Abenteuer NaNoWriMo überredeten und vor allem darin bestärkten, genau diesen Roman zu schreiben. Ebenso von Herzen bedanke ich mich bei Esther König, die in einer Blitzleseaktion den Roman durchackerte, um mich aus der Krise zu holen, ich könnte einen Nackenbeißer schreiben.

Auch bei meiner Lektorin Carmen Weinand möchte ich mich herzlich bedanken für tolle Anmerkungen und die wundervollen »unqualifizierten« Bemerkungen, die mir zeigten, wie gut der Roman tatsächlich funktioniert. Jubel und Tränen genau an den richtigen Stellen.